Wagner, Spezialist für Hoch- und Tiefbau, sieht die Chance eines Neubeginns, als seine Firma ihm die Bauleitung einer Papierfabrik in Südamerika überträgt. Doch bald wird er zum Gefangenen der praktischen Probleme vor Ort. Nichts gelingt mehr, das vertraute Instrumentarium seines Denkens, Fühlens und Handelns versagt. Während er durchgreift, wird seine Ohnmacht offenbar, und als die Regenzeit beginnt, erobert die Natur mit dem steigenden Grundwasser das ihr entrissene Terrain wieder zurück ... »Ohne erhobenen Zeigefinger erzählt Uwe Timm auf der Ebene politischer Prosa von Korruption, Unterdrückung und fehlschlagender Entwicklungspolitik, als Abenteuerroman handelt Timms Buch von toten Schlangen, zerstochenen Reifen und der Magie lateinamerikanischer Indianer, als psychologischer Roman schildert ›Der Schlangenbaum‹ Wagners Flucht ... ein spannendes, sprachlich brillantes Buch.« (Michael Bauer in der ›Neuen Zürcher Zeitung‹)

Uwe Timm wurde am 30. März 1940 in Hamburg geboren. Er studierte Philosophie und Germanistik in München und Paris. Seit 1971 lebt er als freier Schriftsteller in München. Weitere Werke u. a.: ›Heißer Sommer‹ (1974), ›Morenga‹ (1978), ›Kerbels Flucht‹ (1980), ›Der Mann auf dem Hochrad‹ (1984), ›Rennschwein Rudi Rüssel‹ (1989), ›Kopfjäger‹ (1991), ›Die Entdeckung der Currywurst‹ (1993), ›Johannisnacht‹ (1996), ›Nicht morgen, nicht gestern‹ (1999), ›Rot‹ (2001), ›Am Beispiel meines Bruders‹ (2003), ›Uwe Timm Lesebuch‹ (2005), ›Der Freund und der Fremde‹ (2007), ›Halbschatten‹ (2008), ›Freitisch‹ (2011), ›Vogelweide‹ (2013).

Uwe Timm

Der Schlangenbaum

Roman

dtv

Ausführliche Informationen über
unsere Autoren und Bücher
www.dtv.de

Vom Autor neu durchgesehene Ausgabe 1999
9. Auflage 2015
dtv Verlagsgesellschaft mbH & Co. KG, München
© 1986, 1989 Verlag Kiepenheuer & Witsch, Köln
Umschlagkonzept: Balk & Brumshagen
Umschlagbild: ›Sunset Harbor in Rio‹ (1864)
von Martin Johnson Heade
Gesetzt aus der Stempel Garamond 10,5/12˙ (3B2)
Gesamtherstellung: Druckerei C. H. Beck, Nördlingen
Gedruckt auf säurefreiem, chlorfrei gebleichtem Papier
Printed in Germany · ISBN 978-3-423-12643-4

Unsere ohnmächtigen Anstrengungen gehören ebenso zur allgemeinen Ordnung wie die erfolgreichen.

Denis Diderot
an die Wand seines Kerkers
in Vincennes

Der Beton dampfte. Das Regenwasser stand noch auf der Piste, und im Westen türmten sich blauschwarz die Gewitterwolken, durch die sie geflogen waren. Die Maschine hatte, nach einem unruhigen und durch Böen verwackelten Anflug, sanft aufgesetzt und war zu dem Flughafengebäude hinübergerollt. Als die Türen geöffnet wurden, drang langsam diese feuchtschwere Hitze in die Maschine, der Geruch nach Kerosin und Algen. Wagner glaubte, den Fluß und die nahen Sümpfe zu riechen.

Er stieg als erster aus und ging zu der Ankunftshalle hinüber, einem kleinen schäbigen Flachbau. Schon nach wenigen Schritten war sein Hemd durchgeschwitzt, die Hose klebte ihm an den Beinen. In der Gepäckausgabe drehten sich leer die Transportbänder. Er lehnte sich an einen Pfeiler und zündete sich eine Zigarette an. Rauchend beobachtete er die Passagiere, die an das Gepäckband drängten, irgendwelche Geschäftsleute, Ingenieure und Manager, ein paar sorgfältig frisierte Frauen, dunkelhaarig und braungebrannt. Er war ein wenig enttäuscht, denn er hatte sich die Menschen anders vorgestellt, verwegener im Aussehen, mit indianischen Gesichtszügen. Diese hier hätten in ihren Anzügen und Kostümen, in denen sie trotz der Hitze so erstaunlich frisch wirkten, auch in Rom oder Madrid stehen können. Nur die Passagiere, die mit ihm, aus Frankfurt kommend, in Buenos Aires umgestiegen waren, fielen auf: bleiche verschwitzte Gesichter, nach zweiundzwanzig Stunden Flug.

Gestern, am frühen Morgen, war er im Taxi zum Hamburger Flughafen gefahren. An den Straßenrändern lagen noch, dreckig grau, die Reste des Schnees, der nachts gefallen war. Beim Frühstück hatte er mit Susann all jene Dinge durchgesprochen, die sie in den nächsten Tagen noch erledigen mußte. Sascha hatte zunächst noch etwas gequengelt, weil er nicht mit zum Flughafen durfte, dann trank er still seinen Kakao und wollte wissen, ob es dort, wo Wagner hinfuhr, Papageien gäbe. Wagner versprach, ihm das sofort zu schreiben, stand dann auf, bestellte ein Taxi, trug die Koffer zur Tür, prüfte nochmals seine Papiere und ging in den Garten hinaus. Er stand auf der Terrasse und blickte in dieses Grau, aus dem ein stiller Regen fiel. Das Brennholz, das er für den Kamin geschlagen hatte, lag sorgfältig aufgestapelt an der Hausmauer. Die kleine Holzhütte unter dem Birnbaum, die er für Sascha gebaut hatte, war nun doch nicht mehr fertig geworden. Es fehlten die Fenster, und die Tür war nur provisorisch eingehängt. Ihn fröstelte. Er war wieder ins Haus gegangen. Wenig später hatte es geklingelt. Das Taxi war da.

In die wartenden Passagiere kam eine plötzliche Bewegung. Auf dem Transportband erschienen die ersten Gepäckstücke, darunter auch sein großer Aluminiumkoffer. Er hob ihn vom Band und wartete, bis auch der andere, etwas kleinere, kam.

Berthold hatte ihm empfohlen, beim Zoll eine Zehndollarnote in den Paß zu legen. So könne man das lästige Aus- und Einpacken vermeiden. Aber in der Firmenleitung hatte man ihm gesagt, er müsse sich keine Gedanken machen, es reiche aus, wenn er den Firmenbrief mit der Arbeitsbestätigung vorzeige.

Wagner stand beim Zoll hinter einer älteren Frau. Sie

war ihm schon in Frankfurt aufgefallen, weil sie einen breitkrempigen Strohhut trug, den sich Reisende sonst aus Südamerika mitbringen.

Jetzt redete sie auf spanisch auf den Zollbeamten ein, der mit gleichmütigem Gesicht verschiedene Pillendosen aufschraubte und auf dem Tisch ausschüttete, wo schon Wäsche und Kleidungsstücke verstreut lagen.

Der Zöllner machte eine unwirsche Handbewegung: Die Frau solle alles wieder einpacken. Er kam zu Wagner, las den Firmenbrief und machte mit Kreide ein Zeichen auf den Koffer. Wagner durfte durchgehen.

Am Ausgang drängten sich Menschen, die auf die Ankommenden warteten. Unter ihnen entdeckte er einen großen, rotblonden Mann, der ein Stück Pappe hochhielt mit der Aufschrift: Wagner.

Wagner winkte ihm. Der Mann zwängte sich durch die Wartenden und sagte etwas, was nach *Guten Morgen* klang, dann gab er Wagner die Hand, eine extrem große, fleischige Hand. Er warf das Pappschild in einen Papierkorb, griff sich sodann die beiden schweren Koffer und trug sie, fast mühelos, aus der Flughafenhalle.

Sie gingen zu dem Parkplatz hinüber. Der Asphalt gab weich unter dem Schritt nach, und über den Autodächern flimmerte die Luft. Ihm lief der Schweiß über die Stirn und durch die Brauen brennend in die Augen. Er bereute es, kein Stofftaschentuch eingesteckt zu haben, denn sein Papiertaschentuch war nur noch ein kleines fusselndes Knäuel.

Auf einem Gerüst, vor der Ankunftshalle, schrieb eine meterhohe Leuchtreklame den Namen seiner Firma grellrot in den Himmel und legte zum Schluß in Gelb das ovale Firmenzeichen herum.

Der Chauffeur öffnete die Fondtür eines alpinweißen Mercedes. Wagner stieg in eine angenehme Kühle und ließ sich in die Polster fallen. Die Klimaanlage lief mit einem leisen Fauchen. Der Chauffeur legte die Koffer in den Kofferraum, ging um den Wagen, griff in die Jakkentasche und steckte den Mercedesstern auf den Kühler.

Sie fuhren auf einer breiten Betonstraße. Rechts und links erstreckte sich eine graubraun vertrocknete Graslandschaft, in der ein paar zerzauste Palmen und staubbedeckte Eukalyptusbäume standen. Dazwischen, versumpft und mit dichtem Schilf bestanden, Lagunen, aus denen schwerfällig, vom Motorgeräusch aufgeschreckt, Reiher hochruderten. An den Sumpfrändern lange weiße Streifen wie Schnee, die aber plötzlich zu einer weißen Wolke aufflogen: Schmetterlinge. Am Straßenrand wälzte der Wind Staubwolken entlang und trieb Papierfetzen und Plastikmüll über die Fahrbahn. Hin und wieder standen Häuser an der Straße, kleine weißgetünchte Steinhäuser, mit verschachtelten Dächern. Viele Lastwagen waren unterwegs und ein paar Überlandbusse. Einmal mußte der Chauffeur um ein totes Pferd herumfahren, das auf der Straße lag und dem bläulichschwarz Gedärme aus dem After gedrückt worden waren. Ein wenig später war der Geruch von Aas im Auto.

Der Chauffeur begann plötzlich auf Wagner in einer Sprache einzureden, die der zunächst für Dänisch oder Holländisch hielt, bis er hin und wieder Worte verstand und langsam begriff, daß es Deutsch war, ein ganz eigentümlicher, nie gehörter Dialekt. Er wünschte sich, der Mann hätte kein Wort Deutsch gekonnt, er hätte dann mit ein paar Brocken Spanisch seinen Verständigungswillen andeuten und danach schlafen können. So aber saß er weit nach vorn gebeugt, angestrengt lauschend, um den Sinn der so fremd klingenden Worte zu erfassen. Was er herauszuhören glaubte, war, daß eine deutsche Firma diese Straße hätte bauen sollen, was aber durch irgendwelche Machenschaften verhindert worden war. Offenbar hatte dann eine einheimische Baufirma die Straße gebaut, in der jetzt – je weiter sie sich vom Flughafen entfernten – immer mehr und immer größere Risse klafften, regelrechte Schluchten, die der Fahrer jedesmal an der schmalsten Stelle überfuhr. Offensichtlich kannte er den Weg genau, denn er fuhr diese Stellen gezielt an, dann rumpelte es.

Prende, rief der Mann, Prende.

Wagner schreckte hoch. Was?

Prende, rief der Mann und gestikulierte.

Ah, ja, sagte Wagner.

Aber der Mann blieb hartnäckig: Prende alleens doo.

Wagner beugte sich nach vorn und sah in die Richtung, in die der Mann zeigte. Da entdeckte er die Feuerwalze auf dem graubraunen Grasland, eine kleine gelbbraune Rauchwolke vor sich herschiebend, dahinter lag eine schwarzverbrannte Fläche, in der einzeln stehende Bäume wie Fackeln brannten.

Er fragte den Fahrer, wo er sein Deutsch gelernt habe. Der Fahrer erzählte, wenn Wagner ihn richtig verstand, daß sein Urgroßvater, aus dem hessischen Hanau kommend, hier eingewandert sei, ein Gerber, der sich bei Salta, am Fuß der Anden, niedergelassen habe, und zwar in einem kleinen, abgelegenen Ort. Die Familie habe, trotz Einheirat von Einheimischen, an ihrem Deutsch festgehalten.

So war also ein, wenn auch nur von dieser Familie gesprochener, hessischer Andendialekt entstanden.

Aba di Kindala babbala kan Detsch, no, lodá, lodá.

Der Fahrer bremste, fuhr auf die Bankette, stieg aus, stellte sich vor den Wagen und pinkelte.

Wagner hatte die ganze Zeit das Gefühl, in die falsche Richtung zu fahren. Er hatte sich zu Hause auf einer

Landkarte genau die Strecke eingeprägt, die zur Baustelle führte. Er hatte sich die Landschaft hügeliger vorgestellt. Vor allem aber fuhren sie in südöstlicher statt in
nordwestlicher Richtung. Ihn durchzuckte der Gedanke, daß er entführt würde, so wie einer seiner beiden
Vorgänger auf der Baustelle entführt worden war, aber
dieser Gedanke war, wenn er sich den andenhessisch
sprechenden Fahrer ansah, lächerlich. Als sie weiterfuh-
ren, fragte Wagner, ob diese Straße zum Meer führe.

Naa, sagte der Fahrer, ins Landesinnere (er sagte:
Ladinerè).

Aber wir fahren doch nach Südosten, sagte Wagner.

Naa, Nordwesten.

Wagner glaubte, daß die Familie in ihrer langen Ab-
geschiedenheit die Benennung der Himmelsrichtungen
vertauscht habe. Wagner zeigte zur Sonne: Süden.

Naa, Norden, sagte der Mann.

Wagner beschrieb mit einer Handbewegung den Lauf
der Sonne.

Naa, sagte der Mann und zeigte eine andere Linie.

Erst jetzt wurde Wagner klar, daß er hier die Sonne in
einem anderen Blickwinkel hatte. Er würde umdenken
müssen.

2

Am späten Nachmittag erreichten sie die Stadt. Wagner
hatte fast vier Stunden geschlafen. Als er aufwachte,
fuhren sie durch eine rotbraune staubige Ebene, in die
der Regen tiefe Rinnen gewaschen hatte. Dann kam ein
Zementwerk, daneben standen vierstöckige kastenför-
mige Häuser, Neubauten, die wie Ruinen aussahen.

Hier wohnten offenbar die Arbeiter des nahe gelegenen Zementwerks. Die Häuser standen in einer Senke, in der vom letzten Regen das Wasser stehen geblieben war. Frauen wateten darin herum, ein Mann balancierte auf einer Bohle zu einem Hauseingang. Kinder paddelten auf zusammengebundenen Benzinkanistern von Haus zu Haus. Was für eine idiotische Planung, dachte Wagner, die Häuser in dieser Senke zu bauen. Ein paar hundert Meter weiter hätten sie auf dem Trockenen gestanden.

Sie fuhren an Hütten und kleinen Behelfshäusern vorbei und kamen in den älteren Teil der Stadt. Die Häuser hier waren meist zweistöckig, hatten schwungvolle Voluten an der Dachbalustrade und waren wahrscheinlich um die Jahrhundertwende gebaut worden. Von den Fassaden war der Putz flächig abgefallen, Gesimse waren abgebrochen, in den hölzernen Fensterläden fehlten Traljen. Aus den Innenhöfen ragten Palmen, grau überpudert vom Staub des nahen Zementwerks und zerzaust wie riesige Klosettbürsten. Vor den Häusern, im Schatten, saßen Frauen, die Wäsche stopften und Gemüse putzten. Eine alte grauhaarige Frau saß an einer Tret-Nähmaschine auf dem Bürgersteig. Eine Horde Kinder kämpfte um einen Fußball.

Sie fuhren über einen Platz, in dessen Mitte ein Reiterdenkmal aus Kupfer stand, ein Mann, der auf einem sich aufbäumenden Pferd seinen Säbel in den Himmel stieß.

San Martin, sagte der Fahrer, da Freiheitshold.

Hinter dem Platz erhoben sich drei, vier neuere Hochhäuser. Vor dem ersten, in dessen honigfarbenem Glas sich die untergehende Sonne spiegelte, hielt der Fahrer, stieg aus und öffnete den Wagenschlag. Im gleichen Moment kam aus der Tür des Hochhauses ein Mann in einem beigen Anzug, lief die breiten, mit weißem Marmor ausgelegten Treppen hinunter und streckte Wagner schon von weitem die Hand entgegen.

Willkommen, rief er, hier in der Wildnis, dann drückte er Wagner übertrieben fest die Hand und sagte: Mein Name ist Bredow. Ich dachte, das beste ist, wenn wir gleich zu Ihnen nach Hause fahren, dann können Sie sich umziehen, schwimmen, und danach kommen Sie zu uns zum Essen, wenn Sie das noch mögen, nach der langen Reise. Im übrigen sollten wir uns duzen, das ist hier üblich.

Gut, sagte Wagner, der die kumpelhafte Duzerei auf dem Bau haßte, zumal unter den Ingenieuren und Bauleitern. Bredow setzte sich neben Wagner in den Fond und sprach mit dem Fahrer auf spanisch.

In der Firmenleitung hatte der Direktor der Auslandsabteilung Wagner ausdrücklich auf die Kompetenzaufteilung bei diesem Bau hingewiesen. Wagner sei ausschließlich für die technische Durchführung des Projekts zuständig, darin allerdings absolut selbständig. Alles andere aber, die kaufmännischen Fragen, insbesondere auch die Verhandlungen mit den Behörden und Dienststellen im Lande, sei ausschließlich Aufgabe von Bredow. Bredow habe schon mehrere Projekte geleitet (er sagte sehr betont geleitet, und später ärgerte sich Wagner, nicht nachgefragt zu haben, wer denn nun Bauleiter sei, er oder Bredow), ein Mann, der schon fünfzehn Jahre im Lande lebe und über ganz ausgezeichnete Beziehungen zu den offiziellen Stellen verfüge. Ohne die liefe dort nichts. Wagners Vorgänger habe sich wie ein Elefant im Porzellanladen aufgeführt, und es sei nicht verwunderlich, daß der Mann dann einen Nervenzusammenbruch bekommen habe. Wagner verstand es so, wie es gemeint war, als Warnung.

Bredow hatte auffallend durchsichtige, hellblaue Augen, aber seine Gesichtshaut war so tief gebräunt, wie man es sonst allenfalls an brünetten Menschen sieht. Die langen hellblonden Haare hatte er straff an den Kopf gekämmt, bis in den Nacken hinunter, wo sie, wie erlöst, sich wieder nach oben kräuselten.

Sie fuhren aus der Stadt nach Westen hinaus, der untergehenden Sonne entgegen. In der sonst kahlen, rotbraunen Ebene lag, wie eine Insel, ein mit Bäumen und Büschen bestandener Hügel. In dem Grün waren Häuser und Villen zu erkennen. Auf der linken Straßenseite kamen ihnen, in einer nicht abreißenden Reihe, Männer und Frauen entgegen.

Das sind die Dienstboten (was für ein altertümliches Wort) und Gärtner, erklärte Bredow, die haben Feierabend und gehen jetzt nach Hause in die Stadt.

Am Fuß des Hügels war die Straße durch einen Schlagbaum gesperrt. Zwei Soldaten mit Maschinenpistolen standen dort Wache. Der eine Soldat kam auf den Wagen zugeschlendert. Bredow hatte das Fenster heruntergekurbelt und rief etwas auf spanisch hinaus. Der Soldat lachte, sagte irgend etwas und ging zum Schlagbaum, den er hochdrückte.

So, das ist der grüne Hügel. Du wohnst unten, direkt an der Mauer. Unser Haus ist nicht weit entfernt. Ganz oben wohnen die gutbetuchten Einheimischen, die sogenannten ranzigen Familien.

Die Straße war breit und sorgfältig asphaltiert. Die Kantsteine waren mit phosphoreszierender Farbe weiß gestrichen. Überall brannte, obwohl es jetzt erst dämmerte, Licht: Häuser, Gartenmauern, Wege, ja sogar die Rasenflächen und einzelne Bäume in den Gärten wurden angestrahlt.

Wagner fragte, ob man abends zu Fuß zur Stadt hinüberspazieren könne.

Nein, besser nicht. Du hast ja deinen Wagen. Die Firma bewilligt zwar nur einen Ford, aber der tut seine Dienste. Der Chauffeur hielt vor einem großen hellerleuchteten Bungalow.

Sie stiegen aus. Plötzlich war es still, bis auf das melodische Singen eines Vogels. Wagner stand in der Dämmerung und hatte noch die Fahrgeräusche in den Ohren, Geräusche, die ihn über dreißig Stunden lang begleitet hatten und wie ein Echo nachhallten. Es hatte etwas abgekühlt. Die Luft war erfüllt von einem schweren Blütenduft, den Wagner sonderbarerweise auch zu schmecken glaubte, süßlich. Die Tür des Bungalows wurde geöffnet, und eine Sirene heulte kurz auf. Eine Hand zuckte wieder zurück. Die Sirene wurde ausgeschaltet. Dann erschien eine ältere Frau in einem weißen Kittel. Ihr graues Haar hatte sie zu einem dicken Zopf gebunden. An den ungewöhnlich großen, nackten Füßen trug sie Plastiksandalen.

Das ist Sophie, sagte Bredow, dein guter Hausgeist.

Die Frau gab Wagner die Hand, starrte ihn aus blauen unbeweglichen, fast leblosen Augen an.

Willkommen, murmelte sie und schlurfte ins Haus. Der Chauffeur folgte ihr mit den Koffern.

Sie kommt aus Entre Rios, sagte Bredow, dort leben viele Rußlanddeutsche, die in den zwanziger Jahren, nach der Revolution, aus Rußland ins Land gekommen sind. Etwas altertümlich in ihren Ansichten, aber ehrlich und fleißig, was hier ja nicht immer selbstverständlich ist.

Bredow führte Wagner durch das Haus, fünf Zimmer und ein riesiges Wohnzimmer, davor eine Veranda. Die Zimmer waren möbliert, klobige Sessel, polierte Mahagonischränke.

Nicht gerade das italienische Design, sagte Bredow

und klopfte an einen Schrank, aber solide Handarbeit, und vor allem hier im Lande hergestellt.

Sechs Zimmer. Ich kann die nur abschließen oder aber eine Pension aufmachen.

Dann schon lieber ein Freudenhaus.

Wagner sah in den angeleuchteten Garten hinaus, großlappige Blätter, ein kurzgeschorener Rasen, eine Bananenstaude, an der schwer ein Fruchtkolben hing, üppige Büsche, dahinter: Dunkelheit. Er ging durch die Zimmer. Das Schlafzimmer war mit weißlackierten Einbauschränken vollgestellt, in der Mitte stand ein kolossales Ehebett aus Messing. Im nächsten Zimmer: nur ein Schrank, ein kleiner Schreibtisch und ein Bett. An dem Fenster, das zum Garten führte, klebten zwei bunte Abziehbilder, zwei Schlümpfe. Durch sie verlor der Raum etwas von seiner Fremdheit. Wagner sagte, er wolle in diesem Zimmer schlafen, nicht in dieser Zwingburg von einem Ehebett.

Ist mir egal, murmelte Sophie und schleppte die Reisetasche Wagners in das Zimmer.

Ich fahr jetzt nach Hause, sagte Bredow. Du kommst zum Essen, so in einer Stunde. Du hast unser Haus ja schon gesehen, die Nummer ist leicht zu merken, 333, die Schlacht bei Issos.

Er brachte Bredow zur Tür und verabschiedete sich vom Chauffeur. Er beobachtete Bredow, wie der zum Wagen hinüberging. In all seinen Bewegungen war eine bewußte Ökonomie, etwas Kraftsparendes, und es ging eine freundliche Ruhe von ihm aus. Wagner war überzeugt, daß er mit Bredow gut auskommen würde. Das war nicht der Mann, der um Anerkennung kämpfen mußte, mit dem man in einem Grabenkampf um läppische Details focht.

Sophie war dabei, die Sachen in die zahlreichen Einbauschränke des Hauses zu verteilen. Es wäre viel einfacher gewesen, alles in dem Schrank des früheren Kinderzimmers unterzubringen, aber die Frau hatte ihre festen Vorstellungen, und so verloren sich seine Socken, Hosen und Hemden langsam im Haus.

Er fragte nach seiner Badehose, und sie schlurfte, etwas in sich hineinmurmelnd, raus. Er würde von jetzt an nach jedem Kleidungsstück fragen müssen. Er ging hinaus, in den Garten, über das stoppelige Gras, das er unter nackten Sohlen spürte.

Das Schwimmbecken war gute zehn Meter lang und endete in einer aus Natursteinen gebauten Grotte, aus der ein kleiner Katarakt plätscherte. Von unten beleuchtet, warf das Wasser seine Reflexe auf die Steine und die weit überhängenden, großen Blätter mehrerer dickstengeliger Pflanzen, die so dicht wuchsen, als beginne hier, hinter dem Swimmingpool, der Urwald. Wagner schwamm und tauchte. Über ihm glänzte das Laub eines gewaltigen Baums, dessen Stamm die Form einer Flasche hatte. Ein Nachtvogel sang, ein Singen wie ein feines, melodisches Pfeifen, das jedesmal in einem eigentümlichen froschartigen Glucksen endete. Wenn es denn nicht zwei Tiere waren, die einander antworteten. Wagner legte sich auf eine, mit einem Frotteehandtuch bedeckte, weiße Holzliege. Er lag da im Dunklen und spürte das Kitzeln der ablaufenden Wassertropfen auf der Haut.

Er hatte sofort zugesagt, als man ihn fragte, ob er eine Baustelle in Südamerika übernehmen wolle.

Der Direktor der Auslandsabteilung hatte ihn in seinem Baubüro in Lüdenscheid angerufen. Man habe in der Firmenleitung überlegt, wer das Projekt übernehmen könne, und sei auf ihn, Wagner, gekommen, einmal, weil er mit seinem Elektrizitätswerk ja fast fertig sei, denn die Abnahme in drei Wochen könne auch Wagners Stellvertreter machen, zum anderen aber, und darum frage man ihn als ersten, weil man Wagner zutraue, das etwas verfahrene Projekt wieder in Gang zu bringen. Eine Papierfabrik mitten im Urwald. Der Job sei nicht einfach, und die Firma habe bisher mit den Bauleitern Pech gehabt. Der erste sei von Guerilleros entführt, später zwar wieder freigelassen worden, allerdings unter der Auflage, das Land zu verlassen. Der zweite sei vor drei Wochen krank geworden, genauer, er habe einen Nervenzusammenbruch bekommen. Der Mann habe offenbar besonders unter dem Klima gelitten und die ganze Organisation nicht in den Griff bekommen. Die Arbeitsverhältnisse seien natürlich nicht mit denen im Sauerland zu vergleichen, und natürlich gebe es jede Menge unkalkulierbarer Schwierigkeiten. Mal abgesehen von fachlichen Fragen, müsse man beides beherrschen, die Organisation und die Improvisation. Aber vielleicht reize Wagner eben das. Es sei halt etwas ganz anderes.

Wagner sagte: Ja, ich übernehme das. Wann muß ich da sein?

Nächste Woche. Wir sind schon in Verzug.

Wagner sagte abermals: Ja, und zugleich wunderte er sich, wie selbstverständlich und ohne jedes Zögern er zusagte und damit alle seine Pläne umstieß. Denn er sollte, nach Abnahme des Elektrizitätswerkes und einem vierwöchigen Urlaub, eine Zuckerfabrik in der Nähe von Uelzen bauen. Die Baustelle konnte er in einer dreiviertelstündigen Autofahrt von zu Hause erreichen. Damit hätte er nach zwei Jahren als Wochenendpendler endlich wieder zu Hause wohnen können. Alle, Sascha, Susann und er selbst, hatten sich darauf gefreut und Pläne gemacht.

Es muß schnell entschieden werden, sagte der Direktor, aber doch nicht so schnell. Ich kann Ihnen einen Tag Bedenkzeit geben.

Nein, das ist nicht nötig.

Das wird nicht einfach sein für Ihre Frau.

Nein, das wird nicht einfach sein, aber es wird gehen.

Sie können Ihre Familie mitnehmen. In der Hauptstadt gibt es eine deutsche Schule.

Mal sehen, sagte Wagner.

Für die nächste Woche wurde ein Treffen in der Firmenzentrale in Düsseldorf verabredet. Er sollte dann in das Projekt eingewiesen werden.

Er überlegte, ob er sofort Susann anrufen sollte. Aber da er am nächsten Tag sowieso fliegen würde, hielt er es für besser, ihr alles zu Hause zu erzählen. Wie sollte er ihr das aber auch erklären, daß er sofort und ohne sich lange zu besinnen diesen wahnsinnigen Job angenommen hatte? Er konnte es sich nicht einmal selbst genau erklären. Und doch kam bei ihm kein Zweifel an seiner Entscheidung auf. Er probierte an diesem und am folgenden Tag, sogar noch auf dem Heimflug, zwischen all diesen erschöpften Männern, immer wieder die möglichen Antworten. Die Pflicht, auch einmal in einem unterentwickelten Land zu arbeiten, dort sein Wissen und seine Kenntnisse einzubringen. Sie würde nur lachen, schließlich kannte sie ihn nicht erst seit gestern. Auch das Geld war es nicht. Der Direktor hatte zwar eine überraschend hohe Gehaltssumme genannt, aber Susann und er waren sich schon immer darin einig gewesen, daß das, was sie verdienten, sie als Lehrerin und er als Bauleiter, genug sei. Es blieb trotz der Raten für das Haus, das sie vor drei Jahren gebaut hatten, mehr als genug übrig. Er habe ja, sagte er sich, schon als Kind nach Südamerika in den Dschungel reisen wollen, und er hatte das auch Susann erzählt, aber als Erklärung für seinen schnellen Entschluß war das nur ein kindisches Argument. Und so blieb ihm nur der Hinweis auf seine Karriere, auf das, was er einmal werden wollte, Leiter einer Großbaustelle in Übersee, wobei es sein Wunsch war, und zwar schon seit seiner Studienzeit, einen Großflughafen zu bauen, wie Berthold, der den Pilgerflughafen in Dschidda gebaut hatte. Und doch wußte er, daß es nicht der wahre Grund war.

Er war am Freitagabend nach Hause gekommen, und wie immer hatte Susann gekocht, Sascha saß vor seinem Mensch-ärgere-dich-nicht-Spiel. Wagner hatte sich vorgenommen, gleich von seiner neuen Baustelle zu erzählen, dann aber, weil Sascha drängte, doch endlich zu spielen, verschob er es. Wie immer mußte er darauf achten, daß er möglichst nicht, wenigstens nicht zu schnell, gewann. Sascha konnte nicht verlieren. Und meist brach er das Spiel ab, entweder weil er verlor, oder weil er merkte, daß Wagner ihn gewinnen ließ. Es war aber auch unendlich schwer, bei diesem Spiel absichtlich zu verlieren, ohne daß Sascha es merkte. Und wie zur Strafe würfelte er immer die Zahlen, die ihn vorrücken ließen und damit diesen nervösen Zug in Saschas Gesicht brachten. Plötzlich zappelte er, plötzlich hatte er keine Lust mehr, plötzlich sah man ihm die tiefe, ihn ganz erfassende Enttäuschung an, hatte er sich doch die ganze Woche auf diesen Augenblick gefreut, mit dem Papa Mensch-ärgere-dich-nicht zu spielen, und nun enttäuschte jeder schlechte Wurf seine Erwartungen.

Später aßen sie zusammen, und es war genauso, wie er es schon vorhergeahnt hatte. Er erzählte von einem Polier, der nach acht Flaschen Bier, wenn er gut aufgelegt war, das Bierglas aufaß. Man hörte das Glas regelrecht zwischen seinen Zähnen knirschen. Sascha konnte sich darüber jedesmal wieder neu ausschütten vor Lachen. Nachdem er Sascha ins Bett gebracht und ihm auch noch etwas vorgelesen hatte, war er ins Wohnzimmer hinuntergegangen, wo Susann auf dem Sofa saß, die Beine untergeschlagen. Er hatte sich neben sie gesetzt und sie an sich gedrückt, als könne er die körperliche Nähe, die er all die Tage über vermißt hatte, ihr regelrecht abpressen, bis sie lachend aufschnaufte. Dann sagte er – und er mußte innerlich regelrecht einen kleinen Anlauf nehmen –, er habe ein Projekt in Übersee angenommen, eine Papierfabrik. Es passierte das ganz und gar Unerwartete. Susann war keineswegs entsetzt, sie war nicht einmal überrascht. Sie sagte nur, ein halbes Jahr vergeht rasch.

Nach einem kurzen Zögern sagte er: Es wird ungefähr ein Jahr dauern.

Auch das geht noch. Es war, als müsse sie ihm zureden, dabei hatte er sich doch längst entschieden. Sascha können wir unmöglich aus der Schule nehmen. Er hat genug Schwierigkeiten mit dem Schulanfang gehabt.

Nein, sagte er, das wäre nicht gut.

Es war, das spürte er jetzt, doch ein weitergehender Abschied, als er zunächst vermutet hatte. Sie trennten sich für ein Jahr, und keiner begehrte auf.

Spät abends kamen Renate und Berthold vorbei. Berthold, der nur zwei Jahre älter als Wagner war, hatte schon zwei Baustellen in Übersee geleitet. Er sagte sofort: Das ist ein Himmelfahrtskommando. Bei den Verhältnissen da unten, schlimmer gehts gar nicht: Militärdiktatur, Guerilla, Korruption, Schlamperei, und dann auch noch die Hitze. Wenn du den Bau über die Rampe bringst, dann kannst du dir in Zukunft jeden Bau aussuchen, wenn aber nicht, dann stürzt du ins Bodenlose. Denn das ist doch klar, dein Vorgänger wird bis zu seiner Pension Einfamilienhäuser in der Lüneburger Heide bauen.

Er hatte, als er von seinem neuen Job erzählte, Renate angesehen. Sie war überrascht, und sie konnte ihre Überraschung nicht verbergen, so daß er hoffte, Berthold und Susann bemerkten nichts. Er vermied es, an dem Abend mit Renate allein zu sprechen. Sie hatten dann alle auf den neuen Job angestoßen. Den Ort hatten sie im Atlas nicht finden können.

Erst am nächsten Morgen, als er Sascha erzählte, daß er in den Urwald ginge, für eine längere Zeit, war es für Wagner auch spürbar geworden, wie sehr sein Entschluß ihr Leben verändern würde. Er versprach sogleich, für Sascha Pfeile und Köcher von den Indianern mitzubringen. Aber das vermochte nichts von Saschas Schmerz zu nehmen, da ja das Dampfschiff, das sie doch zusammen bauen wollten, nicht gebaut würde, auch nicht die Gegensprechanlage, und für lange Zeit würden sie nicht einmal Mensch-ärgere-dich-nicht spielen. Sascha wurde vom Weinen regelrecht geschüttelt. Er war so untröstlich, daß Wagner erstmals an seinem Entschluß zweifelte und das Gefühl hatte, als mache er sich aus dem Staub. Die Erinnerung an Saschas Schmerz war auch jetzt noch quälend.

Fledermäuse schossen durch die Luft. Im Schein der Lampen taumelten schwere Insekten. Aus der Ferne hörte er das dunkle Bellen eines Hundes. Im Nachbargarten redete jemand in einem breiten Texanisch über den Anbau verschiedener Maissorten; es war eine Stimme, die einer Frau, aber auch einem Mann gehören konnte. Wagner stand auf, um nicht einzuschlafen. Er schwamm nochmals, zog Jeans und ein weißes Hemd an. Er ließ sich von Sophie den Autoschlüssel geben. Der Wagen stand in der Garage, ein grauer Ford Falcon.

Der Wagen war so gut wie neu. Sein Vorgänger hatte ihn vor zwei Monaten von der Firma bekommen.

Er fuhr die Asphaltstraße hinauf bis zu Bredows Haus. Bredows Frau öffnete. Christi, wie sie sich selbst vorstellte, eine große rothaarige Frau mit einem durchtrainierten, fast muskulösen Körper. Wagner schätzte sie auf Mitte Zwanzig. Sie trug ein blaugeblümtes Kleid und Pumps mit hohen Absätzen. Christi führte ihn durch das Haus. Alle Sessel, Tische, Kommoden, Schränke, Stühle waren aus einem hellen Nußholz, hergestellt in einer dänischen Werkstatt.

Christi sagte, sie sei Dänin, er müsse ihr etwas holpriges Deutsch entschuldigen. Sie sprach aber fast akzentlos deutsch.

In einem Eckschrank standen alte schwedische Gläser. Vor den Fenstern Leinenvorhänge in Pastelltönen. Geschmackvoll und teuer.

Bredow kam herein, die große Grillgabel in der Hand. Er hatte sich die Jacke ausgezogen und die Ärmel seines hellblauen Hemdes hochgekrempelt.

Weißt du, sagte er, man muß sich hier wohl fühlen, sonst hält man das auf Dauer nicht aus, darum ziehen wir auch immer mit der gesamten Einrichtung um. Die meisten Sachen kommen von Christi. Ich habe nur einen Brief mit in die Ehe gebracht. Er zeigte mit der Grillgabel auf einen an der Wand hängenden, eingerahmten Brief. An einem blauen Band hing ein Orden daran. Ein Handschreiben von Zar Alexander I., nach der Schlacht bei Leipzig, an Bredows Urahn gerichtet. Der war mit einem preußischen Linienregiment vorgerückt und hatte dadurch ein russisches Corps gerettet. Das ist der Rest vom Schützenfest, alles andere ist im Osten geblieben, das haben sich die Russen zurückgeholt.

Er ging mit Bredow in den Garten, wo der Grill stand, der Asado.

Die Steaks sind hier im Lande unvergleichlich. Sie haben einen ganz besonderen Geschmack. Das liegt daran, daß die Rinder das ganze Jahr über auf der Weide stehen und kein Kraftfutter bekommen.

Er schnitt in das Fleisch und prüfte, wie weit es durchgebraten war. Das Blut sammelte sich in der Schnittstelle. Für einen Junggesellen ist das Leben hier nicht leicht. In der Stadt, wenn man sie denn Stadt nennen will, gibt es ein Kino und einen Nightclub, und beide haben, wie du dir vorstellen kannst, nicht gerade internationales Niveau. Das gesellige Leben spielt sich hier, auf dem grünen Hügel, fast ausschließlich in den Häusern ab. Es gibt eine ziemlich große deutsche Kolonie, aber die wohnen natürlich hinter den sieben Bergen, bei den sieben Zwergen. Du wirst sie sicherlich bald kennenlernen. Sie werden dich einladen. Geh hin. Nimm es wie ein Kuriositätenkabinett. Diskussionen sind zwecklos. Fällt man aus diesem Kreis heraus, kann man verdammt einsam sein, wenn man kein Spanisch kann.

Sie aßen auf der Veranda und tranken zu dem Fleisch einen Burgunder. Warum hast du deine Frau nicht mitgebracht, fragte Christi. Sie hoffe, daß er nichts gegen das Du habe, das ihr als Dänin eben leichtfalle.

Nein, sagte Wagner, er habe überhaupt nichts dagegen. Seine Frau sei zu Hause geblieben, weil sie ihren Sohn nicht aus der Schule nehmen wollten, in der er sich eben mit Mühe eingewöhnt habe.

Die deutsche Schule in der Hauptstadt ist sehr gut. Es gibt auch ein an die Schule angeschlossenes Internat. Unsere Kinder sind dort.

Wie alt sind die?

Zehn und zwölf.

Als er Christi überrascht ansah, lachte sie. Sie sei Bredow mit achtzehn in die Arme gelaufen. Ihr Vater war damals hier im Land Diplomat.

Warum Wagner sich für die Baustelle gemeldet habe, wollte Christi wissen.

Ich wollte einfach einmal in Übersee arbeiten.

Wagner war immer wieder überrascht, daß sich die Leute mit dieser Erklärung zufriedengaben. Sicherlich vermuteten sie noch andere Gründe, mochten nur nicht danach fragen. Hätte nicht wenigstens Susann fragen müssen?

Da Bredow nicht auf den Bau zu sprechen kam, fragte ihn Wagner, wie es denn vorangehe.

Das geht seinen Gang, sagte Bredow und schnitt an seinem Steak herum.

Gibt es keine Probleme?

Nein, jedenfalls keine, die über das Übliche hinausgehen.

Und was ist das Übliche?

Du wirst es sehen. Ich fahr dich morgen hin.

3

Um fünf Uhr morgens fuhr Wagner zur Baustelle. Bredow hatte ihn von zu Hause abgeholt und fuhr in seinem BMW voraus. Zunächst nach Norden, auf der Provinzstraße, dann bogen sie auf eine schmale Asphaltstraße ab, die von der Firma gebaut worden war. Überall am Straßenrand waren die tiefen Profilabdrücke von LKW-Reifen zu sehen. Die Laster mußten auf der schmalen Straße einander ausweichen. Die Asphaltdecke der Straße war rot überstäubt. Bredow fuhr schnell, hin und wieder hupte er, als wolle er sich vergewissern, daß Wagner nicht eingeschlafen sei. Wagner hatte alle Fenster heruntergedreht, der Fahrtwind wühlte in seinem Haar. Der grüne Wulst am Horizont, der Regenwald, wurde langsam größer, und schon konnte er einzelne hochaufgeschossene Bäume erkennen. Dann tauchten sie in das Grün, und es war wieder dunkel. Die Straße führte wie ein Tunnel durch den Wald. Er sah im Scheinwerferlicht Blätter, Stämme, Lianen. Es war überraschend still, bis auf das Knattern des Fahrtwindes. Hin und wieder flatterten ein paar Vögel auf. Gern wäre er jetzt ausgestiegen, einfach um für einen Moment still in dem Wald zu stehen. Er hupte und blinkte, aber Bredow beschleunigte daraufhin abermals das Tempo, hupte, um zu zeigen, daß er verstanden habe, und es begann eine rasende Fahrt durch den Urwald. Er fuhr, das Gaspedal durchgedrückt und auf die Straße starrend. Wie Adern verliefen die Wurzeln unter dem Asphalt, der oftmals schon aufgebrochen und in Schlaglöcher ausgefahren war. Plötzlich bremste Bredow. Wagner sah die drei Laster mit den Betontrommeln. Die Laster fuhren rechts an den Straßenrand, die Räder wühlten sich in den weichen Boden. Wagner fuhr hinter Bredow an den Lastern vorbei, auf denen sich langsam die Betontrommeln drehten. Am ersten Wagen war die Betonschütte nicht richtig verschlossen, bei jeder Drehung fiel schubweise etwas Beton auf die Straße. In dem Augenblick entdeckte Wagner die Schlange, eine smaragdgrüne Schlange, die vor ihm über die Straße glitt. Er versuchte auszuweichen, wäre dann aber in die tiefen Radspuren neben der Straße gekommen, so fuhr er weiter und bremste neben der Fahrerkabine des ersten Lasters. Er versuchte den Fahrer, einen noch jungen Mann mit indianischen Gesichtszügen, darauf aufmerksam zu machen, daß die Trommel

Beton verlor. Der Mann verstand ihn nicht, er beachtete Wagner nicht einmal. Er starrte auf die Straße. Wagner stieg aus und zeigte auf die Betonspur. Erst da sah er die Schlange. Er hatte sie ziemlich genau in der Mitte überfahren und regelrecht auf dem Asphalt festgewalzt. Während der Schlangenkopf mit ruckartigen Bewegungen den plattgedrückten Leib nach vorn zu zerren versuchte, ringelte sich das Schwanzende ein. Wagner überlegte, ob er das Tier nicht einfach tottreten solle, aber schon der Gedanke, mit dem Absatz das Tier zu berühren, ekelte ihn. Er versuchte nochmals, den Fahrer auf die Betonspur hinzuweisen, aber der starrte wie gebannt auf die zuckende Schlange. Wagner stieg wieder ein und fuhr langsam weiter. Im Rückspiegel sah er, wie die beiden anderen Fahrer ausstiegen und zu der Schlange gingen. Was war daran so bemerkenswert? Die überfuhren doch sicherlich täglich mehrere Schlangen. Bald hatte er Bredow erreicht, und nach knapp zehn Minuten öffnete sich der Wald zu einer großen Lichtung. Die Stubben gefällter Bäume ragten aus der Erde. Das Gebiet war abgebrannt worden, nur vereinzelt standen noch angekohlte Palmen darauf. Aus der grauen Asche hatten sich schon wieder grüne Schößlinge geschoben. Sie fuhren zu der Baustelle, auf der vier Kräne standen. Ein zweistöckiges Betongebäude war fertiggebaut. Es war der spätere Bürotrakt, der jetzt als Baubüro benutzt wurde, wie er aus den Bauplänen wußte. Daneben stand ein zweites, kleineres Gebäude, das Kraftwerk, das die Baustelle mit Strom versorgte und später einmal, wenn die Überlandleitungen bis hierher führten, zu einem Transformationswerk umgewandelt werden sollte. Um die beiden Gebäude war ein gut drei Meter hoher Zaun mit Stacheldraht errichtet worden. Bredow fuhr durch das offene Zauntor, vorbei an einem Wachmann in Khaki. Der

Mann hatte einen schweren Trommelrevolver umgeschnallt, wie Wagner ihn aus Western kannte. Bredow hielt vor dem Eingang des Bürotrakts. Wagner stieg aus und ging zu Bredow hinüber, der, noch im Wagen sitzend, sich gelbe Gummistiefel anzog.

Warum hast du angehalten?

Bei einem der Laster war die Betonschütte nicht richtig verriegelt.

Bredow lachte: Da haben die eine Betonspur durch den Wald gelegt.

Sie gingen in den Bürotrakt. Auf der Treppe kam ihnen ein Mann entgegen. Mitte Fünfzig, schätzte Wagner, blondgraues schütteres Haar, ein aufgedunsenes, aber braungebranntes Gesicht, das Khakihemd spannte sich über dem mächtigen Bauch.

Das ist Herr Steinhorst, der stellvertretende Bauleiter. (Bredow sagte nicht: dein Stellvertreter.) Herr Steinhorst hat in der Zwischenzeit den Bau betreut.

Betreut, das ist nett ausgedrückt, sagte Steinhorst, ich bin froh, und er drückte Wagner die Hand, daß Sie da sind.

Er wollte Wagner damit wohl zu verstehen geben, daß er selbst keinerlei Ambitionen auf den Bauleiterposten habe. Er sah Wagner aus seinen himmelblauen Augen an, die feucht waren, die Lider schimmerten rot entzündet. Steinhorst führte Bredow und Wagner in einen größeren Raum, die Kantine, in der ungefähr zwanzig Mann versammelt waren, die Ingenieure, Techniker und Poliere. Unter all den Dunkelhaarigen, Braungesichtigen entdeckte Wagner sogleich den dritten Ingenieur auf der Baustelle, Hartmann, ein noch junger Mann, kurznäsig und mit einer sommersprossigen Glatze. Ein Kopf, der Wagner an Darwin erinnerte. Bredow redete auf spanisch zu den Leuten. Wagner hatte als Student einmal einen Spanisch-Kurs mitgemacht, aber verstand nichts von dem, was Bredow sagte. Ein älterer dunkelhäutiger Mann mit graukrisseligem Haar trug auf einem Plastiktablett Pappbecher herein und verteilte sie an die Umstehenden.

Versteit Se dat, fragte ihn ein großer Indianer, der sein blauschwarzes Haar zu einem Pferdeschwanz zusammengebunden hatte.

Wagner war über das Plattdeutsch aus diesem Indianermund so überrascht, daß er nur ja sagte.

Wenn Se wat weten wullt, ik übersetz dat. Ik heet Juan.

Wagner wollte fragen, wo Juan das Platt gelernt habe, da hoben alle ihre Pappbecher und Gläser, und Bredow sagte: Auf ein gutes Gelingen.

Sie prosteten Wagner zu. Er trank, verschluckte sich, es war kein Sekt, wie er angenommen hatte. Er hustete, der Indianer klopfte ihm den Rücken, und als Wagner hochsah, blickte er in freundlich grinsende Gesichter. Alle Fremdheit war für einen Moment verschwunden.

Sidra is dat, sagte Juan.

Eine Sirene heulte zum Arbeitsbeginn, und die Männer verließen den Raum. Steinhorst holte sich einen gelben Plastikhelm und brachte auch Wagner einen mit.

Ist das nicht etwas dramatisch, fragte Wagner.

Überhaupt nicht, sonst haben Sie bald einen Sonnenstich. Kommen Sie auch mit, fragte Steinhorst Bredow.

Nein, ich hab einen Termin, außerdem hab ich von dem Bau eh keine Ahnung. Das macht ihr schon. Er schlug Wagner auf die Schulter, rief Adios und ging in seinen leuchtend gelben Gummistiefeln hinaus.

Steinhorst führte Wagner über das Baugelände. Wagner hatte die Pläne sorgfältig zu Hause studiert. Da waren die drei großen Fabrikhallen, in denen das Papier hergestellt werden sollte. In der Halle A war das Fundament schon fertig, und man war dabei, die Stützen und tragenden Wände zu gießen. Dann gingen sie zu einer Baugrube, in der drei große Caterpillars die Erde aushoben.

Dort soll die Halle B gebaut werden. Halle C kommt dorthin, sagte Steinhorst und zeigte auf einen mit rotweißen Stangen gekennzeichneten Platz. Da kommen die beiden Lagerhallen hin und dort die Werkstatt, daneben die Kantine.

Etwas abseits standen mehrere Nissenhütten, runde, mit Wellblech belegte Dächer.

Dort wohnen die Arbeiter, sagte Steinhorst.

Wagner sah zwei größere Feuerstellen, einen Herd, einen Ofen. Unter einem Wellblechdach, das auf Pfählen ruhte, standen mehrere selbstgezimmerte Tische und Stühle. Schweine lagen im Schatten, ein paar räudige Hühner pickten in dem roten Erdboden. Ein zerlumpter Mann mit langem schwarzem Haar hackte Holz.

Sind das Indianer?

Bolivianer, aber viele sind Indianer.

Warum Bolivianer?

Die sind billiger und fleißiger, sagte Steinhorst, die müssen arbeiten, sonst fliegen die sofort.

Gibt es mit denen Probleme?

Nein, überhaupt nicht, die würden sonst sofort abgeschoben.

Gibt es politische Probleme?

Sie meinen die Guerilla? Kaum noch. Das Militär hat nach dem Putsch kräftig aufgeräumt. Als wir hier anfingen, war das noch die heiße Phase. Da ging fast jede Nacht in der Stadt eine Bombe hoch. Es kam auch immer wieder zu Schießereien. Wir hatten auch hier Sabotageakte. Ein Brandanschlag auf einen Kran, durchstochene Reifen, geklaute Zündkerzen. Die werden noch immer geklaut, aber nicht mehr aus politischen Gründen. Die klauen hier wie die Raben.

Sie waren zur Baustelle von Halle A zurückgegangen. Wagner beobachtete, wie die Holzverschalungen für die Pfeiler gezimmert wurden.

Als wir hier anfingen, die Baugrube von Halle A auszuheben, wurde Ehmke entführt. Sie werden ja davon gehört haben. Steinhorst starrte zum Waldrand hinüber, als sei dort die Entführung noch zu beobachten.

Ist er dort entführt worden, fragte Wagner.

Nein. Er wurde in seinem Haus, auf dem Hügel, gekidnappt, wo Sie jetzt wohnen. Es war nachts. Seine Frau und die Kinder schliefen schon. Ehmke saß auf der Veranda, rauchte und trank noch ein Bier. Morgens fand die Frau seine ausgebrannte Pfeife und das halb ausgetrunkene Glas Bier. Niemand hatte etwas gemerkt. Sie waren über die Gartenmauer gekommen, haben Ehmke mit Pistolen bedroht, gefesselt, geknebelt, in einen bereitstehenden Wagen gesteckt und in die Stadt gefahren, wo er drei Wochen lang in einer Kammer festgehalten wurde. Die Wohnung ist auch später von der Polizei nie gefunden worden. Ehmke erzählte, daß er unter der Türritze in eine Küche sehen konnte. Unter einem Küchenschrank sah er zwei Granatäpfel liegen. Die müssen für ihn etwas Tröstliches gehabt haben. Er sagte später, er habe nie geglaubt, daß sie ihn erschießen würden.

Warum ist der überhaupt entführt worden?

Die Guerilleros haben ihn entführt, um von der Junta eine Erklärung im Fernsehen zu erpressen. Eine Erklärung, die sich gegen die Militärs, aber auch gegen unsere Firma richten sollte, sogar gegen dieses Bauprojekt.

Und warum?

Steinhorst nahm sich den Plastikhelm vom Kopf und wischte sich mit dem Hemdärmel über die Stirn.

Jedenfalls nicht, um den Wald zu schützen. Es ging um irgendwelche Schiebungen, Bestechungsgelder, Landverkäufe, was weiß ich. Man blickt nicht durch. Sie werden das noch selbst sehen.

Und wo haben sie Ehmke freigelassen?

Ganz einfach. Eines Tages war er wieder da, mit einem Vollbart. Die haben ihn nachts auf einer Straße in der Stadt ausgesetzt. Der war eben eine Nummer zu klein. Die Militärs haben sich überhaupt nicht um das Ultimatum gekümmert. Wäre Ehmke umgelegt worden, dann wäre das auch für die Firma ein Arbeitsunfall gewesen. Mit dem Risiko muß man heute in unserm Job leben. Steinhorst lachte auf. Frau Ehmke hätte sich freuen können. Erstens wäre sie ihren alten Nörgler losgewesen, und dann hätte sie neben einer Rente auch noch eine dicke Lebensversicherung kassiert. Der war doch hoch versichert. Sie doch hoffentlich auch?

Wagner mußte lachen.

Wissen Sie, sagte Steinhorst, ich glaube ja, daß die den Ehmke gar nicht wollten. Die haben den verwechselt. Die meinten den Bredow, das gibt einen Sinn.

Und welchen?

Steinhorst wiegte den Kopf und grinste, dann klopfte er sich auf seinen Bauch und sagte: Es wird Zeit, ich muß was trinken. Die Wüste ruft.

Als Wagner in sein Zimmer kam, saß Juan auf seinem Stuhl. Er hatte die Beine auf den Schreibtisch gelegt und las in einem Comic-Heft. Juan sah nur kurz hoch.

Brukt Se mi?

Nein, sagte Wagner, aber es wäre schön, wenn Sie die Füße von den Bauzeichnungen nehmen könnten.

Juan nahm die Füße vom Tisch und stand langsam auf. Er warf noch einen Blick auf das Comic-Heft, wahrscheinlich wollte er sich die Seite merken.

Wo heft Se dat Platt oppickt? In Hamburg?

Nee, bi uns to Hus, sagte Juan, im Gran Chaco.

Wagner lachte: Dat is Indianerlatein, wat.

Nee, is wohr. Mien Volk snackt mit de Mennoniten Platt, de sitt do, de Mennoniten, dickdreevsch, im Gran Chaco, op uns Grund und Boden.

Mööt wi in Ruhe besnacken.

Schon im Hinausgehen fragte Juan, ob es stimme, daß Wagner eine Schlange getötet habe.

Getötet, Wagner lachte, das klingt sehr dramatisch, jedenfalls auf Hochdeutsch. Wer sagt das?

De Arbeiter. War se smaragdgrün?

Ja. Warum?

Das ist die Acaray-Schlange. Man darf sie nicht töten, sagte Juan auf hochdeutsch, und das klang sehr feierlich.

O.k., sagte Wagner, o.k., nächstes Mal paß ich besser auf, aber jetzt muß ich arbeiten.

Juan ging. Wagner setzte sich an seinen Schreibtisch, über dem ein Ventilator lief, der die heiße Luft umrührte. Er versuchte, seine Gedanken zu ordnen, aber in seinem Kopf war ein Dröhnen.

4

Das Abendessen hatte Sophie unter einem beständigen Gebrummel serviert und später mit demselben Gebrummel wieder abgeräumt. Wagner hatte etwas von einem Abgöttischen, einer Sichel und einem rauchenden Brunnen verstanden. Er wollte sie fragen, was das für ein rauchender Brunnen sei, aber dann blieb sie in der Küche. So ging er auf die Terrasse und setzte sich auf eine der weißlackierten Holzliegen, stellte das Bier auf den Boden und zündete sich eine Zigarette an. Die Sonne versank in einem orangefarbenen Dunststreif, und für einen Moment war es, als kämen in dem letzten Licht noch einmal alle Dinge zu sich selbst, zeigten sich scharf umrissen und deutlich, die glattgrünen Blätter des Orangenbaums, die Brüstung der Mauer, ein gekippter weißer Gartentisch, um wenig später ins Ungefähre, Dunkle zu versinken. Er saß in einer wohligen Mattigkeit und lauschte dem schrillen Sägen der Zikaden, das mit Einbruch der Dämmerung sich abermals verstärkt hatte. Noch vor dem Essen hatte er ein Gespräch nach Hamburg angemeldet. Er wollte Susann sprechen, die jetzt, es war fünf Stunden früher, bald zu Bett gehen würde. Wahrscheinlich war sie gerade dabei, für das Frühstück am nächsten Morgen zu decken. Vor ein paar Tagen hatte er sie, als er seit langem erstmals wieder an einem Werktag zu Hause war, beobachtet. Susann war ins Haus gekommen, hatte ihren gelben Regenmantel ausgezogen, am Rock hatte sie noch Kreidestaub, und war sofort in die Küche gegangen. Sascha mußte sich die Hände waschen und dann in der Küche decken, nicht im Eßzimmer, wo sie am Wochenende immer aßen. Susann lief in der Küche hin und her, und Wagner hatte plötzlich das Gefühl, daß in diesem Tagesablauf gar kein Platz für ihn war. Als er sich an den Küchentisch setzte, schob Susann den für ihn gedeckten Teller an das Tischende und sagte, da sitzt du ungestörter. Tatsächlich war er es, der störte. Er hörte, was sie mit Sascha besprach, und das meiste war ihm fremd, es ging um Freunde, um Schulaufgaben, um den Flötenunterricht, um das Aufräumen einer Spielkiste, Probleme, die Wagner normalerweise am Wochenende nur als ganz allgemeine Stimmungsberichte erreichten. Sascha verschwand in seinem Zimmer. Er mußte Schulaufgaben machen. Susann setzte sich an ihren Schreibtisch, um eine Englischstunde vorzubereiten. Wagner wanderte durch das Haus, das sie vor drei Jahren hatten bauen lassen (der Entwurf stammte von einem befreundeten Architekten). Irgendwie war es zu rechtwinklig und zu groß geworden. Allerdings hatten sie, als sie das Haus planten, auch noch drei Kinder haben wollen, davon war, schon bevor sie ins Haus einzogen, nicht mehr die Rede. Susann ging alle zwei Jahre zum Arzt, um sich die Spirale austauschen zu lassen. Er erfuhr davon irgendwann später und eher zufällig. Wagner hätte gern noch ein Kind gehabt, aber er redete nicht mit Susann darüber, weil er sah, wie sehr sie die Schule forderte (und sie sich fordern ließ, denn sie hatte es bislang immer abgelehnt, sich beurlauben zu lassen oder auch nur die Stundenzahl zu reduzieren), wie sehr sie sich aber auch alles zu Herzen nahm, die Probleme ihrer Schüler, vor allem aber die Probleme von Sascha. Ein verletzliches, etwas ängstliches Kind, das scheinbar grundlos zu weinen begann. Wenn man nachfragte, stellte sich heraus, daß er einen Schuh nicht finden konnte oder ein Heft in der Schule vergessen hatte. Und noch immer konnte Sascha nirgendwo anders auf die Toilette gehen als zu Hause. So stopfte Susann ihm die Unterhose mit einer Frauenbinde und Watte aus. Susann zergrübelte sich den Kopf nach den Ursachen, und ihre Überlegungen kreisten immer wieder darum, was sie falsch machte, denn dem Jungen sollte es ja gutgehen, er sollte sich wohl fühlen, er sollte glücklich sein. Wagner kam sich, wenn sie über Sascha redeten, immer täppisch vor, weil er glaubte, man solle Saschas Ängstlichkeit nicht weiter beachten. Der Junge macht das schon, sagte er, worauf ihn Susann ansah, stumm und vorwurfsvoll. Angeblich war er es, der den

Jungen überforderte. Er setzte Sascha aufs Fahrrad und sagte, los, fahr mal. Und Sascha fuhr. Susann kam, um zuzusehen, und sagte, sei schön vorsichtig, und prompt fiel Sascha hin und schlug sich das Knie auf. Manchmal stritten sie sich darüber, wie man Sascha am besten helfen könne. Wagner dachte immer, es sei gut, gerade für Sascha, wenn er wieder zu Hause wäre. Und doch hatte er, ohne auch nur einen Augenblick zu zögern, diesen Posten angenommen. Dachte er an Sascha, hatte er das Gefühl, ihn im Stich gelassen zu haben, dachte er an Susann, war ihm, als sei er abgeschoben worden. Ihm war an dem Tag, als er es ihr gesagt hatte, einen Moment der Verdacht durch den Kopf gegangen, daß sie einen anderen Mann habe. Aber das war dann doch ein abwegiger Gedanke, nicht etwa, weil es unvorstellbar war, sondern weil Susann es ihm gesagt hätte. An dem Freitag hatte er sie, als sie mit Berthold und Renate zusammensaßen, genau beobachtet. Aber aufgefallen war ihm lediglich, daß sie viel witziger (sie konnte sehr genau die Sprechweisen von Menschen nachmachen) und ausführlicher von ihren Erlebnissen in der Schule erzählt hatte als zuvor ihm allein. Ja, er hatte gemerkt, was ihm schon früher aufgefallen war, daß sie sich die kuriosen Geschichten regelrecht aufgehoben hatte. Während sie ihm zuvor nur von den alltäglichen lästigen Problemen erzählt hatte, Ärger mit dem Direktor, Ärger mit irgendwelchen Schülern. Sie schliefen zusammen, und es war wie immer, so als ließe sie ihn gewähren. Was ihm aber sonderbarerweise nichts von seiner Lust nahm, ihm war dann, als müsse er mit ihr um ihre Lust ringen, bis zum ersten kleinen Seufzer.

Sophie kam und fragte, ob Wagner noch etwas wünsche.

Nein, danke.

Sie schlurfte auf ihren hellrosa Plastikpantoffeln ins Haus. Er wollte aufstehen, blieb aber doch sitzen, um ihr nicht im Haus wieder zu begegnen. Später ging er ins Living, lauschte, in der Küche war es still. Er holte sich eine Dose Bier aus dem Kühlschrank, stellte im Living den Fernseher an. Ein Krimi lief. Offensichtlich spielte der in New York. Dann kamen plötzlich Reklamespots, eine Whiskymarke, eine Kindercreme, ein Parfum, dann fielen nach rechts und links Bäume um, ein kolossaler Bulldozer bahnte sich einen Weg durch das Urwaldgestrüpp, sechs überschwere Planierraupen schoben einen kleinen Hügel beiseite, ein Berg flog in die Luft, in Zeitlupe wurden Felsbrocken in die Erde gewuchtet, hinter einer Planierraupe schob sich eine Teermaschine durch die Landschaft, dahinter rasten die Autos auf der fertigen Autobahn in das ovale Zeichen seiner Firma am Horizont, begleitet von Beethovens *Freude, schöner Götterfunken*. Das also war der Weg in die Zukunft.

Dann setzte, mit einem kurzen Rückgriff auf die vorangegangene Szene, der Krimi wieder ein. Ein Killer betritt eine kleine Bar. Draußen ist Nacht. Der Killer bestellt etwas, dabei zieht er, während der Barkeeper an der Espressomaschine hantiert, eine Pistole aus dem Schulterhalfter, schraubt ohne Hast einen Schalldämpfer auf den Lauf. Er blickt aus dem Fenster, niemand ist zu sehen. Er schießt dem Barkeeper in den Rücken. Der Mann fällt hin, stemmt sich mit den Armen hoch, dann sackt er zusammen.

Wagner muß plötzlich an die Schlange denken, diese auf den Asphalt festgeklebte, grüne Schlange. Der gewaltsame, zähe Versuch, vorwärts zu kriechen, hin zum schützenden Grün.

Wagner steht auf und schaltet den Apparat aus. Er

sieht das fremde Zimmer, die Möbel, die er sich so nie ausgesucht hätte, die niedrige Decke, die Tapete in der Farbe eines Vanillepuddings. Er bemerkt, daß die Tür zur Veranda offensteht. Er will sie abschließen, hört aber von draußen ein Geräusch, einen Laut wie von einem Tier, ein Fauchen, dann einen fernen, aber lauten Wortwechsel. Er geht vorsichtig in den von den Lampen erleuchteten Garten. Er kann nichts entdecken. Er geht zu der Mauer, die seinen Garten zur Ebene hin abschließt: eine aus Betonfertigteilen zusammengesetzte Mauer mit einer wulstförmigen Krönung, die verhindern soll, daß sich jemand von der anderen Seite festhalten und hochziehen kann. Vor der Mauer liegt, gut zwei Meter tiefer als der Garten, die Ebene, kahl, sandig, mit zahlreichen, vom Regen ausgewaschenen Rinnen. Gut zweihundert Meter entfernt stehen mehrere Hütten, dazwischen ein paar Holzmasten, an denen Schirmlampen hängen. Ein offenes Feuer, an dem Gestalten hocken, und etwas seitwärts das bläuliche Zucken eines Fernsehapparates, der im Freien steht, davor dichtgedrängt Kinder und Erwachsene. Plötzlich fallen Schüsse. Wagner schreckt zusammen, obwohl er sich sofort sagt, daß die in dem Krimi gefallen sind. Er geht ins Haus zurück und verschließt die Tür, läßt das Stahlrollo herunter. Er geht ins Bad und putzt sich die Zähne. Sein rechtes Auge ist eigentümlich gerötet. Er stellt die Klimaanlage an. Er hat sich eben hingelegt, als im Nachbargarten ein Hund anschlägt, dann bellt, ein wildes wahnwitziges Bellen, in das andere Hunde einfallen und das sich von Garten zu Garten fortsetzt, als begleite es einen Laufenden den Hügel hinauf, ein rasendes Bellen, das sich langsam entfernt und leiser wird. Wagner überlegt, ob er aufstehen und nochmals in den Garten gehen soll, da hört das Bellen plötzlich auf.

Nur weit entfernt blaffen noch ein paar Hunde. Dann ist es still. Er lauscht. Das leise Summen der Klimaanlage ist zu hören. Die Gardine bewegt sich sacht im Luftzug.

Er geht durch einen Garten. Es ist der Garten vor seinem Hamburger Haus. Der Zaun ist heruntergetreten. Er geht hinaus. Draußen wachsen große, nie gesehene Pflanzen, mit gewellten Blättern, die wie Zungen am Boden liegen, und daneben eigentümliche rotbraune Klumpen. Sie sehen aus wie angeschmolzene Maschinenteile. Er hebt ein Stück auf. Es ist tatsächlich aus Eisen, und er erkennt noch den Teil eines Zahnrads. Das sind die Exkremente der Pflanzen. In einer Pflanze erkennt er den Arm einer Frau. Der Arm wird langsam von der Pflanze verschluckt, die Hand greift wie nach Halt suchend in die Luft. Er geht näher heran und erkennt seinen Ehering an der Hand. Da bemerkt er, wie ihn etwas am Bein berührt, ihm unter das Hosenbein fährt, etwas Warmes, Weiches, wie eine Zunge. Er sieht an sich herunter und entdeckt, daß ihn eine der Pflanzen mit einem Blatt erfaßt hat und zu sich heranzieht. Berthold ruft ihm zu, er müsse singen, und zwar aus Leibeskräften, dadurch würde den Pflanzen übel und sie ließen von der Beute ab. Er versucht, tief Luft zu holen, aber er bekommt keinen Ton heraus.

Wagner wurde von Telefonläuten geweckt. Er sprang aus dem Bett und taumelte in dem dunklen Raum herum, suchte den Lichtschalter, die Tür. Er stieß sich den Arm, die Hüfte, fand den Apparat endlich auf dem Gang draußen. Eine Frauenstimme sagte: Alemania. Dann hörte er Susanns Stimme, belegt und verschlafen, aber sehr nahe und deutlich, im Hintergrund das Rufen von Sascha.

Susann?

Er hörte ihre Stimme. Niemand, sagte sie.

Nein, rief Wagner, leg nicht auf.

Dann wieder Susanns Stimme und dazwischen die von Sascha. Hallo, rief Wagner, fliegendes Pferd, stell dir vor, ich habe gestern eine Schlange gesehen, eine große grüne Schlange.

Und Indianer?

Auch Indianer. Ich habe einen Indianer, der ist mein Dolmetscher und er spricht Plattdeutsch. Ein Indianerstamm im Gran Chaco.

Aber dann war schon wieder Susanns Stimme am Apparat: Wie geht es dir?

Gut. Es ist heiß, unvorstellbar heiß.

Hier regnet es, ein ganz trübes Wetter. Und die Leute?

Sind auch in Ordnung. Er erzählte von der enormen Größe des Bungalows und sagte, ich würde dich jetzt gern hier haben, euch beide, und wollte sagen, ich möchte dich umarmen, Susann. Auf ihrem Schoß saß jetzt sicherlich Sascha, noch warm vom Bett. Aber dann war Susanns Stimme weg, und Wagner hörte dieses eigentümliche Summen, ein Summen aus vielen tausend Stimmen, hin und wieder hob sich kurz eine Stimme daraus hervor, und er glaubte ein Wort, einen Satz zu verstehen, es war, als höre er alle Telefonbesitzer der Welt, die in diesem Moment über ihre Geschäfte, über ihre Träume und Ängste redeten. Er hörte es wie aus einer eisigen Ferne. Vor Jahren hatte er im Fernsehen zum ersten Mal die Erde gesehen, eine Kugel, genauer ein Ellipsoid, eingehüllt in ein wunderbares Blau. Das ist das Blau, das wir atmen, hatte der Reporter gesagt. Die Stimme der Telefonistin sagte: Hola, Hola, quién habla?

Wagner sagte: The connection is cut.

Die Telefonistin sagte etwas auf spanisch, was er nicht verstand. Er hängte ein.

5

Die Bar *Egmont* lag an der *Plaza 25 de Mayo,* ein mit struppigen Palmen bestandener, halb zubetonierter Platz, in dessen Mitte das Reiterstandbild von San Martin stand. Die blaue Neonschrift *Egmont* auf der Fassade des dreistöckigen Hauses leuchtete in der Nacht. Der Eingang der Bar wurde von zwei Gründerzeit-Karyatiden mit schweren steinernen Brüsten flankiert. An der Schwingtür mit den Messinggriffen hing ein abgestoßenes Porzellanschild: Salón de Té.

Die Bar, ein großer, hoher Raum, war mit alten gußeisernen Kaffeehaustischen vollgestellt. Ein Tresen zog sich an der Längsseite des Raumes entlang. Dort standen und saßen Ausländer, die Ingenieure und Techniker der Schweizer, belgischen, deutschen und nordamerikanischen Firmen. Dazwischen saßen ein paar Mädchen in engen Kleidern und kurzen Röcken. Wagner entdeckte Steinhorst, mit dem er sich hier verabredet hatte, an der Bar. Aus den Lautsprechern dröhnten die Abbas. Steinhorst rutschte, als er Wagner kommen sah, vom Barhokker, er schwankte, mußte sich einen Moment an der Bar festhalten, bestand aber darauf, daß Wagner sich auf den Hocker setzte.

Das Erstaunliche war, daß Steinhorst noch klar reden konnte. Wagner setzte sich auf den Barhocker und spürte, was ihm zutiefst zuwider war, die Wärme von Steinhorsts Hintern auf dem Plastikpolster. Steinhorst stand dicht neben, aber weit unter ihm. Wagner sah die dicken Schweißtropfen auf Steinhorsts Stirn.

Whisky?

Nein, sagte Wagner, ein Bier.

Das gute deutsche Bier. Der einzige Ort, wo man es bekommt. Über Steinhorst quirlte ein großer Holzventilator die verqualmte Luft durch.

Wie kommt die Bar ausgerechnet auf den Namen *Egmont*?

Der Besitzer ist Belgier, sagte Steinhorst und machte eine Kopfbewegung zur Kasse, die in der Nähe des Eingangs stand. Dort saß ein kleiner zierlicher Mann, der die Bons eintippte und mit einer hellen Stimme Anweisungen zu den Kellnern rief.

Er heißt Durell, sagte Steinhorst, aber man erzählt sich, es sei nicht sein richtiger Name. Er war Leutnant in der belgischen Armee, bei den Fallschirmjägern. War im Kongo und später bei der Söldnertruppe von Tschombe, und nachdem die vertrieben worden war, hat Durell seine eigene Privatarmee gegründet, zog mit ihr monatelang durch den Busch; sie hießen die weißen Riesen, obwohl er selbst ja sehr klein ist, so klein wie Napoleon, wie er immer betont.

Durell, der das dichte graue Haar kurzgeschoren trug, winkte zu Steinhorst herüber.

Ein Typ, auf den die Frauen fliegen. Vor sechs Jahren soll er hierher gekommen sein, direkt aus Afrika, aus Rhodesien, glaube ich, das unabhängig geworden war. Es war ihm dort zu heiß geworden. Hier hat er die Bar eröffnet, eine Goldgrube, aber er selbst trinkt nichts, angeblich wegen einer früheren Hepatitis, tatsächlich aber wohl wegen seiner Vergangenheit. Der will im Suff nichts ausplaudern. Dabei weiß hier jeder Bescheid. Er hat sogar einen richtigen Minister erschossen, im Kongo, das heißt, er hat dem Neger, dem die Hände auf dem Rücken gefesselt waren, eine Handgranate in den Hosenbund gesteckt. Aber vielleicht ist auch das nur eine Story, sagte Steinhorst, goß den Whisky in sich hinein und bestellte mit erhobenem Daumen einen neuen. Ein dunkelhaariges Mädchen, das neben Steinhorst saß, prostete Wagner zu. Ihr seitlich geschlitzter Rock war so weit hochgerutscht – oder hochgezogen –, daß über dem silberseidenen Strumpf die mattbraune Haut des Oberschenkels zu sehen war. Neben dem Mädchen stand ein gedrungener Mann mit hervorquellenden, hellblauen Augen. Er redete in Schwyzerdütsch auf das Mädchen ein, das hin und wieder nickte, als verstehe es, dabei aber Wagner anlächelte. Als Steinhorst die Blicke bemerkte, grinste er. Die können Sie ruhig mit nach Hause nehmen. Sie werden keine Schwierigkeiten haben. Die Mädchen hier mögen blonde Männer. Stellen Sie die vorher unter eine Dusche, ansonsten sind die ganz o.k. Die einzige mit einem Tripper ist die Vietnamesin dort drüben. An die darf man nur mit einem Gummi ran.

Wagner bestellte sich die dritte Flasche Bier.

Und der Bau? Plaudern Sie mal aus dem Nähkästchen.

Eine Katastrophe, wie alle diese Projekte hier im Land. Es stimmt so ziemlich nichts.

Was stimmt nicht?

Gar nichts. Nicht der Beton, nicht die Arbeiter, nicht der Durchmesser der Bewehrung, nicht einmal der Baugrund.

Wieso?

Die Fabrik sollte eigentlich gut 500 Meter weiter westlich errichtet werden. Na ja, Sie werden es noch sehen. Das sind die kleinen Überraschungen, die das

Leben eben so spannend machen. Man würde sonst in Langweile ersticken.

Der grauhaarige Belgier kam herüber, begrüßte Steinhorst und gab Wagner die Hand, sagte, er hoffe, daß Wagner sich schnell einlebe, wenn er irgendwelche Wünsche habe, solle er sich melden.

Wagner sah die Goldplomben im Mund von Durell. Der Schnurrbart war, im Gegensatz zu dem eisgrauen Haar, noch dunkelblond.

Spielen Sie Tennis, fragte Durell.

Ja.

Dann sollten wir ein Doppel gegen die Bredows spielen. Vielleicht in zwei Tagen, wenn Sie sich etwas akklimatisiert haben. Das Ehepaar Bredow ist nämlich bislang in keiner Besetzung zu schlagen gewesen. Christi ist eine außergewöhnlich gute Spielerin.

Durell wurde zur Kasse zurückgerufen. Wagner sah ihm nach, wie er hinüberging, klein, aufrecht, den Kopf hochgestreckt.

Sein Deutsch ist sehr gut.

Ja, sagte Steinhorst, sein Spanisch auch, ein sprachbegabter Mann. Steinhorst zeigte wieder auf das leere Whiskyglas und hob den Daumen.

Wagner wollte Genaueres über die Verlegung des Baugrunds erfragen, hatte dann aber durch eine ganz belanglose Frage – wie Steinhorst sich denn hier fühle – Schleusen geöffnet, aus denen sich jetzt unaufhaltsam private Probleme, Anekdoten und Meinungen über Gott und die Welt ergossen. Warum Steinhorst seine Professur an einer Fachhochschule hatte aufgeben müssen, warum er dann nach Afrika gegangen war, wo er Kirchensteuern in Betonkathedralen verwandelt hatte, Kathedralen, die, solide gebaut, zwei Jahre nach ihrer Fertigstellung zugewuchert waren und nach weiteren vier Jahren vom Urwald verschluckt wurden, Entdeckungsziele künftiger Archäologen. Aber vor allem erzählte er von seiner privaten Katastrophe – dem Grund, warum er von der Fachhochschule weg nach Afrika gegangen war – einer Katastrophe, die seine Familie, sein Glück, vernichtet hatte, an dem Tag nämlich, als er nach Hause kam und auf dem Garderobentisch einen Brief von seiner Frau fand, in dem nur ein Satz stand: Ich gehe weg. Ein Satz, den er zunächst nicht verstanden hatte, erst nachts, gegen Morgen, als sie noch immer nicht gekommen war, erstmals in ihrer 24jährigen Ehe, dämmerte ihm, daß sie ihn verlassen hatte, ein halbes Jahr vor ihrer silbernen Hochzeit, ohne Vorwarnung, kein Streit war vorangegangen, nichts Ungewöhnliches war passiert, sie war einfach zu einem anderen gezogen, mitgenommen hatte sie ihre Papiere, nicht einmal ihr Schminkzeug, wahrscheinlich hatte sie das in doppelter Ausführung auch beim anderen liegen. Denn – und das war das ganz Unfaßliche – sie hatte mit dem anderen Mann, dem Direktor der Schule, an der sie Lehrerin war, schon seit acht Jahren ein Verhältnis, mit eben jenem Mann, der in ihren abendlichen Erzählungen nur als Paragraphenreiter vorkam, ausgerechnet mit diesem Mann hatte sie an die zweihundert dirty Weekends verbracht, was er genau nachgerechnet habe, zweihundertunddreiundzwanzig, denn von einem bestimmten Zeitpunkt an war sie jeden Samstagnachmittag zu ausgedehnten Spaziergängen aufgebrochen, die sie stets allein machen wollte, weil sie die ganze Woche über mit Menschen zusammen sei, sie wollte allein sein und nahm nur den Hund mit, Dojahn, ein Drahthaarterrier, der war immer dabei, der durfte zusehen, Steinhorst lachte auf, aber sein Lachen war wie ein Schluchzen. Er trank das Glas aus. Er wischte sich mit dem Handrücken über die schweißnassen Augenbrauen, klopfte danach auf seinen Bauch, über dem das Hemd aufsprang, und sagte: Ich bin kerngesund, alles Leber.

Und die Geschichte mit dem Baugrund hier?

Steinhorst begann, unzusammenhängend zu reden, plötzlich und fast übergangslos war er so betrunken, daß keine Unterhaltung mehr möglich war. Steinhorst lallte: Ich verrate nichts mehr.

Wagner fuhr in seinem Wagen zum Hügel hinüber. Er hatte einen starken Kaffee getrunken, und dennoch war alles, was er sah und hörte, wie in Watte verpackt. Die Straße war leer und dunkel, aber der Hügel war beleuchtet, die Straßen, Häuser und Gärten. Wagner hatte, während Steinhorst von seiner Frau erzählte, an Renate gedacht und an Berthold. Susann und er waren schon sieben Jahre mit den beiden befreundet, und er kannte Berthold, wenn auch nur flüchtig, schon aus der Studienzeit. In den letzten drei Jahren hatten sie sich, da sie fast Nachbarn waren, jede Woche gesehen, meist freitagabends, aber auch samstags und manchmal sonntags, da die Kinder befreundet waren. Berthold und Renate hatten zwei Söhne, der eine, Peter, war so alt wie Sascha. Berthold war einen Kopf kleiner als Wagner, aber breiter und stämmiger. Berthold segelte und fuhr neben seinem BMW am Wochenende einen Mercedessportwagen aus dem Jahr 1928. Samstags fand man ihn meist über den Motor des Wagens gebeugt. Darüber konnte er immer wieder reden: Segeln und Autos. Susann und Wagner kannten die meisten Geschichten, hatten sie oft zwei- oder dreimal gehört, und doch gelang es Berthold immer wieder, ihre Aufmerksamkeit zu wecken. Berthold erzählte nämlich so, daß man gar nicht weghören konnte, laut und mit großen Gesten, manchmal sprang er auf, um im Hin- und Hergehen etwas zu demonstrieren, ja, es konnte passieren, daß er, um das Kentern seines Finn-Dingis zu demonstrieren, sich auf die Sofalehne setzte, dort zeigte er, wie er das Boot ausritt, als die Bö bei einer Wende einfiel, die Schot klemmte, das Boot kenterte, und Berthold ließ sich auf den Teppich fallen.

Vor allem konnte man mit Berthold wunderbar lachen, Bertholds Lachen, ein tiefes, hemmungslos lautes Lachen, konnte alle anderen Gespräche im Raum auslöschen und Leute mitlachen lassen, die gar nicht wußten, warum sie lachten. Seit zwei Jahren, nachdem er den Flugplatz in Dschidda fertiggestellt hatte, war Berthold Verkaufsleiter einer Stahlbaufirma. Er verkaufte Stahlkonstruktionen für Industriebauten und hatte den Umsatz, was Wagner nicht überraschte, um fünfzehn Prozent im Jahr gesteigert. Wer mit Berthold zu tun bekam, konnte sich seinem berserkerhaften Charme nur schwer entziehen. Renate war mit Berthold seit zehn Jahren verheiratet. Sie färbte, seit Wagner sie kannte, ihr Haar hennarot. In Natur sei ihr Haar von einem öden Braun, behauptete sie. Die Haarfarbe gab ihr ein verwegenes Aussehen. Sie hatte ihr Literaturstudium abgebrochen, als das erste Kind kam, vor zwei Jahren aber damit begonnen, für den Rundfunk zu schreiben. Anfang September hatte sie Wagner in Lüdenscheid überraschend besucht. Er war eben von der Baustelle zurückgekommen, als es klingelte und Renate vor der Tür stand.

Mein Gott, wie wohnst du hier? Wie kannst du das aushalten?

Ich schlaf hier ja nur.

Aber diese kahlen Wände, diese fürchterliche Tapete.

Ja, sagte er, die darf man nicht ansehen.

Sie waren zu dem Italiener gegangen, bei dem er oft

abends aß. Renate hatte ihm von dem Feature erzählt, an dem sie arbeitete. Sie machte Interviews mit Arbeitern, die eine bankrotte Firma übernommen hatten und sie jetzt genossenschaftlich weiterführten. Sie waren dann wieder in das Appartement von Wagner gegangen, weil er einen Anruf von Susann erwartete. Er holte eine Flasche Frascati aus dem Kühlschrank, und sie setzten sich vor das offene Balkonfenster, denn es war ein ganz ungewöhnlich heißer Tag im September, und selbst jetzt, in der Nacht, war es noch warm. Sie tranken und rauchten. Die Weingläser beschlugen. Renate erzählte von einem anderen Feature, in dem sie den Jargon der Jugendlichen untersuchte, zwischen tierisch geil und overkackt wollte sie das nennen. Ganz unvermittelt sagte sie, es sei schön bei Wagner, selbst die Tapete habe etwas von ihrer unendlichen Ödnis verloren. Er sagte, das liege an der offenen Balkontür und den Straßengeräuschen, die man höre. Wie still, leblos still ist es in dem Hamburger Vorort. Es ist schön, wie du zuhören kannst. Das Zuhören ist doch eine größere Kunst als das Reden. Nein, mit Moltke will ich nicht verglichen werden. Du bist der Zauderer, sagte sie, legte ihm den Arm um den Hals und küßte ihn, erst auf die Wange, dann auf den Mund. Sie zogen sich aus und gingen ins Bett. Sie lagen danach lange zusammen. Renate erzählte von Berthold, vor dem sie regelrecht Angst habe, weil er, wenn sie mit ihm zusammen war, so hart, ja brutal war. Eine Aggressivität, die sich in den Jahren gesteigert habe, und sie warte nur darauf, daß er sie eines Tages würge.

Wagner war so überrascht, daß er zunächst glaubte, sie übertreibe. Er sagte, er könne das überhaupt nicht mit dem Berthold zusammenbringen, den er kenne, der doch stets etwas gutmütig Tapsiges habe.

Ich verstehe das auch nicht, sagte sie und begann zu weinen. Er sah vom Bett auf das gegenüberliegende Hausdach, in dessen Mansarde Licht brannte.

Renate hatte sich, ohne daß er sie trösten mußte – was hätte er auch sagen sollen –, schnell wieder gefangen. Sie überlege sich seit einem Jahr, ob sie sich trennen solle, aber das sei nicht so einfach, vor allem wegen der Kinder, die sehr an Berthold hingen. Zu den Kindern sei er auch besonders lieb und nett. Nur ihr nehme er, betrete er das Zimmer, die Luft. Allein körperlich, und dann ziehe er alles an sich, jede Besorgung, jede Entscheidung. Sie regrediere regelrecht in seiner Nähe.

Aber man merkt euch nichts an, wenn ihr zusammen seid.

Eben, sagte sie, aber das kostet so viel Kraft. Und dann, nach einer kleinen Pause, in der sie schweigend nebeneinanderlagen, sagte sie, fürchterlich sei dieses Gefühl, das sie manchmal ganz unvermittelt überfiele, als stehe alles still.

Das Telefon klingelte. Es war der Anruf, auf den er gewartet hatte, aber er nahm nicht ab. Er lag neben Renate und hörte das Klingeln, das er am liebsten abgestellt hätte, und dachte an Susann, die zu Hause jetzt am Tisch saß, den Apparat vor sich. Er wußte, daß sie jetzt rauchte und sich ein Glas Wein eingeschenkt hatte. Endlich war es still.

Renate stand auf, suchte ihre Kleider am Boden zusammen und ging ins Bad. Er war aufgestanden und zum offenen Fenster gegangen. Renate kam angezogen zurück und sagte: Erzähl Susann nichts. Vergiß es. Sie küßte ihn flüchtig und ging hinaus. Er hörte, wie der Fahrstuhl nach unten fuhr, sie ging – und dafür war er ihr dankbar – ins Hotel.

Am nächsten Morgen fand er auf der Ablage im Bad ihren Lippenstift. Er legte ihn in den Badezimmerschrank, weil er glaubte, sie könne danach fragen. Aber sie fragte nicht danach. Sie trafen sich fast jeden Freitagabend, wenn er aus Lüdenscheid zurückkam, entweder bei ihm oder bei ihr und Berthold, und sie erzählten sich die Erlebnisse der vergangenen Woche, wobei Wagner immer ein wenig irritiert war, wie wenig er erlebt hatte, im Gegensatz zu Berthold, der ja viel herumkam. Susann und Renate unterhielten sich über irgendeine literarische Neuerscheinung, über einen Film oder eine Rundfunksendung, während sich Berthold unter den Tisch setzte, um Wagner zu zeigen, wie eng die Kajüte auf einer arabischen Dau sei. Sie tranken und lachten. Nur manchmal sah Renate ihn an. Und er fragte sich, ob es ihr leid täte, daß sie sich ihm so offenbart hatte. Manchmal war er davon überzeugt, daß sie an das Gespräch anknüpfen könnte, daß sie sich wieder melden und eines Tages vor seiner Tür in Lüdenscheid stehen würde.

Als er vor einer Woche das Appartement ausräumte (es waren ja nur ein paar Sachen), fand er den Lippenstift. Er zog den goldenen Deckel ab und schraubte ihn heraus. Er war bis zur Hälfte abgenutzt, gleichmäßig rund und von einem wunderschönen Rot, das er sehr mochte, ein dunkles Kirschrot. Er roch an dem Stift. Es war ein ferner milder Kirschduft. Dann warf er ihn in den Abfall.

Wagner hatte das Autoradio angestellt. Der Hügel lag schon nahe vor ihm, als er plötzlich zwei Gestalten im Scheinwerferlicht sah. Sie gingen am Straßenrand, und der eine hatte den anderen untergefaßt, als müsse er ihn stützen, einen Betrunkenen oder Verletzten. Wagner nahm den Fuß vom Gaspedal, wollte halten, dachte dann aber daran, was Bredow ihm gesagt hatte, und fuhr weiter. Er blickte in den Rückspiegel, aber der war dunkel.

6

Morgens wachte er von dem Lärm eines tiefffliegenden Hubschraubers auf. In der Küche hantierte Sophie.

Sie brummte etwas, was sich nach Grüß Gott anhörte.

Sie war dabei, lappige Weißbrotscheiben mit Mayonnaise zu bestreichen. Wagner trank den Kaffee, den sie ihm schon auf den Tisch gestellt hatte, im Stehen. Als sie damit begann, die Sandwiches in eine rote Kühlbox zu stapeln, fragte er sie, was für ein Glaube das sei, der es verbiete, Schlangen zu überfahren.

Es ist der Aberglaube, sagte sie hastig, denn draußen sind die Hurer und die Totschläger und die Abgöttischen und all die, die lieb haben und tun die Lügen.

Wer, fragte Wagner, wer?

Der Herr hat gesprochen, die Schlange sei des Teufels und die ihr guttun auch.

Wagner stellte die Kaffeetasse ab, nahm die Kühlbox und den Aktenkoffer und ging aus der Küche. Er hörte Sophie hinter sich herschlurfen. Er überlegte, ob es nicht besser sei, eine andere Haushälterin zu finden, besser eine, die kein Deutsch sprach, als eine, die einem mit ihren religiösen Verrücktheiten in den Ohren lag.

Er stellte die Alarmsirene aus und entriegelte die Haustür. Er tauchte in eine dunkle, klebrige Hitze. Hinter ihm fiel die Tür ins Schloß und wurde von innen verriegelt. Im Licht der Frontleuchte torkelten Nachtfalter. Wagner stieg in seinen Wagen und fuhr hinunter zu dem Schlagbaum, der von zwei Scheinwerfern angeleuchtet wurde. Ein Soldat mit einer umgehängten Maschinenpistole kam aus dem Wachhäuschen und grüßte.

Die Provinzstraße nach Norden war fast leer. Ein paar Lastwagen kamen ihm entgegen und ein Militärjeep mit aufgeblendeten Scheinwerfern. Wenig später kam Wagner an eine Straßensperre. Zwei Militärlaster waren quer über die Fahrbahn gestellt. Ein Militärpolizist mit weißem Stahlhelm winkte ihn mit einer Leuchtkelle an den Straßenrand, wo ein Lastwagen stand. An den gelehnt, die Beine weit gespreizt, stand der Fahrer. Ein Soldat tastete ihm die Hosenbeine ab. Am Boden verstreut, im Scheinwerferlicht eines Jeeps, lagen ein paar Habseligkeiten, ein Taschenmesser, ein Päckchen Zigaretten. Ein Soldat hatte sich Wagners Paß und Führerschein geben lassen und reichte alles, nachdem er gesehen hatte, daß es ein ausländischer Paß war, an einen Offizier weiter. Der Offizier blätterte ratlos in dem Paß herum, bis Wagner ihm die Arbeitsbestätigung der Firma gab. Der Offizier sah das Firmenzeichen und winkte Wagner durch.

Im Scheinwerferlicht sah er ein Geflatter und Gehusche. Er dachte an die Schlange. Das wilde Zucken von Kopf- und Schwanzteil, diese krampfhafte Anstrengung, den plattgewalzten Leib von der Straße zu ziehen. Wagner achtete jetzt überhaupt nicht auf die Straße. Er fuhr gleichgültig über alles, was auf der Straße lief oder kroch. Zuweilen klatschten Lianen an die Fensterscheibe oder große Insekten, aus denen eine gallertartige Masse quoll. Als er auf die Lichtung kam, in das jähe Licht der aufgehenden Sonne, sah er vor sich die Flügel der Schmetterlinge kleben, gelb, dunkelblau und karmesinrot leuchtend, die wunderbaren Farbzeichnungen an den Rändern zerfetzt.

Er hielt vor dem Gittertor am Baubüro. Von den Ingenieuren war noch keiner da. Wagner hupte. Nach einer Weile kam ein Wächter gelaufen, der sich einen schweren Trommelrevolver über die Pyjamahose geschnallt hatte. Der Mann war barfuß. Er mußte lange an dem schweren Vorhängeschloß hantieren, bis er das Tor aufsperren konnte. Wagner zog sich im Baubüro die Gummistiefel an und ging zur Baugrube B hinüber. Er stand am Rand der riesigen Grube und starrte hinunter. Die drei Bulldozer standen im Schlamm. In den Raupenspuren hatte sich über Nacht Wasser angesammelt. Es gab keinen Zweifel, hier war in einer Höhe Grundwasser, in der nach dem Bodengutachten keins sein durfte. Wagner ging zur Baustelle A. Pflanzen hatten sich durch die graue Asche hindurchgeschoben. Die Triebe waren klein, zierlich und von einem durchsichtigen Hellgrün, aber auch schon dunklere und größere Blätter, die schwer und saftig das Licht verschluckten, waren zu sehen. Wagner hörte die Sirene vom Baubüro. Die Arbeiter kamen von den Nissenhütten herüber und verteilten sich auf die verschiedenen Baustellen. Wagner ging weiter und folgte einem schmalen Trampelpfad durch die hochwuchernden Pflanzen, wobei ihn ständig die Angst begleitete, er könne auf eine Schlange treten. Steinhorst hatte erzählt, das Gelände müsse alle drei Monate abgebrannt werden. Erst wenn über große Flächen hinweg Bäume für die Papierfabrikation geschlagen worden seien, wiche der Wald und mit ihm das nachwuchernde Grün. Bleiben würde dann eine rotbraune, verkarstete hügelige Fläche.

An der Baustelle A hielten drei Laster, auf denen die großen Betontrommeln langsam rotierten. Einer der Kräne schwenkte den ersten Betonkübel herüber. Die Arbeiter standen unten und sahen zu dem Kübel hinauf. Niemand kümmerte sich um Wagner. Sie wußten nicht, wer er war.

Alles war für einen tragfähigen Baugrund berechnet worden. Er hatte sich schon umgedreht und war ein paar Schritte in Richtung des Baubüros gegangen, als er stutzte und stehenblieb. Er hatte etwas gesehen, was ihn irritierte, ohne daß er sagen konnte, was. Er ging zurück. Unten wurde ein Stützpfeiler gegossen. Wagner sah, daß die Bewehrungseisen fehlten. Er hörte sich plötzlich brüllen, unbeherrscht und unartikuliert. Die Arbeiter in der Baugrube starrten ihn an. Natürlich verstanden sie ihn nicht, als er rief: Die Eisen fehlen. Sie stellten den elektrischen Betonrüttler ab. Der Betonkübel hing, halb gekippt, über ihren Köpfen am Kran und pendelte sacht hin und her. Es waren kleine zierliche Männer, die zu ihm hinaufsahen, Indianer. Einige der Männer waren barfuß, andere trugen Sandalen. Die Hemden und Hosen waren zerfetzt. Sie sahen ihn mit einer reglosen Gelassenheit an. Er kam sich plötzlich selbst komisch vor, so wie er dastand, verschwitzt, wahrscheinlich das Gesicht rot vor Wut und Schweiß, aber auch von dem Sonnenbrand, den er auf der Stirn spürte. Wagner gestikulierte und brüllte und merkte zugleich, daß es falsch war, was er tat, er wußte, daß alles darauf ankam, wie er sich in den ersten Tagen bei den Ingenieuren und Arbeitern einführte, denn das Bild, das sie sich jetzt von ihm machten, würde für die nächsten Monate bestimmend sein. Wie man sich selbst sehen will, so sehen einen auch die anderen, das war eine Merkregel in den Führungskursen der Firma gewesen. Er hatte sich vorgenommen, ruhig, präzise und freundlich zu sein, aber ohne Kumpanei, auch nicht gegenüber den anderen Ingenieuren, knappe klare Anordnungen, erst nachdenken, dann entscheiden und dann endgültig, keine exaltierte Aufregung, so was nutzt sich schnell ab, Schreien, Herumhampeln wirkt bei einem Bauleiter lächerlich. Wagner wußte das und hatte sich in Deutschland stets daran gehalten. Er verlangte nach dem Polier. Da er nicht wußte, wie der auf spanisch hieß, probierte er einige Worte, von deren internationaler Verständlichkeit er überzeugt war: Boss, Kapo, Chief. Die Männer sahen ihn schweigend an, weder freundlich noch unfreundlich, vielleicht ein wenig neugierig. Wagner sagte sich, daß all diese Worte sich ja auch auf ihn beziehen konnten und die da unten jetzt glauben könnten, er habe auf seine Funktion hinweisen wollen. Es war lächerlich. Die ganze Situation war lächerlich. Wagner mußte den Rückzug antreten. Er konnte nicht einmal einen von ihnen nach dem Dolmetscher schicken, sondern mußte selbst gehen, während die womöglich weiter Beton in die Verschalung kippten.

Am liebsten wäre er gelaufen, aber das wäre natürlich ganz unmöglich gewesen, dort rennend anzukommen. Dennoch kam er in die Kantine gestürzt, verschwitzt und atemlos. Die einheimischen Ingenieure standen herum und tranken Kaffee. Sie waren, wie Wagner bemerkte, eben erst angekommen, standen da, mit den kleinen Pappbechern in den Händen, wie auf einer Cocktailparty. Sie starrten Wagner erschrocken an.

Wagner brüllte: Juan. Er hatte den Namen nur laut und deutlich aussprechen wollen, aber er hatte, etwas außer Atem, einen unverständlichen Ruf ausgestoßen. Er mußte nochmals den Namen rufen. Da kam der Indianer. Wagner ließ den Ingenieuren übersetzen, daß sie sich in einer Stunde hier in der Kantine versammeln sollten, falls sie bis dahin nicht sowieso noch mit Kaffeetrinken beschäftigt seien. Ein Fehler, dachte Wagner sofort, schon wieder ein Fehler. Den Antreiber spielen ist falsch und kleinlich. Aber Juan zu bitten, die Bemerkung mit dem Kaffeetrinken nicht zu übersetzen, wäre noch verkehrter gewesen. Juan hätte das womöglich später den Ingenieuren erzählt.

Wo ist Steinhorst?

Noch nicht da, sagte Juan.

Dann soll der Hartmann kommen.

Wagner ging mit Hartmann und Juan zur Baustelle A. Die Arbeiter standen noch immer so, wie er sie verlassen hatte, hielten die Schaufeln und die Betonrüttler in den Händen, über ihren Köpfen baumelte der halbgekippte Betonkübel. Wagner ließ Juan nach dem Polier fragen. Einer der Männer trat vor und nahm den ausgefransten Strohhut vom Kopf. Quer durch das Gesicht zogen sich von der Stirn bis zur Mundpartie drei parallele Narben. Die rechte Augenbraue war zweimal gespalten und etwas versetzt wieder zusammengewachsen. Der Mann sagte etwas, und Juan übersetzte, der Polier sei heute zu Hause. Der Polier war, wie Wagner erfragen ließ, schon seit drei Tagen nicht mehr auf der Baustelle gewesen. Nein, krank war er nicht, er half seinem Schwager beim Bau eines Hauses. Die Pfeiler wurden seit gestern gegossen. In einigen seien Bewehrungseisen, in anderen nicht. Man habe das Eisen verbaut, solange es reichte.

Der Mann mit dem zerfetzten Gesicht zeigte auf die Pfeiler und sagte dann jedesmal Si und No.

Wagner gab den Befehl, die Holzverschalung des Pfeilers, der eben geschüttet worden war, wegzureißen. Die Arbeiter schlugen das Verschalungsholz ab. Etwas Beton rutschte heraus, genau jene halbe Ladung aus dem Kübel, der noch in der Luft hing. Ein Sockel blieb stehen, der war offensichtlich schon gestern gegossen worden.

Ein Denkmal der Nachlässigkeit und Schlamperei, sagte Wagner zu Hartmann, der so ganz anders war als sein Name: schüchtern, ständig ein wie um Verzeihung bittendes Lächeln im Gesicht. Als Juan anfing, die Bemerkung Wagners zu übersetzen, winkte dieser ab. Der Vorwurf galt für die da unten am wenigsten.

Sie gingen zum Baubüro zurück. Hartmann erzählte, daß die meisten Poliere ihren Lohn durch Nebenarbeiten aufbessern müßten. Man könne dem Mann also nicht einmal Vorwürfe machen, es sei eben ein allgemeiner Brauch.

Solche Bräuche muß man ändern, sagte Wagner.

In seinem Bürozimmer stellte er sich ans Fenster und überlegte, was er den Ingenieuren sagen wollte. Er blickte über den Bauplatz, eine diffuse, von hier oben gesehen planlose Bewegung im Gelände: Bulldozer, Kräne, Kipper, Betonlaster, dazwischen die Menschen. Eine Emsigkeit, die Wagner beim Zusehen wirr machte. Es wollte ihm einfach nicht gelingen, sich auf ein Detail zu konzentrieren, es im Blick herauszuheben. Weiter vorn kreuzte ein mit Betonröhren beladener LKW den Blick, dazwischen Arbeiter, die irgend etwas umschaufelten, Betonplatten schwebten vorbei. Er versuchte, sich zu konzentrieren, aber er hörte nur dieses Dröhnen in seinem Kopf, das wohl sein Blut war, das er aber so laut nie wahrgenommen hatte. Die Tür wurde aufgerissen. Steinhorst kam ins Zimmer. Er sah aus, als sei er eben gestürzt, das Gesicht war verschrammt und aufgedunsen, die Augenlider gerötet und die Tränensäcke geschwollen, als habe er die Nacht durchgeweint. Wagner roch die Ausdünstung von Alkohol und kaltem Zigarettenrauch. Hemd und Hose waren schmutzig. Was ist los, fragte Steinhorst, draußen ist alles in Aufregung.

Das ist doch eine einzige, alles übertreffende Schlamperei.

Während er sich erregte, ärgerte er sich, daß er sich von Steinhorst auf dieses Thema hatte ziehen lassen, statt zu fragen, wo Steinhorst denn so lange sein kaputtes Haupt gebettet habe. Steinhorst hatte offenbar die

Geschicklichkeit vieler Trinker, die, wann immer man sie auf ihre Ausfälle ansprechen will, dem Gespräch einen ganz anderen Verlauf zu geben verstehen.

Ja, sagte Steinhorst, Pfusch und Schlamperei, das seien Maßstäbe, die man besser in Mitteleuropa lasse. Er trank gierig aus einer Sprudelflasche. Er setzte ab und wischte sich mit dem Handrücken über den Mund. In der Hauptstadt seien vor drei Wochen zwei Hochhäuser zusammengebrochen. Das eine noch ein Rohbau, das andere erst wenige Wochen bewohnt. 20 Tote. Er nahm einen Schluck aus der Flasche. Es waren 25, ja, ich glaube, es waren 25.

Wagner starrte Steinhorst an, diese unbeherrschte Gier, mit der er das Wasser in sich hineinkippte, widerte ihn ebenso an wie dessen Lust an Katastrophen und dieses exzessive Schwitzen, ein Schwitzen, wie Wagner es bislang noch bei keinem Menschen gesehen hatte. Der Schweiß quoll dem Mann regelrecht aus allen Poren, als schwitze er das Wasser, das er in sich hineingoß, unmittelbar wieder aus.

Wagner wandte sich ab und ging wieder zum Fenster. Er sah zu der Baugrube hinüber, in der die drei Bulldozer arbeiteten. Das ist doch der reinste Morast, sagte er leise.

Ja, hörte er Steinhorst hinter sich, die Maschinenhalle wird kurz nach der Fertigstellung im Schlamm versinken, aber das ist immer noch besser als einstürzen.

Endlich konnte Wagner brüllen, er brüllte zum zweiten Mal. Aber er konnte sich nicht mehr herunterstimmen: Hier bricht nichts zusammen, und dieser Schlendrian hat ein Ende, ich baue keine Ruinen, wir sind hier nicht in Afrika. Als er sich zu Steinhorst umdrehte, sah er, wie der gelassen die Sprudelflasche leertrank und rülpste.

Nachmittags ging Wagner mit Steinhorst und Hartmann zu der Baugrube hinüber, in der die Bulldozer arbeiteten. Aber es arbeiteten nur zwei, einer stand. Wagner ließ fragen, warum der Bulldozer nicht arbeite.

Die Zündkerzen fehlen.

Wieso?

Sie sind geklaut worden, übersetzte Juan.

Die klauen alles: Zement, Verschalungsholz, Zündkerzen, Schrauben, Schaufeln.

Wer ist die, fragte Wagner Hartmann, die Bolivianer?

Die wohl am wenigsten. Die können ja nichts damit anfangen, die leben doch alle hier in den Hütten. Aber sonst kommen alle in Frage, auch die Ingenieure.

Dann werden wir Autos kontrollieren, bevor sie von der Baustelle fahren. Das gilt auch für die Ingenieure.

Das wird böses Blut machen.

Wagner hatte vormittags den in der Kantine versammelten Ingenieuren und Technikern gesagt, daß ab sofort, wer fehlt, sich zu entschuldigen habe, und zwar mit einem ärztlichen Attest. Er hatte mit Rausschmiß gedroht und, auf Steinhorst gezielt, wenn auch nicht direkt ausgesprochen, mit Abberufung.

Wagner stand mit Steinhorst und Hartmann am Rand der Baugrube. Blieb einer der beiden arbeitenden Bulldozer einen Augenblick stehen, sammelte sich zwischen den Raupen sogleich Wasser. Der dritte Bulldozer stand schon wie abgesoffen im Schlamm.

Keine Panik auf der Titanic, sagte Steinhorst.

Wagner überlegte, ob er die Arbeiten sofort stoppen solle. Aber er wollte doch noch mal mit Bredow sprechen.

Die Sirene heulte, zweimal kurz, einmal lang.

Das ist für Sie, sagte Hartmann zu Wagner. Sie sollen sofort ins Baubüro kommen.

Wagner lief los. Schon nach wenigen Metern war er

außer Atem. Der Schweiß lief ihm ins Gesicht. Er war erschöpft, müde, es fiel ihm schwer, einen klaren Gedanken zu fassen: Es ist diese irrsinnige Hitze, sagte er sich, der Klimawechsel, der Zeitunterschied, dieses merkwürdige Gerede von den Hurern und Abgöttischen, das Wasser in der Baugrube, die plattgewalzte Schlange, das Unglück, das sie bringen soll, die Stützpfeiler ohne Bewehrungseisen. Er war überzeugt, daß ihn im Büro eine neue Katastrophe erwarten würde, die Nachricht von eingestürzten Wänden, gerissenen Kranseilen, umgestürzten Lastern, Verletzten, Toten womöglich. Er stürzte ins Büro, aber dort hielt ihm ein Techniker lediglich den Telefonhörer hin.

Wagner, keuchte er in den Hörer.

Und dann hörte er Renates Stimme. Über Tausende von Kilometern hörte er, daß sie ihn gern vor seinem Abschied noch mal allein gesehen hätte. Sie hätte mit ihm reden wollen. Sie wollte ihm sagen, daß sie alles in einer guten, sehr schönen Erinnerung habe. Ob sie ihm schreiben dürfe. Sie würde ihm gern von ihrer Arbeit schreiben, überhaupt von sich, er hörte sie und hörte zugleich eine spanisch sprechende Frauenstimme, überlagert von einem Schluchzen, sie weint, dachte er, dann hörte er sie aber wieder reden, und noch eine Stimme, die englisch sprach und noch eine, eine ihm unverständliche, nie gehörte Sprache, und wieder dieses Schluchzen, er lauschte diesem fernen Sprachgewirr. Hörst du mich, rief Renates Stimme, ja, sagte er, ja, aber undeutlich, er starrte auf seine Notizen, die er sich morgens bei der Zusammenkunft gemacht hatte, er hatte sich auch die Beschwerden der Ingenieure notiert, nicht einmal der Beton wurde in dem richtigen Mischungsverhältnis geliefert. Ihm war zu viel Sand beigegeben. Wir bauen auf Sand, dachte er, und auf Morast. Dann war Renates

Stimme wieder deutlich und nahe. Ich will mich von Berthold trennen, sagte sie, ich halt das nicht mehr aus. Einen Moment befürchtete Wagner, sie könne sagen, daß ihr Zusammensein mit ihm, diese Nacht, ihr die letzte Klarheit gegeben habe, aber dann sagte sie, das sei ganz unabhängig von damals, und ihre Stimme versank wieder in dem Sprachgewirr. Ich kann dich nicht verstehen, rief er ins Telefon. Es tut mir leid. Was für ein blödsinniger Satz, dachte er und legte auf. Er hoffte, sie möge ihn so wenig verstanden haben wie er sie. Doch mußte er sich eingestehen, daß er sie gern noch einmal getroffen hätte. Nicht um nochmals mit ihr zu schlafen, sondern um mit ihr zu reden, denn das hatte diese körperliche Nähe doch bewirkt: Offenheit. Plötzlich konnte man über seine geheimen Ängste reden. Er hatte sie fragen wollen, was das für ein Gefühl sei, das sie mit Stillstand bezeichnet hatte. Er hatte sie sofort fragen wollen, aber das Telefonklingeln hatte sie unterbrochen, und später mochte er nicht mehr nachfragen, wann sie dieses Gefühl bei sich entdeckt habe. War es vergleichbar jenem Gefühl, das eines Tages ihn überfallen hatte, vor gut einem Jahr, und das sich von da an immer wieder und immer öfter eingestellt hatte, eine Atemnot – er konnte es nicht anders nennen –, die ihn erstmals auf einer Radfahrt mit Susann und Sascha im Jenisch-Park befallen hatte, also an der frischen Luft, ein Gefühl, als sei er innerlich rauh, als könne er nicht mehr durchatmen, ein Angstgefühl, organisch spürbar, das zugleich aber auch mehr war, als fiele er aus allem heraus, als seien alle Dinge und Menschen in einer dumpfen Gleichgültigkeit von ihm abgesondert, wie auch er von sich selbst, so sah er sich auf dem Rad sitzen und in alberner Weise die Füße drehen, und immer wieder mußte er aus- und einatmen, aus und ein. Sie radelten durch den Park auf dem geschotterten Weg, andere Radfahrer kamen ihnen entgegen, auch sie drehten die Füße. Was ihn wie immer störte, war, daß er so langsam fahren mußte, nicht nur wegen Sascha, auch Susann fuhr langsam. Es war ein ganz gewöhnlicher Sonntagmorgen.

Die Anfälle häuften sich. Aber sie überfielen ihn nur an den Wochenenden, zu Hause, in Hamburg, nicht im Sauerland auf seiner Baustelle, nicht in Lüdenscheid, obwohl er dieses Kaff nicht ausstehen konnte. Doch dann, vor gut drei Wochen, überkam ihn auch dort ein Anfall, und zwar morgens, überraschend, als er in dem Lift, diesem kleinen, trostlosen, mit Resopalplatten ausgelegten Lift nach unten fuhr, da war wieder dieses matte Ziehen, keineswegs schmerzhaft, ein Ziehen, das von innen kam und ihm langsam in den Hals kroch. Er mußte sich einen Augenblick an den Wänden des Fahrstuhls festhalten, dann ging unten die Tür auf, und er konnte wieder durchatmen. Es war ihm nie in den Sinn gekommen, mit Susann darüber zu reden. Warum nicht? Es war die Angst, etwas ganz Selbstverständliches, Festgefügtes in Frage zu stellen: ihr Zusammensein. Und doch hatte sich in der letzten Zeit die Empfindung festgesetzt, über lange Zeit etwas versäumt zu haben, ohne daß er genau hätte sagen können, was.

Er starrte auf seine Notizen. Wie sollte er das alles in den Griff bekommen? Aber das war es, was er sich gewünscht, was er sich erhofft hatte: erfreuliche Schwierigkeiten. Aber womit sollte er anfangen? Es fiel ihm schwer, die Gedanken beieinander zu halten. Er wollte eine Liste anlegen, und Punkt für Punkt aufschreiben und dann nach Dringlichkeit durchnumerieren. Er nahm den Kugelschreiber und schrieb eine 1, stand dann aber wieder auf und sah hinaus. Mitten im Baugelände, in diesem durch die Asche drängenden Grün, luden zwei Laster Bausteine ab. Warum gerade da? Mitten in der Rodung. Da sollte doch nichts gebaut werden. Die kippen die Ziegel einfach in die Landschaft. Er wollte runterlaufen, aber dann sagte er sich, daß er sich nicht verzetteln dürfe. Schon jetzt hatte er sich in lauter Kleinkram verloren. Erst einmal mußte er klären, ob die Fabrikationshalle B tatsächlich dorthin sollte, wo jetzt die Baugrube ausgehoben wurde, ob also die Boden-untersuchungen mit dem jetzigen Standort überein-stimmten, und falls ja, dann mußten die Konstruktions-pläne geändert werden, denn sonst würde die Halle mit den schweren Maschinen versinken und das gleiche würde dann auch mit der Halle passieren, die nur zwei-hundert Meter entfernt lag. Dann wollte er sich um den Beton kümmern, der von einem jungen einheimischen Ingenieur moniert worden war (Juan hatte übersetzt: das ist Dreck). Wagner spürte, wie ihm der Schweiß auf der Stirn brannte. In der Toilette betrachtete er sich im Spiegel. Er hatte, obwohl er doch gestern nur kurz ohne Kopfbedeckung draußen war, einen massiven Sonnen-brand auf der Stirn. Sein blondes Haar hing ihm naßver-schwitzt am Kopf. Er wollte ein paar Schritte im Freien machen. Er setzte sich den Plastikhelm auf und ging hinaus in dieses rasende Licht. Einen Moment stand er da und überlegte, wohin er gehen solle. Er dachte, es sei gut, einmal die Unterkünfte der Arbeiter anzusehen. Er ging zu den Nissenhütten hinüber, zählte zwölf dieser gut fünfzig Meter langen Wellblechhütten. Niemand war zu sehen. Einen Moment überlegte er, ob es richtig sei, jetzt, während alle Arbeiter auf den Baustellen wa-ren, dorthin zu gehen. Aber er ging dann doch weiter. Er hatte nämlich ein Schwein entdeckt. Es lag im Schat-ten einer Hütte, ein großes dunkelbraunes, langhaariges Schwein. Als er herantrat, um es aus der Nähe zu betrachten, hob es nur kurz den Kopf, dann döste es weiter. Ihm war aber, als hätte es kurz mit den Zähnen gefletscht, ungewöhnlich großen und spitzen Hauern. Er ging zwischen den Hütten entlang. Der Pflanzenwuchs war abgetreten. Ein paar Hühner scharrten in dem roten Sand. An den aufgespannten Leinen hingen zerfetzte Hemden und Hosen zum Trocknen. In der zerbeulten Teertonne, die mit Wasser gefüllt war, schwamm ein totes Tier, einem Maulwurf ähnlich, hatte es an den Vorderfüßen lange Grabkrallen. Ein paar löchrige Gummistiefel standen da, ein zum Trocknen aufgespanntes Fell, die Haut nach oben, war auf ein Brett genagelt worden, eine aus Ziegelsteinen gemauerte große Feuerstelle, ein Backofen, ein Hund, der, als Wagner näherkam, aufstand und in die mit roten Plastikstreifen behangene Tür einer Nissenhütte ging.

Wagner zögerte, dann ging auch er zu der Tür, stieg, abermals zögernd, über eine Holzschwelle und stand in einer drückenden Hitze und einem unerträglichen Gestank. Er wartete einen Moment, bis sich die Augen an die Dunkelheit gewöhnt hatten. Einige Ritzen im Wellblech warfen scharfe Lichtstreifen auf die aus rohem Holz gezimmerten Bettgestelle, mit denen die Hütte vollgestellt war. Es waren schmale zwei- und dreistöckige Betten, auf denen Strohsäcke lagen. Vor den Betten standen Kisten mit ein paar Habseligkeiten darauf, Messer, Konservendosen, Pfeifen und Blechbecher. Wagner wollte, weil ihn ein Würgen überkam, hinaus ins Freie, als er ein Keuchen, ein Röcheln, ein Fauchen hörte. Er lauschte in das Dunkel der Hütte, von hinten, zwischen den Bettgestellen, irgendwo von dort kam es. Aber dann wurde das Fauchen von einem Husten unterbrochen, und er ging vorsichtig weiter in die Hütte hinein, vorbei an den verschachtelten Bettgestellen, bis er auf einem

der Holzbetten eine Gestalt liegen sah. Er blieb abermals stehen, weil er glaubte, im Hintergrund habe sich
etwas bewegt. Er hörte aber nur das nahe keuchende
Atmen. Der Gestank war unerträglich. Vorsichtig beugte er sich über die Gestalt, ein kleiner zierlicher Körper,
der trotz der Hitze mit einer löchrigen Wolldecke zuge-
deckt war. Ein noch junger Mann, dessen Lider schwer
in den Augenhöhlen lagen. Das Atmen war ein heftiges
Ringen nach Luft. Zugleich war ein Summen zu hören.
Neben dem Bett stand ein Tonkrug mit Wasser. Einen
Moment zögerte Wagner, dann schöpfte er mit der hohlen Hand etwas Wasser aus dem Krug, zögerte, weil er
nicht sicher war, ob es gut sei, den Mann Wasser trinken
zu lassen. Er benetzte ihm den Mund. Er betrachtete die
Hände des Mannes, die offen und wie entspannt auf der
Decke lagen. Erst da entdeckte er durch ein Loch in der
Wolldecke den blutgetränkten Verband auf der Brust
und neben dem Strohsack gelbgrün Erbrochenes, auf
dem sich fettglänzende Fliegen drängten. Wagner hielt
die Luft an und lief hinaus. Vor der Tür erbrach er sich.
Er atmete tief durch und versuchte, mit dem Absatz
Sand über sein Erbrochenes zu kratzen. Erst jetzt bemerkte er, daß ihn jemand beobachtete. Es war der
Mann mit den Narben im Gesicht. Der Mann stand in
dem schmalen Durchgang zwischen zwei Nissenhütten
und hatte ihn dabei beobachtet, wie er Sand über das
Erbrochene scharrte wie ein Tier. Es war auf eine er-
niedrigende Weise lächerlich. Wagner drehte sich abrupt
um und ging zum Baubüro zurück.

Er ging in den Waschraum, zog sich das durchge-
schwitzte Khakihemd aus und wusch sich Gesicht und
Oberkörper. Er trank von dem Zitronentee, den Sophie
in die Kühlbox gestellt hatte. Danach rief er Juan und
ließ ihn die Ingenieure, die zur Mittagspause versam-

melt waren, fragen, ob sich in den vergangenen Tagen jemand verletzt habe, ob es einen Arbeitsunfall gegeben habe.

Niemand wußte etwas von einem Verletzten.

In einer der Nissenhütten liegt ein Schwerverletzter, sagte Wagner und befahl, aus der Stadt eine Ambulanz zu rufen.

Hartmann wischte sich über seine sommersprossige Glatze und sagte: Arbeitsunfälle werden immer von den Arbeitern selbst behandelt.

Die haben nämlich ihren Medizinmann dabei, witzelte Steinhorst.

Der Mann ist schwer verletzt, womöglich liegt er im Sterben. Rufen Sie eine Ambulanz!

Es ist besser, daß die das unter sich ausmachen, sagte Steinhorst, die melden sich, wenn sie nicht klarkommen.

Ich versteh überhaupt nicht, daß es niemandem aufgefallen ist, das ist kein kleiner Ratscher.

Bei der Größe des Baugeländes? Wenn die wollen, merkt von uns niemand etwas. Das ist auch ihr einziger Schutz. Die werden sonst sofort abgeschoben. Von denen haben nur ein paar eine Arbeitserlaubnis. Lassen Sie die am besten in Ruhe, die haben ihre eigene Ordnung, da soll man sich nicht einmischen.

Die Ambulanz rufen, befahl Wagner nochmals und ging in sein Zimmer. Er sah im Vorbeigehen, wie sie ihn alle anstarrten, die Ingenieure und Techniker, die ihre Salate und Sandwiches aßen, ratlos sahen sie aus und unsicher. Sie hatten den Wortwechsel verfolgt, aber nichts verstanden. Einer aber sah ihn an und lächelte ein wenig. Es war derselbe junge Ingenieur, der sich über den Beton beschwert hatte. Sie werden denken: Neue Besen kehren gut, wenn es ein solches Sprichwort im Spanischen gab. Er nahm sich vor, Juan zu fragen.

Wagner stellte sich ans Fenster und beobachtete, wie die Arbeiter, von der Baustelle kommend, zu ihren Hütten hinübergingen. Einige wuschen sich die Gesichter in den Wassertonnen. Die meisten gingen in die Hütten. Wagner behielt die Hütte im Auge, von der er glaubte, es sei die, in der er den Verletzten gefunden hatte. Einige der Arbeiter waren hineingegangen. An denen, die nach einiger Zeit wieder herauskamen, um Wasser zu schöpfen oder mit dem Blechgeschirr zu der Kochstelle hinüberzugehen, fiel Wagner nichts Besonderes auf.

Dann setzte er sich und begann die Bodengutachten zu studieren und mit dem Bebauungsplan zu vergleichen. Man hatte den gesamten Bauplatz um gut 500 Meter nach Westen verschoben. Auch von dem neuen Gelände waren tatsächlich Bodenuntersuchungen gemacht worden, allerdings von einer staatlichen Firma. Es war ein guter, gekiester Untergrund für den Standort der Halle B ausgewiesen worden, der auch vom ursprünglichen Standort um gut 500 Meter verschoben worden war.

Am späten Nachmittag kam Steinhorst herein, ohne geklopft zu haben. In der einen Hand hatte er eine Flasche Bourbon, in der anderen zwei Gläser. Die Türklinke drückte er mit dem Ellenbogen ins Schloß.

Er stellte die Gläser auf Wagners Tisch, goß ein, sagte: Wir haben kein Eis mehr, aber der Whisky ist gut gekühlt. Trinken Sie, er hielt Wagner ein Glas hin.

Das alles ist ziemlich happig für Sie, sagte Steinhorst und schenkte nach.

Danke, er hielt die Hand über das Glas, sonst kann ich nicht mehr fahren.

Ach was, sagte Steinhorst, außer Schlangen können Sie hier eh nichts überfahren.

War die Ambulanz schon da?

Nein, sagte Steinhorst, noch nicht, aber Juan hat angerufen. Wenn ich Ihnen einen Rat geben darf, gehen Sie nicht zu den Hütten. Von uns geht niemand dorthin. Die kommen ja auch nicht zu uns. Das sind zwei säuberlich getrennte Welten, und das ist gut so. Wenn Sie was von denen wollen, dann müssen Sie mit den Sprechern verhandeln. Jede Hütte hat ihren gewählten Sprecher. Mit einem haben Sie ja schon geredet, das ist der Jaguarmann.

Welcher Jaguarmann?

Der Mann mit den Narben im Gesicht. Man erzählt sich, daß er mit einem Jaguar gekämpft hat, mit bloßen Händen. Nicht auf dieser Baustelle, auf einer anderen, wo die Bolivianer zuvor waren. Er soll von dem Tier angefallen worden sein, und er hat es mit bloßen Händen erwürgt. Steinhorst betrachtete seine Hände, als prüfe er, ob sie dazu auch fähig wären. Er schüttelte den Kopf. Vielleicht ist es ja auch nur eine Story, egal, der Mann genießt ein großes Ansehen, auch unter den hiesigen Ingenieuren. Wollen Sie einen Kaffee? Ohne die Antwort abzuwarten, klatschte Steinhorst in die Hände, und als der kleine schwarze Mann mit dem grauen krisseligen Haar kam, rief er: dos cafés!

Die tief im Westen stehende Sonne schien in milden Streifen durch die Jalousie. Auf dem Tisch standen die leeren Gläser, ein mit Kippen beladener Aschenbecher, darunter lagen Baupläne mit den braunen Abdrücken von Kaffeebechern. Zuerst muß ich diesen Tisch aufräumen, dachte Wagner, das ist noch immer der Tisch von Steinhorst. Pedro kam herein. Er balancierte zwei Kaffeebecher auf dem großen Tablett. Er ging unsicher, offensichtlich war er betrunken. Steinhorst sagte etwas auf portugiesisch zu dem Mann, der grinste, sah Wagner an und bohrte sich mit dem Zeigefinger an den Lippen.

Was bedeutet das, fragte Wagner.

Der Kaffee wird Ihnen schmecken, sagte Pedro. Er ist der einzige Neger weit und breit.

Wagner trank den heißen, stark gesüßten Kaffee, der ihn langsam aus seiner Teilnahmslosigkeit erlöste. Sie saßen da und schwiegen. Wagner hatte die Füße auf den Tisch gelegt, irgendwelche Materiallisten knickten ein, aber das war ihm egal. Steinhorst saß auf dem Stuhl, die Arme auf die Beine gestützt, in der Hand den leeren Pappbecher. Er wird an seine Frau denken, an die Treffen mit diesem Mann, ihrem Direktor, an den Hund und an den Brief, dachte Wagner, aber er mochte ihn nicht fragen. Er befürchtete, daß eine Frage einen Wortschwall auslösen würde, der dann sein Mitgefühl zuschütten würde.

Wenn ich Ihnen einen Rat geben darf, sagte Steinhorst, lassen Sie den Dingen ihren Lauf. Mischen Sie sich nicht ein. Machen Sie Ihre Arbeit, aber nicht mehr. Ändern können Sie hier nichts. Sie bringen nur alles durcheinander. Ich fahre jetzt, sagte er und stand auf, vielleicht können Sie heute Juan und Hartmann mitnehmen. Ich fahr heute nicht gleich in die Stadt.

Wagner ging durch das leere Baubüro. Er sah noch einmal hinüber zu den Nissenhütten. In der Kochstelle, die nur durch ein Wellblechdach geschützt war, brannten schon die Feuer. Die Schatten am Rand der Rodung waren lang geworden.

Unten am Tor standen Hartmann und Juan. Wagner hatte sich die Indianer nicht so groß vorgestellt. Juan überragte Hartmann um fast einen Kopf. Andererseits waren die Bolivianer – und auch sie waren Indios – klein und zierlich.

Unten fuhr der letzte Lastwagen vom Baugelände. Auf ihm standen dichtgedrängt Arbeiter. Einige hingen an der Tür, standen mit einem Bein auf dem Trittbrett. Neben dem anfahrenden Laster lief ein Mann, der noch einen Platz auf dem Trittbrett suchte. Aber es war keine Stelle mehr frei, und der Laster beschleunigte. Da gab der Mann auf, blieb stehen, ging dann sichtlich erschöpft zu einem Baumstumpf und setzte sich, das Gesicht in den Händen vergraben, als habe er alles verloren. Kaum war der Motorenlärm des LKWs in der Ferne verstummt, hörte man den Wald, ein Stimmengewirr, das von Minute zu Minute anschwoll, ein Singen, Krächzen, Glucksen und Keckern, das langsam die Lichtung erfüllte. Wagner stieg in seinen Wagen. Hartmann setzte sich nach vorn, Juan nach hinten.

Wohin fahren die?

In die Stadt, sagte Hartmann, einmal in der Woche fahren die Bolivianer, die eine Arbeitserlaubnis haben, in die Stadt. Dort kaufen sie für sich und die anderen ein. Es ist eine wichtige Fahrt, sie kaufen vor allem Tabak und natürlich auch Mate.

Wagner hielt bei dem Mann auf dem Baumstamm.

Los, er soll einsteigen, sagte er zu Juan.

Juan redete aus dem heruntergedrehten Fenster auf den Mann ein. Der Mann sah nur kurz hoch (er keuchte noch immer vom Laufen), schüttelte den Kopf und sagte etwas.

Was sagt er?

De will nich.

Wagner fuhr in den Wald.

Warum wollte der Mann nicht mitfahren?

Wet nich, sagte Juan, aber vielleicht hat das was mit der Schlange zu tun.

Was ist mit dieser Schlange?

Das weiß niemand genau, sagte Hartmann, für einige der Bolivianer hat die Schlange eine besondere Bedeutung. Die Inkaschlange soll sie heißen. Sie ist so eine Art Lebenssymbol. Wer sie absichtlich tötet, soll umkommen, das erzählen sich jedenfalls die Techniker von hier, die das ja auch nur gehört haben.

Kommt um?

Ja, es heißt, man ertrinkt.

Wagner lachte. Die Prophezeiung ist richtig, wenn ich mir die Baugrube ansehe. Da wird eine ganze Maschinenhalle untergehen.

Gibt es irgendwelche Schwierigkeiten mit den Bolivianern?

Nein, überhaupt nicht. Es sind stille und ganz unaggressive Leute.

Wann kommt die Ambulanz, fragte Wagner Juan.

De har to don. Aber kümmt bald, hatt he seggt.

Wagner mußte wieder lachen. Wie sind die Mennoniten denn in den Gran Chaco gekommen?

De kümmt ut Rußland.

Bitte gleich auf russisch, ich versteh nämlich kein Platt, sagte Hartmann.

Entschuldige, sagte Juan. Also die Mennoniten sind vor fünfzig Jahren nach Paraguay gekommen, und zwar aus Rußland, wohin sie vor zweihundert Jahren ausgewandert sind. Sie kommen ursprünglich aus Friesland. Nach der Revolution kamen sie in den Gran Chaco und haben sich dort angesiedelt, wo mein Volk lebt. So sind wir Landarbeiter geworden und haben bei den Mennoniten Platt gelernt. Ich war der erste, den sie auf eine Missionsschule geschickt haben, nach Basel. Da hätt ich noch Schwyzerdütsch gelernt, wenn nicht eine Dokumentaristin einen Film über mich gemacht hätte. Ich bin aus der Missionsschule ausgestiegen und mit der Regisseurin nach Berlin gegangen. Drei Jahre hab ich da gelebt und studiert, Juan lachte. Ethnologie.

Und warum sind Sie hierher gekommen?

Dat kümmt wie kümmt, ok wanns sik anders krümmt.

Hartmann war eingeschlafen. Sein Kopf hing ihm schwer auf die Brust und nickte zu jeder Bodenunebenheit.

Und wollen Sie nicht zu Ihren Leuten zurück?

Dat geit nich, ik will schon, aber de General nich.

Und hier?

Die Diktatoren in den Ländern sind ganz ähnlich, und doch wünschen sie sich gegenseitig die Linken an den Hals. Juan lachte. Das ist Nationalstolz.

Es war dunkel, als sie die Stadt erreichten. Überall brannte Licht, und Leute saßen auf der Straße, die Männer in sauber gebügelten Pyjamas. Juan zeigte Wagner ein Appartementhaus, vor dem er halten sollte. Hartmann schreckte hoch und sagte, er sei wohl kurz eingenickt.

Wagner fragte Juan, ob er jemand kenne, bei dem er Spanischunterricht nehmen könne.

Ik will mol kieken.

Wagner gab Juan die Hand, der aber griff schnell an der ausgestreckten Hand vorbei und packte Wagners Handgelenk, so wie man einen Ertrinkenden packt, um ihn festzuhalten.

Ich habe jetzt jemand, dachte Wagner, mit dem ich reden kann, ohne daß die anderen uns verstehen. Daß es ausgerechnet ein Indianer ist, der Plattdeutsch spricht. Wagner mußte lachen.

7

Am nächsten Morgen war Wagner wieder der erste vor dem Baubüro. Er hatte am ersten Tag geglaubt, der hohe Zaun sei gegen Raubtiere errichtet worden. Eine exotische Vorstellung, denn Steinhorst hatte ihm erklärt, der Zaun sei wegen der Arbeiter aufgestellt worden, für den Fall, daß die mal rüberkommen, und er hatte dabei zu den Nissenhütten hinübergezeigt.

Wagner ging in sein Büro und beobachtete vom Fenster aus, wie die Sonne über dem Wald aufstieg.

Manchmal am Samstagmorgen, wenn er von dem Geknatter der Rasenmäher aus den Nachbargärten aufwachte, neben sich, den Kopf ins Kissen gebohrt, Susann, die trotz des Lärms weiterschlafen konnte, mit einem kleinen blasenwerfenden Schnaufen, dann hatte er den unbestimmbaren, aber darum um so dringlicheren Wunsch gehabt, es möge anders sein. Aber wie?

Unten, vor dem Baubüro, hielten jetzt die Busse. Zwei Jeeps kamen aus dem Wald, in jedem Jeep drei Soldaten. Militärpolizei, sie trugen weiße Stahlhelme. Die Jeeps hielten vor dem Baubüro. Zwei Soldaten kamen zum Eingang herüber. Sie trugen leuchtend weiße Gamaschen.

Wenig später klopfte es. Juan kam und sagte, ein Hauptmann wolle Wagner sprechen.

Hinter Juan kam ein zierlicher junger Mann herein, den weißen Stahlhelm unterm Arm. Der Hauptmann salutierte und erklärte in einem holprigen Deutsch, wie sehr er die Deutschen bewundere, dann wechselte er ins Spanische, und Juan übersetzte: Der Hauptmann wolle wissen, in welcher der Hütten Wagner den Verletzten gesehen habe.

Erst jetzt fiel Wagner wieder der Mann ein.

Was ist mit ihm?

Die Ambulanz ist gestern nacht dagewesen. Aber die haben keinen Verletzten gefunden. Die Arbeiter sagen, es gibt bei ihnen niemanden, der sich verletzt hat.

Unsinn, sagte Wagner.

Der Hauptmann bittet Sie, ihm die Stelle zu zeigen, wo der Verletzte lag.

Mit Juan und dem Hauptmann ging Wagner zu den Nissenhütten hinüber. Ein paar Schritte hinter ihnen zwei Militärpolizisten, die, wie Wagner gesehen hatte, ihre Maschinenpistolen entsichert hatten. Was für ein Aufwand, dachte er. Vor den Hütten standen Arbeiter, einige wuschen sich, andere hockten neben den Eingängen und tranken Mate. Hin und wieder kam einer aus den Hütten heraus, verschlafen, das schwarze Haar wirr und verdrückt.

Wagner ging zu der Hütte, in der er glaubte, gestern gewesen zu sein. Am Eingang stand der Jaguarmann. Er hielt den Strohhut in den Händen, seine Narben im Gesicht leuchteten rot. Seine schief zusammengewachsene Augenbraue gab ihm etwas Hochmütiges. Einige Männer lagen noch auf den Bettgestellen, einige hockten in den Gängen auf Kisten, andere standen herum und unterhielten sich. Die Gespräche verstummten, nachdem Wagner und hinter ihm der Hauptmann und Juan eingetreten waren. Ihnen folgte der Jaguarmann. Wagner suchte in dem Dämmerlicht.

Aber dort, wo gestern ein zweistöckiges Bettgestell gestanden hatte, stand jetzt ein dreistöckiges. Es war, als seien die Dinge verrückt geworden. Dort, wo er gestern eine Kiste mit Tabakspfeifen gesehen hatte, stand ein Hocker. Wagner drehte sich um. Der Helm des Hauptmanns leuchtete weiß. Offensichtlich war er mit einer

Leuchtfarbe angestrichen. Ein gutes Ziel, schoß es Wagner durch den Kopf.

Haben Sie die Stelle gefunden, fragte Juan.

Ich hab es irgendwie anders in Erinnerung. Vielleicht kommt es daher, daß die Hütte gestern leer war.

Der Hauptmann hatte, ohne die Übersetzung Juans abzuwarten, den beiden Soldaten einen Befehl gegeben. Die gingen in die Hütte und brüllten Kommandos. Kurz darauf drängten die Männer ins Freie. Wagner war überrascht, wie viele Männer in der Hütte waren. Es war, als liefen sie um die Hütte herum, stiegen hinten hinein, um vorne wieder herauszukommen. Als niemand mehr herauskam, ging Wagner abermals in die Hütte und langsam durch diese kreuz- und quergestellten Bettgestelle, und wurde, je mehr er suchte, desto irrer an sich selbst. War er nicht vielleicht doch in einer anderen Hütte gewesen? Er ging hinaus und ging in die danebenstehende Hütte, ging zur nächsten und übernächsten, überall das gleiche Bild: Bettgestelle in einer verwirrenden Anordnung, und auf den Betten lagen oder saßen zerlumpte Männer. Er ging zu der Hütte zurück, in der er zuerst gewesen war. Steinhorst war inzwischen gekommen und stand da und grinste. Es war ein ganz unverhohlen schadenfrohes Grinsen. Wagner ging abermals durch die Hütte, über ihm heulte die Sirene zum Arbeitsbeginn. Er fuhr regelrecht zusammen, so laut und schrill war hier der Ton. Er ging zu einem Bettgestell, von dem er glaubte, in ihm könne gestern der Mann gelegen haben. Er beugte sich über den Strohsack. Aber er konnte nichts riechen, jedenfalls nicht diesen Gestank nach Blut und Erbrochenem. Der Hauptmann knipste eine Taschenlampe an und leuchtete den Strohsack ab. Es waren keine Blutflecken zu erkennen.

Der Hauptmann wollte wissen, ob das, was Wagner

gesehen habe, altes oder frisches Blut gewesen sei. War der Mann krank oder war er verwundet?

Ich habe die Wunde natürlich nicht gesehen, aber einen blutigen Verband. Wagner drängte sich an dem Jaguarmann und dem Hauptmann mit seinem weiß-leuchtenden Helm vorbei und ging hinaus. Er mußte erst mal durchatmen. Draußen waren die Männer zu den Arbeitsstellen gegangen. Nur einer stand neben dem Sergeanten. Ein Indianer, der eine viel zu große, zerschlissene Armeehose trug.

Der Hauptmann sagte: Gracias.

Sie wollen ihn mitnehmen, sagte Juan zu Wagner.

Wen?

Den Mann, den Bolivianer. Sie sagen, er hat keine Aufenthaltsgenehmigung.

Moment mal, sagte Wagner, der kann doch nicht ein-fach einen Arbeiter mitnehmen. Was wollen die von dem?

Juan und auch Steinhorst redeten auf den Hauptmann ein.

Wagner hörte den starken deutschen Akzent bei Steinhorst heraus.

Was ist, was sagt er?

Er sagt, der hat keinen Paß, keine Aufenthaltsgeneh-migung.

Sagen Sie ihm, wir brauchen den Mann. Ich prote-stiere.

Der Hauptmann, der ihn verstanden hatte, sagte mit einem stark rollenden r: Tut mir leid, gibt Vorschrift. Auf Wiedersehen.

Sie gingen zu den beiden Jeeps hinüber. Ein Soldat mit einer Maschinenpistole setzte sich neben den Boli-vianer. Die beiden Jeeps fuhren durch das Tor in Rich-tung Wald.

Sie müssen gleich Bredow anrufen, wenn der sich dahintersteckt, dann kriegen wir den Mann frei, sagte Steinhorst.

Was machen die mit dem?

Steinhorst zuckte die Schultern: Abschieben. Den stecken sie in einen Sammeltransport und bringen ihn zur Grenze. Hoffentlich. Die Schramme an Steinhorsts Stirn hatte sich entzündet und leuchtete blaurot verschwollen.

Im Baubüro wartete ein Ingenieur. Er redete auf Juan mit einem vor Erregung roten Gesicht ein. Der Mann war Wagner schon bei der Besprechung aufgefallen, als er sich über den Beton beklagte.

Steinhorst sagte: Das ist Ingenieur Espósito. Er beschwert sich mal wieder über den Beton. Er ist ein Idealist von der eifernden Sorte. Der lag mir schon in den letzten Wochen in den Ohren. Sagte, wir verknallen hier die Werte, die dem Land gehören. Ein Mann, der einem immer wieder sagt, kein Pfusch, keine Korruption.

Was will er?

Er sagt, der Beton heute sei ganz besonders miserabel.

Gut, ich werde mich drum kümmern.

Wagner ging in sein Zimmer. Er setzte sich und dachte, der Betonlieferant will sehen, wie weit er bei mir gehen kann. Nicht weit, sagte Wagner und bemerkte, daß er laut mit sich redete. Er stellte den Tischventilator an. Ich kann mich doch nicht so getäuscht haben, dachte er, warum stellen die auch die Betten wie Kraut und Rüben zusammen.

Er rief in Bredows Büro an. Eine Frau Klein meldete sich und sagte, sie würde sich freuen, wenn Wagner mal in das Stadtbüro käme, damit sie ihn kennenlerne. Herr von Bredow habe schon von ihm geschwärmt.

Wagner versprach, in den nächsten Tagen vorbeizukommen, und fragte nach Bredow. Der war nicht da und sollte erst morgen zurückkommen. Ob sie irgendwie helfen könne?

Ein Bolivianer ist heute verhaftet worden.

Ach herrje. Aber da kann nur Herr von Bredow persönlich helfen. Wagner zog sich den Ventilator dichter heran und kühlte sich das schweißnasse Gesicht. Er las die Notizen, die er sich gestern gemacht hatte und die alle Probleme in Stichworten festhielten: Beton, Diebstahl, Grundwasser, unentschuldigtes Fehlen, Susann, Bodengutachten. Er hatte tatsächlich Susann hineingeschrieben. Seine Schrift erschien ihm plötzlich fremd und wie von einer anderen Hand.

8

Die Schatten waren noch lang und kühl, als Wagner am Sonntagmorgen zu seinem Wagen ging. Tennisschläger und Tasche warf er auf den Rücksitz. Und da er noch Zeit hatte, fuhr er langsam den Hügel hinauf. Eine Hausangestellte wusch einen Chevrolet und bespritzte ein paar Kinder, die schreiend wegliefen. In einem Garten saß eine Familie am Frühstückstisch, die Frau in einer weißen Bluse, der Mann und die Kinder in weißen Hemden.

Bredow hatte ihm erzählt, daß um die Jahrhundertwende die Engländer hierhergekommen waren und – mitten im Urwald – ein Sägewerk errichtet hatten. Die Quebracho-Bäume, die ein besonders hartes Holz haben, wurden gefällt, zu Eisenbahnschwellen gesägt und nach England verfrachtet. In den dreißiger Jahren war das Sägewerk dann aufgegeben worden. Der Urwald war abgeholzt, bis auf diesen Hügel, auf dem die englischen Direktoren und Ingenieure ihre Häuser hatten. Du wirst sehen, hatte Bredow gesagt, unten am Hügel findest du noch Reste der Urwaldvegetation, während oben so exotische Bäume wie Eichen und Föhren stehen. Tatsächlich sahen die Häuser oben auf der Kuppe des Hügels aus, als müßten sie in Cornwall oder Devon stehen. Bewohnt wurden sie von reichen einheimischen Familien, die Bredow ranzig genannt hatte, von wegen alteingesessen. Wagner fuhr die Straße wieder hinunter, vorbei an Villen, kubisch, weißverputzt, Eisenrohrgeländer auf den Veranden und Balkonen, also in einem reinen Bauhausstil errichtet. Hier wohnten die jüdischen Rechtsanwälte und Ärzte, die 1933 aus Deutschland geflohen waren. Unmittelbar darunter tauchten die ersten typischen deutschen Giebeldächer aus den fünfziger Jahren auf, in denen, wie Bredow sagte, die Nazis wohnten, die 1945 ins Land gekommen waren. Wagner fuhr langsam an den Grundstücken vorbei. In den Gärten standen Blautannen und, Wagner war überzeugt, daß ihm das zu Hause niemand glauben würde, Gartenzwerge, mit Spaten und Pickeln in den Händen. Ein grauhaariger Mann in kurzen Hosen stand da, Sandalen an den Füßen, und sprengte den Rasen. Er sah neugierig zu Wagner herüber. Ein Haus war wie ein Gefängnis, von einer gut zwei Meter hohen Mauer umgeben. Dahinter kamen die öden Bungalows, in denen die Manager und Ingenieure wohnten, einheimische und ausländische, Bungalows, wie man sie auch in Hamburg finden konnte, nur hier standen Palmen, Flaschen- und Quebracho-Bäume im Garten. Dann kam die Mauer, die den Hügel umgab. Dahinter begann die Steppe.

Er fuhr an dem Posten vorbei zum westlichen Stadtrand hinüber. Der Tennisplatz war ein großes Areal, das man schon vom Hügel aus sehen konnte. Die Bäume, noch an Stützpfähle gebunden, waren wohl erst vor kurzem gesetzt worden, und auch die ausgelegten Rasenstücke waren noch hier und da auszumachen: feine Linien in einem Tiefgrün, das in dem umgebenden staubigen Rot künstlich wirkte. Um das Clubgelände verlief ein hoher Drahtzaun, oben mit Stacheldraht umwickelt. Wagner fuhr langsam am Zaun entlang und suchte eine Stelle, wo er den Wagen im Schatten parken konnte. Links von der Straße standen Bretterbuden und Hütten mit großen verbeulten Wassertanks auf den Dächern. Er parkte den Wagen dicht neben einer weißgestrichenen Mauer. Auf der Mauer waren mit schwarzer und roter Farbe drei Buchstaben gemalt, keineswegs flüchtig, sondern sorgfältig, das Schwarze mit Rot umrandet: PIR.

Auf dem Gehweg saß, dicht am Zaun, ein Soldat. Vor dem Soldat lag etwas Massiges, Dunkles. Ein paar Schritte weiter stand ein Hund. Jetzt, beim Näherkommen, sah Wagner, daß ein Mann am Boden lag. Auf dem Bauch, den linken Arm hatte er weit von sich gestreckt, ein Bein leicht angezogen, das Gesicht halb umgedreht, ein noch junges Gesicht, die Wange im Staub, als schliefe er, sorgfältig gekleidet, ein hellblaues Hemd, eine beige Hose, schwarze Slipper, staubig, aber dort, wo beim Laufen die Hose aufstieß, glänzte das geputzte Leder. Neben ihm war eine dunkle feuchte Stelle im Sand. Der Soldat saß auf einem Kanister und rauchte, die Maschinenpistole neben sich auf dem Boden. Er sah Wagner unter seinem Helm mit einem kurzen schüchternen Lächeln an. Er war sehr jung, fast ein Junge. Plötzlich stampfte er mit seinen schweren Fallschirmstiefeln auf, um den Hund zu verjagen, eine struppige Töle, die sich gierig schnüffelnd der feuchten

Stelle genähert hatte. Der Hund lief ein paar Schritte mit eingezogenem Schwanz weg, blieb dann aber wieder stehen. Wagner ging weiter. Er wollte sich umdrehen, verbot es sich aber. Erst als er den Eingang erreicht hatte – ein Betonoval in Form eines Tennisschlägers –, drehte er sich nochmals um. Der Soldat war aufgestanden und bewarf den Hund mit Steinen. Ein schwarzuniformierter Wächter öffnete die Tür. Wagner ging zum Clubhaus. Gärtner wässerten die Pappeln und Büsche. Andere krochen mit Gartenscheren zwischen den Rabatten herum.

Auf dem Platz spielten sich Bredow, Christi und Durell schon ein.

Wagner wollte es nicht gelingen, sich auf das Spiel zu konzentrieren, und so verloren er und Durell knapp. Durell sagte nach dem Spiel, als sie sich unter einem der Strohschirme im Restaurantgarten trafen: Wenn wir uns eingespielt haben, dann werden wir die Vormachtstellung der Familie Bredow brechen.

Wagner beobachtete den Blasenkranz, der sich um die im Colaglas schwimmende Zitronenscheibe gebildet hatte.

Ich habe vorhin auf der Straße einen Toten gesehen.

Einen Toten? Christi sah Wagner erschrocken an.

Bredow wischte sich das Gesicht mit einem weißen Handtuch ab.

Durell trank seinen Cubalibre.

Wo haben Sie den Toten gesehen, fragte Durell.

Draußen am Zaun.

Und wo hast du geparkt?

Dort drüben, in der Nähe der Häuser.

Du mußt auf das Clubgelände fahren, sagte Bredow, die Einfahrt ist dort drüben. Mitglieder und Freunde können ihre Wagen hier abstellen.

Der Mann lag auf der Straße. Erschossen. Daneben saß ein Soldat auf einem Kanister. Und dann war noch ein Hund da.

Ein Hund?

Ja, der Hund wollte an das Blut des Erschossenen.

Schrecklich, sagte Christi, es ist fürchterlich.

Ja, sagte Bredow, das sind schlimme Zeiten.

An einer Mauer gegenüber stand PIR.

Das ist die Guerilla, sagte Durell. Es ist Krieg, ein schmutziger Krieg. Aber die Militärs schaffen das. Die sind gut ausgebildet, und zumindest das Offiziercorps ist gut motiviert.

Ja, sagte Bredow, für jeden, der neu hierher kommt, ist das alles nur schwer verständlich. Von drüben sieht das alles ganz einfach aus. Militärdiktatur, Menschenrechtsverletzungen. Aber hier, wer das miterlebt hat, die Vorgeschichte, und die Verhältnisse genau kennt, da wird dann doch alles viel komplizierter. Du hättest das miterleben müssen, die Überfälle, die Entführungen, die Anschläge. Das Militär mußte eingreifen. Dagegen haben wir inzwischen schon wieder normale Verhältnisse, auch wenn noch immer schreckliche Dinge passieren.

Normal sind die Verhältnisse hier nie, sagte Durell, ich jedenfalls habe immer einen Fluchtkoffer gepackt, klein, handlich, Dokumente, etwas Geld, Dollar natürlich, etwas Gold, aber alles noch leicht tragbar, damit man auch längere Strecken zu Fuß laufen kann.

Das leichte Fluchtgepäck hilft Ihnen auch nicht, sagte Christi. Bis Sie beim internationalen Flughafen sind, ist der längst geschlossen.

Natürlich, wenn Sie auf der Staatsstraße dorthin fahren wollen. Man muß andere Wege gehen. Und immer den kürzesten, der zur Grenze führt. Flughäfen werden, das ist eine Erfahrung aus Afrika, von den Rebellen immer als erstes besetzt, Flughäfen und Fernsehanstalten.

Na ja, sagte Bredow, soweit ist es ja noch nicht. Aber ihr könnt Revanche haben. Er stand auf.

Wann, fragte Durell.

Morgen früh.

Das geht nicht, ich muß früh auf der Baustelle sein, sagte Wagner, und er dachte, wie kann man so wichtigtuerisch reden, als protze er damit, früh aufstehen und arbeiten zu müssen. Momentan ist es wichtig, früh da zu sein.

Aber Bredow lachte nur und schlug ihm auf die Schulter. Dafür wirst du ja bezahlt.

Hast du wegen des Bolivianers etwas ausrichten können?

Nein, sagte Bredow, leider. Es war halt Wochenende, da sind die Behörden leer. Und dem Administrator kann man wegen solcher Kleinigkeiten nicht kommen.

Immerhin, es ist ein Arbeiter von uns. Was passiert mit ihm?

Er hatte keinen Paß, keine Arbeitserlaubnis, da wird er über die Grenze abgeschoben.

Ich muß gehen, sagte Durell, bis bald.

Wir müssen unbedingt noch ein paar Dinge besprechen, über den Beton und auch über das Grundwasser in der Baugrube.

Gut, sagte Bredow, komm mit zu uns nach Hause. Wir bringen dich jetzt erst mal mit unserem Wagen zu deinem rüber.

Als sie am Zaun entlangfuhren, war die Leiche verschwunden. Auch der Soldat. Aber der Hund war noch da und leckte an dem dunkelfeuchten Fleck im Sand.

9

Gegen Mittag fuhr Wagner nach Hause, noch immer im Tennisdreß, verschwitzt, müde und – obwohl er nur zwei Martinis bei Bredows getrunken hatte – benebelt. Bredow hatte auf die Frage nach dem Standort der Fabrik gesagt, der sei zwar verlegt worden, man habe aber ordnungsgemäß von einer hiesigen Firma ein genaues Bodengutachten erstellen lassen. Die Bestimmung des Baugrunds sei außerdem Sache der staatlichen Behörden. Und als Wagner sagte, die ganze Papierfabrik werde in fünf Jahren im Schlamm versinken, wenn sie nicht demnächst schon wegschwimme beim ersten langanhaltenden Regen, da hatte Bredow geantwortet, das gleiche habe man vor fünf Jahren auch beim Bau der Zementfabrik prophezeit. Sie stehe aber noch immer. Fünf Jahre sei ja auch noch keine lange Zeit, sagte Wagner und schlug vor, einen Kellerkasten für die Halle B zu bauen. Das Fundament der Halle A müsse mit Pfeilern saniert werden. Möglicherweise sei es sogar kostengünstiger, sie nochmals neu und dann mit einem Kellerkasten zu bauen.

Bredow sah Wagner an, als sei der übergeschnappt. Hör mal, sagte er, ich verstehe nichts von den technischen Dingen, aber dafür einiges von den kaufmännischen. Das ist alles ganz unmöglich. Die Kalkulation für dieses Projekt ist extrem knapp, und dennoch haben wir den Zuschlag erst nach erheblichen Bestechungsgeldern bekommen, die sogar die letzten Reserven aufgebraucht haben. Mehr ist einfach nicht drin. Bredow, der in der Badehose auf der Veranda saß, lachte, greif mal einem nackten Mann in die Tasche.

Das ist der Turmbau zu Babel, sagte Wagner.

Bredow hatte wieder gelacht. Man könne und müsse einfach weiterbauen.

Und der miserable Beton? Und geklaut werde auch, sogar die Zündkerzen der Bulldozer.

Dagegen kann man was machen, ich werde ein paar zusätzliche Wachmänner einstellen.

Was Wagner an dem Gespräch am meisten irritiert hatte, war, daß Bredow oft gar nicht richtig zuhörte. Er blickte mit seinem verbindlichen Lächeln an Wagner vorbei zu einem Fernsehapparat, der hinter Wagner stand. Dort wurde ein Fußballspiel übertragen. Einmal, als ein Tor fiel, war Bredow sogar aufgesprungen. Bredow versuchte, den Stand der nationalen Meisterschaftsspiele zu erklären. Er nannte die Namen, die Wagner nichts sagten, Vereine, Städte, Spieler. Schließlich begann sich auch Wagner, während er über Mischverhältnisse beim Beton und den Grundwasserdruck redete, immer häufiger umzudrehen.

Zu Hause ging Wagner in die Küche. Er hatte Hunger, und zwar auf einen Apfel. Sophie hantierte am Herd. Er bestellte sich einen Kaffee und nahm sich eine Mangofrucht, da kein Apfel da war. Sophie schälte ihm die Frucht und brummelte, er werde draußen im Garten erwartet. Die Hure Babylon.

Wagner ging, die Mango essend, in den Garten. Auf der Veranda an dem weißgestrichenen Gartentisch saß Juan mit einem Mädchen, einem zierlichen schwarzhaarigen Mädchen, das, als Wagner an den Tisch kam, aufstand.

Das ist Luisa.

Wagner fragte sich, ob es die Tochter von Juan sei. Sie hatte zwar nicht die ausgeprägten indianischen Züge, aber das gleiche blauschwarze Haar, schwarze Augen und ungewöhnlich lange, gerade Wimpern, unter denen schattig die Augen lagen. Das Mädchen war vielleicht sechzehn Jahre alt, sie hatte zarte, wie noch im Wachstum begriffene Glieder und kleine aufrechte Brüste unter dem weißen Baumwollkleid.

Juan wollte einen Kaffee haben, das Mädchen Wasser.

Wagner rief Sophie.

Die kam brummelnd und schnaufte durch ihre großen Nasenlöcher. Irgendwie mißbilligte sie diesen Besuch.

Luisa ist Spanischlehrerin, sagte Juan.

Sie hatte sich wieder gesetzt und zog ihr Baumwollkleid über die braunen Oberschenkel zum Knie. Sie saß da wie eine Schülerin, die damit rechnet, im nächsten Augenblick aufgerufen zu werden.

Soll das ein Witz sein?

Wieso, fragte Juan.

Sophie brachte Kaffee, Saft und Wasser. Sie hatte sogar unaufgefordert eine Schale Kekse mitgebracht.

Sie wollen mich wohl auf den Arm nehmen, das Mädchen geht doch noch zur Schule.

Das Mädchen wurde plötzlich rot und redete auf Juan ein. Sie stand auf, machte Anstalten zu gehen, auch Juan stand auf, redete auf sie ein.

Versteht sie Deutsch, fragte Wagner.

Nee, sie hat Sie mißverstanden. Sie verstehen, sie dachte, na ja.

Sagen Sie ihr, ich will wirklich nur Spanisch lernen. Aber die ist doch noch arg jung.

Sie ist neunzehn, aber sie ist Lehrerin. Man kann gleich nach der Oberschule in der Primarschule unterrichten. Sie ist aber schon nach einem Vierteljahr entlassen worden.

Warum?

Juan hob kurz die Hand – wer weiß das schon.

Dem Mädchen waren Wagners Blicke nicht entgangen. Sie änderte wie absichtlich ihre Sitzhaltung und stellte die Beine nebeneinander, ein, wie Wagner fand, rührender Versuch, sachlich zu wirken. Sie hatte kleine Füße, Kinderfüße, die in hochhackigen Lederschuhen steckten. Die Schuhe waren säuberlich geputzt, aber das Leder der Hacken war abgetreten.

Gut, sagte er, wir können es ja versuchen. Er war überzeugt, daß Juan diesem Mädchen helfen wollte. Wahrscheinlich war sie von der Schule geflogen oder von zu Hause weggelaufen.

Sophie kam mit einem Tablett. Sie hatte sich eine blaukarierte Schürze über ihren weißen Kittel gezogen und den grauen Haarzopf sorgfältig hochgesteckt. Sie verteilte Teller, Messer und Gabeln und stellte in die Mitte des Tisches eine Platte mit Sandwiches. Wagner lud das Mädchen mit einer Handbewegung ein, zuzugreifen. Sie nahm auch sogleich ein Sandwich und aß es, in eine Papierserviette eingeschlagen, aus der Hand, schnell, obwohl sie sich Mühe gab, dabei gelassen zu wirken. Es war nicht zu übersehen, sie hatte Hunger.

Wo soll der Unterricht stattfinden?

Am besten hier, sagte Juan. Da Sie eine Haushälterin haben, kann Luisa herkommen. Sie müssen ihr bloß eine Bestätigung ausstellen, damit sie unten beim Posten passieren kann. Gut, sagte Wagner. Juan konnte sie nicht allzu gut kennen, denn er mußte sie immer wieder etwas fragen, nach ihrer Adresse, wie sie hierherkäme. Zu Fuß oder mit dem Bus.

Der Preis?

Er unterbrach Juan und sagte, die Firma zahle. Sie werde ein gutes Honorar bekommen. Ob sie nach jeder Stunde oder nach jeder Woche ausgezahlt werden wolle?

Nach jeder Woche.

Wann sie anfangen könne?

Er sah das Mädchen an, das das dritte Sandwich aß.

Von mir aus, da sie schon mal da ist, sofort. Ich will mich nur umziehen und vorher noch schwimmen.

Juan und Luisa tuschelten leise miteinander.

Luisa wolle bleiben, sagte Juan, er aber müsse jetzt gehen.

Soll ich Sie morgen abholen?

Nee danke, ik nehm den Firmbus.

Er brachte Juan zur Tür.

Luisa saß zurückgelehnt im Sessel. Ihm fiel auf, daß sie mindestens zwei Sandwiches in ihre Basttasche eingepackt haben mußte.

Do you want to swim?

No, thank you. I will wait here and read something.

Sie sprach Englisch, wie der Fahrer Deutsch gesprochen hatte. Er schaute, während er schwamm, hin und wieder zu ihr hinüber. Sie las in einem Buch, hatte sich eine große blaue Sonnenbrille aufgesetzt.

Er beobachtete, wie sie den Zeigefinger in den Mund schob – eine Geste, kindlich und erotisch zugleich –, um dann die Seite umzublättern. Als er angekleidet war und zu ihr trat, nahm sie die Sonnenbrille ab und blickte ihm entgegen, keineswegs unsicher, sondern eher entschlossen prüfend. Er deutete auf das Buch, das sie aufgeklappt im Schoß hielt: *El siglo de las luces*, las er. Sie hatte kleine schmale Hände, die Finger waren tiefbraun, die Innenseite hellrosa, und die Fingernägel waren sorgfältig rot lackiert, in einem seltsamen Kontrast zu ihrem ungeschminkten Gesicht. Wagner, der sich über sie gebeugt hatte, um den Buchtitel zu lesen, wurde sacht von ihrem Haar gestreift. Es durchfuhr ihn wie ein kleiner Schlag, und er hatte das jähe irrwitzige Verlangen, sie zu berühren, ihren Hals, die zarte Haut, in der sich hell die Schlüsselbeine abzeichneten. Sie setzte sich die Sonnenbrille wieder auf und sagte betont sachlich: We must work.

Sie griff in ihre Korbtasche und zog, aber so, daß er nicht hineinsehen konnte, ein zerfleddertes Spanisch-Lehrbuch heraus und legte es vor sich auf den Tisch.

Er setzte sich an den Gartentisch, wie ein Schüler sich der Lehrerin gegenübersetzt.

Yo me llamo Luisa, sagte sie und tippte sich mit ihrem rotlackierten Zeigefinger auf die Brust. Sie nahm die Sonnenbrille ab, stand auf und ging vor Wagner auf und ab, wie ein Mannequin auf einem Laufsteg, aufrecht, mit durchgedrückten Knien und kleinen energischen Schritten, das Becken leicht vorgeschoben, die rechte Hand in der Hüfte: Yo camino, sagte sie und winkte ihm zu, er solle aufstehen: Usted camina! Sie machte eine Handbewegung wie ein Dirigent.

Er stand auf und ging hin und her, ganz auf sein Gehen konzentriert und darum verkrampft und schwerfällig.

Sie beobachtete ihn, als müsse er, um das Spanische richtig begreifen zu können, erst einmal das Gehen lernen.

Usted habla: Yo camino.

Yo camino, sagte er.

Bravo, rief sie.

Wagner mußte über ihre Begeisterung lachen.

10

Am Nachmittag war ein Bote gekommen und hatte ein Kuvert der Familie Voßwinkel abgegeben: Auf schwerem Bütten eine Einladung zu einem abendlichen Empfang. Und darunter stand in einer schrägen Sütterlinschrift: Sehr geehrter Dipl. Ing. Wagner, erst jetzt erfahre ich von Ihrer werten Anwesenheit auf unserem Hügel. Darf ich Sie deshalb kurzfristig, aber nicht weniger herzlich, zu unserem Empfang heute abend einladen. Hochachtungsvoll Voßwinkel. Wagner hatte Bredow angerufen und gefragt, wer das sei. Da mußt du unbedingt hin, hatte Bredow gesagt, das ist sozusagen Berufspflicht. Da versammelt sich die deutsche Kolonie.

Die Einladung verlangte Abendkleidung, und so zog sich Wagner seinen dunkelblauen Zweireiher an. Nach Einbruch der Dunkelheit fuhr er den Hügel hinauf. Das Haus lag fast auf der Kuppe, unmittelbar unterhalb der englischen Landhäuser. An dem offenen schmiedeeisernen Tor brannten zwei Fackeln. Ein Butler in grauer Livree wies Wagner auf dem Parkplatz ein, in dessen Mitte eine mächtige Palme stand. Der Weg zur Villa war mit kleinen Öllämpchen ausgeleuchtet. Wagner ging über den knirschenden Kies zu dem Gebäude, dessen Sockel aus schweren Natursteinen gequadert war. Die schmalen hohen Fenster waren farbig verglast, und die Fassade gipfelte in Zinnen und zwei Ecktürmen. Das Gebäude, wahrscheinlich nach der Jahrhundertwende errichtet, sah aus wie ein toskanisches Landschloß. Weiße Marmorstufen führten in eine von Säulen getragene Empfangshalle, von deren Decke ein wuchtiger, schmiedeeiserner, mit Neonröhren bestückter Kronleuchter hing. Eine mit verblichenen Papageien und Paradiesvögeln bedeckte Tapete schlug an der Wand Wellen. Es roch nach Moder und Mottenpulver, ein Geruch, der sich verstärkte, als der Gastgeber, Herr Voßwinkel, auf Wagner zutrat und ihn begrüßte. Voßwinkel trug einen anthrazitfarbenen Wollanzug mit einem kolossalen Hosenschlag. Voßwinkel war so groß wie Wagner, also gute einsneunzig, aber massiger und mit einem kastenförmigen Kopf, an dem die Augenbrauen wie schwere graue Bürsten hingen.

Willkommen, Herr Oberingenieur, sagte Voßwinkel, Sie wollen uns also unsere Papierfabrik fertigbauen. Wissen Sie eigentlich, warum das Tepidarium der Caracalla-Thermen eingestürzt ist?

Aber noch bevor der Koloß zu einer Erklärung ansetzen konnte, kam seine Nichte, die weit älter aussah als er. Eine Greisin in einem ärmellosen Kleid, das Wagner zunächst für einen Kittel angesehen hatte. Kommen Sie, sagte sie, ich will Sie gleich dem Intendente vorstellen.

Das war ein noch junger Mann, in einer engsitzenden weißen Uniform mit dicken silbernen Achselstükken. Er stand in der Mitte der Empfangshalle. Alle Aufmerksamkeit schien auf ihn gerichtet. Er grüßte, nickte mit dem Kopf und wechselte mit den an ihn Herantretenden, die in einer langen Schlange warteten, ein paar Worte. Fräulein Voßwinkel führte Wagner an der Schlange der Wartenden vorbei direkt vor den Offizier.

Herr Oberst, sagte sie, darf ich Ihnen den neuen Bauleiter der Papierfabrik vorstellen, Herrn Wagner.

Der Intendente gab Wagner die Hand, und Wagner erschrak. Er spürte etwas stumpfes Trocknes. Der Mann trug weiße Handschuhe.

Herzlich willkommen, sagte der Oberst in einem akzentfreien Deutsch. Als er hörte, daß Wagner aus Hamburg kam, lobte er die Oper und den Elbblick. Zwei Jahre habe er in Hamburg gelebt und als Gast an der Bundeswehrakademie studiert. Er sah Wagner prüfend an, mit eigentümlich glanzlosen dunkelbraunen Augen.

Ich weiß, was Sie jetzt denken, sagte er, aber Sie

können mir glauben, daß wir alle sehr froh wären, wenn wir in unsere Kasernen zurückkehren könnten.

Der in einer Ecke stehende Ventilator drückte mit einer langsamen Drehung den Frauen die seidenen Kleider zwischen die Beine.

Was ich an den Deutschen am meisten bewundere, ist der Wiederaufbau nach dem Krieg. Ich habe Fotografien von den zerstörten Städten gesehen. Es ist kaum zu glauben, wie dieses zerstörte Land in fünfzehn Jahren wieder aufgebaut worden ist. Von dieser Energie, diesem Fleiß und diesem Pflichtgefühl müßten wir auch in unserem Land etwas haben. Dabei ist das Land reich, und die Menschen sind im Grunde gutwillig.

Ein Kellner in einer weißen Phantasieuniform brachte auf einem silbernen Tablett Weingläser.

Ich empfehle Ihnen den Weißen, ein einheimischer Wein, natürlich kein Steinwein, aber nicht schlecht. Er reichte Wagner ein Glas, nahm sich selbst eins vom Tablett. Auf ein gutes Gelingen. Er schlürfte den Wein wie auf einer Weinprobe, nickte Wagner zu und fragte, ob Wagner irgendwelche Probleme habe.

Na ja, Probleme, sagte Wagner und überlegte, ob er diesem weißuniformierten Oberst, der so penetrant nach Rasierwasser roch, von seinen Problemen erzählen sollte. Der gelieferte Beton sei miserabel, das Grundwasser zu hoch, die Zündkerzen der Bulldozer würden geklaut und überhaupt stünde die Fabrik nicht dort, wo sie eigentlich stehen sollte.

Der Oberst lachte: Ja, das alles ist für jeden, der neu herkommt, ein Schock. Das Lachen verschwand. Das ist das Problem in diesem Land: diese Inkompetenz, dieses mangelnde Pflichtgefühl. Wir wollen modernisieren, aber dafür fehlen die einfachsten Voraussetzungen. Man kommt, wann man Lust hat, und man nimmt, was man will, weil man glaubt, es gehöre allen. Von dem Aberglauben einmal abgesehen. Statt sich auf die Statik zu verlassen, werden noch immer tote Hunde einbetoniert, weil man glaubt, die hielten die Brücken.

Tote Hunde?

Ja, oder Hähne. Es ist ganz unglaublich. Sie werden es sicherlich noch selbst erleben. Nach europäischen Ansprüchen funktioniert nur die Armee. Darum mußten wir auch die Erneuerung übernehmen. Glauben Sie nicht, daß wir uns darum gerissen hätten. Aber das Land wäre im Chaos versunken. Wir hätten hier einen Bürgerkrieg gehabt, dagegen ist das, was wir jetzt haben, nur Kleinkram. Sie hätten das sehen müssen, bevor wir die Regierung übernommen haben. Das vergessen auch die neunmalklugen Kritiker in Ihrem Land.

Wagner hatte in der Stadt hin und wieder das Plakat mit dem Juntachef gesehen, ein General mit einem schweren schwarzen Schnauzbart. Er kannte dieses Gesicht schon aus den Zeitungen in Deutschland. Wagner war, während der Administrator redete, dieses kleine runde Etwas in der Brusttasche der Uniformjacke aufgefallen, das sich durch den dünnen Stoff abdrückte, bis ihm einfiel, daß es ein Präservativ sein könne, und gleichzeitig erinnerte er sich – zum ersten Mal seit vielen Jahren – daran, wie sie das früher genannt hatten: Sturmgepäck.

Ich hoffe, sagte der Oberst, daß wir uns mal ohne große Geselligkeit sehen. Ich bin auf Ihr Urteil über Land und Leute gespannt. Er gab Wagner die behandschuhte Rechte. Wagner ging durch den großen Raum, an dessen einer Breitseite ein langes Büfett aufgebaut worden war. Bredow stand dort, er winkte und kam herüber.

Du hast dich ja schon mit dem Mächtigen der Stadt unterhalten, sagte er.

Wer war das?

Oberst Kramer. Sohn deutscher Einwanderer, wie du am Namen und am guten Deutsch hörst. Er wurde, obwohl noch sehr jung, nach dem Putsch als Militärbevollmächtigter für die Stadt eingesetzt. Der Bürgermeister verschwand. Oberst Kramer ist, wie du dir vorstellen kannst, für unser Projekt äußerst wichtig. Ohne ihn geht hier nichts, und mit ihm wirklich alles.

Wagner sah, wie der Oberst von Fräulein Voßwinkel zum Büfett geführt wurde und wie er die Krebse aus dem Wurzelsud herausgabelte. Die Handschuhe hatte er sich ausgezogen und in die Seitentasche seiner Uniformjacke gesteckt.

So, sagte Bredow, das Büfett ist eröffnet, der Intendente ißt, wir können loslegen. Ich empfehle dir die Flußkrebse. Die Fleischspeisen sind meist zäh, weil Voßwinkel dafür seine ältesten Rinder schlachten läßt.

Sie stellten sich mit ihren Tellern an eine Wand, an der ein gewaltiges Ölbild hing, auf dem Gauchos ein Rind mit Lassos einfingen. Ein alter Mann ging durch die Gruppen, langsam, ganz auf den Teller konzentriert, den er auf der flachen Hand wie ein Tablett trug. Der Mann hatte schulterlanges graues Haar.

Das ist Herr Bley, sagte Bredow.

Als habe er das gehört, blickte der Mann hoch. Er begrüßte Bredow, fragte nach Christi und den Kindern und gab Wagner eine kleine schmale Hand.

Herr Bley ist der beste Konditor im ganzen Land, sagte Bredow. Bley sah Wagner mit einem zerstreuten Lächeln an.

Es ist nicht schwer, in diesem Land ein guter Konditor zu sein. Die Hitze verführt die Leute dazu, alles stark zu süßen, eine schweißtreibende Süßigkeit, man vergißt immer wieder, daß das Bittere komplementär zum Süßen und der Reiz beim Schmecken ist, das eine im anderen zu entdecken.

Bley hatte einen österreichischen Akzent.

Ob er in Wien das Konditoreiwesen erlernt habe, wollte Wagner wissen.

Nein, sagte Bley, ich bin Autodidakt. Er nahm die schmale goldgefaßte Brille ab und putzte die ovalen Gläser. Ich komme von der Musik. Ich war Korrepetitor, in Graz, bis 1938. Dann kam ich hierher, mit meiner Frau, einer Sängerin, und wir haben, da von der Musik nicht zu leben war, eine Konditorei eröffnet. Weder meine Frau noch ich haben je zuvor einen Kuchen gebacken, geschweige denn eine Torte. Unsere erste Sachertorte hatte in ihrer Konsistenz denn auch eine gewisse Ähnlichkeit mit flüssigem Asphalt. Und meine Frau behauptet, auch im Geschmack. Er lachte und bekleckerte sich mit Mayonnaise. Er stellte den Teller auf einem Tisch ab und begann, sich das Revers mit einer Serviette zu säubern.

Die Pralinen von Herrn Bley sind die besten, die ich je gegessen habe, sagte Bredow. Sie sind mit Bitterschokolade überzogen und haben die unglublichsten Füllungen, beispielsweise Dattelmus mit Arrak. Es sind kleine Kunstwerke, auch in der Form, symmetrisch und asymmetrisch, besetzt mit kleinen farbigen Zuckerperlen. Schwarzes Diadem, so heißt eine Geschenkpackung. Trägt man sie im Sommer, also zur Weihnachtszeit, nach Hause, ohne sie in eine Kühlbox zu legen, schmelzen sie zu unansehnlichen schwarzbraunen Klumpen, die aber sonderbarerweise nichts von ihrem Geschmack verlieren. Und so hat sich in dieser Gegend der ganz einmalige Brauch des Bley-Gießens eingebürgert. Zu Silvester, oft der heißeste Tag im Jahr, kauft man sich die Bley-Pralinen, legt sie aber nicht sofort in das Eisfach. Kurz nach zwölf Uhr werden sie herausgeholt. Aus den bizarr erstarrten Formen kann man Zukünftiges deuten: siamesische Zwillinge, die man genußvoll verzehrt.

Wagner lachte und sagte, das sei ein schöner nahrhafter Brauch.

Wissen Sie, sagte Bley, das Geheimnis des Schmeckens liegt in den Geschmacksknospen, diese schmalen, länglichen Sinneszellen, die aber schon mit dem zwanzigsten Lebensjahr abnehmen und sich im Alter auf ein Drittel reduzieren. So daß man die Geschmackreichsten gerade unter jenen hat, die sich die Gaumengenüsse nicht leisten können, oder denen man sie vorenthält, den Kindern.

Wagner beobachtete eine eigentümliche, sich langsam steigernde Unruhe an Bley, immer wieder und in kürzeren Abständen tippte er sich an den goldenen Brillenbügel, zupfte am Knoten seiner silbernen Krawatte, als schnüre die ihm die Luft ab, und strich sich das lange graue Haar aus der Stirn, dabei sah er an Wagner vorbei. Wagner drehte sich um und entdeckte einen großen hageren Mann, mit einem tiefgebräunten Gesicht, das schüttere graue Haar sorgfältig gescheitelt. Er sah aus wie ein alter Tennis- oder Skilehrer und kam, mit überladenem Teller in der Hand, am Büfett entlanggehend, langsam näher. Die Smokingjacke war an der linken Seite ausgebeult wie von einer schweren Brieftasche.

Es gibt sogar Tiere, sagte Bley, den Mann anstarrend, die mit ihren Füßen schmecken können. So sind beispielsweise die Fußspitzen eines Schmetterlings beim Schmecken von Zucker um ein Tausendfaches empfindlicher als die Zunge eines Menschen. Bley drehte sich abrupt um und ging weg.

Bredow sagte, noch bevor Wagner nach dem Grund der Unruhe von Herrn Bley fragen konnte, das ist Herr von Klages.

Klages hatte sich neben Bredow gestellt.

Wie war Ihr Name, fragte Klages, nachdem Bredow Wagner vorgestellt hatte. Klages stand leicht vorgebeugt, um auch ja den Namen richtig zu verstehen.

Wagner, wiederholte er mit einem vor nachdenklichem Mißtrauen erstarrten Gesicht. Wo Wagner in Deutschland wohne? Ob Wagners Vater auch schon Ingenieur gewesen sei?

Nein, sagte er, Direktor einer Batteriefabrik.

Ob Wagners Vater identisch sei mit einem Oberst im Generalstab Wagner.

Nein, sein Vater sei im Krieg bei der Marine gewesen. Irgendwie schien diese Auskunft Herrn Klages zu beruhigen. Er wechselte das Thema, lobte das Büfett, machte einen Witz über Herrn Voßwinkel, der allabendlich durch ein Teleskop den Himmel nach exterrestrischen Flugobjekten absuchte, und sagte, nachdem er Wagner kurz in die Augen gesehen hatte, er sei davon überzeugt, daß Wagner diesen Bau zu einem guten Ende bringen werde, auch wenn die Bauverhältnisse ziemlich verfahren seien. Wagner sei der rechte Mann. Ich, sagte Klages, habe einen Blick für die Belastbarkeit von Menschen. Wagner kenne doch sicherlich die Geschichte von dem deutschen Unternehmer, der einen Herzinfarkt bekommen hatte und dem der Arzt empfahl, fünf Wochen gründlich auszuspannen. Möglichst weit weg, damit er auch telefonisch nicht erreichbar sei. Der Mann fährt also nach Brasilien und dort an den Oberlauf des Amazonas, zu einem ganz abgelegenen kleinen Indianerdorf. Zwei Tage steht er am Ufer und angelt. Am dritten Tag stellt er einen

Indianer ein, der ihm die Angelschnüre kontrolliert. Am vierten Tag stellt er zwei weitere Indianer ein, die nach Würmern graben. Am fünften Tag stellt er drei weitere Indianer ein, die die Köder an die Angelhaken stecken. Als er nach drei Wochen abreist, steht eine Fischfabrik in dem Indianerdorf. Klages, der am lautesten lachte, beobachtete beim Lachen Wagner. Dann verabschiedete er sich.

Das ist sicherlich das größte Schwein im Raum, sagte Bredow. Aber er kann Witze erzählen.

Was macht er?

Nichts. Er war SS-Standartenführer, in irgendeiner Einsatzgruppe in Rußland. 1945 kam er über den Vatikan ins Land. Er hatte nichts bei sich außer einem kleinen Koffer. Ein Koffer wie aus Tausendundeiner Nacht, denn er kann ihm, erzählt man sich, unbegrenzt Geld entnehmen. Er hat sich auf dem Hügel ein Haus gebaut mit einer hohen Betonmauer, du hast sie neulich ja gesehen. Hinter der Mauer ist ein Laufgraben für Hunde. Klages hält sich 23 Schäferhunde. Wer über die Mauer steigt, macht sich selbst zum Hundefutter. Ein deutsches Ehepaar, Mitglieder irgendeiner sonderbaren Sekte, führt ihm den Haushalt. Sonst hat noch niemand das Haus von innen gesehen. Man erzählt sich natürlich die abenteuerlichsten Geschichten über dieses Haus. Nachts hört man manchmal das Bellen der Hunde. Früher hat sich die Nachbarschaft darüber beklagt, inzwischen ist man recht zufrieden. Die Tiere haben eine gute Nase. Was sich da unter seinem Smoking ausbeult, ist keine Brieftasche, sondern eine Magnum. Er hat Angst, daß ihn die Israelis entführen. Sein Name stimmt wahrscheinlich nicht, und er hat, wie dir aufgefallen sein wird, die sonderbare Angewohnheit, jeden, der ihm vorgestellt wird, nochmals nach seinem Namen zu fragen, so, als erwarte er eine Botschaft oder jemanden, von dem er nur den Namen kennt.

Komm, ich stell dir noch den Dr. Hansen vor. Er ist Chirurg und hat hier eine Klinik vor fünf Jahren eröffnet, in der er den Hemmungslosen unter den Gourmands drei Meter Dünndarm entfernt, mit dem verbleibenden Rest können sie beliebig viel essen, ohne dick zu werden. Die Klinik ist das einzig Internationale in diesem Ort, denn die Patienten kommen sogar aus Brasilien hierher. Hansen ist übrigens ein guter Arzt, falls du mal einen brauchen solltest.

Hansen, ein Mann um die Fünfzig, mit einem schmalen, von tiefen Furchen gezeichneten Gesicht, fragte Wagner sogleich, wie es denn mit dem Bau vorangehe, immerhin habe er ja nun alle Bauleiter ärztlich beraten müssen, den ersten, nachdem er von den Guerilleros freigelassen wurde, und den zweiten nach dessen Nervenzusammenbruch.

Nervenzusammenbruch, was heißt das überhaupt?

Hansen lachte: Ach so was kann schon mal vorkommen. Eine Überreaktion, eigentlich sehr gesund, der Körper macht einfach nicht mehr mit, schaltet ab, das Klima, die Probleme, der Mann stand plötzlich auf dem Baugelände und schrie, er schrie, bis er umfiel. Er war danach nicht mehr ansprechbar. Man muß hier hart im Nehmen sein. Wissen Sie, sagte Hansen und wandte sich Bredow zu, vor drei Tagen haben sie mir auf die Klinikmauer einen Spruch gesprayt: *Auch für euch kommen einmal andere Zeiten. Und was macht ihr dann mit nur vier Meter Darm?* Hansen lachte, ein müdes Lachen. Das ist fast schon Geschäftsschädigung, sagte er. Er trank aus dem Weinglas, fürchterlich, dieser einheimische Wein. Wenn ich irgend etwas für Sie tun kann, melden Sie sich. Er gab Wagner seine Visitenkarte.

Jetzt kannst du dir kostenlos drei Meter Darm herausschneiden lassen.

Fräulein Voßwinkel kam in ihrem Kittelkleid herüber. Sie winkte Wagner und Bredow. Kommen Sie, sagte sie, Frau Krüger erzählt gerade von dem Raubüberfall. Fräulein Voßwinkel ging in ihren derben braunen Halbschuhen und den über den Knöcheln zusammengerollten Socken voran zu einer großen Gruppe, in deren Mitte eine junge Frau in einem schwarzen Kostüm stand, neben ihr ein blondhaariger Mann, unter dem schwarzen Jackett ein weißes Hemd. Er war der einzige in der Gesellschaft, der so leger gekleidet war, denn Wagner sah, als er in den Kreis hineintrat, daß der Mann ausgewaschene Jeans trug. Das sind Herr und Frau Krüger, sagte Fräulein Voßwinkel und stellte Wagner wieder mit Oberingenieur vor. Frau Krüger umarmte Bredow.

Sie müssen die Geschichte für unseren jungen Freund aus Deutschland nochmals von vorn erzählen, sagte Herr Voßwinkel.

Gut, sagte Frau Krüger, wir sind nämlich hier auf dem Hügel vor drei Tagen überfallen worden.

Es ist schon der vierte Überfall in den letzten zwei Monaten, sagte Fräulein Voßwinkel, es ist ja auch nicht weiter verwunderlich, dieses ganze hiesige Pack, das aus der Stadt herüberkommt. Früher, noch vor zehn Jahren, konnte man hier die Türen offen lassen.

Nun laß sie mal erzählen, Tinchen, fiel Voßwinkel seiner Nichte ins Wort.

Also, sagte Frau Krüger, vor drei Tagen kamen mein Mann und ich von einer Party zurück. Wir hatten den Wagen in die Garage gestellt, was ich Ihnen übrigens auch empfehlen würde, und ich war nochmals zurückgegangen, weil ich einen Ohrclip verloren hatte. Als ich ans Haus kam, standen dort zwei Männer, Pistolen in den Händen, Nylonstrümpfe über dem Gesicht, aber man sah, daß es *cabecitas negras* waren, wahrscheinlich Mestizen. Ewald haben sie das Jackett über den Kopf gezogen, daß die Nähte knackten. Das schöne Jackett, dachte ich, und sie lachte, was einem da durch den Kopf geht, hoffentlich reißt es nicht. Auch Herr Krüger lachte, und alle starrten auf sein Jackett, als seien darin noch die Risse zu sehen. Die Gangster sagten: Aufschließen. Ich dachte, Schreien hat keinen Zweck. Die Nachbarn können es nicht hören. Also schloß ich auf. Sie sperrten Ewald ins Bad und begannen sofort, die Schubladen zu durchwühlen. Der eine stieß dabei eine Fruchtschale um. Sie ging in Scherben. Die beiden waren ganz erschrocken, sie entschuldigten sich und begannen die Scherben vom Boden aufzusammeln, da merkte ich, daß es Anfänger waren. Ich setzte mich aufs Sofa und stopfte erst mal meine Ringe und Armreifen in die Polsterritzen. Die beiden suchten. Sie suchten nach Geld und Schmuck. Nach einiger Zeit sagte ich, ich müsse etwas trinken. Sie sagten, ich solle sitzen bleiben. Ich sagte, ich müsse aber etwas trinken, ich sei nämlich schwanger. Sie lachte, und auch ihr Mann lachte. Die anderen Zuhörer grinsten, und der Oberst, der unter den Zuhörern stand, nickte Wagner zu, eine Geste, die Wagner nicht deuten konnte.

Ich bin aufgestanden, ins Schlafzimmer gegangen und habe die Schmuckschatulle aus dem Tresor genommen, bin in die Küche gegangen und habe die Schatulle ins Gefrierfach geschoben. Habe dann ein Glas Wasser genommen und eine Vitamintablette und bin zurück ins Living gegangen. Inzwischen hatten sie den Tresor im Schlafzimmer entdeckt, und da sie bislang nichts gefunden hatten, wollten sie, daß Ewald den Tresor aufschließt. Sie holten Ewald aus dem Bad, drückten ihm den Pistolenlauf gegen den Hals. Sie hielt den ausgestreckten Zeigefinger ihrem Mann gegen den Hals. Er sollte die Nummer sagen. Ewald wollte natürlich den Helden spielen und sagte: Von mir erfahren Sie die Nummer nicht.

Die Nummer, sagten die, oder wir knallen Sie ab. Ewald sagte: Nein.

Na ja, sagte der Mann in den Jeans, ganz so dramatisch war es dann doch nicht.

Doch, sagte seine Frau, du hast dagestanden, die Hände auf dem Rücken, und du hast gesagt: Nein. Jetzt waren die beiden Gangster in Zugzwang. Sie haben sich angesehen und dann mich, aber so, als wollten sie mich bitten zu vermitteln. Ich habe ihnen einfach die Nummer gesagt. Sie waren ganz glücklich. Sie haben sich bedankt. Sie gingen in das Schlafzimmer, öffneten den Tresor und fanden Akten und Urkunden. Sie kamen zurück und knallten die Tür ins Schloß. Ich sagte, bitte leise, oben schlafen die Kinder. Die Kinder schliefen natürlich bei Freunden. Da haben sie sich entschuldigt und gesagt, sie müßten uns leider im Bad einschließen. Mir haben sie dann noch zum Abschied Glück und Gesundheit gewünscht. Frau Krüger lachte, und mit ihr all die anderen. Aber es war kein herzliches Lachen, wie Wagner fand, sondern ein schadenfrohes, ja gehässiges Lachen.

Nach zwei Stunden kam unsere treue Anna, die bei Verwandten war, und hat uns rausgelassen. Wir haben dann Whisky getrunken, auf dem Tisch das tiefgekühlte Geld.

Abermals lachten alle, Fräulein Voßwinkel applaudierte sogar, der Oberst hob sein Weinglas und sagte: Auf die geistesgegenwärtigen tapferen Frauen.

Der Kreis der Zuhörer löste sich in kleine Gruppen auf, Wagner hörte Gesprächsfetzen, es ging darin um auf den Mann dressierte Hunde, elektrische Zäune und elektronische Sicherheitssysteme.

Wagner fragte Bredow, was Krüger beruflich mache.

Er hat eine Agentur für Duftstoffe.

Duftstoffe?

Ja. Er ist der reichste Mann auf dem Hügel. Er führt irgendwelche Essenzen aus den USA ein. Die Essenzen sind die Grundlage für die einheimische Parfumindustrie. Du wirst es noch riechen, der Parfumkonsum ist hier enorm. Selbstverständlich sind das keine französischen Parfums. Krüger führt die Essenzen in winzigen Fläschchen ein. Sie sind im Koffer oder in einer Tasche transportabel und nicht in Gold aufzuwiegen. Der Mann hat eine Nase für Geschäfte und natürlich auch gute Bekannte beim Zoll. Die Gangster wußten, warum sie ihn besuchten. Aber sie haben natürlich nicht mit dieser Frau gerechnet.

Frau Krüger hatte noch mit dem Oberst geplaudert, der ihr jedesmal, wenn sie lachten – und es gab viel zu lachen –, die Hand auf den Oberarm legte, und sie war dann zu Wagner und Bredow herübergekommen.

Ich heiße Angela, sagte sie zu Wagner, wie gefällt es Ihnen bei uns?

Ich weiß es noch nicht. Ich kenne noch nicht einmal meine Baustelle.

Sie lachte. Besuchen Sie uns recht bald.

Plötzlich hörte man sehr nahe das Bellen vieler Hunde. Die Gespräche, das Gelächter, das Getuschel verstummten, alle standen für einen Augenblick wie erstarrt, dann, zögernd, mit dem langsamen Nachlassen des Bellens, setzten auch die Gespräche wieder ein, aber wenig später verabschiedeten sich die ersten, und auch Bredow sagte, es sei jetzt Zeit zu gehen.

11

Kurz vor Mitternacht kam Wagner nach Hause. Er hatte die Haustür aufgeschlossen und wollte das Licht in der Eingangshalle einschalten, als er den Lichtstreif unter Sophies Zimmertür sah, der kurz darauf verlöschte.

Wagner ging in das Zimmer, das er sich als Arbeitszimmer ausgesucht hatte. Ein Schreibtisch, ein Sessel, eine Liege und ein langes Bücherbord, in dessen einem Fach ein paar der zurückgelassenen Bücher seines Vorgängers zusammengestellt waren. Sachbücher, Reisebeschreibungen, ein paar Kriminalromane auf deutsch und englisch und, wie verirrt dazwischen, eine Erzählung von Joseph Conrad: *Vorposten des Fortschritts*. Er kannte diese Erzählung nicht. Alle anderen Bücher von Conrad hatte er gelesen, schon als Student, und eines sogar mehrmals: *Herz der Finsternis*. Er hatte sich über das zerlesene Exemplar von *Vorposten des Fortschritts* wie über ein Geschenk gefreut, denn das Buch, das Renate ihm gekauft hatte, die Neuerscheinung eines hochgelobten Autors, hatte ihm beim Lesen wie Blei in der Hand gelegen, und er hatte es nach fünfzig Seiten ermüdet fallen gelassen.

Susann konnte aus Büchern, die sie las, auffahren und sagen, genauso, genau. Fragte er sie, was das sei, was sie meine, sagte sie jedesmal, sie könne es so nicht erklären, er müsse das Buch lesen. Früher hatte er viele dieser Bücher gelesen, Romane, deutsche, amerikanische, Faulkner, Steinbeck, Thoreau, und englische, Lawrence und Doris Lessing. Er las die Bücher und suchte die Stellen, die sie zu solchen plötzlichen Ausbrüchen brachten. So war er ihr lesend auf der Spur. Irgendwann hatte er es dann aufgegeben. Er konnte so oder so nicht mithalten. Und spätestens nachdem er die Leitung seiner ersten Großbaustelle übernommen hatte, blieb auch keine Zeit mehr. Nur im Urlaub kam er noch dazu, das eine oder andere Buch zu lesen. Wenn er dann aber mit Susann darüber sprechen wollte, war es nur noch eine ferne Erinnerung für sie. Sie war, wenn sie las, unerreichbar. Rauchte sie beim Lesen, hatte er immer den Eindruck, sie müsse sich jeden Moment die Finger verbrennen.

Wagner sah die Baupläne, die statischen Berechnungen, die Bodengutachten auf dem Schreibtisch liegen, so wie er sie am späten Nachmittag hatte liegen lassen. Ein Schauder erfaßte ihn, der Kopf war ihm schwer, es war wie ein Vorzeichen für eine beginnende Grippe. Er dachte an Susann, die jetzt schlief und bald aufstehen mußte, und an Sascha. Diese Ungleichzeitigkeit, diese Distanz in ihrem Leben war eine ebenso banale wie schwer erfaßbare Tatsache. In drei Stunden würde Sascha in die Schule gehen, die er so haßte, daß er manchmal Fäuste ballte, er haßte die Schule, und er haßte die Lehrerin, eine Frau, die im Gesicht eine mürrische Bitternis zur Schau stellte.

An Sonntagnachmittagen ging er manchmal mit Sascha an der Elbe spazieren, und zwar dort, wo der Strand begann, ein schmuddeliger, graubrauner, mit Ölbrocken durchsetzter Strand. Aber es war Sand, den man unter den Füßen spürte. Er war schon als Kind dorthin gefahren, um die ein-, aber vor allem die ausfahrenden Schiffe zu beobachten. Dieser Geruch nach Wasser, Teer und Öl, die Stelle im Strom, wo die Hafenlotsen von und die Stromlotsen an Bord gingen, das alles war wie ein Schutz vor der Ödnis der Sonntagnachmittage. Das Wasser schob sich vorbei, dunkel mit farbig schillerndem Ölfilm. Am Strand Treibholz, die Maserung abgeschliffen vom Wasser und vom Sand. Am Ufer ein paar Weidenbüsche, in denen zerfetzte Plastiktüten von der letzten Sturmflut hingen.

Wagner hatte sich ausgezogen und hingelegt. Er versuchte noch im *Vorposten des Fortschritts* zu lesen, war dann aber doch zu müde. Schon im Einschlafen hörte er Schritte. Er schreckte hoch. Die Schritte hatten vor seiner Zimmertür haltgemacht. Einen Moment wartete er darauf, daß es klopfen würde. Aber alles war still. Er lauschte. Er hörte nichts als das leise Rauschen der Klimaanlage. Er stand auf, ging schnell zur Tür und riß sie auf. Niemand war zu sehen. Er ging hinaus. Im Gang und in der Eingangshalle war es dunkel. Von weitem sah er den Lichtstreif unter Sophies Tür. Einen Moment stand er ratlos und benommen. Dann ging er ins Living, machte Licht und meldete ein Gespräch nach Hamburg an. Er wollte mit Susann reden. Er wollte ihr von diesen kuriosen Deutschen erzählen, von seiner Spanischlehrerin, die wie sechzehn aussah und es vielleicht auch war, die ihn aber mit einer freundlichen Souveränität die Namen jener Dinge nachsprechen ließ, auf die sie zeigte, um dann jeweils zustimmend zu nicken oder aber mit einem kleinen Kopfschütteln anzudeuten, daß er den Namen falsch ausgesprochen hatte: silla, mesa, árbol, sie tippte sich mit dem Finger an den Hals, cuello. Sie machte das mit Anmut und ganz und gar ungekünstelt, und mehrmals paßte er nicht auf, weil er ihr Haar betrachtete, ihr kleines Ohr, hinter das sie sich immer wieder ihre seidigen schwarzen Haare strich. Als sie ihn einmal dabei ertappte, wie er ihr in den Ausschnitt starrte, glaubte er, rot zu werden, jedenfalls spürte er, wie ihm das Blut ins Gesicht schoß, und prompt verhaspelte er sich auch noch beim Nachsprechen eines Worts. Sein Verhalten war idiotisch. Seine anfängliche Jovialität war bald in eine aufmerksame, bemühte Schülerhaltung umgeschlagen. Er wurde immer wieder an seine Schulzeit erinnert, und zwar an ein Mädchen aus der Parallelklasse, mit der sie Thornton Wilders *Unsere kleine Stadt* einstudiert hatten. Genaugenommen hatte das Mädchen Regie geführt, sie hatte die Arbeit dem Lehrer, der damit betraut war, langsam, aber auf eine ganz selbstverständliche Weise abgenommen, und der Mann hatte sich resigniert oder froh, das war nicht zu entscheiden gewesen, zurückgezogen. Das Mädchen hatte den merkwürdigen Namen Columbus. Sie zupfte bei den Proben an Wagner herum, schob ihn hin und her, sprach ihm vor. Er hatte sich damals in dieses Mädchen verliebt, auf eine umtriebige, schlafzehrende Weise, ohne daß er je den Versuch gemacht hätte, ihr das zu zeigen.

Das Telefon klingelte, und die Vermittlung meldete sich: A call to Germany will take more than five hours. Wagner bestellte den Anruf ab. Er wollte sich morgen nicht auf der Baustelle anrufen lassen. Morgen wollte er durchgreifen. Morgen wollte er die Frage mit dem Fundament entscheiden. Und insgeheim war er froh, daß der Anruf nicht durchgekommen war. Der Gedanke an Luisa hatte den Wunsch, Susann zu sprechen, beiseite geschoben. Und zugleich hatte ihn das körperlich spürbare Verlangen nach Luisas Nähe erfaßt, der Wunsch, sie jetzt zu berühren. Ihn fröstelte. Er zog das Rollo hoch und öffnete die Verandatür. Draußen stand eine schwüle Hitze. Der Mond wie hinter Milchglas. Wagner ging in den Garten. Der Schweiß trat ihm auf die Stirn. Ein tiefes Glucksen war zu hören, ein Keckern oben vom Berg, sehr fern das Bellen der Hunde. Er ging zur Gartenmauer und stieg auf den Steinsockel. In dem Moment peitschten Schüsse. Unwillkürlich duckte er sich. Dann hörte er Stimmen und das Wiehern von Pferden. Er blickte über die Mauer. Vor einer der Hütten zuckte ein blaues Licht. Er sah Gestalten vor dem Fernsehapparat hocken. Ein abgebranntes Feuer glühte. In der Luft war der Geruch wie von Kartoffelfeuern. Er konnte nichts Auffälliges bemerken, aber die Hütten schienen ihm viel näher als vor drei Tagen zu sein.

12

Er war von einem Schrei aufgewacht. Noch im Aufwachen hatte er bemerkt, wie der Gesang der Nachtvögel verstummt war. Eine leblose Stille, in die er lauschte. Schweißnaß fror er. Seine Haut hatte sich unter einem eisigen Schreck zusammengezogen. Dann setzte jäh der Gesang wieder ein und überdeckte das rasende Gebell in der Ferne. Er war vor einer gewaltigen Explosion in den Keller geflohen, in den Keller seines Hauses in Osdorf. Nach der Druckwelle, die mit einem Rauschen das Haus über ihm weggerissen hatte, setzte ein Sturm ein, der noch die Luft aus dem Keller riß und mit ihr jegliches Geräusch. Er saß in einem schalltoten Raum, und erst der Schrei hatte sein Entsetzen lösen können. Wahrscheinlich war er von seinem eigenen Schrei aufgewacht. Er stand auf und ging zum Fenster. Aber draußen konnte er nichts erkennen. Als er sich umdrehte, sah er unter der Zimmertür, daß im Flur Licht war. Er ging hinaus. Im Flur und in der Vorhalle brannte Licht. Draußen war noch alles dunkel. Aus der Küche hörte er ein eigentümliches Zischen. Er ging hinein und sah das Wasser auf der Gasflamme. Es mußte schon eine Weile gekocht haben, denn das Wasser spritzte nur noch hin und wieder aus der Tülle des Kessels in das zischend gelbleuchtende Gas. Auf dem Herd hatte sich schon eine kleine Wasserlache gebildet. Er stellte das Gas ab und ging in das Living. Die Verandatür stand offen. Hatte er vergessen, sie gestern abend zu schließen? Er ging in den Garten hinaus. Es hatte überhaupt nicht abgekühlt. An der Mauer sah er eine Gestalt stehen. Er rief: Sophie. Sie kam herüber. Die Hände hielt sie vor sich, und zwar so, daß sich die Fingerspitzen berührten. Sie ging stumm an ihm vorbei und ins Haus. Einen Moment zögerte Wagner, dann ging er zur Mauer hinüber. Drüben war alles dunkel. Vor einer Hütte glomm noch etwas Glut. Alles lag ruhig, nur in der Ferne, oben auf dem Hügel, in den Zwingern des Herrn von Klages, tobten noch die Hunde. Als Wagner zum Haus zurückging, entdeckte er, daß auf dem Wasser des Swimmingpools ein dicker roter Blütenteppich schwamm. Der Flaschenbaum hatte wie durch einen Schlag all seine Blüten verloren. Also hatte es doch eine Explosion gegeben. Wagner zog sich an, packte die Baupläne in den Aktenkoffer und ging in die Küche. Sophie goß ihm Kaffee ein. Er trank den Kaffee im Stehen und fragte, was das für eine Explosion gewesen sei.

Sie zuckte die Schulter, dann trat sie dicht an ihn heran und flüsterte ängstlich: Es ist die Zeit, die geweissagt wurde, wie es steht in der Bibel, wehe, wehe, die große Stadt, in welcher reich geworden sind alle, die Schiffe im Meer hatten, von ihrer Ware. Dann in nur einer Stunde wird sie verwüstet sein, die Stadt. Harmageddon ist nicht mehr fern.

Was meinen Sie damit?

Sehen Sie draußen in der Nacht, der Bruder tötet den Bruder. Vor einem Monat kam der Schwarm des Bösen, die Heuschrecken, seit Jahrzehnten waren sie verschwunden, da verfinsterte sich der Himmel, und sie fielen über die Felder und fraßen alles, und aus den Brunnen kamen schwarze Wasser, und wer davon trank, starb, und die da sitzen in Hochmut und Eitelkeit, sie werden stürzen. Wir beten in unserer Gemeinde, wir beten, beten Sie, damit Sie gerettet werden, wenn der Tag kommt und das Feuer vom Himmel fällt. Denn draußen sind die Hunde und die Hurer und die Totschläger. – Wollen Sie den Tee gesüßt kosten? fragte sie ohne Übergang und fügte hinzu: Aber nur der ungesüßte Tee mit Zitrone löscht den Durst.

Ist gut, sagte Wagner, machen Sie nur. Ich muß jetzt los.

Aus dieser brummelig wortkargen Frau brach, kam sie auf den Weltuntergang zu sprechen, ein Wortschwall hervor, dazu machte sie grazile Bewegungen mit den Händen, die sonst nur plump herunterhingen. Woher kam ihre Überzeugungskraft? Doch nicht allein aus den Bibelzitaten. Es mußte für sie Anzeichen in der Gegenwart auf den bevorstehenden Untergang geben. Aber er mochte sie nicht danach fragen, weil er fürchtete, daß ihm dann jeden Abend eine Diskussion bevorstünde. Den beiden Zeugen Jehovas, die eines Abends vor seiner Tür in Lüdenscheid standen, hatte er durch eine harmlose Frage buchstäblich die Tür geöffnet. Die beiden hatten sich langsam, aber zäh in seinem Appartement vorgearbeitet, bis sie auf seinem Sofa saßen und den Bau eines Elektrizitätswerks mit dem Nest eines Sperlings verglichen. Alles liegt in Gottes Hand, hatten sie zum Abschied gesagt und mehrere Broschüren über die Auferstehung zurückgelassen.

Während der Fahrt zur Baustelle überlegte Wagner nochmals die Möglichkeiten, den Hallen ein tragendes Fundament zu geben.

Gestern hatte er eine Überschlagsrechnung gemacht mit dem Ergebnis, daß es das beste sei, für die Halle B einen Kellerkasten zu bauen, der ein Absinken dieser Fabrikhalle verhindern würde. Erforderlich war dafür allerdings ein Beton mit großer Dichte und noch mehr Bewehrungseisen, was wiederum teurer würde. Was er mit der Halle A machen sollte, die ja jetzt schon bis zur Bodenplatte fertiggebaut war, wollte er nicht entscheiden. Er würde einen Bericht an die Zentrale in Düsseldorf schreiben, und die sollten sagen, was zu tun sei. Denn was erforderlich war – und das wollte er auch so schreiben –, war eine Sanierung des noch im Bau befindlichen Gebäudes. Denkbar wäre, aber mit erheblichen Mehrkosten belastet, verschiedene Pfähle in den Boden zu bringen, bis man auf einen festen Grund stieß. Völlig unverständlich war Wagner, warum Steinhorst in der Zeit, als er den Bau kommissarisch leitete, einfach hatte weiterbauen lassen. War das Gleichgültigkeit oder Trotz?

Als er vor dem Baubüro vorfuhr, erschien nach einigem Hupen wieder der Wärter in Pyjamahose. Wagner sah im Scheinwerferlicht seines Wagens, daß der Wächter diesmal den Revolver in der Hand trug. Er wird wahrscheinlich befürchten, daß ich jetzt jeden Tag früher komme. Wagner lachte dem Mann zu, der schlaftrunken nur mit dem Kopf nickte.

In seinem Büro begann Wagner sogleich mit den Berechnungen für den Kellerkasten.

Nach einer Stunde Arbeit hörte er die ersten Autos und Busse vorfahren, mit denen die Ingenieure und Techniker aus der Stadt kamen. Er ging ans Fenster. Die

Lichtung war jetzt in ein purpurnes Licht getaucht. Wie kam es zu dieser nie gesehenen Färbung? Vor den Nissenhütten standen die Arbeiter. Mehr und immer mehr kamen aus den Hütten. Langsam gingen sie der aufgehenden Sonne entgegen, blieben, alle das Gesicht zur Sonne gerichtet, stehen, als beteten sie dieses blutige Licht an. Er überlegte, welche kultische Handlung sich hinter dieser Versammlung verbarg, als er bei einigen die ruckartigen Bewegungen bemerkte, die sie mit ihren Körpern machten. Die ersten Männer drehten sich um und knöpften sich die Hosen wieder zu. Sie hatten gepißt.

Er ging zu seinem Tisch zurück und nahm sich vor, eine Latrine bauen zu lassen. Ihm fiel wieder dieser Schrei ein und die Explosion. Vielleicht war es aber auch sein eigner Schrei gewesen. Die Explosion mußte es wirklich gegeben haben, das bewiesen die im Wasser schwimmenden Blüten des Flaschenbaums. In einer unfaßlichen Geschwindigkeit hatte er also eine Begründung für die Explosion geträumt.

Wagner rief nach Juan und sagte ihm, er solle bei Arbeitsbeginn, sofort nach dem Sirenensignal, alle Ingenieure, Techniker und Poliere in der Kantine zusammenrufen. Wer dann nicht da sei, der werde notiert. Wagner ging zum Fenster. Das Licht hatte nichts von seiner Röte verloren. Aus der Küche der Arbeiter stieg jetzt eine steile blauschwarze Rauchsäule empor. Er sah die Männer an den langen Holztischen sitzen, die nur von einem Wellblechdach auf Holzpfeilern überdeckt waren. Weiter hinten, aber noch über dem Gebiet der Rodung, kreisten mehrere Geier.

Draußen sind die Hunde, die Zauberer und die Hurer und die Totschläger.

Die Sirene heulte, und er ging sofort zur Kantine

hinüber, wo sich schon alle versammelt hatten. Juan gab ihm einen Zettel mit den Namen derer, die noch nicht da waren. Steinhorst saß vorn an einem Tisch, vor sich eine Flasche Sprudelwasser. Wagner begann zu reden, Juan übersetzte. Wer unentschuldigt fehlt, fliegt. Bis zu dem Zeitpunkt, an dem eine Stempeluhr aufgestellt wird, muß die Zeit des Arbeitsbeginns und des Arbeitsendes in die Anwesenheitsliste eingetragen werden. Wagner bemerkte, während Juan mit gleichmütigem Gesicht übersetzte, die Unruhe unter den Dasitzenden, plötzlich wurde geflüstert (immerhin flüsterten sie nur), einige drehten sich um und steckten die Köpfe zusammen. Wagner gestattete sich eine kleine Pause, er vermutete, daß der nächste Punkt, den er sich notiert hatte, eine weit größere Erregung auslösen würde: Beim Verlassen der Baustelle werden ab sofort die Aktentaschen und die Autos kontrolliert. Wer ein gutes Gewissen hat, wird das als freiwillige Kontrolle akzeptieren. Er sah die Leute an, aber niemand sagte etwas, alle saßen jetzt da, als hielten sie die Luft an. Natürlich ist niemand direkt verdächtig, aber wir müssen die täglichen Diebstähle unter Kontrolle bringen. Steinhorst rülpste. Verstärkte Kontrolle der Arbeitszeit und des Materials sind erforderlich. Im allgemeinen Interesse muß auch für die Arbeiter eine Latrine gebaut werden. Probleme in der Arbeitsorganisation müssen sofort benannt, analysiert und dann behoben werden. Wir sind im Zeitplan stark im Verzug, es gilt wieder aufzuholen. Er hörte, wie Juan seine Sätze übersetzte. Am liebsten hätte er noch gesagt: Der Schlendrian hat ein Ende, aber dann sah er Steinhorst dasitzen, verquollen, immer noch die inzwischen blaulila verfärbte Stelle am Kopf, und er sagte nur noch: An die Arbeit und auf ein gutes Gelingen. Da stand Steinhorst plötzlich auf, ging auf Wagner zu, griff in die

Hosentasche und legte etwas vor Wagner auf den Boden, eine Glaskugel, eine ganz gewöhnliche Glaskugel, mit einem blaugeschweiften Einschluß, eine Kindermurmel. Alle starrten auf die Kugel. Wagner wollte schon sagen, was soll der Blödsinn, da begann die Kugel zu rollen, langsam, ein wenig schneller werdend, rollte sie in Richtung der Fensterseite. Steinhorst kam aus der Hocke hoch. Er schnaufte leise und grinste Wagner an.

Wir haben schon Schlagseite. Das Schiff sinkt zur Steuerbordseite. Mit einiger Verzögerung, nachdem Juan den Satz übersetzt hatte, brach das Gelächter los. Ein aggressives Gelächter, das sich, glaubte Wagner, allein gegen ihn richtete.

13

Am Nachmittag fuhr Wagner in den Tennisclub. Er hatte sich dort mit Bredow verabredet. Er traf ihn in der Umkleidekabine. Bredow stieg eben aus seiner Anzughose, zog erst dann mit einem kurzen Ruck die Krawatte aus dem Hemdkragen. Wagner fragte, ob Bredow etwas von dem verhafteten Arbeiter erfahren habe.

Nein, sagte Bredow, er habe es versucht, der Mann sei aber wahrscheinlich schon nach Bolivien abgeschoben worden. Er befürchte, daß da nichts mehr zu machen sei.

Wagner erzählte von seinen Anordnungen. Bredow blieb einen Moment mit einem Bein in seiner Tennishose stehen. Das macht böses Blut, sagte er schließlich, Taschenkontrollen sind hier absolut unüblich. Und dann auch noch bei den Ingenieuren. Das kann man vielleicht in Afrika machen, aber nicht hier. Die Leute haben hier ein sehr empfindliches Ehrgefühl. Das macht wirklich böses Blut.

Mag sein, sagte Wagner, aber wir wollen doch nicht Termine platzen lassen, nur weil Zündkerzen der Bulldozer und der LKWs geklaut werden. Von den Bewehreisen und den Holzverschalungen gar nicht zu reden.

Dann mußt du die Hütten der Arbeiter öfter durchsuchen lassen.

Was sollen die Bolivianer mit den Zündkerzen und den Bewehreisen anfangen? Ich bin sicher, daß es nicht die Bolivianer sind, sondern die Einheimischen.

Es ist sehr schwül, es wird bald regnen, sagte Bredow, als sie zum Tennisplatz hinübergingen. Du wirst sehen, das ist ein Regen, wie du ihn noch nicht erlebt hast, man denkt, die Welt geht unter.

Ja, richtig, der Regen. Ich arbeite an dem Entwurf für einen Kellerkasten. Aber ganz aktuell und sofort muß der Beton besser werden, das ist Sand. Du mußt unbedingt bei der Fabrik protestieren und auf bessere Qualität drängen.

Das wird nicht einfach sein.

Wieso? Droh, daß wir Beton von der jetzigen Qualität nicht mehr akzeptieren.

Bredow lachte. Zog den Schläger aus dem Futteral und schlug mit der Bespannung auf den linken Handballen. Es gab einen hellen singenden Ton. Das ist nicht so einfach, mein Lieber. Das ist die einzige Betonfabrik in einem Umkreis von dreihundert Kilometern.

Auf dem Platz spielten sich schon Christi und Durell ein. Durell schlug Christi Flugbälle zu, und Christi schmetterte sie zurück.

Vielleicht gewinnen wir heute, sagte Durell, wir sind en pleine forme.

Tatsächlich gewannen Durell und Wagner. Bredow

spielte unkonzentriert, mehrmals verzählte er sich zu seinen und Christis Gunsten, so daß Christi ihn immer wieder korrigieren mußte und beteuerte, normalerweise verzähle er sich, wenn er mit seinen Gedanken woanders sei, zu seinen Ungunsten. Der Eigennutz von ihm heute sei etwas Neues.

Das Spiel hatte Neugierige angezogen, die sogar bei einigen Schlägen applaudierten (Wagners Asse, Christis Passierbälle). Wagner kämpfte mit Verbissenheit, als spielten sie um den Wimbledon-Pokal. Jedes Bücken, jeder Sprint, jeder Aufschlag erforderte einen enormen Energiestoß gegen die niederdrückende Hitze. Nach dem Spiel hatte er das Gefühl seiner eigenen Schwere. Durell verabschiedete sich, er mußte seine Bar öffnen, für all die durstigen Techniker und Ingenieure.

Es gebe ja zumindest einen guten Kunden von der Baustelle, sagte Wagner und lachte.

Das ist Berufsgeheimnis, sagte Durell.

Bredow und Wagner setzten sich an einen Tisch in der Nähe des Swimmingpools. Christi kam aus den Umkleidekabinen. Sie trug einen knapp geschnittenen, schwarzen Badeanzug, der ihre Oberschenkel bis zur Taille frei ließ und tief ausgeschnitten war. Sie stieg auf den Fünfmeter-Turm, stellte sich auf das Sprungbrett, reckte sich kurz hoch und sprang einen sauberen Salto. An einem Nachbartisch wurde geklatscht. Dort saßen sechs Amerikaner, mit Bürstenhaarschnitten, sie trugen T-Shirts, kurze Hosen, Turnschuhe (es waren keine Tennisschuhe) und Tennissocken. Die sechs sahen aus, als seien sie Mitglieder einer Footballmannschaft. Von fern hörte man das gedämpfte Rattern der fahrbaren Rasenmäher, auf denen die Gärtner sitzend über die Wiesen fuhren.

Die Tennisanlage mit dem Schwimmbad war erst vor

einem knappen halben Jahr fertig geworden. Das frühere Gelände war zu klein gewesen und inzwischen von einem Schweizer Lebensmittelkonzern bebaut worden. Bredows Erzählungen waren zerfahren, er dachte, wie Wagner ihm ansah, an etwas anderes. Die Amerikaner lachten wieder. Einer von ihnen erzählte in einem breiten Texanisch von einem Mann, der, aus Gründen, die Wagner nicht verstehen konnte, nicht durch die Tür gekommen war, bis er schließlich den Weg durchs Fenster genommen hatte, wobei auch noch eine Zigarette eine Rolle gespielt hatte. Die Amis wollten sich ausschütten vor Lachen. Christi war aus dem Schwimmbecken gestiegen und kam herüber. Ihr muskulöser Körper bekam durch ihre hochansetzenden runden Brüste etwas Weiches, Volles. Die Amis riefen ihr etwas zu. Christi lachte. No, I am always an alligator and I won't see you later. Sie setzte sich, strich sich das nasse rotblonde Haar an den Kopf und suchte in ihrer Leinentasche nach Zigaretten und Streichhölzern. Streichhölzer fand sie nicht. Christi ging zu den Amerikanern hinüber. Die machten Augen. Aber keiner von ihnen schien zu rauchen. Christi war schon auf dem Weg zum Restaurant, da sprang einer der Amis auf, lief, etwas auf dem Boden suchend, hin und her, hob einen kleinen Holzstock auf und ein Stöckchen, das er genau betrachtete und mit dem Daumennagel ankratzte, dann, alle sahen ihm zu, hockte er sich vor Christi auf den Boden, schälte mit dem Daumennagel Rinde von dem Stock, rieb sodann mit dem Stöckchen auf dem am Boden liegenden Stock entlang, wie Wagner es aus den Indianerbüchern kannte, rieb schneller und immer schneller, schließlich in einer rasenden Geschwindigkeit, bis er das Stöckchen fortwarf, das er an den Stock hielt, wo jetzt tatsächlich eine winzige dünne Rauchwolke aufstieg, dann fing das Papier Feuer, er stand auf und gab Christi, die sich neben ihm auf den Rasen gesetzt hatte, mit dem Fidibus Feuer.

Christi bedankte sich und kam, den Amis die halbentblößten Hinterbacken zeigend, herüber.

So kompliziert hat mir noch niemand Feuer gegeben. Der Mann kann jedenfalls auf die Frage, ob er Feuer habe, ja sagen.

Ja, sagte Bredow, aber es dauert, und der Mann ist dann auch fertig.

Sie lachte, legte sich auf den Liegestuhl und rauchte mit geschlossenen Augen. Ihre Brustwarzen zeichneten sich unter dem dünnen schwarzen Stoff wie kleine Stöpsel ab. Wagner ging in die Umkleidekabine und zog sich die Badehose an.

Das Wasser war warm. Er schwamm ein paar Bahnen. Plötzlich war eine wilde Gischt um ihn, als seien Haie im Becken. Die sechs Amerikaner zogen im Delphinstil an ihm vorbei und drängten ihn regelrecht an den Beckenrand.

Als er zu dem Tisch zurückkam, waren Bredow und Christi schon im Aufbruch.

Was sind das für Amis, eine Schwimm-Mannschaft?

Glaub ich nicht. Wahrscheinlich irgendwelche Militärberater. Wagner bat Bredow, sich nochmals um den verhafteten Arbeiter zu bemühen.

Er umarmte Christi und spürte ihre warme, nach Sonnenöl duftende Haut und ihr nasses Haar im Gesicht.

Die Amis waren aus dem Wasser gestiegen und balgten sich herum, durchtrainierte muskulöse Körper. Der Tisch mit den Gläsern und den halb abgegessenen Tellern fiel um. Vom Restaurant kam ein Boy in einer gestärkten blauen Uniform gelaufen. Er sammelte die Gläser und Salatreste vom Rasen auf. Einer der Amerikaner hatte im Kofferradio Musik gesucht, einen latein-amerikanischen Schlager, und klatschte jetzt den Rhythmus mit.

Vor einiger Zeit hatte er von einem Indianerstamm gelesen, der, irgendwo am Oberlauf des Amazonas, wenn er sich recht entsann, vor zwanzig Jahren erstmals mit Weißen in Kontakt gekommen war und daraufhin beschlossen hatte, auszusterben. Seitdem wurden keine Kinder mehr gezeugt.

Die Amerikaner tobten jetzt wieder im Schwimmbekken. Wagner stand auf, ging in das Clubhaus, zog sich Jeans und Polohemd an, nahm seine Tennistasche und schlenderte zum Wagen hinüber, den er diesmal innerhalb des Clubgeländes geparkt hatte. Er wollte eben die Tennissachen in den Kofferraum legen, als er das Zeichen entdeckte. Es war sorgfältig in den Lack der Kofferraumklappe geritzt. Eine Schlange, die sich aus einem Becher, wenn es denn ein Becher war, emporringelte. Das war nicht flüchtig in den Lack geritzt, sondern sorgfältig, detailgenau, mit kleinen Schattenstrichen, um die Rundung des Bechers anzudeuten. Wagner drehte sich um, als könne er den Künstler noch entdecken, wie der womöglich aus der Entfernung Wagner beobachtete. Aber nur zwei Gärtner waren zu sehen, die mit Gartenscheren den Rasen am Wegrand beschnitten. Er sagte sich, daß die Schlange wahrscheinlich nicht hier, sondern auf der Baustelle eingeritzt worden war. Ihm fiel die Schlange ein, die er auf seiner ersten Fahrt überfahren hatte. Und er dachte an die Prophezeiung, die sich die Indianer erzählten, daß derjenige, der die Schlange tötet, ertrinken wird.

Er fuhr die Straßen zu dem grünen Hügel hinüber. Auf der anderen Seite kamen ihm überfüllte Busse und Hunderte von Fußgängern entgegen. Nur eine Gestalt ging in die Richtung des Hügels. Als er näher kam, erkannte er Luisa. Er bremste und fuhr an den Straßenrand. Sie ging an dem Wagen vorbei, ohne zu ihm herzusehen. Erst als er sie anrief, sah sie hoch. Er stieg aus, ging um den Wagen herum und hielt ihr die Tür auf. Er sagte: Come in. Von der anderen Straßenseite wurde etwas herübergerufen. Ein paar Männer waren stehengeblieben. Luisa zögerte einen Moment, dann stieg sie ein. Die Leute johlten und lachten. Wagner merkte, als er sich wieder ans Steuer setzte, daß er ihr keinen Gefallen getan hatte. Wahrscheinlich hatte sie sich nur in den Wagen gesetzt, um ihn nicht zu kränken. Sie saß neben ihm und starrte aus dem Seitenfenster, mit hochrotem Gesicht.

Er sagte ihr auf englisch, daß er sich nicht rechtzeitig die Situation klargemacht habe und daß es ihm leid tue. Sie antwortete nicht, drehte aber die Scheibe etwas hoch, weil ihr die Haare ins Gesicht flogen. Dann sagte sie etwas auf englisch, was er nicht verstand, er mußte es sich nochmals sagen lassen: Things will change here, if people can play tennis after have worked.

Vor dem Bungalow zeigte er ihr die eingeritzte Schlange. Er fragte, was dieses Zeichen bedeute. Sie wußte es nicht. Sophie kam ihnen in der Tür entgegen. Sie trug eine weiße Bluse und einen braunen Rock. An den Füßen weiße Schuhe, die ihre Füße noch größer erscheinen ließen. In der Hand hielt sie eine Handtasche.

Das Essen sei fertig. Sie habe Roastbeef gemacht und in den Eisschrank gestellt.

Wagner fragte, ob sie zu ihren Leuten ginge.

Ja, in ihre Gemeinde.

Als sie wegging, zog sie sich weiße Garnhandschuhe über die roten, fleischigen Hände.

Wagner brachte das Essen auf die Veranda, wo Luisa schon das zerfledderte Lehrbuch auf den Tisch gelegt hatte. Sie aßen schweigend. Manchmal, wenn sie trank, lächelte sie ihn kurz an. Sie trugen gemeinsam das Geschirr in die Küche, und als Wagner, nachdem er sich noch eine Dose Bier aus dem Eisschrank geholt hatte, hinauskam, war sie schon über einen Zettel gebeugt und schrieb ihm die Konjugation von trabajar auf. Wieder ließ sie ihn Worte nachsprechen, deutete auf Gegenstände, nannte deren Namen, und er mußte sie wiederholen: der Baum: árbol, der Busch: arbusto, der Stuhl: silla, ihr brauner Arm: brazo, sie tippte sich mit ihrem Finger unter ihre linke Brust, der rotlackierte Fingernagel deutete auf die weiße Leinenbluse, dort, wo das Herz sitzt: corazón. Und als er das Wort wiederholte, abgelenkt, da platzte es regelrecht aus ihr heraus. Er sah sie an, er sah für einen Moment in ihren Mund, das Rosa ihres Gaumens. Es war ein kindliches, ganz unbeherrschtes Lachen, das ihre sonst zur Schau gestellte Seriosität durchbrach. Er hatte das Wort offensichtlich falsch ausgesprochen und ihm damit eine andere, ihm unbekannte Bedeutung gegeben.

Nach genau zwei Stunden (er hatte das Licht der Verandalampe angemacht und eine Kerze auf den Tisch gestellt), packte sie das Lehrbuch in ihre Basttasche, stand auf und sagte: Hasta mañana.

Er bot ihr an, sie nach Hause zu fahren.

It is not necessary.

Aber da es schon dunkel war, ging er einfach voran zum Wagen, hielt die Autotür auf und ließ sie einsteigen. Als sie zum Schlagbaum an der Ausfahrt kamen, blickte der Posten in den Wagen, grinste und hob den Schlagbaum hoch.

Sie fuhren zur Stadt hinüber, die hellerleuchtet dalag.

Sie saß neben ihm und sah aus dem Seitenfenster hinaus, aber in der dunklen Scheibe war nichts zu sehen. In der Stadt dirigierte sie ihn mit kleinen Handbewegungen durch die Straßen, bis in die Altstadt. Die Straßen in diesen Vierteln waren gerade, die Häuserblöcke schachbrettartig angelegt. Plötzlich hob sie die Hand. Wagner hielt vor einem alten, verkommenen Haus, von dessen bombastischen Stuckrosetten einige über den Fenstern herausgebrochen waren. Das Haus hatte zwei Etagen.

Thank you, sagte sie und stieg aus, ohne ihm die Hand zu geben. Er hatte schon den Türgriff heruntergedrückt, als er innehielt. Wenn er jetzt hinterherginge und sie einladen würde, mit ihm etwas zu trinken, dann konnte sie, im Angesicht der draußen sitzenden Leute, nur nein sagen. Er fuhr langsam durch die Straßen, die alle gleich aussahen, bis er auf die Plaza kam. Er konnte jetzt nicht nach Hause fahren, in diesen riesigen leeren Bungalow. Er ging in die Bar. Alle Tische waren besetzt. Dichtgedrängt standen Männer und Nutten am Tresen. Wagner entdeckte die sechs Amerikaner aus dem Tennisclub. Sie umringten ein Mädchen, eine Schwarze, die eine blonde Perücke trug. Er bestellte sich ein Bier und beobachtete Durell, der an der Kasse saß, von den Kellnern Bons und Geld entgegennahm und Wechselgeld herausgab. Er tat das konzentriert und ohne aufzusehen. Nur einmal sah er hoch, in Richtung der Amerikaner, die plötzlich grölten und klatschten. Das Mädchen hatte sich den einen Träger des Kleids heruntergezogen und zeigte eine Brust, deren Brustwarze silbrig geschminkt war. Er trank noch ein Bier und lauschte dem unverständlichen Sprachgewirr, das ihn umgab. Er zahlte und ging hinaus. Er ging durch die dunklen Straßen, scheinbar ziellos, und doch suchte er, ohne sich das richtig einzugestehen, die Straße, in der Luisas Haus stand. Aus den offenen Fenstern hörte er die Stimmen aus einem Fernsehfilm, manchmal sah er die grellfarbenen Bilder, es roch nach gebratenem Fleisch und Knoblauch. Ein alter Mann saß vor einer Haustür in einem Sessel und summte vor sich hin. Er trug eine schwarze Brille. Geduckt schlichen schwarze Hunde über die Straße.

Fast eine Stunde wanderte er so durch die Straßen, ohne das Haus zu finden. Ganz plötzlich überkam ihn eine niederdrückende Müdigkeit. Er setzte sich, wo er gerade stand, auf den Bordstein. Er saß da, in der nächtlichen Hitze, und erstmals, seit er in diesem Land war, dachte er, es sei so, wie er es sich vorgestellt hatte, diese Schwüle, das Schreien der Nachtvögel, der Duft irgendwelcher Blüten, die fremden, ihm unverständlichen Menschen, seine Erschöpfung. Auch der Gedanke an Susann und Sascha hatte nichts Beunruhigendes mehr. Er war sicher, daß sich seit seiner Abfahrt in ihrem Leben kaum etwas geändert hatte. Sie würden ihn vermissen, an den Wochenenden, vor allem Sascha, aber alles würde weitergehen wie bisher, auch ohne ihn.

Ein Jeep der Militärpolizei stoppte vor Wagner. Ein Sergeant stieg aus, mit leuchtend weißem Helm, im Schnellziehhalfter ein großkalibriger Revolver. Auf dem Rücksitz saß ein zweiter Militärpolizist, die Maschinenpistole im Arm. Der Lauf war auf Wagner gerichtet. Der Sergeant verlangte von Wagner den Paß.

Wagner sagte: No. Er zeigte auf sein Hemd, um anzudeuten, daß er keine Tasche für den Paß habe, und nannte den Namen seiner Firma. Die Haltung des Sergeanten entspannte sich, er fragte Wagner: Where is your car?

Plaza 25 de Mayo.

Please, step in, sagte der Sergeant und zeigte auf den

freien Platz hinten im Jeep, neben dem Soldaten mit der MP.

Wagner stieg ein, der Sergeant setzte sich vorn neben den Fahrer, und der Wagen fuhr mit einem Satz an. Er versuchte, das Gesicht des Soldaten unter dem Helm zu erkennen. Es war ein noch junger Mann, und er glaubte für einen Moment, es sei derselbe Mann, der neben dem Toten gesessen hatte. Er hatte den Finger am Abzug der Maschinenpistole, die entsichert war. Der Hebel stand auf F. Wagner tippte mit dem Zeigefinger auf die Entsicherung. Die Straße war voller Schlaglöcher. Der Soldat nickte nur und grinste. Da schob Wagner den Lauf vorsichtig nach vorn. Falls sich ein Schuß lösen sollte, würde ihn jetzt der Sergeant in den Rücken bekommen. Der Soldat grinste wieder, und Wagner war plötzlich davon überzeugt, daß es doch derselbe Mann war. Er versuchte ihn auf englisch und deutsch zu fragen, ob er gestern vor dem Tennisclub auf einem Kanister gesessen habe.

Aber der Mann verstand ihn nicht. Er versuchte, ihn nochmals auf die entsicherte Maschinenpistole hinzuweisen. Da drehte sich der Sergeant um und sagte: That's allright. We are still in a war. Dann erzählte er, daß er in einem Ausbildungscamp in Panama gewesen sei, später habe er ein Mädchen kennengelernt, eine amerikanische Krankenschwester, die er gern heiraten würde, aber leider sei der Sold sehr niedrig. Darum habe er sich zur Militärpolizei gemeldet. It's dangerous but better paid. Wagner sah schon von weitem seinen Ford, der unter einer Bogenlampe stand, aber er stand schief, als habe er Schlagseite. Wagner und der Sergeant gingen um den Ford herum. Die beiden rechten Reifen hatten keine Luft. Der Sergeant untersuchte die Reifen. Dann zeigte er auf die Löcher. Die Reifen waren durchstochen worden. Er erschrak. Denn die durchstochenen Reifen waren doch ein Zeichen, daß man ihn beobachtete und daß man ihm zu verstehen geben wollte, man könne ihm jederzeit die Fluchtmöglichkeit nehmen. Der Sergeant bot an, sein Fahrer könne die Reifen wechseln. Aber Wagner hatte nur einen Ersatzreifen. Er wolle das morgen über die Firma machen lassen. Wagner wollte ein Taxi nehmen, aber der Sergeant bestand darauf, ihn nach Hause zu bringen. Sie fuhren zum hellerleuchteten Hügel hinüber. Der Soldat neben Wagner war eingeschlafen. Er war auf Wagner gerutscht. Mehrmals zuckte er im Traum mit der Hand, die auf seinem Schoß lag. Ein Geruch nach Schweiß und von in Sonne getrocknetem Leder ging von ihm aus, ein Geruch, den Wagner aus den Kasernen kannte, wenn man im Sommer abends von den Geländeübungen zurückkam.

Die Posten am Schlagbaum staunten, als sie Wagner im Jeep sitzen sahen. Sie grüßten militärisch exakt und öffneten den Schlagbaum. Der Jeep hielt vor dem Bungalow. Der junge Soldat neben Wagner war aufgeschreckt. Er tastete nach seiner Maschinenpistole, die er zwischen die Beine gestellt hatte. Der Sergeant verabschiedete sich. Er wartete, bis Wagner die Tür aufgeschlossen hatte. Kurz heulte die Alarmsirene auf. Er schloß hinter sich die Tür und hörte draußen den Jeep anfahren.

Er stand in der Vorhalle und lauschte. Im Haus war es still. Er ging zu Sophies Zimmer, klopfte, drückte, als er nichts hörte, vorsichtig die Klinke herunter und knipste das Licht an. Die Wände waren, bis auf ein grellfarbiges Christusbild, kahl. Ein Bett, ein Tisch, ein Stuhl, ein Schrank, auf einer kleinen Kommode stand ein großer, altertümlicher Radioapparat. Ein Modell, mit dem man auch entfernte Sender empfangen konnte. Wagner war enttäuscht. Er hatte sich das Zimmer irgendwie geheimnisvoller vorgestellt. Die Einrichtung erinnerte aber eher an ein Büro. Nur das kitschige Christusbild störte diesen Eindruck.

Er holte sich aus dem Eisschrank etwas Roastbeef und ging damit auf die Veranda. Er aß und lauschte dem melodischen Gesang aus dem Flaschenbaum, ein Gesang, der jedesmal in einem Glucksen endete. Er sah in die Dunkelheit. Er spürte seine Müdigkeit als ein gleichmäßiges Ziehen im Nacken, die Schwere der Lider, und doch mochte er nicht aufstehen und ins Bett gehen. Vor ihm, auf dem weißen Gartentisch, stand der Teller, mit Mayonnaise verschmiert, daneben das zusammengedrückte Stanniolpapier. Am Samstagmorgen begann Wagner oftmals, während Susann noch am Frühstückstisch saß und Kaffee trank, die Teller und Tassen abzuräumen. Diese mit Marmelade und Butter verschmierten Teller und Tassen bereiteten ihm einen körperlichen Ekel. Er wanderte dann durch die Küche und durch das Wohnzimmer und hob herumliegende Legoteile, Schulhefte und Lippenstifte auf. Susann sah ihm zu und sagte irgendwann: Laß mich wenigstens in Ruhe frühstücken.

Laß mich doch, sagte er dann, und das meinte, daß es ihn nicht störte, daß Susann noch am Frühstückstisch saß, aber aus diesen beiden *laß mich doch* entwickelte sich ein Streit, dessen Verlauf sie beide genau kannten, den sie aber dennoch nicht abbrechen konnten. Es war wie ein Zwang: Warum Sachen, die herumliegen, nicht liegen lassen, warum kann man Sachen, die herumliegen, nicht aufheben. Genau das war die Frage, eine ganz und gar lächerliche und doch gewichtige Frage, denn es war die Frage, warum man war, wie man war, und nicht ein anderer. Selbst in ihrer Unordnung hatten die Dinge ihre Ordnung. Manchmal hatte Wagner vor, die Zimmer, insbesondere ihr Schlafzimmer, aus- und umzuräumen. Aber er ließ es, da er wußte, daß sich damit nichts ändern würde, auch er nicht.

Aus der Ferne hörte er Explosionen. Er stand auf und ging zur Mauer. Der Fernseher vor den Hütten lief noch immer, obwohl es jetzt schon nach Mitternacht war. Zwei Gestalten saßen davor. Er hatte den Eindruck, daß die rechts stehenden Hütten weiter herangerückt waren. Vielleicht täuschte ihn seine Übermüdung oder auch diese klebrige Hitze, oder aber er hatte gestern nicht genau hingesehen und die Distanz beachtet. Er glaubte, daß er die Gestalten vor dem Fernseher besser erkennen konnte als gestern und ebenso die Figuren im Fernsehen. Der Apparat stand auf einer Kiste. Deutlich sah er im Fernsehgerät das Zeichen seiner Firma aufleuchten. Es war offenbar derselbe Fernsehspot, den er vor drei Tagen gesehen hatte. Danach war das Fiepen einer Raumstation zu hören, die sich einem Planeten näherte. Er hörte irgendwelche galaktischen Explosionen, und in einem Aufflammen sah er unter sich etwas Schattenhaftes, einen Reflex, eine Ahnung nur, und als er sich weiter vorbeugte, entdeckte er unten an der Mauer eine Gestalt. Er schreckte zurück und mußte sich zwingen, nochmals über die Mauer zu blicken. Er sah, wie ein Mann geduckt an der Mauer entlanglief und in der Dunkelheit verschwand.

Als Wagner ins Haus zurückging, prüfte er, ob alle Fenster und Türen verschlossen waren. Er prüfte, ob die Alarmanlage eingeschaltet war, und ging dann in das Schlafzimmer. Er lauschte. Ihm fiel ein, daß er den Teller und die Flasche Bier auf dem Tisch draußen hatte stehen lassen. Er überlegte, ob er nochmals hinausgehen sollte, aber dann ließ er die eisernen Rollos vor der Verandatür und vor der Panoramascheibe herunter. Er rief Hartmann an und fragte, ob er ihn morgen im Firmenbus mitnehmen könne. Ihm seien zwei Reifen durchstochen worden.

Das geht in Ordnung, sagte Hartmann und fragte, ob sonst alles in Ordnung sei.

Ja. Bis morgen.

Wagner stellte die Klimaanlage auf kalt. Das gleichmäßige Summen hatte etwas Beruhigendes. Er zog sich aus und legte sich nackt ins Bett. Ein Schauer durchlief ihn. Leise bewegte sich die Gardine im Luftzug der Klimaanlage.

14

Wagner wachte morgens schweißnaß auf und lag für einen Moment wie betäubt. Er hatte geträumt, daß ihn ein menschliches Wesen, das aber eine Schweineschnauze hatte, verfolgte, um ihn zu fressen. Es schnappte nach ihm, sagte dann aber, er sei zu mager, sprang in ein Feuer und briet sich selbst.

Sophie war noch nicht da. Er ging in die Küche, kochte sich Kaffee und bestrich Brote. Er genoß es, ruhig dazusitzen, ohne dieses demonstrative Gepütscher im Hintergrund.

Er hatte den Kaffee noch nicht ausgetrunken, als es klingelte. Draußen im VW-Bus saßen Hartmann und Juan. Beim Einsteigen sah er Sophie die Straße heraufkommen. Er winkte ihr im Vorbeifahren zu. Sie war stehengeblieben, überrascht und ohne zurückzuwinken. Wagner sah, wie sie auf ihre Armbanduhr sah. Sonderbar, dachte Wagner, daß jemand, der den Weltuntergang erwartet, eine Uhr trägt.

Fahren Sie nur zu zweit, fragte er Hartmann.

Nein, normalerweise fahren noch drei einheimische Ingenieure mit.

Und wo sind die?

Die fahren heute mit einem Privatwagen.

Sicherlich hing es mit ihm zusammen, daß sie heute nicht im Bus saßen. Er hätte gern gewußt, warum, aber er fragte nicht. Er erzählte von den durchstochenen Reifen. Kommt das öfter vor?

Nein, sagte Hartmann, bei Privatwagen, nein, das habe ich noch nicht gehört. Militärfahrzeuge, ja, bei denen werden, wenn sie unbeaufsichtigt abgestellt werden, die Reifen durchstochen.

Juan holte aus seiner Tasche eine Thermosflasche und bot Hartmann und Wagner von seinem kalten Zitronentee an. Der Tee war stark gesüßt. Wagner erzählte von seinem Traum und daß er, seit er hier sei, viel mehr träume als früher.

Hartmann sagte, das gehe ihm ganz ähnlich. Er vermute, daß es eine Folge des Klimawechsels sei.

Nein, sagte Juan, das ist die Erde.

Ja, vielleicht, sagte Hartmann und strich sich über seinen kahlen Schädel, vielleicht will die Erde zu uns sprechen.

Was, sagte Wagner, ich verstehe nicht.

Hartmann sah hinaus. Die Landschaft lag in einem ersten zartrosa Licht. Das hinterlassen wir, sagte Hartmann, diese Ödnis, diese Mondlandschaft, das ist das, was uns folgt, die Wüste.

Wagner dachte an Ernst, den er aus seiner Studienzeit kannte. Der hatte eines Tages seine Forschungsarbeit (Festkörper) abgebrochen, um in Korsika Kiwis anzubauen. Über Ernst wurde in Wagners Bekanntenkreis viel gelacht. Aber Wagner hatte ihn immer verteidigt. Er bewundere den Mut und die Entschlossenheit, mit der Ernst sein Leben nochmals so radikal geändert hatte. Aber daß er ausgerechnet hier auf eine solche Mannschaft stoßen mußte, Steinhorst, ein Trinker und Zyniker, und dieser junge Darwin mit seiner rotblond gerahmten Glatze, ein Berufszweifler. Wagners Antwort fiel aggressiver aus als beabsichtigt: Wollen Sie den Leuten hier die Industrie und Technologie vorenthalten? Sollen die nur das Holz liefern?

Nein, aber die müssen doch nicht die gleichen Fehler wiederholen.

Was heißt Fehler, sagte Wagner, ich fahre gern nach England, ich mag die Landschaft, das Grün der Wiesen und darin, hin und wieder, eine Eiche. Früher standen da Eichenwälder, die sind verschwunden, sind in Schiffsplanken, Grubenholz und Holzkohle umgewandelt worden. Eichenwälder langweilen mich. Man hat keinen Ausblick.

Hartmann lachte, gut, das ist konsequent. Aber die Landschaft hier ist nicht grün, sondern rot, Staub, kein Gras, eine riesige rote Mondlandschaft.

Ich wollte schon immer auf den Mond, schon als Kind. Stellen Sie sich das vor: ein roter Mond.

Hartmann sah Wagner einen Moment prüfend an, als wolle er sich vergewissern, daß es ein Scherz war: Gut. Ich wünsche Ihnen Glück bei dieser Reise.

Sie sollten uns allen Glück wünschen.

Nein, sagte Hartmann, ich fahre in zwei Wochen nach Hause. Ich habe gekündigt.

Wagner war derart überrascht, daß er zunächst nur ein etwas hilfloses Ach herausbringen konnte. Er fragte, warum er erst jetzt von Hartmanns Kündigung erfahre, und in seiner Frage steckte der Verdacht, daß die Kündigung etwas mit ihm zu tun haben könnte.

Er habe gestern einen Brief an Bredow geschrieben und jetzt ihn, Wagner, informiert, der es damit also als erster erfahre. Die verbleibende Zeit sei deshalb so kurz, weil sich so viele Urlaubstage angesammelt hätten, weit über zwei Monate.

Und warum gehen Sie?

Meine Zeit hier ist um. Ich hätte meinen Vertrag verlängern müssen. Ich will nicht.

Sie werden uns fehlen, sagte Wagner und überlegte, ob er Hartmann nach dem Grund seiner Kündigung fragen solle. Aber er hielt es nicht für ratsam, das vor Juan zu tun. Sie werden uns fehlen, weil mit Steinhorst nicht immer zu rechnen ist.

Lassen Sie mal den Steinhorst. In der Zeit, in der er hier die Bauleitung gemacht hat, ist nicht einer der Bolivianer abgeschoben worden. Davor, bei Ihren beiden Vorgängern, kam es immer wieder zu Razzien wegen Diebstahls, und immer wieder wurden Arbeiter abgeschoben, ganz willkürlich.

Sie glauben, daß es meine Schuld ist, daß der Mann am Samstag verhaftet wurde?

Nein. Das konnten Sie nicht wissen. Es geht um die Kontrollen, wegen der Diebstähle.

Wie wollen Sie die Klauerei verhindern?

Ich weiß es nicht.

Was würden Sie an meiner Stelle tun?

Hartmann sah Wagner an und lächelte, sein sanftes, wie um Verzeihung bittendes Lächeln: Ich will ja nicht an Ihrer Stelle sein, sagte er.

Im Osten lag jetzt ein flammendes Rot über den Hügeln und dem Regenwald. Eine Zeitlang sahen sie alle schweigend aus den Fenstern. Wagner, der hinter Hartmann und Juan saß, betrachtete das schwarze Haar von Juan, das er zu einem Pferdeschwanz zusammengebunden hatte. Eigentümlicherweise sträubten sich die Haare wie elektrisiert. Wagner wäre beinahe eingeschlafen, da rief der Fahrer etwas, Hartmann und Juan sahen rechts aus dem Fenster. Der Fahrer bremste, und sie fuhren im Schrittempo an drei am Straßenrand geparkten Militärlastern vorbei. Wagner sah die Soldaten auf den Lastern hocken, die Maschinenpistolen zwischen den Beinen. Einige hatten sich Decken umgelegt. Es war aber heiß. Es war wohl ein Frieren, das von langer Schlaflosigkeit herrührte. Die Laster waren an der Stichstraße geparkt, die zur Baustelle führte, so, als wollten sie den Zugang abriegeln.

Sie müssen mal an einem Wochenende nach San Isidor fahren, sagte Hartmann, dort steht mitten im Urwald ein gigantisches Denkmal, das wir uns selbst gesetzt haben, eine Autobahnbrücke, gute 150 Meter hoch. Sie wurde mit deutschen und französischen Krediten finanziert, und deutsche und französische Firmen haben sie gebaut und natürlich gut verdient. Die Brücke wurde dort hingesetzt, einmal, weil der Geburtsort des früheren Präsidenten in der Nähe lag, zum anderen, weil in der Nähe eine Zinnmine war, die, als die Brücke fertiggebaut war, nicht mehr rentabel förderte und stillgelegt wurde. Und da auch der Präsident inzwischen durch einen Putsch abgelöst worden war, blieb die Brücke stehen, wie sie war, fertig, aber ohne Straßenanschlüsse. Die Brücke steht da, sechsspurig und absolut überflüssig, aber das Land zahlt noch immer die Zinsen und die Zinseszinsen der Kredite, mit deren Hilfe sie gebaut wurde.

Wissen Sie, sagte Wagner, wir bauen Brücken, aber wohin die kommen, wie die genutzt werden sollen, das ist nicht unsere Sache. Das ist nicht unser Job.

Doch.

Was schlagen Sie vor?

Man muß genau wissen, was und für wen man was macht.

Juan drehte sich plötzlich um und sagte: Dort, wo mein Stamm lebt, am Rio Yacaré, wohnt oben am Fluß ein Missionar, und unten am Fluß wohnt ein Missionar. Unser Kazike sagte immer: Es sind zwei zuviel.

Gut, sagte Wagner, wir sind keine Missionare.

Doch, sagte Juan, ihr Ingenieure seid Missionare. Und ihr seid die mächtigeren. Ihr vollbringt nämlich die Wunder, von denen die anderen nur reden, ihr verändert von heute auf morgen alles.

Nein, wir sind nur die Handlanger, und wunderbar ist daran auch nichts.

Wissen Sie, wie die Bolivianer Sie nennen?

Nein.

Großfuß.

Wagner lachte zu laut. Ich weiß, sagte er, ich lebe auf ziemlich großem Fuß.

Sie kamen in den Wald. Der Fahrer schaltete das Licht ein.

Was für ein alberner Vergleich, dachte Wagner und ärgerte sich über sich, weil er sich über diesen Spitznamen ärgerte. Aber ärgerlich war diese Nähe von Großfuß zu Großmaul. Das verletzte ihn, auch wenn es möglicherweise harmloser gemeint war. Aber man hatte ihn schon als Kind mit seinen großen Füßen aufgezogen, die von seiner Mutter stets als Zeichen seiner künftigen Größe gedeutet worden waren. Die Klassenkameraden hänselten ihn, und tatsächlich sah er, wenn er in den von seiner Mutter stets etwas größer gekauften Schuhen herumlief, Charlie Chaplin ähnlich, ein Spitzname, den er erst mit einiger Gelassenheit hören konnte, als er Landesjugendmeister im Kraulen geworden war, wobei ihm seine großen Füße halfen. Worauf dieses Großfuß anspielte, war doch offenbar sein Besuch in der Nissenhütte und seine Anordnung, die Ambulanz anzurufen, um den Schwerverletzten versorgen zu lassen. Wo war der Mann geblieben? Oder war er gestorben und sie hatten ihn einfach irgendwo auf der Rodung begraben? Er dachte an die Geier, die auf der Rodung saßen. Großfuß. Wie täppisch und großmäulig mußte er diesen Indios erscheinen. Und mehr noch als über den Namen ärgerte er sich über Juan, der ihm das erzählt hatte, obwohl er sich wiederum sagte, daß Juan ihn nicht verletzen, sondern warnen wollte.

Sie kamen auf die Baustelle. Diesmal standen schon viele Autos auf dem Parkplatz, und der Wachmann kam in der vorschriftsmäßigen Khakiuniform und zog die Schiebetür auf, damit Wagner aussteigen konnte.

Wagner rief im Büro von Bredow an. Frau Klein meldete sich. Wagner bat sie, eine Werkstatt anzurufen und seinem Ford, der auf der Plaza stand, zwei neue Reifen aufzumontieren. Und dann möge ihn doch bitte Bredow gleich anrufen, wenn er ins Büro käme. Der Triumph in der Stimme von Frau Klein war nicht zu überhören, als sie sagte, Herr von Bredow ist schon im Büro.

Kurz darauf hörte er Bredows Stimme. Ich war gestern etwas flau im Tennis, aber du kannst heute Revanche haben.

Hast du schon etwas wegen des Betons unternommen?

Noch nicht. Der Direktor der Betonfabrik kommt erst gegen 10 Uhr. Übrigens, du solltest dich nach einem anderen Spanischlehrer umsehen.

Wieso?

Weißt du, das geht mich ja nichts an. Und mich interessiert es auch nicht, bei wem du Spanisch lernst. Es ist nur ein Rat, ein freundschaftlicher.

Aber warum?

Es sind einfach andere Verhältnisse hier. Die Leute sind stockkatholisch. Es wäre besser, wenn du dir einen Lehrer suchen würdest. Du mußt bedenken, auf dem Hügel kennt jeder jeden. Man weiß, wer kommt und geht. Und es wird wahnsinnig viel geredet.

Was die Leute reden, war mir schon immer egal. Vor allem, es ist auch ganz unwichtig.

Nicht immer. Der Oberst beispielsweise, der dir ja wohlgesinnt ist, hat einen Hinweis bekommen. Das Mädchen wird mit der Guerilla in Zusammenhang gebracht.

Einen Moment war nichts zu hören als das Rauschen in der Leitung. Dann war wieder Bredows Stimme da: Du verstehst sicherlich, sich da einzumischen ist gefährlich, lebensgefährlich.

Was heißt einmischen, ich lerne Spanisch, nichts weiter.

Aber es könnte anders verstanden werden. Versetz dich mal in die Situation der Sicherheitskräfte.

Das kann und will ich nicht.

Sei vorsichtig! Komm heute in den Club und vergiß nicht, den Wagen innerhalb des Geländes zu parken.

Nach dem Gespräch rief Wagner Juan und fragte ihn, ob er Luisa genauer kenne.

Nein, sagte Juan, er habe über einen Bekannten gehört, daß sie einen Job suche.

Warum ist sie nicht mehr Lehrerin?

Sie ist aus dem Schuldienst entlassen worden, glaube ich.

Und warum?

Es gibt tausend Gründe, um seinen Job zu verlieren. Lehrer sind hier keine Beamte.

Wissen Sie was über ihre politische Einstellung?

Nein.

Als die Sirene heulte, ging Wagner durch die Kantine, wo die Ingenieure im Stehen ihren Kaffee tranken. Sie wollten so wohl andeuten, daß sie auf dem Sprung zur Arbeit waren. Als er hinausging, folgten ihm alle.

Der Kapitän geht immer voran, nur nicht als erster ins Rettungsboot, sagte Steinhorst.

Ein dämlicher Witz, und Wagner gab sich nicht einmal die Mühe, darüber zu lachen. Er ging zur Baustelle A hinüber. Er hatte den deutlichen Eindruck, daß sich etwas geändert hatte. Es gab nicht mehr diese sich ewig hinziehenden Kolonnen, sondern die Leute gingen in Gruppen und zielstrebig.

Seine erste Betriebsleitung, vor sieben Jahren, war ein Schulzentrum in der Nähe von Flensburg gewesen. Der Bau war ungefähr zur Hälfte fertig, aber die Termine waren hoffnungslos überzogen. Es war ein heilloses Durcheinander. Sein Vorgänger, ein Alkoholiker, war fristlos entlassen worden, weil er Baumaterial verschoben hatte. Unter den Arbeitern gab es Schlägereien. Nutten übernachteten in den Baubuden, Betrunkene fielen vom Gerüst. Zwei Wochen hatte er gebraucht, um Ordnung in den Laden zu bekommen. Er hatte vier Mann rausgeschmissen, einen Bauingenieur abberufen lassen und einmal von einem Streifenwagen zwei Zuhälter festnehmen lassen. Er hatte regelrecht ausmisten müssen, aber dann hatte er den Bau termingerecht abliefern können. Das hatte seinen Ruf mitbegründet, auch verfahrene Projekte wieder in Gang zu bringen. Und Steinhorst hatte mit dem Kapitänsvergleich nicht so unrecht, schließlich hatte auch Steinhorst irgendwann an einem dieser Führungskurse teilgenommen, die von der Firma regelmäßig für solche Ingenieure abgehalten wurden, von denen man glaubte, sie könnten Betriebsleiter werden. Die Bauleitung ist wie die Führung eines Schiffs, pflegte der Coach zu sagen, da kann man auch nicht über den Kurs diskutieren, man kann nicht über Entscheidungen debattieren, sondern die Sache hat ihre eigene Logik. Das ist keine Herrschaftswillkür, sondern Sachzwang. Und vergessen Sie nie: Später fragt niemand danach, wie die Stimmung bei der Arbeit war, sondern nur, ob Sie rechtzeitig fertig geworden sind und ob Sie solide gebaut haben.

Als sie zur Baustelle der Halle A kamen, waren die Betonlaster noch nicht angekommen. Die Arbeiter standen herum und warteten, andere arbeiteten noch an den Verschalungen. Wagner wollte nicht warten und sagte zu Steinhorst, er werde sich im Gelände umsehen und einmal prüfen, was da alles an Baumaterial herumliege. Er ging zur Baustelle B hinüber. In der Baugrube arbeiteten die beiden Caterpillars. Der dritte stand noch immer dort, wo man ihm nachts die Zündkerzen herausgeschraubt hatte. In den Raupenspuren stand das Grundwasser. Hartmann arbeitete hinter einem Theodoliten und legte die Punkte für die Bauführung fest. Neben ihm ein Techniker, der Zahlen notierte. Hartmann rief dem Mann mit der Meßlatte etwas auf spanisch zu. Wagner nahm sich vor, in den nächsten Tagen noch intensiver Spanisch zu lernen. Er wollte jeden Tag zwei Stunden mit Luisa üben und auf dem Weg zur Baustelle Vokabeln auswendig lernen. Von der Baugrube aus ging er zu einem Trampelpfad, um in einem Bogen zur Halle A zu gehen. Er dachte, es sei vor allem dringlich, die Konstruktion für den Kellerkasten fertig zu bekommen, der mußte dann genehmigt werden. Wie Bredow das berechnete, war ihm egal, es sei denn, die Zentrale gab ausdrücklich den Befehl, auf so wackeligem Fundament weiterzubauen. Ich will kein Scapa Flow, hörte sich Wagner selbst laut sagen.

Das Grün war in diesem Gebiet schon auf Kniehöhe gewachsen, dazwischen rankten große gelbe Blüten. Aus dem Grün erklang immer wieder das Schnalzen eines Vogels, das in einem dünnen Laut ausklang. Ihm lief der Schweiß über die Stirn und brennend in die Augen. Die Gläser seiner Sonnenbrille waren verklebt. Der Pfad war jetzt nur noch schmal und fast ganz überwachsen. Wagner überlegte, ob er umkehren solle, denn er hatte fast den Rand der Rodung erreicht, wo mächtige Bäume standen, von denen Lianen herunterhingen. Da sah er die Vögel vor sich auf dem Boden, riesige plumpe Tiere, die Hälse nackt, mit großen Köpfen: Geier. Er hatte diese Tiere noch nie so nahe gesehen und ging weiter. Die Vögel hüpften auf dem Pfad träge vor ihm her. Sie waren zum Greifen nah. In der Luft hing ein widerlicher Gestank nach Aas. Dann sah er, verdeckt von Blättern und Geiern, einen Kadaver am Boden liegen (oder war es ein Körper?), dunkelrotbraun, Rippen, Knochen, etwas Fadenziehendes im Schnabel eines Geiers. Er blieb stehen und hielt die Luft an. Der Gedanke durchzuckte ihn, es könne der Körper des Mannes sein, den er verwundet (er dachte verwundet) in der Hütte hatte liegen sehen. Er ging ein, zwei Schritte auf den Körper zu, aber dann mußte er sich schnell umdrehen, um sich nicht zu erbrechen. Er ging zurück. Er würde sich vollends lächerlich machen, wenn man ihn beim Kotzen beobachten würde. Er überlegte, ob er jemanden schicken solle, um nachzusehen, was das für ein Aas sei. Aber dann dachte er an seinen Spitznamen und an die Blamage, wenn es nur ein Tierkadaver wäre, wenn er, auf Pünktlichkeit pochend, die Leute mit solchen Pfadfindergängen von der Arbeit abhielte.

Als er zur Baustelle A kam, erschöpft und durstig nach diesem kurzen Weg, wurde er schon gesucht. Steinhorst saß auf einer Kabeltrommel, eine Flasche Sprudelwasser in der Hand, die ihm Pedro gebracht hatte, der neben ihm stand in seiner schmuddeligen weißen Jacke. Alle Arbeiter warteten, keiner arbeitete, auch die Ingenieure nicht, sogar die beiden Kranführer waren von ihren Kränen wieder heruntergestiegen, und alle sahen Wagner entgegen.

Steinhorst sagte, Wagner müsse entscheiden, ob man den eben gelieferten Beton verbauen solle. Genaugenommen sei es eher nasser Sand als Beton. Steinhorst zeigte auf das Ausbreitmaß mit den Betonproben. Wagner ging zu den fünf Betonlastern, deren Trommeln sich langsam drehten. Die Fahrer standen im Schatten der Wagen und rauchten. Er ließ den Beton nochmals auf dem Ausbreitmaß prüfen. Steinhorst stoppte die Zeit. Der Beton floß schnell, viel zu schnell auseinander. Er ließ eine größere Probe abschütten. Er wollte Zeit gewinnen. Er wollte erst mal einen klaren Kopf bekommen. Er stocherte mit dem Finger in dem Beton herum, nahm etwas zwischen die Finger. Es war zwar kein nasser Sand, das war eine Übertreibung, aber es war eine miserable Qualität. Er nahm von jedem Laster eine Probe. Seine Bewegungen und Handgriffe mußten für die Arbeiter etwas Magisches haben. Der Ärger und die Schwierigkeiten, die es geben würde, wenn er die vier Ladungen zurückgehen ließ, waren nicht abzusehen. Aber zugleich sagte er sich, wenn er das jetzt durchgehen ließe und sich mit dieser miserablen, wenn auch noch gerade vertretbaren Qualität einverstanden erklärte, dann waren keine Murkserei und keine Bummelei mehr zu kritisieren. Dann hatte er die Spielregeln akzeptiert. Und alle, die ihm jetzt bei seiner Prüfung zusahen, wußten das.

Er richtete sich langsam auf. Sie sahen ihn an. Er sagte zu Juan: Die sollen den Dreck zurücknehmen. Wir bauen nicht auf Sand. Einer der Ingenieure, der junge Mann mit dem schwarzen Schnurrbart, der sich über die Qualität schon früher beschwert hatte, klatschte und rief: Bravo, noch bevor Juan übersetzt hatte.

Wagner ging in sein Zimmer und rief Bredow an. Er sagte, er habe eben die Morgenladung Beton zurückgeschickt. Einen Moment dachte Wagner, Bredow habe eingehängt, erst dann kam seine Stimme: Komm ins Büro, gleich. Wir reden mit dem Direktor der Betonfabrik. Steinhorst war, während Wagner telefonierte, ins Zimmer gekommen. Er hatte nicht angeklopft und sich auf einen Stuhl gesetzt. Den Plastikhelm legte er auf den mit Bauplänen bedeckten Tisch.

Mutig, sagte er.

Nein, überhaupt nicht, das war ganz selbstverständlich.

Seien Sie vorsichtig, das sind Hyänen.

Wer, wollte Wagner wissen.

Alle.

15

Wagner fuhr mittags mit dem Firmenbus nach Hause. Er duschte, zog sich ein weißes Hemd und den beigen Sommeranzug an. Auf der Fahrt hatte er sich überlegt, ob er nicht durchgeschwitzt und dreckig, wie er war, zu Bredow ins Büro fahren solle. Aber er glaubte, daß zu den Zahlen – und schließlich ging es ja um Geld – ein gebügeltes Hemd besser passe als das Khakihemd mit den eingetrockneten Salzstreifen unter den Achseln.

Sophie hatte ihm, während er sich umzog, einen Kaffee gekocht. Er bat sie, ihm ein Taxi zu bestellen.

El Dorado heißt das Haus, sagte Sophie, so nennen es alle in der Stadt. Und auch das Haus wird vergehen.

Ob sie ihren freien Tag genossen habe? Sie habe in ihrer Gemeinde gebetet. Sie goß ihm den Kaffee ein und fragte, ob er irgendeinen Wunsch für das Abendessen habe. Sie stellte die Frage so, daß er genaugenommen nur nein sagen konnte, und doch war spürbar, daß sie ihm einen Gefallen tun wollte.

Nein, danke.

Er wollte heute in der Stadt essen. Vielleicht konnte er ja Luisa zum Essen einladen, wenn es ihm gelang, ihr Haus wiederzufinden.

Wenig später kam das Taxi, ein klappriger alter Ford. Die Sprungfedern hatten die Bezüge durchbohrt. Der Fahrer hatte das Radio aufgedreht, irgendeine Combo spielte, und er fuhr wie ein Wahnsinniger. Wagner fand, daß dieses Tempo seiner Stimmung entsprach.

Das Bürohochhaus war das beherrschende Gebäude in der Stadt: sechzehn Stockwerke hoch, mit honigfarbenem Glas verkleidet, in dem sich Palmen, umliegende Häuser und vorbeiziehende Wolken spiegelten. In der nachmittäglichen Sonne lag das Haus wie ein riesiger Klotz Gold da. In diesem Haus waren alle großen ausländischen Firmen untergebracht, die in der Provinz Niederlassungen hatten, und auch einige der großen nationalen Konzerne. Wagners Firma baute in der Provinz drei Fabriken, eine Düngemittelfabrik, ein Elektrizitätswerk und die Papierfabrik. Bredow war für die kaufmännische Leitung aller drei Projekte zuständig.

Wagner wollte zu der mit einem Kupferdach überwölbten Eingangstür gehen, als ein Militärpolizist, der an einem auf dem Bürgersteig geparkten Jeep gelehnt hatte, auf ihn zukam und ihm die weißbehandschuhte Hand entgegenstreckte: Documentos, por favor!

Als der Soldat das Foto mit Wagners Gesicht verglichen hatte, sagte er: O. k. Die Glastür tat sich vor ihm auf, ein dickes schußsicheres Glas, das der Portier von innen öffnete. Ein zweiter Portier kam, in einer devoten Haltung, auf ihn zu, seine blauen Hosen waren messerscharf gebügelt. Wagner gab dem Mann seine Firmenkarte. Er ging in die verglaste Portiersloge und telefonierte. Er reichte Wagner die Firmenkarte mit einem: Bitte serrr.

Wagner sah sich in der verspiegelten Seitenwand des Fahrstuhls. Er war braungebrannt, sein Haar ausgebleicht. Susann sagte immer: Dein Haar möcht ich haben. Aber er sah müde aus, hatte tiefe Ringe unter den Augen.

Oben begrüßte ihn eine junge Frau auf spanisch und ging ihm voran ins Büro. Das halblange Haar fiel ihr wie eine schwarze Welle ins Gesicht. Sie trug ein grünes Seidenkleid, silberne Slingpumps mit extrem hohen Absätzen, die zu kleinen Schritten mit durchgedrückten Knien zwangen. Jeder Schritt ein den Blick anziehendes metallisches Picken: schlanke Fersen in schwarzchangierenden Seidenstrümpfen. Frau Klein, eine ältere grauhaarige Frau, begrüßte Wagner, als habe sie seit Wochen auf ihn gewartet.

Sie habe gleich die Sache mit den Reifen geregelt. Sein Wagen stehe dort, wo er ihn gestern abgestellt habe, jetzt wieder fahrbereit, hoffentlich, sie lachte verschmitzt.

In Bredows Büro hätte man bequem Rollschuh laufen können. An der einen Seite eine Sitzecke aus hellbeigem Leinen, an der anderen Seite, gute zehn Meter entfernt, ein Schreibtisch aus Mahagoni, riesig, aber leer, bis auf ein Foto, das die lachende Christi mit ihren beiden Jungs in Silber gerahmt zeigte, ein ledergebundener Terminkalender und ein dunkelgrünes Telefon. Was machte Bredow in dieser Halle? Wagner dachte an sein Baubüro.

Vermutlich hatte Bredow Wagners Erstaunen bemerkt, denn er begann sofort die Größe seines Büros zu rechtfertigen. Der Raum sei natürlich viel zu groß, aber doch notwendig. In diesem Land werde auf Repräsentation viel Wert gelegt. Projekte von der Größenordnung der Papierfabrik könnten nun einmal nur in Bürozimmern ab 100 qm verkauft werden. Er komme sich in diesem Raum immer sehr verloren vor. Er lachte, schlug Wagner auf die Schulter, ob er etwas trinken möge, der Gesprächspartner, der Direktor der Betonfabrik, warte schon. Immer wieder fuhr er sich mit den Fingerspitzen über den Hinterkopf, als wolle er prüfen, ob sein straff nach hinten gekämmtes Haar auch richtig anläge, eine Geste, die Wagner bei Bredow bisher noch nicht gesehen hatte. Frau Klein brachte eine Akte, zwinkerte Wagner zu, als wolle sie sagen, das wird schon werden. Bredow fuhr sich schon wieder mit den Fingerspitzen über die Haare. Na, dann gehen wir mal. Sie gingen über einen mit taubenblauen Teppichen ausgelegten Gang zu dem gegenüberliegenden Bürotrakt. Auf einem ovalen Messingschild stand: Betonera Santa Clara.

Das ist ja praktisch, sagte Wagner, dem kannst du ja buchstäblich die Tür einrennen, wenn der Beton schlecht ist.

Aber Bredow hatte gar nicht hingehört. Sie betraten ein Büro von der gleichen Größe und Raumaufteilung wie das Vorzimmer von Bredow. Eine Sekretärin brachte sie zu dem Direktor, einem jungen Mann von Ende

Zwanzig, schlank, in einem engsitzenden dunkelblauen Seidenanzug. Er drückte Wagner die Hand, ein Händedruck an der Schmerzgrenze. Bredow nannte den Namen: Carillo. Carillo trug am Handgelenk eine Fliegeruhr. Sein markantes braungebranntes Gesicht wurde beim Lachen merkwürdig schief. Er hielt dabei die Lippen geschlossen, als müsse er die Zähne verbergen. Die Zähne waren aber regelmäßig und von einem leuchtenden Weiß, wie sich beim Sprechen zeigte. Dieser schiefe, lachende Mund erinnerte Wagner, zumal die Lippen etwas aufgeworfen waren, an einen Plattfisch.

Carillo war erst am Morgen aus der Hauptstadt zurückgekehrt. Er war mit seiner Cessna in einen Gewittersturm geraten und hatte die Route verloren, wie er in einem guten Englisch erzählte. Die Sekretärin trug Martini und Mineralwasser herein. Plötzlich ärgerte sich Wagner, daß er sich für dieses Gespräch umgekleidet hatte. Bredow und Carillo tauschten ihre Erfahrungen mit den drei oder vier ernstzunehmenden Feinschmeckerlokalen in der Hauptstadt aus. Dann wandte sich Carillo Wagner zu. Er bedauere, daß es zu diesem Mißverständnis gekommen sei. (Er sagte: misunderstanding.) Wäre er zu der Zeit in seinem Büro gewesen, er hätte Wagner sofort auf der Baustelle angerufen. Er grinste schief. Wagner setzte sich im Sessel zurück und entspannte sich innerlich. Er hatte nicht gedacht, daß das Gespräch so problemlos verlaufen würde.

Er habe einen unabhängigen, staatlich vereidigten Gutachter um ein Urteil gebeten. Here. Er reichte Wagner einen mit zwei Behördenmarken frankierten Bogen über den Tisch. Wagner starrte auf das Papier. Das Gutachten war in Spanisch geschrieben. Wagner sah ratlos hoch. Bredow tupfte sich mit den Fingern über das Haar.

It's o. k., sagte Carillo und grinste schief. Der Gutachter habe festgestellt, daß die Qualität des Betons einwandfrei sei.

Einen Moment überlegte Wagner, ob er nicht einfach mit der Faust auf den grazilen Glastisch hauen solle, aber dann warf er nur das Blatt Papier hin.

Man solle ihn bitte nicht für dumm verkaufen, er sei kein Anfänger, der Beton sei miserabel, und es sei ganz und gar unverantwortlich, ihn zu verbauen, weil nämlich in nicht allzuferner Zeit den Arbeitern in der Papierfabrik die Decke auf den Kopf fallen werde. Wagner stand auf, schob den Glastisch ein wenig zur Seite, machte zwei Schritte auf Carillo zu, der in seinem Sessel versunken saß. Er werde an seine Firmenleitung schreiben, er werde an die Bauaufsichtsbehörde schreiben, denn mit diesem Beton könne man Sandburgen, aber keine Fabriken bauen.

Carillo hatte ihn zunächst verdutzt, dann regelrecht ängstlich angesehen. Er grinste nicht mehr, nur der Mund stand noch schief im Gesicht. Bredow strich sich wieder über das Haar und sagte: Moment mal. Und zu Carillo: Just a moment. Dann begann er mit Carillo Spanisch zu sprechen, sagte zwischendurch: Entschuldige, das läßt sich nur auf spanisch sagen.

Wagner war jetzt in seinem Schwung gebremst. Er mußte sich setzen, denn stehenzubleiben, schweigend, mit der Blödheit des Nichtverstehens im Gesicht, wäre lächerlich gewesen. Bredow redete durchaus nicht so, als müsse er betonen, warum der Beton miserabel sei, sondern eher, warum er dann doch ganz gut sei.

Das Gespräch hatte sich verkehrt, nicht Carillo gab Erklärungen, sondern Bredow. Carillo schwieg und blickte mißmutig, erst nach einiger Zeit begann er mehrmals den Mund schief zu verziehen. Dann, ganz überraschend, sagte Bredow auf deutsch: Wir haben eine Lösung gefunden. Es liegt ein Mißverständnis vor.

Und das Gutachten?

Bredow sagte: Na ja, morgen bekommst du den Beton der alten Qualität.

Carillo drückte Wagner die Hand.

Bredow ließ sich in seinem Büro in einen Sessel fallen. Er lachte. Er war plötzlich so aufgedreht, daß er in die Hände klatschte, rief: Kleine, bringen Sie uns doch einen Scotch und Eis. Er versuchte gar nicht, seine Erleichterung zu verbergen. Er sagte, wenn Carillo gemauert hätte, dann hätten wir den Laden dichtmachen können. Frau Klein kam und brachte Whisky.

Cheers.

Und was passiert mit dem feuchten Sand von heute morgen, wird der jetzt irgendwo anders verbaut?

Das soll nicht unser Problem sein.

Gern hätte Wagner Bredow gefragt, was tatsächlich ausgehandelt worden war. Aber Bredow hätte es von selbst sagen müssen.

Hast du Carillo gefragt, ob er Beton mit einem großen Dichtegrad für den Kellerkasten liefern kann?

Ja, liefern könnte er den sofort, nur, wie bekommen wir diesen Kellerkasten finanziell in den Griff? Hast du mal überschlagen, um welche Mengen es da geht?

Wagner reichte ihm den Zettel mit den Überschlagsrechnungen. Bredow sah die Zahlen und sagte: Dios mio. Wer soll das bezahlen? Wer hat so viel Geld?

Hast du nicht noch Reserven?

Nein, wirklich nicht, ich würds dir sagen. Die Termine sind überzogen, wir hinken um vier Wochen hinterher. Der Bauleiterwechsel, dieses ganze Hick und Hack. Und Steinhorst hat in den vergangenen drei Wochen die Leute auch nicht gerade zur Arbeit angetrie-

ben. Er starrte auf den Zettel. Ich will es mal durch-
rechnen. Wenn du mir zusagst, daß du wenigstens zwei
Wochen wieder einholst, dann kann ich das mit dem
Kellerkasten zusagen. Wahrscheinlich kommt der ja
auch noch mal mit der Halle C auf mich zu, er lachte:
Prost. Was wird denn aus der Halle A?

Ich weiß nicht, das muß die Firmenleitung entscheiden.

Die muß saniert werden. Wir werden Pfähle einbrin-
gen müssen. Das wird noch teurer.

Alles kommt jetzt darauf an, daß wir keine Zeit verlieren. Du mußt wissen, nicht wir haben Carillo im
Griff, sondern er uns, und das ist ein solider Würgegriff.
Wenn der uns den Betonhahn abdreht, dann ist das eine
Katastrophe. Wir haben den Santa-Clara-Beton oder
keinen. Du verstehst? Laß uns auf den Kellerkasten
trinken, Prost. Irgendwie werden wir den hinkriegen.
Das ist ja auch alles ganz schön happig für dich, wirst
eingeflogen und findest hier den Notstand vor. Geh mal
aus. Laß dich von Consuelo in die gastronomischen
Feinheiten der Stadt einweisen.

Erst langsam wurde Wagner klar, daß mit Consuelo
die Vorzimmerdame gemeint war.

Klar, das ist nicht die Raffinesse von Paris, aber gut
bekömmlich, Bredow grinste.

Wie meinst du das?

Na ja, es gibt nur einen Treffpunkt für Gourmets, das
ist das Hotel *San Martín*. Dort kocht ein Schweizer.
Konversation kannst du mit Consuelo machen und
Grammatik mit einem Lehrer, dessen Telefonnummer
ich dir aufgeschrieben habe, ein guter Pädagoge, der
auch gut Englisch spricht.

Wagner stand auf. Lieber als eine neue Spanischlehrerin hätte ich eine neue Haushälterin. Keine religiös Ver-

rückte, die mich ständig mit ihrem Jüngsten Tag verfolgt.

Laß die Finger von dem Mädchen, glaub mir, das bringt nur Schwierigkeiten, dir und womöglich auch ihr. Und die Sophie ist eine gute Haushälterin, besser eine, die vom Jüngsten Tag redet, als eine, die dich beklaut. So, sagte er, zum Tennis ist es zu spät, der Whisky bei diesem Klima, dann bin ich zum Laufen zu müde. Bredow begleitete Wagner hinaus, vorbei an Frau Klein, die Wagner ihre mütterlich warme Hand gab, vorbei an dem Mädchen mit den silbernen Stilettabsätzen. Soll ich sie fragen?

Wagner lachte und winkte ab.

Im Fahrstuhl tat es ihm plötzlich leid, das Angebot ausgeschlagen zu haben, und er wäre am liebsten wieder hinaufgefahren. Aber der Gedanke an das verständnisvolle Grinsen von Bredow trieb ihn hinaus. Er wollte zu Fuß zu seinem Wagen auf der Plaza. Da hörte er ein merkwürdiges Klopfen und sah einen Jungen an dem Vorgartenzaun vorbeigehen, der mit einem kleinen Stöckchen an den Traljen entlangfuhr. Den Kopf hatte der Junge in den Nacken gelegt, als verfolge er in der Ferne des Himmels die Wolken. Die Augäpfel waren weiß, pupillenlos. Der Junge trug eine viel zu weite, an den Beinen aufgekrempelte Hose und ein löchriges Hemd, das vorn den knochigen Brustkasten freiließ. In der rechten Hand hielt er einen kleinen verbeulten Blechteller. Hinter dem Jungen lief ein magerer Köter. Wagner griff in die Tasche und zog eine Banknote heraus, es war eine große neue Banknote. Er versuchte, sie dem Jungen in die rechte Hand zu drükken. Einen Moment spürte er eine rauhe, harte Hand. Der Junge war bei der Berührung sofort stehengeblieben, befühlte, nachdem er den Stock unter den Arm geklemmt hatte, die Banknote, die knisterte, und ließ sie fallen. Er ging weiter, gefolgt von dem Köter, der kurz an Wagners Hose geschnüffelt und leise geknurrt hatte.

Wagner stand da und sah dem Jungen nach, dann zu den Soldaten im Jeep, die alles verfolgt hatten. Er zögerte, ob er die Banknote aufheben sollte. Es waren umgerechnet fast zwanzig Mark. Schließlich bückte er sich und hob sie auf, steckte sie aber nicht ein, sondern behielt sie in der Hand, als habe er sie eben zufällig gefunden. Er konnte sich nicht erklären, warum der Junge den Geldschein weggeworfen hatte, mit einer, wie er glaubte, verächtlichen Geste. Dann sagte er sich, daß der Junge wahrscheinlich das frische Notenpapier gar nicht als Geldschein erkannt habe, weil er so etwas noch nie in der Hand gehabt hatte.

16

Auf der Plaza fand Wagner seinen Wagen, wo er ihn gestern abgestellt hatte. Zwei neue Reifen waren aufmontiert. Der Wagen war sonst nicht beschädigt worden. Er sah das eingeritzte Schlangenzeichen und stellte erstaunt fest, daß in der Zwischenzeit jemand daran weitergearbeitet hatte. Der Becher, aus dem die Schlange sich hervorringelte, war mit einem kunstvollen Rautenmuster verziert worden. Wagner entdeckte sogar die feinen Lackspäne am Boden. Während er dieses merkwürdige Zeichen betrachtete, hatten sich um ihn mehrere Neugierige versammelt, die ihn beobachteten und dann eine erregte Diskussion begannen. Wagner hatte den Eindruck, daß sie vermuteten, er habe das Zeichen in den Lack geritzt. Sie drängten näher heran, und neue und immer mehr Menschen blieben stehen. Er bekam ein unbehagliches Gefühl, wühlte sich durch die Neugierigen hindurch und lief in eine der Straßen, die jetzt, am späten Nachmittag, da die Geschäfte wieder geöffnet hatten, belebt waren. Vor den kleinen Läden standen die Waren, Äpfel, Papayas und Mangos, Früchte von ungewöhnlicher Größe, daneben, in Körben, rübenähnliche Süßkartoffeln und gewaltige Kürbisse. In dem Schaufenster einer kleinen Schlachterei lag ein abgezogener Kalbskopf, die Augen ausgeschabt. Ein Mann kam aus dem Laden und trug eine kleine Blechwanne, in der es violett glibberte. Neben der Schlachterei ein Café, drei Tische standen auf der Straße, an einem der Tische saßen zwei Frauen, mit bombastischen Hüten, in Pink. Wagner ging im Halbschatten der Platanen. An einer Hausmauer hockte ein Mann, der, als er Wagner entdeckte, sich nach vorn kippen ließ und auf den Knien Wagner entgegenrutschte, wobei er sich wie ein Affe auf den Fingerknöcheln der linken Hand abstützte, in der rechten hielt er etwas hoch, zwei Gasfeuerzeuge. Wagner ging weiter, aber der Mann rutschte hinter ihm her und schrie etwas im Diskant. Die Leute auf der Straße drehten sich um. Es war, als habe er den Mann geschlagen oder beraubt. Er beschleunigte seinen Schritt, das Schreien wurde lauter und das Schurren schneller. Wagner blieb stehen. Er sah, daß der Mann Streifen von einem alten Autoreifen um die Knie gebunden hatte. Unterschenkel und Füße waren verkrüppelt. Der Mann hielt ihm die beiden Gasfeuerzeuge hin. Seine Hand- und Fingerknöchel waren von dicken Schwielen überzogen. Wagner nahm das blauirisierende Feuerzeug und gab dem Mann eine Banknote, dann ging er schnell weiter. Der Mann blieb zurück, schrie aber noch immer etwas hinter Wagner her. Wagner bog in die nächste Nebenstraße. Die Häuser waren verfallen, der Stuck der Jahrhundertwende abgebröckelt, es roch nach Fäulnis und Essensdünsten. Auf den Dächern einiger Häuser wuchsen Büsche, und aus den oberen Fenstern krümmten sich kleine Bäume dem Licht entgegen. Es war, als wenn der Wald über die Dächer in die Stadt zurückkehren würde. Schon hatte das Wurzelwerk die Mauern gesprengt, während unten im Parterre noch die Menschen in den Zimmern saßen und das Fernsehprogramm verfolgten oder Gemüse putzten. Aber hin und wieder war ein Haus schon ganz aufgegeben worden, und aus der offenen Tür wucherten Riesenfarne und dickfleischige Blätter. Er hörte aus diesem überbordenden Grün ein seltsames Tucken, ein Glucksen, und einmal glaubte er sogar, ein Fauchen wie von einer großen Katze zu hören. Schließlich fand er das Haus, vor dem er Luisa abgesetzt hatte. Vor der Haustür saß eine alte Frau auf einem Stuhl und strickte, wobei sie die eine Stricknadel wie eine Lanze unter den rechten Arm geklemmt hielt. Er sah ihr einen Moment zu, aber der Gedanke an Wollsachen ließ ihn bei dieser Hitze schaudern.

Er fragte die Frau: Luisa vive aquí?

Aber die Frau schüttelte den Kopf, als verstehe sie nicht. Er ging an ihr vorbei in einen dunklen, feuchtmodrigen Hauseingang. Die Wohnungstür zur unteren Etage war geschlossen. Eine schmale, steile Holztreppe führte zur oberen Etage. Vorsichtig tappte er hinauf. Je weiter er nach oben kam, desto heißer wurde es. An der Tür oben war weder eine Klingel noch ein Namensschild. Er klopfte. Er hörte von innen eilige Schritte, die sich entfernten, näher kamen, sich wieder entfernten. Ein Hin- und Hergelaufe, als räume jemand noch schnell auf. Wagner klopfte abermals und nahm sich vor, Englisch zu sprechen, falls jemand anders als Luisa öffnen sollte. Da ging die Tür einen Spalt auf, und Wagner sah Luisas Gesicht, ängstlich angespannt, eine Anspannung, die sich sofort löste, als sie ihn erkannte.

Sie lachte und streckte ihm die Hand entgegen: Buenos dias.

Sie schien wie erleichtert, daß er gekommen war. Sie ging ihm barfuß voran, in Jeans und einem weitgeschnittenen T-Shirt.

Ein schmaler Gang führte zur Küche. Durch die Traljen der geschlossenen Holzjalousien fiel das Licht der schon tiefstehenden Sonne. In der Mitte ein Küchentisch, drei Küchenstühle, deren weißer Lack abgestoßen war, ein Küchenschrank. Von den Wänden hing flockig die schmutzigweiße Ölfarbe. Steigrohre führten zur Decke, unter der ein großer Kessel hing, verrostet und mit schweren Muttern verschraubt. An einer Wand ein Gasherd und eine Spüle. Auf dem mit einem knallgelben Plastiktuch bedeckten Tisch lag ein roter Granatapfel.

Luisa zeigte zu einer anderen Tür und sagte: Adelante!

Would you like coffee or juice?

Juice, por favor, sagte er und ging über den Gang in ein Zimmer, dessen zwei weitgeöffnete Türen auf eine Dachterrasse führten. Eine zerschlissene, graugrüne Rautentapete, eine Deckenlampe, die einer Marmorschale ähnelte. In der Ecke stand ein Messingbett. Darauf lag ein Koffer, in den Kleidungsstücke gestapelt waren. Er hatte den Eindruck, als sei der Koffer gerade eben gepackt worden. Wollte sie abreisen? Aber das hätte sie ihm sicherlich gesagt, vor allem hätte sie ihr Honorar verlangt. Er trat auf die Dachterrasse, die im Schatten eines mächtigen Flaschenbaums lag. Ein hölzerner Klappstuhl stand dort und zwei ausgefranste Leinenstühle. Wagner setzte sich. Von unten, aus dem Hof, hörte er Gelächter und Tangomusik. Er wollte aufstehen, um über die Balustrade zu sehen, als Luisa mit einem Korb Apfelsinen, einem Messer und einer kleinen Keramikpresse herauskam. Es war eine jener altertümlichen Pressen, wie Wagner sie als Kind bei seiner Großmutter gesehen hatte: ein kleiner Teller mit einem gerillten Dorn in der Mitte. Luisa zerschnitt die Orangen und preßte sie mit einer kurzen kräftigen Drehbewegung auf dem Dorn aus. Nur einmal sah sie zu ihm herüber und lachte ihn an, offen und unverstellt. Als sie eine neue Apfelsine aus dem Korb nahm, roch sie daran und reichte sie Wagner. Die Frucht war warm, wahrscheinlich hatte sie in der Sonne gelegen, und duftete so intensiv, wie er noch nie eine Apfelsine gerochen hatte.

Luisa goß den ausgepreßten Saft in die Gläser.

Von fern hörte man eine Sirene. Für einen Moment unterbrach sie ihre Arbeit und lauschte.

Ambulance, sagte er.

No, police.

Er sah ihr zu, wie sie aus den Gläsern mit einer Messerspitze die Kerne herausfischte.

I don't hope I made you feel awkward because of myself.

Er war nicht sicher, ob sie ihn verstanden hatte, aber sie antwortete: No.

Let's go and have dinner.

Sie dachte nach wie über eine komplizierte Gleichung, dann sagte sie: Sí.

I'll change my clothes, sie zupfte an ihrem T-Shirt und ging in das Zimmer.

Er dachte, daß sie jetzt aus dem offenen Koffer ein Kleid herausziehen würde (im Zimmer hatte er keinen Schrank gesehen), und er glaubte, es müsse ein rotes

Kleid sein. Er stand auf, weil er das Warten im Sitzen nicht mehr ertrug, und trat an die Balustrade.

Im Hof standen drei Palmen, die Zweige des Flaschenbaums konnte er mit den Händen greifen.

Unten hing eine Frau Wäsche auf. Ein junger Mann reparierte ein Motorrad. Die Tangomusik kam aus mehreren Radios. Ein Huhn hing mit zusammengebundenen Beinen an einem Pfosten. Aus dem Halsstumpf tropfte fadenziehendes Blut. Ein kleiner Junge lief mit dem abgehackten Hühnerkopf in der Hand herum und rief: Cococo.

Wie eigentümlich, dachte Wagner, daß die Tierlaute in den verschiedenen Sprachen verschieden nachgeahmt werden, so als gebe es spanische, englische und deutsche Hühner. Er hörte ihre Schritte, auf hohen Absätzen, und drehte sich um. Sie kam ihm auf der Terrasse entgegen und machte, wie beim Sprachunterricht, ein paar Schritte wie auf einem Laufsteg. Sie trug einen weißen Rock und eine schwarze Bluse mit weißen Punkten. Ihr blauschwarzes Haar hatte sie zu einem Pferdeschwanz zusammengebunden. Sie wirkte noch jünger, aber, obwohl der Blusenstoff bei näherem Hinsehen recht schlicht war, mondän.

Du bist wunderschön, sagte Wagner.

Sie sah ihn verständnislos an. Er lachte über das Gesicht, das sie machte, und hätte sie am liebsten in die Arme genommen.

17

Das Restaurant lag im Dachgeschoß des Hotels *San Martín*. Wagner hatte sich von dem Geschäftsführer, einem noch jungen Mann, der aus Fribourg kam, einen Tisch auf der Dachterrasse geben lassen. Die Wedel der Palmen, die man in großen Kübeln aufgestellt hatte, rieben sich in dem leichten Wind mit einem kratzenden Geräusch aneinander. Der Blick von hier oben ging weit über das Land, über die Altstadt mit ihren rechtwinkligen Straßen und den dazwischen liegenden quadratischen Häuserblöcken. Nach Westen hin, dem Hügel entgegen, wurden die Straßen krumm und verwinkelt, dort lagen die Häuser und Hütten, die in den letzten Jahren gebaut worden waren. Hinter dem Hügel ging die Sonne unter. In dem schwachen Streiflicht lag eine leicht hügelige, durch trockene Wasserläufe zerklüftete Ebene. Das Rot der staubigen Erde leuchtete in diesem letzten Licht noch intensiver.

Wagner und Luisa saßen an dem Tisch einander gegenüber und beobachteten, wie die Sonne in den braunvioletten Dunst hinter dem Hügel eintauchte. Im Nordosten lag – jetzt kaum noch sichtbar – dieser ferne dunkelgrüne Strich, das war der Regenwald.

Er sagte auf deutsch: Dort liegt die Fabrik. Dann versuchte er auf englisch, von den Problemen zu erzählen: den Diebstählen, der Bummelei, dem schlechten Beton.

Je länger er sprach, desto weniger galt ihre Aufmerksamkeit seinen Erklärungen, sondern richtete sich, wie er bemerkte, mehr und mehr auf ihn selbst, auf seine Handbewegungen, seinen Mund, seine Haare. Als er ihr das Problem des Grundwassers mit Hilfe des Wasserglases und eines Bierfilzes verständlich machen wollte, begann sie, laut zu lachen. Sie lachte so laut, daß die Leute von den anderen Tischen herübersahen, und dann, einen Moment verdutzt, lachte auch er.

Der Geschäftsführer kam mit der Karte, als wolle er

die ausufernde Heiterkeit eindämmen. Er erklärte Wagner die verschiedenen Gerichte. Luisa wollte Fisch. Der Geschäftsführer empfahl einen Süßwasserfisch, der aus einem nicht allzu weit entfernt aufgestauten Fluß kam. Er erinnerte sich, daß seine Firma am Bau des Staudamms beteiligt gewesen war. Dieser Fisch, sagte der Geschäftsführer, komme normalerweise nur im unteren Lauf des Amazonas vor. Nachdem der Paraná gestaut worden sei, sei der Fisch auf unerklärliche Weise auch hier aufgetaucht, obwohl es keine Verbindung zwischen diesem Fluß und dem Amazonas gebe.

Er bestellte einen fränkischen Steinwein, der sündhaft teuer war, nicht etwa, um Luisa damit zu imponieren, sondern weil er glaubte, dieser Tag müsse gefeiert werden, und er auf Steinwein Appetit hatte. Immerhin galt es, einen Sieg zu feiern.

Als sie anstießen, sagte er: Viva la fábrica.

Eine nur schwer bezähmbare Fröhlichkeit überkam ihn. Er hätte gern Luisa davon erzählt, was er heute erreicht hatte. Das Wissen, nicht auf Sumpf zu bauen (oder mit Sand, wenn er an den Beton dachte), würde nicht nur bei ihm, sondern auch, da war er sicher, bei den meisten anderen Ingenieuren und Technikern zu einer ganz anderen Haltung führen, zur Lust an einer Arbeit, die sinnvoll ist. Die wunderbare Logik, die aus der Machbarkeit der Dinge entspringt, eine Logik, die auch die Dinge zur Sprache bringt. So denkt auch der Stein, ein Satz von Diderot, der ihn in seiner Studentenzeit regelrecht beunruhigt hatte: *Man muß davon ausgehen, daß der Stein denkt.* Die Dunkelheit lag über der Ebene, nur die Kuppe des grünen Hügels lag noch in einem letzten braunen Licht. In den Straßen der Stadt waren die elektrischen Lampen angegangen. Hier und dort sah man Feuer flackern. In der Luft war ein brandi-

ger Geruch. Weit im Norden, vermutlich auf der Natio-
nalstraße, sah man die Scheinwerfer eines Autos.

Sie saßen und schwiegen, und dieses Schweigen hatte
etwas Vertrautes. Sie trank hin und wieder von dem
Wein, und er merkte, daß ihr Wein nichts bedeutete.
Sie trank wenig, es war eher ein Nippen, aber ohne
Schmecken. Er sah ihr Profil im Schein des Windlichts.
Ihre Nase war etwas kurz, die Lippen deutlich ge-
schwungen, ein sanftes und doch kräftiges Kinn, eine
gerade Stirn, die ihm erst jetzt auffiel durch das nach
hinten gebundene Haar. Er sah ihren Hals und im Ausschnitt ihrer Bluse die feinen Erhebungen ihres Schlüs-
selbeins, die kleinen Kuhlen, die seine Mutter Salzfäß-
chen nannte.

Er hatte immer Freundinnen gehabt, die älter waren
als er. Auch Susann war vier Jahre älter. Und er hatte
eine Scheu gegenüber jüngeren Mädchen. Der Gedanke,
ein Mädchen zu entjungfern, hatte etwas Peinigendes, ja
für ihn verband sich damit die Vorstellung von einem
chirurgischen Eingriff.

Und auch der Gedanke, beschützen zu müssen, verwandelte sein sexuelles Verlangen sogleich in väterliche
Distanz, und schon verschwand es. Das Besondere an
Luisa war aber der Kontrast zwischen dem jugendlichen
Aussehen (sie konnte ja auch tatsächlich seine Tochter
sein) und ihrem erstaunlichen Selbstbewußtsein. Es gab
in ihren Reaktionen nichts Verlegenes noch Gekünsteltes.

Die Vorspeise kam, ein Avocadomus mit Flußkrebs-
fleisch. Sie wählte unter ihrem Besteck die richtige Gabel und aß selbstverständlich und ohne große Beteue-
rungen, wie gut es schmecke, so als käme sie jeden Tag
hierher.

Are you married, fragte sie.

Ihn durchzuckte der Gedanke, einfach nein zu sagen.

Aber er nickte mit dem Kopf. Er hätte gern von Susann erzählt, er hätte versuchen können, ihr (und sich selbst) zu erklären, wie es zu diesem Stillstand gekommen war, zu diesem längst selbstverständlichen, spannungslosen Verhältnis, das sie schließlich verband. Aber das wäre sprachlich nicht zu bewältigen gewesen, er hätte alles in ein einfaches und damit entstellendes Englisch bringen müssen. Er hätte sagen können: Yes, I am, but with troubles. Aber das hätte so nicht gestimmt, und es hätte auch noch den Eindruck erweckt, als wolle er seine Ehe kleinmachen oder sich über Susann beklagen.

Er aß und sah sie an und dachte an die Warnung Bredows.

Why did you leave the school?

Sie sah ihn an, als könne sie ihm den Grund für seine Frage im Gesicht ablesen.

Troubles, sagte sie, for political reasons. And why did you leave your home?

Troubles, antwortete er, for private reasons.

Der Fisch wurde serviert, schon filetiert und mit einer gelbbraunen Maracujasoße, die pikant schmeckte. Das Fischfleisch war zart, weiß und ähnelte im Geschmack dem Fleisch der Seezunge. Nachtvögel und Fledermäuse schossen an den Lampen vorbei, in deren Licht sich die Insekten sammelten. In der Ferne, dort, wo der Regenwald war, wurde eine Wolkenbank von einem Wetterleuchten erhellt. Er dachte an die Baugrube, in der das Grundwasser stand. Er nahm sich vor, das in seinen Wagen geritzte Schlangenzeichen abschmirgeln zu lassen. Der Wind hatte zugenommen, das Kratzen der Palmblätter war lauter geworden. Er überlegte, ob er sie nicht einfach fragen sollte, was das denn für politische Probleme gewesen seien. Aber es konnte zu sprachlichen Mißverständnissen kommen, und sie konnte seine

Frage mißverstehen, als habe er Angst, ihretwegen Schwierigkeiten zu bekommen.

Plötzlich griff sie sich an die Stirn, als habe sie etwas am Kopf getroffen, und in ihrem Gesicht zeigte sich kurz ein schmerzvoller Zug. Er fragte, ob sie Kopfschmerzen habe, ob er ihr eine Tablette besorgen lassen sollte. Aber sie sagte nur: No, gracias. Sie starrte an ihm vorbei, und als er sich umdrehte, sah er, daß Oberst Kramer mit seinem Adjutanten, zwei Zivilisten und drei Frauen gekommen war. Sie setzten sich etwas entfernt hinter Wagner an einen Tisch. Ein grelles, rücksichtsloses Gelächter, das immer wieder laut wurde. Wagner mußte sich zwingen, sich nicht jedesmal umzudrehen, teils aus Neugierde, teils aus Ärger. Ihr einvernehmliches Schweigen war gestört, weil man nur auf das nächste Gelächter wartete und sich eigentlich darüber hätte unterhalten müssen. Wagner rief nach der Rechnung. Er hatte eben gezahlt, als sich eine Hand auf seine Schulter legte, es war die Hand des Obersts, der sagte: Bleiben Sie sitzen, lassen Sie sich doch bitte nicht stören. Der Oberst trug wieder eine weiße Uniformjacke, diesmal mit einer Ordensspange an der Brust (wo hatte der Oberst sich diese Orden verdient?). Wagner stellte den Oberst Luisa vor und dachte, falls der Oberst Luisa kennen sollte, müsse er es jetzt an einer Reaktion erkennen, und sei sie noch so winzig. Luisa saß, als der Oberst ihr die Hand küßte, stocksteif da. Dem Oberst war nichts anzumerken.

Eine charmante Begleiterin, sagte er, arbeitet sie neuerdings im Büro Ihrer Firma?

Bevor Wagner antworten konnte, stellte er offenbar die gleiche Frage auf spanisch an Luisa. Sie schüttelte nur stumm und kurz den Kopf und blickte dann über die Ebene, wo das Wetterleuchten sich verstärkt hatte.

Wird es ein Gewitter geben, fragte Wagner schnell den Administrator.

Ich glaube nicht. Wenn es von Norden kommt, was selten der Fall ist, bleibt es meist dort liegen. Wie geht es an der Baustelle?

Es geht voran.

Wenn ich irgend etwas für Sie tun kann, dann melden Sie sich doch bitte. Rufen Sie mich einfach an.

Er gab Wagner die Hand: Viel Vergnügen noch.

Zu Luisa machte er eine kleine Verbeugung. Als Wagner sich wieder hinsetzte, bemerkte er, daß von allen Tischen herübergesehen wurde. Wahrscheinlich war es eine Auszeichnung, wenn sich der Intendente die Ehre gab, zu einem Tisch zu gehen und dort jemanden zu begrüßen.

Als er und Luisa aufstanden, bemerkte er erstmals eine kleine Unsicherheit an ihr, sie blieb zögernd stehen, als wolle sie Wagner vorangehen lassen. Er faßte sie vorsichtig am Oberarm und zog sie sanft weiter. Wagner sah, wie der Adjutant dem Oberst etwas zuflüsterte. Der reagierte nicht, als Wagner im Vorbeigehen laut und deutlich einen guten Abend wünschte. Er war in ein Gespräch mit einer der drei Frauen vertieft, während die beiden Zivilisten Wagner und Luisa stumm anstarrten.

Der Geschäftsführer begleitete sie bis zum Fahrstuhl und verabschiedete sie in Schwyzerdütsch und mit dem ausdrücklichen Wunsch, Wagner recht bald wieder begrüßen zu können. Beim Hinunterfahren fragte er Luisa, ob sie den Oberst kenne.

Yes, everybody knows him.

Und ob er sie kenne?

No, I don't think so.

Sie gingen durch die nächtlichen Straßen, und es schien, als atmeten die Bäume. Hin und wieder fielen aus den Blüten kleine klebrige Tropfen herunter. Aus den weit geöffneten Fenstern hörte man Dialogfetzen eines Fernsehfilms. Ein klappriger, grellbemalter Bus fuhr vorbei.

Als sie vor das Haus kamen, in dem sie wohnte, blieb Wagner einen Moment stehen, aber da sie, ohne sich umzudrehen, hineinging, folgte er ihr in den modrig riechenden Treppeneingang. Es war dunkel, alles lag still. Luisa knipste das Licht an, eine von der Decke hängende Glühbirne. Die Wohnungstür zur unteren Etage war offen, die Wohnung aber dunkel, und sie schien leer zu sein. Am Nachmittag hatte er noch die alte Frau vor dem Eingang sitzen sehen. Luisa war die steile Holztreppe hinaufgestiegen, und er folgte ihr. Vor sich, sehr nahe, sah er ihre Beine, die schmalen Fesseln, die beiden parallelen Grübchen in ihren Kniekehlen. Luisa zündete in der Küche die Gasflamme mit einer Gaszange an und stellte einen Kessel mit Wasser auf. Sie standen einander gegenüber, Wagner an den Tisch gelehnt, keine Armlänge von ihr entfernt, und das Schweigen machte alle Geräusche überdeutlich und damit auch deren Ferne, das Husten eines Mannes auf dem Hof, das Anfahren eines Autos, Stimmen und Schüsse aus einem Fernsehfilm und sehr nahe das Zischen der Gasflamme. Er lauschte und wußte, daß auch sie all diese Geräusche hörte. Ein schwarzer Nachtfalter flatterte plump um die Lampe, aus deren blaugerüschtem Glas ein Stück herausgebrochen war. Luisa stand da, wie versunken in die Betrachtung des Gases, das eigentümlich grün brannte. Dann hob sie den Kopf, blickte ihn an und streckte ihm die Hand entgegen. Vorsichtig berührte er mit den Fingerspitzen ihren Hals und spürte dort ihren Herzschlag.

18

Er wachte auf. Sie schlief, auf dem Bauch liegend, das Gesicht unter seinem Arm, so tief, daß sie sich nicht einmal bewegte, als er aufstand. Es war kurz nach drei Uhr. Er überlegte, ob er sie wecken sollte, aber dann suchte er ein Stück Papier, faltete daraus ein Schiff und schrieb auf den Bug: Luisa, und auf das Heck: Hasta mañana. In love. (Wie leicht sich das auf englisch schrieb.) Er stellte das Papierschiff auf den Küchentisch. Dann zog er sich an, steckte die Krawatte in die Jakkentasche und schloß leise die Tür hinter sich. Er tappte, da er den Lichtschalter nicht finden konnte, die dunkle Treppe hinunter. Bis auf die wenigen Straßenlampen war alles dunkel und still. Er blickte hoch, in den nächtlichen Himmel, nah und deutlich war das Glitzern der Sterne, als atme der Himmel.

Er war ein paar Schritte gegangen, als er auf der anderen Straßenseite in einem Auto das Aufglimmen einer Zigarette sah. Drei Gestalten saßen schattenhaft in einem Ford Falcon. Er ging weiter, ohne sich umzudrehen. Wurde er beobachtet? Aber der Gedanke erschien ihm so abwegig, daß er über sich selbst den Kopf schüttelte. An der nächsten Kreuzung stand ein Ambulanz-Wagen, in dem zwei Männer saßen. Der Wagen stand im Dunkel eines Baums. Worauf warteten die? Er überlegte, ob er nicht in einen Hausflur treten und die beiden Wagen beobachten solle. Aber ihm war klar, daß auch die in den Wagen Sitzenden ihn längst entdeckt hatten und jetzt beobachteten. Vielleicht sah er nur Gespenster. An seinem rechten Jackenärmel, dort, wo sie sich, als sie nach Hause gegangen waren, eingehakt hatte, konnte er noch ihr Parfum riechen, das ihn an einen Duft aus seiner Kindheit erinnerte, den Duft einer

Blüte oder aber, was er vermutete, den einer Backessenz. So ging er durch die Straßen, den Jackenärmel vor Mund und Nase gepreßt.

Er kam zur Plaza, und auch hier lag alles dunkel und still, bis auf die *Egmont-Bar*, dort war noch Licht. Als er vorbeiging, hörte er Musik und Stimmen. Er war durstig und hätte gern ein Bier getrunken, verbot es sich aber, weil er glaubte, seine Erinnerung, die noch etwas von ihrer körperlichen Nähe hatte – er roch sie an seinen Händen –, würde in diesem Barbetrieb ihre Intensität verlieren. So ging er zu seinem Wagen.

Er fuhr den Hügel hinauf, der hellerleuchtet aus der dunklen Ebene ragte.

In der Eingangshalle seines Hauses fand er einen in Sütterlin geschriebenen Zettel:

Polizei angerufen. 3.06 Uhr. Essen im Eisschrank.

Wagner sah auf die Uhr. Es war 4.09 Uhr. Er überlegte, ob er die Polizei anrufen solle. Aber davon stand nichts auf dem Zettel. Was wollten die mitten in der Nacht von ihm? Wahrscheinlich war irgend etwas auf der Baustelle passiert. Möglicherweise hatten sie den Verletzten gefunden. Aber das war denn doch kein Grund, ihn mitten in der Nacht anzurufen. Im Eisschrank stand, säuberlich in Stanniolpapier verpackt, sein Essen. Drei Schüsseln. Er ärgerte sich über diese obstinate Hartnäckigkeit, mit der Sophie ihm, obwohl sie wußte, daß er in der Stadt essen wollte, das Essen zubereitet hatte, das jetzt wie ein in Silberpapier verpackter Vorwurf im Eisschrank stand. Er nahm sich eine Dose Bier, riß den Verschluß auf und trank sie auf dem Weg in sein Zimmer aus. Auf dem Tisch, neben seiner Aktenmappe, lag eine kleine farbige Karte, eine schlechte Reproduktion irgendeines mittelalterlichen Holzschnitts, die auch noch grell koloriert worden war: Pech regnet vom Himmel, aus den Häusern steigen kleine Flammen, das Wasser brandet an einen zusammenstürzenden Burgturm, die Sonne hat sich verfinstert, die Menschen fliehen in wild verrenkten Bewegungen. Unter dem Bild stand: Und ein starker Engel hob einen großen Stein auf als einen Mahlstein, warf ihn ins Meer und sprach: Also wird mit einem Sturm verworfen die große Stadt Babylon und nicht mehr gefunden werden.

Er nahm sich vor, morgen in der Bibel nachzuschlagen. Er hatte dieses Buch von seinem Konfirmationsunterricht her nicht derart finster in Erinnerung. Er ging durch das riesige Haus und dachte an sein Haus in Hamburg, das auch zu groß geraten war. Jetzt würde er Susann schreiben und ihr alles sagen müssen. Warum soll dieses riesige Haus leerstehen, warum soll Luisa nicht hier wohnen, warum sollten sie nicht zusammenziehen, let us move together, so einfach, so wunderbar einfach war alles. Er hatte jemanden kennengelernt, mit dem er zusammensein wollte, mußte, sofort, noch heute. Er nahm sich vor, Susann noch heute abend zu schreiben, gleich wenn er von der Baustelle zurückkam. Er wollte versuchen, ihr das alles zu erklären. Das Wort: Midlife-crisis ging ihm durch den Kopf. Und natürlich würde auch sie genau das denken. Aber das war falsch, es war ja anders, ganz anders, er hatte das ja nicht gesucht, es war ein Zufall, der reine Zufall, der aber eben darum etwas so Zwingendes hatte, eine Notwendigkeit, der er sich gar nicht entziehen konnte, selbst wenn er es gewollt hätte, selbst wenn er sich sagen mußte, es geht doch eigentlich gar nicht, es sieht, wenn man auch nur einen Schritt zurücktritt, alles ganz kopflos und verrückt aus, mach dich nicht lächerlich, würde Susann sagen, nein, Susann nicht, Renate könnte das sagen, ein Mädchen, zwanzig Jahre jünger als er, er kann sie nicht einmal richtig verstehen, und doch gibt es keinen Zweifel, alles ist einfach und klar, es ist ein an die Grenze des Schmerzes gehendes Verlangen. Er merkte, daß er laut vor sich hin gesprochen hatte, und sagte noch, wie abschließend, so ist das. Er holte sich ein zweites Bier aus dem Kühlschrank und ging auf die Veranda. Er war müde und mochte dennoch nicht schlafen. Er trank langsam das Bier, das ihm kalt in der Hand lag. Er nahm sich vor, morgen, gleich nach der Arbeit, zu Luisa zu fahren. Sie brauchte nur ihren schon gepackten Koffer (warum glaubte er nur, daß der Koffer gepackt und nicht ausgepackt wurde?) zuzumachen, er würde ihn runtertragen und in den Wagen heben, und dann würden sie hierher fahren. So einfach war alles. Er würde Sophie bitten, zu ihren Leuten zurückzugehen, und ihr zwei oder besser drei Monate Gehalt aus eigener Tasche zahlen. Und noch am selben Abend wollte er sich hinsetzen und Susann den Brief schreiben. Ihm war, als sei er in ein anderes Leben getreten, und er hoffte sehr, daß diese Stimmung ihm bleiben möge. Es gab plötzlich eine ungeahnte Fülle an Möglichkeiten, er konnte wieder wählen, und dieser alte zähe Wunsch, daß er nochmals ein anderes Leben beginnen könnte (auch wenn man das alte weiter mit sich herumtrug), schien sich doch noch zu erfüllen.

Das Wetterleuchten war stärker geworden. Es hatte aufgebrist, aber es war ein angenehmer warmer Wind, der ihn seine Haut spüren ließ. Wagner trank das Bier aus. Er dachte an den Anruf der Polizei. Er war überzeugt, daß der irgend etwas mit dem Bau zu tun haben mußte. So oder so, es würde bis zum Morgen Zeit haben. Er war nicht einmal sonderlich neugierig. Er würde das alles in den Griff bekommen. Er sah allem gelassen entgegen. Der Kellerkasten würde gebaut werden. Er war auch sicher, daß er die vertrödelten Wochen wieder einholen würde.

Er war so müde, daß ihm die Gedanken wegliefen, nur wenn er an Luisa dachte, war alles nah und deutlich.

Er ging zur Mauer und sah in Richtung der Stadt, von der aus man einige erleuchtete Straßen sehen konnte.

Die Hütten vor der Mauer lagen im Dunklen. Niemand war zu sehen. Dann entdeckte er, weit entfernt, vor der Mauer zwei Autoscheinwerfer. Drei Gestalten liefen in den Lichtkegeln hin und her, sie schienen zu graben und zu hacken, so, als wollten sie die Mauer untergraben. Dann schleppten zwei Männer von dem Auto etwas zur Mauer. Das Scheinwerferlicht ging plötzlich aus. Wagner starrte in die Dunkelheit und überlegte, ob er die Polizei benachrichtigen sollte, aber dann dachte er an den Mann in der Baracke, der am nächsten Tag nicht aufzufinden gewesen war, und er sagte sich, daß es besser sei, sich aus dieser Sache herauszuhalten. In der Ferne war jetzt der Schein einer Taschenlampe zu sehen, er wanderte am Boden hin und her. Dazwischen kurze schattenhafte Bewegungen. Möglicherweise wurde dort irgendein Raub vergraben, Waffen oder – ein Mensch. Aber auch der Gedanke war abstrus. Sicherlich war es irgend etwas ganz Naheliegendes und Banales. Dann gingen die Scheinwerfer wieder an und entfernten sich, langsam hin- und herschaukelnd. Von fern hörte er das Motorgeräusch. Der Wagen fuhr in Richtung der Stadt. Die Scheinwerfer verschwanden hinter einem leichten Hügel.

Er blieb noch einen Moment an der Mauer stehen. Irgendwo weit oben auf dem Hügel schlug ein Hund an. Es war nichts zu sehen und zu hören. Er ging ins Haus und verriegelte die Verandatür.

19

Als er am Morgen die Baustelle erreichte, standen über der Rodung überall kleine Rauchsäulen. Es roch nach verbranntem Holz und Laub, ein Geruch, der ihn an zu Hause erinnerte, wenn im Herbst der Rauch der Kartoffelfeuer über das Land zog. Man hatte in der Nacht die Rodung abgebrannt. An der Baustelle A wurde Beton geschüttet. Die Qualität des Betons war, das sah Wagner an dem zähflüssigen Strahl, der aus der Schütte schoß, gut. Hartmann machte eine Probe und streckte zur Bestätigung den Daumen in die Luft. Wagner ging ins Baubüro zurück. Erstmals hatte er das Gefühl, die Schräglage des Gebäudes im Schritt zu spüren. Er setzte sich an den Tisch und arbeitete an der Berechnung des Kellerkastens. Es klopfte, und Steinhorst kam herein, verschwitzt und verquollen. Er habe sich in der Stadt sein Nivelliergerät reparieren lassen. Wagner hätte ihn fragen können, was denn daran kaputt gewesen sei, aber er ließ es, immerhin hatte Steinhorst nach einer Entschuldigung für seine Verspätung gesucht. Langsam kam Ordnung in den Laden.

Wir werden Ballast laden, sagte Wagner.

Ballast, fragte Steinhorst, in seinem Gesicht war plötzlich Mißtrauen. Wahrscheinlich vermutete er bei dem Wort Ballast irgendeine Anspielung auf seinen Zustand.

Wir werden hier im Keller Kies laden, und zwar auf der Seite, die langsam in den Himmel steigt. Es ist doch ganz eindeutig, das Gebäude ist ohne die Verkehrslast zu leicht für diesen Boden. Damit der Kies nicht verrutscht, werden wir aus Brettern Längsschotten einbauen. Wir können dann je nach Bedarf Kies nachladen oder rausschaufeln und so unsere Schlagseite korrigieren, bis uns ein Statiker den genauen Lastfall berechnet.

Steinhorst holte eine fast schwarz getönte Brille aus der Brusttasche seines Hemds: Sie glauben doch nicht im Ernst, damit den Auftrieb ausgleichen zu können.

Wir werden es sehen, bis sich die ersten Risse in den Mauern zeigen. Das ist immer noch besser als diese dauernde Schieflage. Als ich gestern das Gewitter sah, dachte ich schon, unsere Flottille schwimmt weg. Wir sind da noch mal mit einem blauen Auge davongekommen. Ich werde am Wochenende in die Hauptstadt fahren und mir dort nochmals die Bodengutachten ansehen, die Grundbucheintragungen, und dann auch den Kellerkasten genehmigen lassen.

Ach, sagte Steinhorst, aber der Kapitän geht als letzter von Bord.

Er tippte sich an den Plastikhelm und ging mit einem breiten, wiegenden Schritt raus, so, als müsse er eine Dünung ausgleichen. Wagner setzte sich hinter die mit weißen Tipp-Ex-Spritzern besprenkelte Schreibmaschine und begann, das Protokoll der gestrigen Sitzung mit dem Betonfabrikanten zu schreiben. Einen Durchschlag wollte er an Bredow, einen an die Zentrale nach Deutschland schicken. Er wollte damit die beschlossenen Ergebnisse festhalten. Er dachte an Luisa, die jetzt vermutlich eben aufgestanden war. Frühstückte sie? Oder war sie schon aus dem Haus gegangen? Hatte sie außer ihm noch andere Schüler? Hatte sie Freunde? Hatte sie einen Freund? Sonderbarerweise war er davon überzeugt, daß sie keinen Freund hatte. Aber er wußte ja so gut wie nichts von ihr. Vertraut waren ihm ihre Gesten, wie sie sich die Haare hinter die Ohren strich, wie sie beim Nachdenken den rechten Zeigefinger an den Mund legte, als wolle sie bedeuten, man möge still sein. Er kannte sie in ihren intimen Regungen, sonst nicht.

Nachdem er das Protokoll geschrieben hatte, setzte er

sich wieder an die Konstruktion des Kellerkastens. Er berechnete die Menge des Stahls, der für die Bewehrung der biegesteifen Verbindungen notwendig war. Er überlegte abermals, ob er nicht den Bau der Halle A stoppen sollte. Er hatte die Probleme ganz sachlich aufgelistet, auch die Lösungsmöglichkeiten. Was er nicht verstand, war, warum Steinhorst, obwohl der wußte, daß diese Neubauten im Boden versinken würden, einfach weitergebaut hatte. Es erschien ihm nicht als Wurschtigkeit, sondern eher wie ein Akt der Sabotage, nicht gegen das Regime, das war Steinhorst egal, auch nicht gegen die Firma, es war etwas, das sich gegen den Beruf richtete. Ein zerstörerischer Selbsthaß, den er konsequent auch nach außen wendete. Verstehen konnte Wagner hingegen seinen Vorgänger, der einen Nervenzusammenbruch bekommen hatte. Der Mann hatte auf diese Verhältnisse sehr normal reagiert und war kurzfristig verrückt geworden. Er lachte vor sich hin: Dieser Satz: Es war zum Verrücktwerden. Morgens hatte Sophie ihm beim Frühstück von dem nächtlichen Anruf der Polizei erzählt. Man hatte, weil sein Wagen schon die zweite Nacht auf der Plaza stand, nachgefragt, wo der Besitzer abgeblieben sei.

Also macht man sich Sorgen um mich, dachte Wagner, oder, anders gesehen, man beobachtet mich.

Am Wochenende würde er mit Luisa in die Hauptstadt fahren. Er zwang sich, nicht an Susann zu denken und nicht an Sascha. Er mußte sich dennoch immer wieder dazu anhalten, sich auf seine Berechnungen zu konzentrieren. Kurz vor Mittag war er damit fertig und bat Hartmann, alles nochmals durchzurechnen und zu prüfen. Dann sollte eine Reinzeichnung von der Kellerkastenkonstruktion angefertigt werden, die er am Wochenende mit in die Hauptstadt nehmen wollte.

Er ging hinaus, um nachzusehen, ob die Arbeiter mit dem Bau der Latrine begonnen hatten. Er ging durch dieses irrwitzige Licht hinüber zu den Nissenhütten. Es war kurz vor der Mittagszeit. Gute 200 Meter von den Hütten entfernt waren zwei Männer damit beschäftigt, mit Äxten Pfähle anzuspitzen, zwei andere rammten mit Hilfe eines dicken Holzklotzes mit vier nach unten zeigenden Griffen die Pfähle in den Boden. Eine steinzeitliche Methode. Wagner wollte eben in das Baubüro zurückgehen, als einer der Arbeiter in Richtung des Waldrandes rannte und sich auf etwas Dunkles, Dickes warf. Als er näherging, erkannte er ein Gürteltier, das sich, um seinem Verfolger zu entkommen, in die Erde eingegraben hatte. Deutlich sah Wagner den schuppigen Rückenpanzer und die drahtigen spärlichen Haare. Der Mann zerrte an den Hinterbeinen, aber erstaunlicherweise konnte sich das Tier dennoch tiefer in die Erde bohren. Ein anderer Arbeiter war inzwischen herbeigelaufen, und beide Männer zogen jetzt an dem Tier. Vergeblich. Es saß wie verankert im Boden. Da steckte der eine Arbeiter dem Tier den Zeigefinger in den After und zog es fast mühelos aus dem Boden. Der andere stieß dem zappelnden Gürteltier ein Messer in die Wamme, stieß nochmals zu, bis das Tier still lag. Dann schleppten sie es zu den Hütten hinüber. Wagner folgte ihnen. Sie legten es in der Nähe der zwei gemauerten großen Herde ab. Drei, vier Männer bereiteten hier das Essen für die Mittagspause vor. Zwei große Kessel standen auf den beiden Feuern. Ein Mann saß am Boden und zerrieb in einer großen Holzschale mit einem Klöppel kleine gelbbraune Kerne, ein Gewürz offensichtlich. Der Mann machte das mit einer kreisenden Bewegung und schüttete mit der linken Hand neue Kerne nach. Das Pulver schob er an den Rand, ein gelbbraunes Pulver, das feinkörnig und doch noch feucht zu sein schien. Wagner hockte sich vor den Mann hin, nahm vom Rand der Schale ein wenig von dem Pulver zwischen die Fingerspitzen und leckte daran. Da warf der Mann mit einer jähen Bewegung die Schale mit dem gemahlenen Pulver um und sprang auf. Wagner hockte erschrocken am Boden und sah das im Sand verstreute Gelb und dann das von Haß verzerrte Gesicht des Mannes. Sorry, sagte Wagner und erhob sich, I am awfully sorry.

Er ging zum Baubüro hinüber und dachte, wie idiotisch dieses Sorry geklungen hatte, weil es ja für den Betroffenen gar nicht verständlich gewesen war. Er hatte diesem Mann – und damit allen – in dem Gewürz herumgefummelt, und selbst seine Entschuldigung war dann noch eine Anmaßung gewesen. Er hatte sich wie einer jener dummen tölpelhaften Touristen benommen, über die er und Susann sich immer wieder geärgert hatten, wenn sie ihnen in Griechenland, Spanien oder Marokko begegnet waren. Und doch war, neben dem Ärger über sich selbst und einer bohrenden Scham, auch eine stille Genugtuung spürbar über die kleine Sensation, dieses Pulver befühlt und geschmeckt zu haben, es war von einer Feinkörnigkeit, die in der Berührung seidig verklebte, und von einem besonderen rauhbitteren Geschmack, der ein süßliches Brennen auf der Zunge hinterließ. Er ging ins Baubüro zurück. Dort wartete Hartmann. Er sagte: Es freut mich für Sie, daß Sie das geschafft haben.

Was, fragte er irritiert, da ihm der Verdacht kam, Hartmann könne ihn eben beobachtet haben.

Der Beton ist gut, sagte Hartmann, und ich sehe, Sie wollen die Fabrik sinkfest bauen.

Ja, sozusagen, es ist ganz wichtig, wenn Sie alles nochmals statisch durchrechnen. Das muß in rasender

Eile geschehen. Mitte nächster Woche wollen wir mit den Betonarbeiten für den Kellerkasten anfangen.

Draußen heulte die Sirene. Er blätterte in dem Betonkalender und schrieb sich die Daten der Mischungsverhältnisse heraus. Da klopfte es, und die Tür wurde sofort aufgerissen, und ein Mann trat ein. Er trug eine Khakihose, die bis zum Knie ging, und lange geschnürte Lederstiefel. Eine Motorradbrille hatte er leicht ins Haar geschoben. Er gab Wagner ein Telegramm und ließ sich den Empfang in einem Heft quittieren. Dann stand er einen Moment wartend herum, bis Wagner ihm ein Trinkgeld gab, das er aber offensichtlich für zu gering hielt, denn er schlug im Hinausgehen die Tür laut zu.

Wagner riß das Telegramm auf und las: ICH DENK AN DICH. RENATE.

Er ging ans Fenster und sah hinunter. Der Telegrammbote kam unten aus der Tür, stieg auf sein Motorrad, trat den Anlasser und fuhr los. Wagner starrte auf das Telegramm. Es war eine Botschaft aus einer anderen Welt. Und sie bestätigte seine Ahnung, daß Renates Besuch, damals in Lüdenscheid, kein Seitensprung war, sondern der Versuch, auszubrechen. Es war ihr Versuch, dem Stillstand zu entfliehen.

Die Sirene heulte. Er faltete das Telegramm zusammen und steckte es in die Hemdtasche. Er blickte zu den Nissenhütten hinüber. Aber keiner der Arbeiter war auf dem Weg zu den Baustellen. Vielleicht waren sie schon früher losgegangen. Jedoch war niemand auf den Baustellen zu sehen. Dann sah er sie, halb verdeckt von einer Nissenhütte, in der Nähe ihrer Kantine stehen, dort, wo der Mann das Gewürz zerrieben hatte. Sie standen in Gruppen zusammen. Er erschrak, und zugleich war die Ahnung da, daß die dort unten die Arbeit verweigerten. Ihm fiel das haßverzerrte Gesicht des Arbeiters ein, als er ihm in das gemahlene Gewürz gelangt hatte.

Wagner ging in die Kantine. Ingenieure und Techniker waren aufgestanden und schickten sich an, hinaus auf die Baustellen zu gehen. Was ist los, fragte er Hartmann. Die gehen da drüben gar nicht zur Arbeit.

Hartmann ging ans Fenster und sah hinaus. Auch die anderen drängten an die Fenster.

Eigenartig, sagte Hartmann, manchmal verzögern einige den Arbeitsbeginn, aber daß alle so geschlossen dableiben, das habe ich noch nicht erlebt.

Jetzt stand auch Steinhorst auf, der an einem Tisch Kreuzworträtsel gelöst hatte. Er ging mit seiner schwarzen Brille wie ein Blinder zum Fenster, nahm die Brille ab, sah hinaus und sagte: Die streiken. Wagner ging sofort hinaus. Steinhorst und Hartmann folgten ihm. Sie gingen durch die stechende Sonne zu den Hütten hinüber. Auf der Hälfte des Weges kam ihnen ein Mann entgegengelaufen, ein Polier. Der Mann blutete aus Mund und Nase. Er redete atemlos und gestikulierte, sein Gesicht war von Schreck oder Schmerz verzerrt.

Was sagt er, fragte Wagner, was will er?

Der Mann redete, er schrie, er zeigte zu den Nissenhütten, dann zum Baubüro.

Was ist los, rief Wagner, wo ist Juan?

Auch Hartmann und Steinhorst konnten den Mann in seiner Erregung nicht richtig verstehen, nur so viel, daß es zu Gewaltanwendungen gekommen sei.

Wagner wollte zum Lager hinübergehen, da stellte sich ihm der Polier in den Weg, faltete die Hände und rief mit einer theatralischen Geste: No, no.

Wagner schob ihn beiseite und ging weiter, als Juan gelaufen kam. Juan redete dem Mann zu, der noch immer so erregt war, daß er seine Antworten schreiend gab. Dann übersetzte er: Der Polier sei von den Bolivianern geschlagen worden, als er versucht habe, sie zur Arbeit anzuhalten. Man habe ihn sogar mit der Machete bedroht, nachdem er einen der streikenden Arbeiter in den Hintern getreten hatte.

Warum streiken sie?

Juan fragte den Polier. Der Mann zuckte mit den Schultern. Wagner ging weiter und dachte, es ist kein Wunder, daß man was in die Fresse bekommt, wenn man jemanden mit einem Arschtritt zur Arbeit befördern will. Möglicherweise war es dieser Arschtritt, der den Streik ausgelöst hatte.

Die Luft flimmerte in der Hitze, über dem Gelände standen wie über einem Lavafeld noch immer kleine Rauchsäulen. Es roch brandig. Er ging zur Kochstelle, zu den im Freien stehenden Holztischen und -bänken. Die Arbeiter standen da, keiner saß, und als Wagner herantrat, nahmen viele die Hüte ab. Es fiel ihm wieder einmal auf, daß fast alle Arbeiter Indios waren, nur einige waren Mestizen. Alle sahen ihn an. Plötzlich hob einer die Hand und zeigte mit einer ruhigen Gebärde auf Wagner, ohne etwas zu sagen. Er stand nur da und zeigte auf Wagner.

Was ist los, fragte Wagner, was wollen die?

Juan fragte.

Der Mann, der auf Wagner zeigte, ließ langsam den Arm sinken, und der Jaguarmann trat einen Schritt vor und antwortete.

Der Jaguarmann sagt, daß sie sich noch besprechen müssen.

Was, brüllte Wagner, sind die toll. Die streiken und suchen noch nach einem Grund. Ist denen klar, was das bedeutet. Das ist unabsehbar, der Schaden.

Die Augen brannten ihm vor Schweiß. Aber er

mochte sie sich jetzt nicht auswischen. Die Arbeiter hätten denken können, er weine. So stand er da mit tränenden Augen und wartete, was die Arbeiter besprachen. Das dauerte unendlich lange, obwohl die gar nicht so viel redeten, eher wenig, genaugenommen fast nichts. Er nahm sich erneut vor, unbedingt und mit aller Energie Spanisch zu lernen, um nicht immer wieder in diesem Land so hilflos herumzustehen.

Sie sollten besser ins Baubüro zurückgehen, sagte Steinhorst, der wie immer seinen Plastikhelm aufgesetzt hatte. Sie kriegen sonst womöglich noch einen Sonnenstich.

Hartmann hatte sich ein großes blauweiß kariertes Taschentuch über seine Glatze gelegt. Wagner sagte nichts, drehte sich wieder den Indios zu. Wie die uns wohl sehen, uns drei, den Hartmann mit dem rotblonden Bart und dem Taschentuch auf dem Kopf, den dikken, unmäßig schwitzenden Steinhorst mit dem viel zu kleinen gelben Plastikhelm, und mich, mit tränenden Augen und einem Sonnenbrand auf der Stirn. Zugleich ärgerte er sich über Steinhorsts Dreistigkeit, die sich als Anteilnahme getarnt hatte. Denn mit dem Hinweis auf den Sonnenstich hatte er doch bestimmt auf den Nervenzusammenbruch seines Vorgängers angespielt.

Juan sagte, sie müssen sich länger besprechen. Sie meinen damit, sie wollen sich ohne uns besprechen.

Gut, sagte Wagner, ihre Sprecher sollen in fünfzehn Minuten bei mir im Büro sein.

Auf dem Weg ins Baubüro überlegte Wagner, ob er nicht mit der Polizei hätte drohen sollen. Und mit steigender Wut überlegte er, welche Antwort er diesem Steinhorst hätte geben sollen: Passen Sie mal besser auf Ihre Leber auf. Aber das war natürlich Quatsch, und so konnte er sich auch noch darüber ärgern, daß er sich überhaupt über Steinhorsts Bemerkung ärgerte. Im Baubüro hatten sich in der Kantine nicht nur alle Ingenieure und Techniker versammelt, sondern es waren auch die Poliere heraufgekommen, die ihre Kantine in der unteren Etage hatten. Wagner bat Juan, ihnen zu sagen, daß die Arbeiter streikten, man aber den Grund ihres Streiks noch nicht kenne. Er ließ sie bitten, so lange im Baubüro zu bleiben, bis die Angelegenheit geklärt sei.

Noch während Wagner redete, war Steinhorst zu seiner Tasche gegangen, hatte eine in einem Lederfutteral steckende Thermosflasche herausgezogen und in das entstandene Schweigen: Salud gerufen. Dann trank er. Wagner war drauf und dran zu sagen: Während der Arbeit wird kein Alkohol getrunken, aber das wäre, da ja niemand arbeiten konnte, ganz lächerlich gewesen. Also sagte er: Damit niemand benachteiligt wird, spendiert die Firma Whisky, solange der Vorrat reicht.

Es war ein ziemlich dünner Witz. Und es wuchs abermals sein Ärger über Steinhorst, der ihn mit seiner eigenmächtigen Feierabendstimmung dazu gebracht hatte.

Pappbecher wurden weitergereicht, Eiswürfel aus dem Kühlfach geräumt, dann wurde eingeschenkt und getrunken. Alle redeten durcheinander, es wurde gelacht. Jemand hatte ein Kofferradio angestellt, und irgendeine südamerikanische Provinz-Rockgruppe sang in einem fürchterlichen Englisch: I go on and you fuck off. In der Kantine herrschte eine Stimmung wie auf einem Richtfest, und Wagner fühlte sich an seine Abschiedsparty vor zwölf Tagen erinnert (war das tatsächlich erst zwölf Tage her?), nur daß es hier keine Frauen gab. Pedro servierte auf einem Plastiktablett Whisky, und als er ablehnte, nahm Pedro den Pappbecher und trank ihn vor seinen Augen mit einem Schluck aus.

Dabei verdrehte er die Augen, bis Wagner nur noch das Weiße sah.

Inzwischen waren die fünfzehn Minuten, die Wagner als Bedenkzeit gegeben hatte, vergangen, und er wußte, wenn die Abordnung der Arbeiter nicht bald käme, würde ihm alles weitere aus der Hand gleiten. Es fing schon damit an, daß die ersten Ingenieure und Techniker blau wurden. Schlimmer noch, was jetzt noch als Arbeitsverzögerung gelten konnte, wurde dann erklärtermaßen, vor allem in den Augen der Militärverwaltung, Streik. Er würde Bredow anrufen müssen, und der würde den Oberst benachrichtigen. Wahrscheinlich würde Militär anrücken. Die Folgen waren nicht absehbar, und er war überzeugt, daß vor allem die Bolivianer das nicht richtig einschätzten. Ob es zu Auseinandersetzungen zwischen dem Militär und den Arbeitern kam (was die schlimmste aller denkbaren Möglichkeiten war), oder ob die sich widerstandslos abschieben lassen würden, auf jeden Fall würde der Bau tage-, wenn nicht wochenlang stilliegen. Ein wilder Streik, das mußte ausgerechnet ihm passieren, und gleich in der zweiten Woche. Es war grotesk. Es war zum Lachen. Er versuchte zu lachen, aber es war nur ein Schnauben. Er mußte unbedingt versuchen, die Dinge wieder ins Lot zu bringen, und zwar sofort.

Hartmann rief: Sie kommen.

Alles drängte zu den Fenstern. Unten gingen drei Arbeiter auf das Haus zu. Voran der Jaguarmann.

Wagner sagte, Juan solle die drei zu ihm bringen, und lud (er wollte Zeugen haben) Steinhorst und Hartmann ein, die Unterredung zu verfolgen. Er zog in seinem Zimmer die Rollos hoch und setzte sich mit dem Rücken zum Fenster, so daß die Arbeiter, wenn sie mit ihm verhandelten, in das grelle Licht sehen mußten. Juan schob die drei ins Zimmer. Er überragte die drei Indios um gut einen Kopf. Sie blieben an der Tür stehen, die Strohhüte vor sich in den Händen. Die Narben im Gesicht des Jaguarmanns leuchteten rot. Wagner sah die dreckigen Füße in den sandalenartigen Lederlatschen. Sie standen da wie auf einer alten Fotografie, die Strohhüte, die zerschlissenen Hemden, die weiten Leinenhosen. Der Ventilator wehte den Geruch nach Erde und an der frischen Luft getrocknetem Schweiß herüber.

Er ließ Juan nach dem Grund für den Streik fragen. Zu seiner Überraschung entwickelte sich zwischen ihnen ein regelrechtes Gespräch.

Es dauerte einige Zeit, bis Juan mit der Übersetzung beginnen konnte. Sie wollten nicht mehr arbeiten, weil einer von ihnen verhaftet worden sei und niemand wisse, wo er abgeblieben sei, weil sie eine überflüssige Latrine bauen müßten, weil ihnen ein Vorarbeiter in den Hintern getreten habe, weil eine Schlange getötet worden sei, weil ihnen jemand ins Essen gelangt habe.

Sie sagen jemand, aber der Jemand bin ich, dachte Wagner, was für ein Wirrwarr an Gründen. Tatsächlich hätten sie schon seit langem gute Gründe für einen Streik gehabt, dachte er, die miserable Unterbringung, die schlechte Bezahlung, die Trennung von der Familie und ihren Leuten, das alles nahmen sie hin, aber in dem Moment, als er ihnen ins Essen gelangt hatte, dieses zarte gelbbraune Pulver berührte, da hatte er ihre Würde angetastet, da waren sie verletzt worden, in diesem winzigen Bereich, der ihnen blieb und doch so überaus wichtig war: Man läßt sich nicht ins Essen langen wie ein Tier. Die drei zerlumpten Männer standen da, ruhig, ja gelassen, er konnte in ihren Gesichtern keine Aufregung erkennen. Sie warteten, was er sagen würde.

Wagner überlegte. Das alles ist kein Grund zum Streiken, sagte er schließlich. Sie hätten sich über all das, was sie ihm jetzt vortrugen, schon früher bei ihm beschweren können. Er hätte dann versucht, die Probleme zu beheben. Beheben, dachte Wagner, während Juan übersetzte, ist eigentlich falsch, schließlich bin ich es ja, der behoben werden müßte, und das wissen sie auch. Ich könnte sagen: Ich will es nicht wieder tun, versprochen, und mich damit der Lächerlichkeit preisgeben. Niemand würde mich mehr ernst nehmen.

Wagner sagte: Ich verspreche Ihnen, daß ich mich nochmals nach dem Verbleib des Verhafteten erkundigen werde. Die Schlange habe ich überfahren, aber nicht mit Absicht. Es war ein Zufall. Die Holzarbeiten für die Latrine können in der normalen Arbeitszeit ausgeführt werden, und die Arbeit wird selbstverständlich bezahlt. Richten Sie bitte Ihren Kollegen (wie verlogen das klang angesichts der drei zerlumpten Gestalten) das alles aus, und dann nehmen Sie die Arbeit in fünfzehn Minuten wieder auf. Die Sirene wird dann noch einmal heulen. Falls Sie dann nicht weiterarbeiten, muß ich das Militär holen.

Juan übersetzte, und die drei gingen aus dem Zimmer. Wagner blickte auf die Uhr. Es war 15.40 Uhr. Vierzig Minuten hatten sie schon verloren. In genau zwanzig Minuten lassen wir die Sirene heulen. Die fünf Minuten geben wir ihnen noch, da sie erst rübergehen müssen. Dann können sie sich besprechen.

Sie sagen, es war Zufall, daß Sie die Schlange überfahren haben. Aber das verstehen diese Menschen nicht, sagte Juan. Was ist der Zufall? Der Zufall muß immer für alles und jedes herhalten, jedenfalls in Ihrer Welt, in der alles als berechenbar erscheint. Was nicht berechenbar ist, ist Zufall. Der Zufall ist der ewige Rest, der nicht aufgeht. Der Zufall ist unendlich naiv und schlicht. Der

Zufall ist dumm. Das ist Ihr blinder Augenfleck. Aber für diese Menschen gibt es auch dafür Erklärungen. Erklärungen in anders wirkenden Kräften, in dem Stein, in der Schlange, im Wald, der Sonne, dem Blitz, den Wolken, dem Regen. Eine Kraft, und keine gute, hat Sie dazu gebracht, diese Schlange zu töten, das Auto vielleicht, ich weiß es nicht, und die Schlange hat sich töten lassen.

Nein, sagte Wagner, Juan, Sie können mir das alles ein andermal erzählen, aber nicht jetzt. Steinhorst, was glauben Sie, gehen die wieder an die Arbeit?

Steinhorst saß am Tisch, als ginge ihn das alles nichts mehr an. Er hatte weitergetrunken und blies die Backen auf: Schwer zu sagen. Weiß nicht, fragen Sie doch den Mann, der den Leuten ins Essen gespuckt hat. Der soll sich bei den Bolivianern entschuldigen und der, der ihnen in den Arsch getreten hat, was doch so ziemlich aufs gleiche rauskommt. Vielleicht haben wir dann eine Chance.

Steinhorst wußte oder ahnte doch, daß er, Wagner, den Leuten ins Essen gelangt hatte. Er überlegte, ob er nicht mit Juan ins Lager gehen und die Leute um Entschuldigung bitten sollte. Aber falls sie doch weiterstreikten, wegen irgendeines anderen Grundes, zum Beispiel wegen der Schlange, dann hätte er sich nur lächerlich gemacht.

Ich werde jetzt Bredow informieren für den Fall, daß die Leute die Arbeit nicht wieder aufnehmen.

Bredow meldete sich munter mit einem strahlenden Hallo und fragte sofort, ob Wagner sich heute einem Match stellen wolle.

Nein, sagte Wagner, das geht bestimmt nicht, hier wird gestreikt.

Wagner mußte erst zweimal Hallo rufen, bis er Bredow aus seiner Stummheit lösen konnte. Dann zählte er die Gründe für den Streik auf, so wie Juan sie ihm übersetzt hatte. Er ließ keinen aus, auch den nicht, daß jemand den Arbeitern ins Essen gelangt habe, er sagte aber nicht, daß er der Jemand war. Bredow wollte für die Gründe auch keine weiteren Erklärungen, sagte nur: Alles Kappes, die sollen arbeiten. Heiz ihnen kräftig ein. Mach ihnen klar, was da auf dem Spiel steht. Droh mit dem Militär. Sag ihnen, daß sie abgeschoben werden.

Hab ich schon.

Gut. Du mußt die heute unbedingt wieder an die Arbeit kriegen, egal wie, und wenn sie abends nur zehn Minuten noch arbeiten. Sonst sitzen wir in einem unglaublichen Schlamassel. Da greift sofort das Militär ein. Du weißt, was das für Folgen hat. Wir hängen sowieso mit der Zeit hinterher. Hast du den Eindruck, daß die mit sich reden lassen?

Das werden wir gleich sehen, sagte Wagner, in zehn Minuten heult die Sirene.

20

Die Sirene heulte. Wagner stand am Fenster und sah zu dem Lager hinüber. Die Arbeiter standen und hockten im Schatten der Hütten. Keiner von ihnen ging zu den Baustellen hinüber.

Dann können wir ja nach Hause gehen, sagte Steinhorst.

Hartmann wollte nochmals zu den Arbeitern hinübergehen und mit ihnen reden, allein, vielleicht könne er sie noch umstimmen, bevor Wagner Bredow anrufe.

Wagner sah vom Fenster aus, wie Hartmann zu den Nissenhütten hinüberging. Hoffentlich schaffte er das.

Die Betonlaster kamen, pünktlich, und fuhren langsam zur Baustelle A hinüber. Von der Kantine hörte Wagner die Stimmen und das Gelächter. Er stand am Fenster und wartete, bis er Hartmann zurückkommen sah. Er konnte schon an Hartmanns Gang sehen, daß er nichts hatte ausrichten können. Er wäre sonst schneller gegangen. Wagner ging in die Kantine. Dort hatten es sich inzwischen alle gemütlich gemacht. Sie saßen da, tranken, redeten und lachten, als ginge sie das, was da draußen passierte, nichts mehr an. Sie beachteten auch Wagner nicht weiter.

Hartmann kam herein, wischte sich mit einem Taschentuch die sommersprossige Glatze ab und sagte: Da läuft nichts mehr. Ich verstehe ja, daß die sich nicht ins Essen spucken lassen wollen, aber was die Schlange damit zu tun hat, ist mir völlig unklar. Um die geht es jetzt und um jemanden, der ihnen ins Essen gefaßt hat. Wie gesagt, das versteh ich, aber man wird nicht schlau, was sie wollen, was sie fordern. Wahrscheinlich wissen sie es selbst noch nicht. Da waren sie in all den Monaten ganz ruhig, haben sich alles gefallen lassen, und jetzt ist das Faß eben übergelaufen.

Von welchem Faß redet der, dachte Wagner, was ist das überhaupt für ein Vergleich.

Steinhorst fragte, ob man die Betonlaster zurückschicken oder einfach sechs Betonhaufen in die Landschaft kippen solle, zur bleibenden Erinnerung an diesen glorreichen Tag.

Wagner stand auf und sagte: So, Sie ziehen sich jetzt mal alle die Gummistiefel an. Wer kann einen Kran bedienen? Gut, Hartmann macht das. Steinhorst, auch Sie, Sie nehmen einen Rüttler. Die Vibration soll ja gut für Leberleiden sein. Auch all die anderen Herren werden jetzt bitte Schaufeln und Rüttler in die gepflegten Hände nehmen. Übersetzen Sie das mal!

Die Ingenieure, Techniker und Poliere saßen da und stierten ihn an, als habe er in besonders infamer Weise ihre schöne Feier gestört.

Wagner ging in sein Zimmer und rief Bredow an: Die streiken. Die sind nicht an die Arbeit gegangen. Wir werden jetzt den gelieferten Beton schütten.

Wer ist wir, fragte Bredow.

Wir, das sind die Ingenieure, Techniker und Poliere, auch unser Chefsteward, kurzum alle. Aber wir müssen überlegen, ob wir für morgen die Laster abbestellen. Ich würde sagen, nein.

Bredow sprach von den zu erwartenden Konventionalstrafen. Immerhin seien sie jetzt schon einen Monat hinterher, das alles sei eine Katastrophe.

Wagner unterbrach ihn, sagte, er müsse jetzt an die Arbeit. Er sagte extra: Arbeit, weil er Bredow in seinem blauen Seidenanzug im klimatisierten Büro sitzen sah, vor sich diesen riesigen leeren Schreibtisch mit der fotogenen Christi und den Kindern im Silberrahmen, im Vorzimmer die mütterlich besorgte Frau Klein und im Empfang die auf silbernen Stiletts einherschreitende Beauty.

Wagner setzte sich den Helm auf, zog die Gummistiefel mit der Aufschrift CHEF an, die schon seine beiden Vorgänger getragen hatten, und ging zur Baustelle hinüber. Die Fahrer der sechs Betonlaster standen im Schatten ihrer Wagen und blickten Wagner entgegen. Als er vorbeiging, spuckte ihm einer der Fahrer vor die Füße. Wagner zögerte einen Moment, ob er dem Mann eine in die Fresse hauen sollte, zwang sich aber weiterzugehen. Hartmann kletterte eben in den Kran. Wenig später schwenkte der erste Betonkübel zu den Lastern. Wagner ging zu der Stelle, wo ein Abschnitt des insgesamt 300 Meter langen Bodens gegossen werden sollte. Die Halle hatte die Länge eines Supertankers, nur, dachte Wagner, leider nicht den gleichen Auftrieb. Aber das ließ sich zumindest bei der nächsten Halle ändern.

So, dann wolln wir mal, sagte er.

Sie arbeiteten bis in die Dämmerung hinein, bis langsam und zögernd das Geschrei der Nacht einsetzte. Wagner war im Beton herumgewatet und hatte sich mit Steinhorst beim Rütteln abgelöst. Er mußte Steinhorst immer häufiger und immer länger ablösen. Der war völlig fertig, sagte aber nichts. Lassen Sie mich mal, sagte Wagner. (Er siezte hartnäckig weiter.) Steinhorst setzte sich dann irgendwohin, beschmierte sich mit Beton, schiffte einmal, wo er gerade stand, hielt sich mit einer Hand an einer Verschalung fest. Der Mann war am Ende. Sein graublondes Haar war naßverschwitzt und klebte ihm wirr am Kopf.

Als der letzte Laster entladen war, klopfte Wagner Steinhorst auf die Schulter. Wagner holte eine Zigarette aus der Packung, zündete sie an und reichte sie Steinhorst. Er hatte gesehen, wie dem die Hände zitterten. Er steckte sich selbst eine an und verteilte die anderen an die Umstehenden.

Man sieht, sagte Wagner, mit wie wenig Mann so ein Bau hochzuziehen ist. Das darf man gar nicht Bredow erzählen, und schon gar nicht der Geschäftsleitung.

Na ja, sagte Hartmann, übermorgen wären wir krankenhausreif.

Sie gingen zum Baubüro hinüber, in dem schon das Licht brannte. Wagner spürte Beine und Arme, im Rükken einen dumpfen Schmerz. Die Blasen an den Händen waren aufgesprungen, die Risse gingen bis ins Fleisch.

Die Arbeiter hatten ihnen vom Lager aus zugesehen, keiner saß, alle standen, wie ein Chor, dachte Wagner.

In der Kantine ließ Wagner für alle noch einen Bourbon ausschenken. Er sagte Salud und Gracias.

Die einheimischen Ingenieure und Techniker drängten hinaus.

Ich werde heute nacht hier schlafen, sagte Wagner.

Wozu, fragte Steinhorst, der noch eine Flasche Sprudelwasser ausgetrunken hatte. Das bringt doch nichts.

Auch Hartmann versuchte, Wagner zu überreden, doch lieber mitzukommen, da man nicht wisse, wie die Leute reagierten. Juan schwieg. Insgeheim hatte Wagner gehofft, einer der drei würde dableiben. Er wollte unbedingt eine Besetzung des Baubüros verhindern. Hier lagen alle Pläne, Zeichnungen und Bauvorschriften. Bei einer Brandstiftung wäre die Weiterarbeit über Wochen blockiert.

Steinhorst sagte im Hinausgehen etwas von Baustellen-Heldentum und von einsamer Wacht. Wagner hätte ihn jetzt am liebsten in seinen breiten Hintern getreten. Von unten hörte er das Röhren der anspringenden und abfahrenden Autos. Wagner ging zum Fenster. Er sah, wie die Busse und Autos mit aufgeblendeten Scheinwerfern von der Baustelle fuhren. Die Rodung lag schon im Dunklen. Im Lager brannten die Feuer, und er sah Gestalten, die saßen oder hin- und hergingen. Er hatte sich an das Fenster gestellt, damit sie ihn sehen konnten, so wie auch er sie sah, schemenhaft. In einer der Neonröhren an der Decke war ein unregelmäßiges Flackern. Was mochte Luisa denken, die jetzt auf ihn wartete. Sicherlich würde er ihr das morgen erklären können, so daß kein Mißverständnis und keine Trübung blieb. Dennoch blieb das Peinigende des Gedankens, daß sie jetzt denken könne, er habe nur ein kurzes Abenteuer gesucht und ihre Offenheit auf so schäbige Weise ausgenutzt. Er hätte Juan bitten sollen, ihr Bescheid zu sagen. Um sich abzulenken, setzte er sich an die elektrische Schreibmaschine. Jetzt, nach neun Tagen – und es war erst neun Tage her, daß er die Bauleitung übernommen hatte –, einen Bericht über einen Streik zu schreiben, den er auch noch selbst mit ausgelöst hatte, erschien ihm wie ein Alptraum. Er stellte die Maschine an, auf der sich die Tipp-Ex-Spritzer seiner Vorgänger wie Guano abgelagert hatten, und lauschte dem gleichmäßigen Summen. Er rieb und drückte sich die Hände, als könne er so die Formulierungen herauspressen, die dem ganzen Vorgang etwas von seiner grotesken Bedeutung nehmen könnten. Er fror – obwohl es stickig heiß war – vor Erschöpfung und Müdigkeit. Dann schrieb er die ersten Sätze, einfache Aussagesätze, die den Ablauf des Geschehens bezeichneten und deren Sachlichkeit – die Angabe von Zeit und Ort – ihm guttat, weil sie so fern von allen Mutmaßungen waren, welche Schuld er an dem Geschehen trug. Er zählte die Gründe auf, die von den Sprechern für den Streik vorgetragen worden waren, exakt so, wie Juan sie ihm übersetzt hatte, auch die, für die er verantwortlich war, den Tod der Schlange (wie feierlich sich das geschrieben las) und den Griff ins Essen. Nach diesen Informationen, und von diesen deutlich abgehoben, schrieb er seine Mutmaßung, daß die Gründe für den Streik woanders lägen: in der schlechten Entlohnung, in der miserablen, lagerhaften Unterbringung, in der überlangen Arbeitszeit, der schlechten Verpflegung und der rechtlichen Unsicherheit dieser Gastarbeiter, die ja nur geduldete illegale Arbeiter waren, jedenfalls der Großteil von ihnen.

Er unterzeichnete den Bericht, steckte ihn in ein Kuvert und nahm sich vor, den Brief zusammen mit seinem

Bericht über das Grundwasser und den schlechten Beton in der Hauptstadt zur Post zu bringen. Er ging in die Kaffeeküche und suchte etwas Eßbares. Er fand nur eine Dose Cornedbeef. Der Eisschrank war leer, alle Sprudelflaschen ausgetrunken. Er fand noch zwei Flaschen Orangensaft. Er trank die eine Flasche aus. Der Saft schmeckte ziemlich süß. Dann rollte er den Deckel der Dose auf und ging ans Fenster, obwohl er so, von hinten beleuchtet, nichts sehen konnte, außer sich selbst, sein dunkles Spiegelbild, aber die da draußen sollten ihn sehen. Sie sollten sehen, daß er dageblieben war. Er begann, das Fleisch mit einer Plastikgabel aus der Dose zu essen.

Es löste sich faserig aus der Dose, gelb das Fett, dazwischen Sehnenstücke, weiß wie Würmer. Ihm fiel ein, was Berthold gesagt hatte: Das ist ein Himmelfahrtskommando. Es war ein für ihn nicht lösbarer Wirrwarr, ein beängstigendes, uneinsichtiges Gemenge von Gewalt, offener und versteckter, und ineinander verbackener Interessen, die er nicht kannte. Wie war der Bauauftrag vergeben worden? Wieso diese Bodengutachten, die nicht mit dem Grundstück übereinstimmten? Wer war der Geldgeber? Wer der Besitzer dieses Baugrunds? Und wer des früheren? Und woher kamen die Kredite? (Angeblich aus der Bundesrepublik.) Er hatte so gut wie keine Ahnung davon. Ausführlich hingegen hatte er die Baupläne studiert, hatte sich in der Firmenleitung das Modell zeigen lassen, das ihm gut gefiel. Es war eine zweckmäßige, schön proportionierte Hallenkonstruktion, nach Norden mit großen verglasten Flächen. Wagner hatte Architekt werden wollen. Aber er hatte Hoch- und Tiefbau studiert, ohne auch nur den Versuch zu machen, sich um einen Studienplatz für Architektur zu bewerben. Er hatte Zweifel gehabt, ob er ein guter Architekt werden würde, Zweifel, die darin wurzelten, daß er glaubte, nicht gut genug zeichnen zu können. Er hatte als Kind, wie man ihm später immer wieder erzählte, gern und viel gemalt, aber es waren merkwürdige Zeichnungen, die Lehrer vermißten immer die Ähnlichkeit mit den abgebildeten Gegenständen.

Schließlich empfand er selbst auch diese Diskrepanz zwischen dem, was er sah, und dem, was er zu Papier brachte. Dabei malte er keineswegs schlechter als die anderen Schüler, aber ihn plagten, im Gegensatz zu denen, Zweifel, und die ließen alles nur noch ungelenker und hilfloser werden. Er hätte die Dinge, so wie er sie sah, ganz anders zeichnen müssen. Aber wie? So verlor er die Lust am Zeichnen und Malen nach der Natur. Dagegen liebte er das Zeichnen mit Lineal und Schablonen. Seine Freude am Exakten, an der Symmetrie.

Das Telefon klingelte.

Bredow meldete sich. Steinhorst hatte ihn benachrichtigt. Bredow sagte, er habe eben dem Intendente alles berichtet.

Warum?

Jeder Streik muß sofort dem Militär gemeldet werden. Die räumen morgen das Lager, wenn die Bolivianer wieder nicht die Arbeit aufnehmen. Die werden alle abgeschoben. Wir sitzen dann über Tage fest. Das ist eine richtige Katastrophe.

Nein, sagte Wagner, wir müssen versuchen, das mit Bordmitteln zu beheben. Er dachte, während er das sagte, weniger an die Konventionalstrafe, als vielmehr daran, daß er mitschuldig war, wenn die Leute ihre Arbeit verloren. Ich schlage vor, daß wir bis morgen mittag warten. Wir werden dann sehen, was sie konkret verlangen. Sie haben bisher ja noch gar nichts verlangt. Sie arbeiten nur nicht mehr. Wir können dann entscheiden, ob wir ihre Bedingungen erfüllen oder nicht. Vielleicht verlangen sie ja nur eine Entschuldigung.

Bredow lachte betont künstlich: Das wäre schön. Nein, die Dinge sind nicht mehr aufzuhalten.

Aber du hättest doch noch bis morgen mittag warten können.

Nein. Streiks müssen sofort gemeldet werden. Es besteht noch immer das Kriegsrecht, der Ausnahmezustand. Und nichts fürchten die Militärs so sehr wie Streiks. Warten wir bis morgen früh ab. Und du, sei vorsichtig. Die Indios sind schwer berechenbar. Diese Geschichte mit der Schlange darfst du nicht unterschätzen. Ich habe hier niemanden gefunden, der mir die Bedeutung hätte erklären können. Aber irgend etwas steckt dahinter. Verrammle die Türen. Hast du etwas zu essen?

Ja, sagte Wagner, das Menü ist gut.

Dann viel Glück.

Wagner lauschte noch einen kurzen Moment in den Hörer, dann legte er auf. Von draußen hörte er einzelne Tierstimmen, aber sie waren noch weit entfernt, nahe war nur das Wummern des Aggregats. Er ging in eines der Zimmer, die dunkel waren, um so das Lager ungesehen beobachten zu können. Die Bolivianer saßen an Feuern, schwarze Gestalten, das Flackern ihrer Schatten. In den Bewegungen, in den Gesten glaubte er, eine erregte Diskussion zu erkennen, und er bezog sie sogleich auf sich, auf das Baubüro. Vielleicht wurde da unten gerade beschlossen, das Baubüro zu besetzen. Er ging die Treppe hinunter. Die Tür zum Aufgang war nicht zu verschließen, eine Schwingtür. Er ging hinaus. Der hohe Drahtzaun, der das Baubüro umzog, war in regelmäßigen Abständen durch Tellerlampen erleuchtet.

Wagner hatte den Eindruck, in einem Lager eingesperrt zu sein. Er ging zu dem großen Tor. Das war wie an jedem Morgen, wenn er als erster kam, verschlossen. Aber von den Wachmännern war nirgendwo etwas zu sehen. Er ging zu seinem Auto, das als einziges auf dem Gelände stand. Zunächst hatte er sich eingebildet, alle Reifen seien durchstochen, aber als er näher kam, konnte er nichts Auffälliges bemerken.

Er ging wieder ins Gebäude. Einmal blieb er stehen, weil er glaubte, ein Geräusch hinter sich gehört zu haben, aber es war nichts.

Er beschloß, die Nacht in der Kantine zuzubringen. Der Raum war groß und mit Tischen und Stühlen vollgestellt, er konnte hier, falls sie kamen, wenigstens noch fliehen. Und hier erinnerte alles an die anderen, die Pappbecher, die mit Kippen gespickten Sandaschenbecher, am Boden ein Paar Gummistiefel, achtlos liegengelassen, wo sie sich ein Erschöpfter ausgezogen hatte. Wagner holte einen Feldstecher, in den schwarzen Griff war ein S geritzt, er gehörte Steinhorst, der vermutlich, als er den Bau leitete, von diesem Zimmer aus die Arbeiter beobachtet hatte, während er seinen Whisky trank. Er sah durch den Feldstecher zu dem Lager hinüber. Alles schien friedlich und ruhig.

Er setzte sich ans Fenster. Susann kam aus der Schule, schob das Rad über den gepflasterten Weg. Ihr Gesicht war rot vom Fahrtwind und naßglänzend vom leichten Sprühregen. Sie zog den schwarzen Südwester vom Kopf, der ihr ein verwegenes Aussehen gab, und schüttelte mit einer kurzen, aber energischen Kopfbewegung die Haare zurecht, das dichte dunkelblonde Haar. Sie hing ihren schwarzen Lackmantel in der Diele auf, wo der Bauernschrank stand, den sie in einem Trödelladen gekauft und dann ausgemalt hatte, und zwar nach einer

Vorlage, die sie sich von einem Schrank im Altonaer Museum abgepaust hatte. Dann ging sie die Treppe hinauf, an deren Wänden die kupfernen Backformen hingen, die sie seit ihrer Studentenzeit sammelte. Sie hantierte in der Küche, mit diesen ruhigen, sparsamen Griffen, die er immer an ihr bewundert hatte. Sascha kam, dem Heulen nah, es war aber aus ihm nicht herauszukriegen, was denn nun passiert war. Lieber heulte er, als daß er den Grund nannte, vielleicht konnte er ihn gar nicht nennen, weil er ihn nicht kannte. Schwierigkeiten in der Schule, Schwierigkeiten mit den anderen Kindern. Saschas Lehrerin, diese Frau mit dem sauertöpfischen Gesicht, sagte, der Junge ist wie getrieben. Aber warum? Was machten sie falsch, Susann und er, sie gaben sich doch beide so viel Mühe. Wenn er auch immer eine Ungeduld in sich spürte, die sich gegen Sascha richtete, weil der irgendwas vertrödelte oder vergaß, eine Ungeduld, die sich genaugenommen gegen ihn selbst richtete, weil für ihn immer spürbarer wurde, wie die Zeit verging und damit auch die Erfüllbarkeit seiner Wünsche. Es war der Heißhunger nach Erfahrungen, in denen man sich selbst spürte, neu und einmalig, so wie man als Kind Hunger hatte oder fror, bis zur Fühllosigkeit, oder die Gerüche, wenn man im Herbst das Laub verbrannte. Seitdem hatten die Dinge ihre Gerüche und Farben verloren. Man mußte sich einen Stoß geben, um sie neu zu sehen und zu riechen. Vielleicht starben alle Sinneszellen – wie die Geschmackszellen – mit dem Alter ab, und es blieb nur die Erinnerung an einen Reichtum und der Wunsch danach, weil man mit jedem Jahr ärmer wurde. Er konnte sich nicht entsinnen, wann er zuletzt mit Susann über seine und ihre Wünsche geredet hatte. Wie sollte das Leben sein? Anders. Auch das war mit der Zeit immer geringer und ungenauer geworden, was man noch von sich und für sich erwartete. Schließlich sollte es einfach nur noch anders sein.

Er holte sich Papier und einen Kugelschreiber, setzte sich in die Kantine an einen Tisch, um Susann zu schreiben. Er wollte ihr vorschlagen, daß sie sich trennen sollten. Von Luisa wollte er zunächst nichts schreiben, weil sie dann glauben müßte, daß er sich wegen dieses Mädchens trennen wollte. Aber sein Entschluß war ja viel früher gefallen, an dem Tag, als er angerufen und gefragt worden war, ob er diesen Posten übernehmen wolle. Es war eine Trennung auf Probe. Und auch Susann war sofort einverstanden gewesen, sie war nicht einmal überrascht. Wie wenig wurde er gebraucht, wie überflüssig war er, wie gleichgültig mußte er ihr geworden sein. Dann dachte er, er sei es Susann schuldig, die Wahrheit zu sagen, nichts zu verschweigen, also auch von Luisa zu schreiben und von Renate, und nur so, ohne Lüge, werde er mit sich ins reine kommen. Er zog das vom Schweiß feuchte Telegramm aus der Hemdtasche: ICH DENK AN DICH. RENATE.

Wahrscheinlich hatten er und Renate nur den gleichen Wunsch gemeinsam. Plötzlich fiel das Licht aus. Nach einer Weile und einem kurzen Schrecken fiel ihm ein, daß das Aggregat jede Nacht um diese Zeit ausgeschaltet wurde. Er dachte an Luisa, und das verdrängte jeden Gedanken an eine mögliche Gefahr.

Sein Vater hatte ihn einmal in die Abstellkammer eingeschlossen. Zuvor hatte er die Birne herausgeschraubt. Er entsann sich erstmals seit Jahren wieder, wie er nach einem Moment panischer Angst, die ihm die Luft zu nehmen schien, die Dunkelheit sah, ein Versprechen der Stille, das Auslöschen seiner Angst. Noch geht der Atem in kleinen Schluchzern. Ein Schluchzen wie ein Gurgeln. Ein Gurgeln, wie es ein Taucher ausstößt, wenn er vom Meeresboden wieder hochkommt, in den Händen die Perlen, die er den weißen Männern im Boot entgegenstreckt, schnell, bevor sein Körper von dem auf den Rücken gebundenen Stein wieder in die Tiefe gerissen wird, wo er Muscheln aufbricht. Wieder kommt er hochgeschossen, die Fontäne Blut – sein Schrei, und schon wird er von dem Stein hinabgezogen, so schwindet er, sein Atem perlt herauf.

21

Er wachte auf, von einem leisen Klirren. Über ihm leuchteten die Neonröhren. Der Motor des Kühlschranks ließ die auf dem Schrank stehenden Flaschen klirren. An der Decke drehte sich der Ventilator. Draußen war es noch dunkel. Von fern war wieder das leise Wummern des Aggregats zu hören. Wagner lag am Boden, schwer und starr. Er kam langsam hoch und war so benommen, daß er sich auf eine Stuhllehne stützen mußte. Er sah durch den Feldstecher zum Lager hinüber. Ein paar Lampen brannten, unter den Herdstellen Feuer, Gestalten gingen hin und her.

Er ging in die Küche und stellte die Kaffeemaschine an. Aus dem Parterre hörte er Schlagermusik. Er trank den Rest Orangensaft und beobachtete, wie der Kaffee fauchend durch den Filter gepreßt wurde. In dem verchromten Mantel der Kaffeemaschine sah er sein Gesicht, grotesk verzerrt, die Nase riesig, unrasiert und Ringe unter den Augen, das Haar vom Schweiß verklebt. Er stank. Er mußte lachen. Er sah nicht aus wie der Leiter einer Großbaustelle, eher wie ein Penner oder, wollte er sich romantisch sehen, wie ein Reisender nach einer anstrengenden Expedition ins Landesinnere. Er setzte sich ans Fenster, sah das langsam heller werdende Rot im Osten und trank Kaffee. Er überlegte, wie er heute morgen weiter vorgehen solle. Noch war nichts passiert, was eine Weiterarbeit unmöglich gemacht hätte. Der Beton war geschüttet worden. Die Ingenieure und er hatten ein paar Blasen an den Händen, das war alles. Aber wenn jetzt die Betonladung nicht verbaut würde, dann war alles aus. Dann würde das Militär hier auftauchen. Alles kam darauf an, daß die Arbeiter heute wieder an die Arbeit gingen.

Er könnte den ausgefallenen halben Tag nacharbeiten lassen, um die Firmenleitung zufriedenzustellen.

Er ging hinunter und dann zum Tor. Ein Mann der Wachmannschaft kam gelaufen, in einer blauen Unterhose und mit schwarzen Slippern an den bloßen Füßen. Im rechten Arm trug er wie eine Puppe eine Maschinenpistole. Wagner hätte ihn gern gefragt, wo er denn gestern nacht gewesen sei. Er ging in Richtung des Lagers. Der Wächter folgte ihm. Wagner blieb stehen, sagte: No, und zeigte auf das Bürogebäude. Der Wächter sah ihn gespannt an. Wagner ging weiter, der Mann folgte ihm. Wagner drehte sich abermals um, stampfte mit dem Fuß auf, wedelte mit der Hand, so wie man einen Hund verscheucht, der einem nachläuft. Dann ging er weiter zwischen den Nissenhütten hindurch. An einer Teertonne (war das die Hütte, in der er den Verletzten entdeckt hatte?) wusch sich ein Mann den Oberkörper. Er kam zu den im Freien stehenden Holzbänken und Tischen, an denen schon einige Männer saßen, Kaffee tranken und Brot aßen. Sie sahen ihn an. In ihren Gesichtern zeichnete sich keine Überraschung ab, aber sie hörten auf zu kauen, und sie standen, während er an ihnen vorbeiging, langsam auf. Es war nichts Bedrohliches daran, es wirkte eher wie eine höfliche Geste, mit der man einen Gast begrüßt. Wagner überlegte, wie er sie ansprechen sollte. Er blieb stehen und zögerte, da entdeckte er den Jaguarmann, der von den Herdfeuern herüberkam, in der Hand einen Blechbecher.

Wagner sagte: Buenos dias, und dann auf deutsch: es täte ihm leid, was gestern passiert sei, er könne sehr wohl ihren Zorn verstehen. Er selbst würde sich auch nicht ins Essen langen lassen. Aber er sei von der Farbe und der feinen Körnung des gemahlenen Gewürzes so angezogen worden, daß er es einfach habe befühlen müssen. Es sei ein momentaner, unbeherrschbarer Zwang gewesen. Was den Mann angehe, der verhaftet worden sei, so verspreche er, sich nochmals um dessen Verbleib zu kümmern. Wahrscheinlich aber sei er schon nach Bolivien zurückgebracht worden. Und noch eins, er wolle nochmals betonen, daß er die Schlange nicht absichtlich überfahren habe, er wollte nur nicht von der Straße abkommen, das sei zwar richtig, aber vielleicht auch ein Fehler gewesen, der Gedanke: Reifen und Achsen zu schonen, nicht aber die Schlange. Er bat sie, die Arbeit wieder aufzunehmen, da sonst nur Schaden entstünde. Für sie, für ihn und für das ganze Projekt. Er wolle ihnen noch versprechen, daß niemandem etwas passiere.

Er sagte das alles sehr eindringlich und so, als könnten sie jedes Wort verstehen. Auch als er sich für den Tod der Schlange entschuldigte, tat er es überzeugt und mit großem Ernst, weil es für diese Menschen, die ihm gegenüberstanden, zerlumpt und krummgearbeitet, die zusammengepfercht in diesen Wellblechhütten lebten und von ihren Familien getrennt waren, eine Bedeutung hatte, die er zwar nicht kannte und wohl auch nicht verstehen würde, die ihnen aber am Herzen lag. Er sah sie an, nickte ihnen zu und wollte sich umdrehen, als der Jaguarmann auf ihn zuging und ihm seinen dampfenden Blechbecher hinhielt.

Es war ein großer, blau emaillierter Becher, an dem einige Stellen abgestoßen waren. Wagner hielt ihn einen Moment in der Hand, roch den Kaffee, trank und hätte beinahe aufgeschrien, weil er sich den Mund verbrannt hatte. Er gab sich Mühe, das Gesicht nicht zu verziehen. Und doch schien der Jaguarmann etwas bemerkt zu haben, denn er streckte die Zunge heraus und deutete mit dem Zeigefinger darauf. Und da streckte auch Wagner seine Zunge heraus. So standen sie sich einen Augenblick mit herausgestreckter Zunge gegenüber und begannen gleichzeitig zu lachen. Es war das erste Mal, daß er einen der Bolivianer lachen sah. Dieses von Narben zerrissene Gesicht verzog sich, der Mann lachte nicht so laut wie Wagner, es war eher ein Kichern, wie man es von Kindern hört. Auch die Umstehenden lachten. Wagner gab den Becher zurück und hob kurz die Hand. Langsam ging er zum Baubüro zurück, wo jetzt die ersten Autos der Ingenieure und Techniker vorfuhren.

In der Kantine saß Steinhorst. Er war angetrunken, das Gesicht war gerötet und stark verquollen. Steinhorst grinste: Wir dachten, wir finden Sie nur noch ganz klein vor.

Wieso?

Na ja, als Schrumpfkopf. Glück muß der Mensch haben, sonst lebt er nicht lang.

Wagner ließ Steinhorst sitzen und war eben in seinem Zimmer, als Hartmann hereinstürzte, außer Atem, verschwitzt, die sommersprossige Glatze leuchtete rot: Militär kommt. Er habe drei Militärlaster mit Soldaten und zwei Jeeps auf dem Weg zur Baustelle gesehen. Wagner müsse sofort Bredow anrufen und der den Oberst.

Es darf kein Militär eingesetzt werden!

Das ist auch nicht mehr nötig, die Arbeiter werden heute wieder zur Arbeit gehen.

Des Menschen Wille ist sein Himmelreich, sagte Steinhorst und rülpste.

Hartmann fragte, wieso Wagner so sicher sein könne, daß die wieder arbeiten wollten.

Ich habe mit den Leuten geredet.

Hartmann sah Wagner an, als habe er über Nacht den Verstand verloren.

Steinhorst lachte, Ihr Vorgänger hat sich mit dem Apostel Paulus unterhalten. Er stand im Gelände und schrie. Dabei war der Mann Protestant.

Wie haben Sie mit denen denn geredet, auf spanisch?

Nein, auf deutsch.

Fröhliche Pfingsten, grölte Steinhorst, darauf müssen wir einen zur Brust nehmen, Feuerwasser!

Die Sirene heulte. Wagner ging ans Fenster. Sie schien ihm heute länger als sonst zu heulen. Er sah zum Lager hinüber. Die ersten Arbeiter kamen, dann immer mehr, sie gingen zu den Baustellen hinüber.

Wagner konnte seiner Freude kaum Herr werden: Sie gehen, da, sehen Sie, alle. Müdigkeit und Erschöpfung fielen von ihm ab, und er rief: Endlich können wir loslegen.

Die Arbeiter gingen heute nicht in der sonst üblichen langen, sich zerfasernden Reihe, sondern in großen und kleinen Gruppen. So, sagte Wagner, jetzt gehen wir mal an die Arbeit, und zu Steinhorst gewandt, wenn Sie denn noch können.

Immer, grölte Steinhorst.

Wagner kam aus dem Baubüro, als der kleine Militärkonvoi auf den Bauplatz fuhr. Voran ein Jeep, dann drei LKWs, dahinter nochmals ein Jeep. Der Konvoi fuhr direkt zum Lager. Zwei der Laster waren offen, auf denen saßen dichtgedrängt in Viererreihen Soldaten, die Helme auf dem Kopf, die Maschinenpistolen zwischen den Beinen. Der letzte Laster war mit einer Plane geschlossen. Der Konvoi stoppte. Kommandos. Die Soldaten sprangen von den Ladeflächen und rannten mit ihren MPs los, schwärmten aus und umstellten die Hütten. Einige stürmten in die Hütten. Ein anderer Trupp lief in Richtung der Baustellen.

Wagner rannte zum Lager hinüber. Gelassen, eine Zigarette im Mund, kam ihm der Hauptmann entgegen, der schon das Kommando bei der Suche nach dem Verletzten gehabt hatte. Der Hauptmann radebrechte auf deutsch, daß er sich freue, Wagner zu Hilfe kommen zu können. Wagner schrie ihn an: Diese Aktion ist überflüssig. Was soll das? Die Leute arbeiten. Ziehen Sie Ihre Leute ab. Hier wird gearbeitet. Hier ist alles in Ordnung.

Der Hauptmann warf seine nur angerauchte Zigarette weg. No, sagte er. Ich hab Befehl.

Hartmann kam mit Juan, beide redeten auf den Hauptmann ein. Aber der schüttelte nur immer wieder den Kopf. Wagner sah, daß die beiden nichts ausrichten würden, und lief ins Baubüro.

Frau Klein meldete sich. Wo brennts denn? Bredow sei auf dem Weg zur Baustelle.

Er ließ sich ohne lange Erklärungen die Telefonnummer des Obersts geben. Schnell, sagte er, bitte schnell.

Im Büro des Administrators meldete sich ein Mann, der weder Englisch noch Deutsch verstand. Wagner wiederholte immer wieder: Mein Name ist Wagner, nannte den Namen der Firma und sagte: El Intendente, por favor!

Endlich hörte er die Stimme von Oberst Kramer, der in seinem gepflegten Deutsch mit dem leichten norddeutschen Akzent fragte, womit er Wagner helfen könne.

Rufen Sie die Truppen von der Baustelle zurück. Die Arbeiter sind heute morgen pünktlich zur Arbeit gegangen.

Tut mir leid, da ist nichts mehr zu machen. Der Streik ist ans Hauptquartier weitergemeldet worden. Jeder Streik muß sofort nach oben, bis in die Spitze, weitergemeldet werden. Ein Streik verstößt nämlich gegen den Ausnahmezustand. Das ist keine Bagatellsache.

Aber das muß doch zu stoppen sein. Es ist doch eine ganz unsinnige Aktion, überflüssig und macht nur böses Blut.

Er hörte das Lachen des Obersts. Lieber böses Blut als später warmes Blut.

Aber ich habe die Leute überredet, ihre Arbeit wieder aufzunehmen. Ich habe den Leuten mein Wort gegeben, daß ihnen nichts passiert. Daß es für sie keine Folgen hat.

Ach, das Ehrenwort, das verstehen die nicht. Da müssen Sie keine Gewissensbisse haben. Ich kann in diesem Fall wirklich nichts für Sie tun. Einfach, weil der ganze Vorgang längst meiner Entscheidungskompetenz entzogen ist.

Gut, sagte Wagner und hängte ein. Als er zum Lager hinüberlief, sah er, wie vier Männer abgeführt wurden. Die Männer hielten die Hände über dem Kopf verschränkt, hinter jedem ging ein Soldat, die MP im Anschlag.

Was für ein Aufwand, dachte Wagner, was müssen die Soldaten für eine Angst haben vor diesen kleinen zerlumpten Gestalten. Als erster kam der Jaguarmann. Er sah in Wagners Richtung. Wagner konnte seine Augen unter der tiefhängenden Strohhutkrempe nicht erkennen. Er hatte heute morgen mit diesen Menschen gesprochen. Sie hatten das, was er gesagt hatte, nicht verstehen können, und doch hatten sie ihn verstanden. Er hatte aus dem Becher des kleinen Mannes mit dem zerstörten Gesicht getrunken, und das war, als hätten sie den Frieden besiegelt, brüderlich. Das alles mußte ihnen jetzt wie eine List, wie ein schäbiger Trick erscheinen.

Die drei anderen Arbeiter gingen an ihm vorbei. Sie sahen ihn nicht an, sahen vor sich auf den Boden, als sei dort ihr Weg vorgezeichnet. Sie gingen zu dem Laster, dessen Ladefläche mit einer Plane abgedeckt war. Aus der Plane an der Heckklappe kam eine Hand, kurz war auch ein Stück Stahlhelm zu sehen, die Hand zog den Jaguarmann hoch, dann nacheinander die anderen drei Bolivianer. Sie streckten die Hände hoch, die Hand erschien und zog mit einem Ruck die Männer hoch, eine hilfsbereite Geste, die zu all dem anderen in Widerspruch zu stehen schien, und doch war sie nur die Hilfe zur Vollstreckung.

Der Hauptmann kam herüber, hob kurz die Hand an den Helm, sagte: Danke und ging zu seinem Jeep hinüber. Die Soldaten waren auf die beiden Laster geklettert, die Motoren wurden angelassen, und der Konvoi fuhr in einer blauen Auspuffwolke vom Gelände in Richtung Waldrand. In dem Augenblick kam Wagner einer der Kräne in den Blick, der ein Bündel mit Stahlbewehrungen schwenkte. Es wurde also, als sei nichts geschehen, weitergebaut. Und während der letzte Lastwagen und hinter ihm der Jeep im Wald verschwanden, dachte er, ich habe auf eine nie wieder gutzumachende Weise versagt. Er ging langsam zum Baubüro hinüber.

Noch immer saß Steinhorst in der Kantine auf dem Stuhl. Er hatte sich in der Zwischenzeit sogar eine Flasche Whisky auf den Tisch gestellt.

Wagner sagte: Während der Arbeit wird nicht getrunken, ist das klar, Herr Steinhorst.

Steinhorst stemmte sich langsam am Tisch hoch. Er starrte Wagner aus geröteten, verquollenen Augen an. Dann sagte er: Sie Arsch. Sie Wühlarsch.

Wagner bezog das zunächst nicht auf sich. Es war auch etwas undeutlich und mit schwerer Zunge ausgesprochen worden. Wagner drehte sich um, aber außer ihm waren nur noch Hartmann und Juan in der Kantine, Pedro putzte die Kaffeemaschine. Wagner sah Steinhorst an und merkte, daß der ihn meinte und daß er das zugleich, weil noch andere im Raum waren, nicht einfach ignorieren konnte.

Steinhorst grölte: Sie haben nichts begriffen. Nichts. Nichts. Nichts. Sie müssen Ihre Pfoten überall reinstecken. Sie sind ein Klugscheißer.

Wagner schlug ihm ins Gesicht. Mit der flachen Hand. Nicht einmal stark. Er spürte kurz etwas Feuchtes, Weiches, das war die Lippe von Steinhorst, und Wagner ekelte sich in seinem Erschrecken. Steinhorst sah Wagner verdutzt an. Seine Lippe begann zu bluten. Er betastete mit den Fingerspitzen die Lippen, betrachtete dann das Blut. Mehrmals fuhr er sich mit der Zungenspitze über die Lippen. Steinhorst hatte plötzlich etwas Nachdenkliches im Gesicht, als müsse er sich auf den Geschmack des Blutes konzentrieren. Dann ging er hinaus, gerade und ohne jede Unsicherheit im Gang.

22

Abends parkte Wagner vor Luisas Haus. Er war direkt von der Baustelle gekommen, dreckig und unrasiert. Er wollte Luisa erklären, warum er gestern nicht hatte kommen können, und wollte sie bitten, mit ihm nach Hause zu fahren. Er hatte sich die Sätze in einem einfachen Englisch auf der Fahrt zurechtgelegt. Was ihn bedrückte, war, daß er Susann nicht hatte schreiben können, bevor Luisa zu ihm zog. Was Sophie sagen würde, war ihm egal. Er nahm sich vor, sie einfach zu ignorieren, und hoffte, daß auch Luisa das könnte.

Die hölzernen Fensterläden am Haus waren wie immer geschlossen. Die Haustür stand halb offen, als habe eben jemand das Haus verlassen, auch die Tür der Parterrewohnung war nur angelehnt.

Er stieg die knarzende Treppe hinauf. Oben lauschte er eine Weile, und als er nichts hörte, klopfte er, erst leise, dann kräftig an die Tür. Von drinnen war nur das Schilpen der Spatzen zu hören, als säßen sie in der Küche. Wahrscheinlich hatte sie beim Weggehen die Fenster offengelassen. Das Schilpen ließ ihn an zu Hause denken. Er klopfte abermals, wußte aber, daß sie nicht da war, und zog das vom getrockneten Schweiß gewellte Telegramm aus der Hemdtasche.

Please phone. In love.

Er riß das beschriebene Stück ab. Auf der Rückseite stand: ICH DENK AN DICH. RENATE. Er riß noch das RENATE ab und steckte den Zettel in die Tür.

Er setzte sich in seinen Wagen und behielt die Haustür im Auge, weil er sich einbildete, sie müsse jeden Moment kommen. Er saß, rauchte und beobachtete, wie es dämmerte.

Kinder verbrannten auf der Straße einen alten Autoreifen. Die Flammen fraßen sich grün in den Reifen. Er dachte daran, wie sie vor dem Herd gestanden hatten. Auch da hatte das Gas merkwürdigerweise grün gebrannt.

Es war dunkel geworden und roch nach verbranntem Gummi.

Bredow war gegen Mittag auf die Baustelle gekommen, als das Militär längst abgerückt war. Sein hellblaues Hemd hatte unter den Achseln dunkle Schweißränder. Er machte einen nervösen, ja, was Wagner noch nie an ihm beobachtet hatte, einen mißmutigen Eindruck. Er hörte nur unaufmerksam zu, als Wagner ihm den Vorfall erzählte. Immer wieder sah er auf die Uhr. Schließlich sagte er aber, daß er ja gekommen sei, um alles in Ruhe zu besprechen.

Wagner sagte, das Verhalten des Militärs sei unglaublich. Er wolle sich beschweren.

Bredow lachte auf. Wo denn, du machst mir Spaß.

Hör mal, in solchen Sachen mach ich nie Spaß. Er versuchte, das scharf und bestimmt zu sagen.

Entschuldige, das war nicht so gemeint. Es ist halt alles dumm gelaufen. Aber die Militärs verstehen bei Streiks keinen Spaß. Die sind da besonders empfindlich. Verständlich. Die haben mächtig Manschetten, so was könnte sich ausweiten und mit einem Mal haben sie die Revolution vor der Tür. Die haben ja alle Gewerkschaftsführer verhaftet, aber es könnte ja plötzlich von unten anfangen, spontan, irgendein Funke genügt, irgendein Betrieb macht den Anfang, etwas Läppisches, das springt über zu anderen Betrieben. Nein, die haben einen ziemlichen Schiß.

Ich hatte denen das Wort gegeben, daß keiner verhaftet wird, wenn sie wieder an die Arbeit gehen.

Hör mal, sagte Bredow, das ist alles sehr ehrenvoll

von dir, aber wir sind doch hier nicht bei den Pfadfindern. Hier gehts nicht darum, gute Taten zu tun, sondern dieses Projekt über die Runden zu bringen. Die Verhältnisse sind nun mal so, jedenfalls hier, daß du so was gar nicht versprechen kannst, weil du es auch nicht halten kannst. Darüber entscheiden die Militärs.

Und was passiert mit den Leuten?

Die werden abgeschoben. Kommen über die Grenze.

Bist du sicher, daß sie die nicht ins Gefängnis stekken?

Ganz sicher. Das würde doch nur Geld kosten. Außerdem sind die Gefängnisse seit dem Putsch übervoll.

Und woher krieg ich die fehlenden vier Mann? Inzwischen fehlen ja schon fünf, mit dem, den sie hier am letzten Samstag abgeholt haben.

Ja, sagte Bredow, ich fürchte, du wirst ohne die auskommen müssen. Die Arbeiter werden alle zusammen verpflichtet, da kann man nicht irgendwelche anderen Leute reinbringen. Das gäbe nur Streitereien. Stell dir vor, die einen verehren Schlangen und die anderen essen sie als Leckerbissen. Du gehörst dann wohl eher zu der zweiten Gruppe, als großer Jäger. Bredow lachte und schlug, da Wagner nicht mitlachte, ihm kräftig auf die Schulter. Ich muß jetzt in die Stadt zurück.

Er war dann wieder in seinen BMW gestiegen und abgefahren.

Wagner konnte sich nicht erklären, warum er überhaupt zur Baustelle gekommen war, und erst später glaubte er, den Grund gefunden zu haben. Er wollte sozusagen am Ort von Wagners Niederlage mitteilen, daß es keinen Ersatz für die Arbeiter gebe. Wagner war hier, wie er sich selbst eingestand, schneller zu einem solchen Zugeständnis bereit. Vielleicht hatte dieser so übertriebene Militäreinsatz doch seinen Sinn: Er schüchterte ein und drückte die Kosten. Bredow hatte fünf Arbeiter, darunter drei Vorarbeiter, eingespart, was die Kalkulation wenigstens etwas ins Gleichgewicht brachte. Das blieb an den Arbeitern hängen und an ihm: Er mußte sie verstärkt zur Arbeit antreiben.

Luisas Haus lag im Dunkeln. Er war so müde, daß er sich mit den Händen ins Gesicht klatschte, um nicht einzuschlafen. Schließlich fuhr er zum Hügel hinüber. Er parkte vor dem Bungalow. Auf der Straße stand ein Möbelwagen, angestrahlt von einem transportablen Scheinwerfer, als ob ein Film gedreht würde. Aus dem Nachbarhaus wurde ein Klavier getragen. Vier Männer schleppten es. Nebenher ging Wagners Nachbar in großkarierten, knielangen Shorts. Er redete in einem texanisch breitgetretenen Spanisch auf die Träger ein. Als er Wagner entdeckte, winkte er und rief: Let's move uphill. You must come and see us one day.

Wagner rief: O. k.

Als er die Haustür aufschließen wollte, wurde sie von innen geöffnet. Sophie stand da. Das graue Haar trug sie offen, es fiel ihr weit über die Schultern ihres weißen Kittels. In der Hand hielt sie ein Wetzmesser wie ein kurzes Schwert. Er fragte sie, warum die Amerikaner nebenan auszögen.

Sie fliehen. Denn ihre Angst ist groß, hier an der Mauer. Aber es wird ihnen nichts helfen, und wenn sie noch so hoch auf den Berg zögen oder den höchsten Berg weit und breit auswählten. Denn es wird sich der Brunnen des Abgrunds auftuen, wie die Schrift uns verheißt, und es wird ein Rauch aus dem Brunnen gehen wie aus einem großen Ofen, und die Sonne wird sich verfinstern und die Luft von dem Rauch. Kommen Sie zu uns, kommen Sie in unsere Gemeinde! Es ist geweissagt, daß die Zeit nahe ist, und schon ist überall Mord,

Dieberei und Hurerei. Die Tiere der Luft stöhnen, wie die des Waldes. Der Tag ist nicht fern. Es wird kommen eine große Flut, die alles verschlingt, und es wird kommen ein Rauch, der alles verfinstert. Und es wird das Eis kommen. Dann wird, wer sich bekannt hat zu Gott, an der Seite Jesus' sitzen.

Ich bin hungrig, Sophie, sagte Wagner, verstehen Sie, und müde. Er starrte sie an, diese Frau, mit dem Wetzstein in der Hand, dem weißen Kittel und den riesigen Plastiklatschen an den Füßen. Sie stand da wie ein finsterer Racheengel. Vielleicht hätte er sich, ausgeschlafen und gut gelaunt, darüber amüsieren können, aber so beschlich ihn ein heimliches Grauen.

Ich will Euch zween Zeugen geben und sie sollen weissagen tausendzweihundertsechzig Tage, angetan in Säcken. Heißt es in der Schrift. Diese sind zween Ölbäume und zwo Fackeln, stehend vor Gott.

Ja, sagte er, es ist gut, ich will mal nachsehen.

Was, fragte Sophie überrascht.

In der Bibel. Aber ich will erst etwas essen.

Er setzte sich an den für ihn gedeckten Eßzimmertisch. Als sie hineinging, glaubte er, unter ihrem weißen Kittel ein Sackleinenkleid zu sehen. Er dachte an die vier Arbeiter, die sie verhaftet hatten, und an Luisa. Aber es störte ihn jetzt, an Luisa denken zu müssen und an die vier Arbeiter, an Susann und Sascha, gern hätte er sie für eine kurze Zeit, wie zum Atemholen, aus seinem Gedächtnis gestrichen.

Ein Mann kam aus dem Garten durch die Verandatür. Er trug einen blauen Arbeitsanzug, ging durch das Wohnzimmer und aus der Tür zum Gang hinaus. Er war durchs Zimmer gegangen, ohne Wagner zu beachten. Als Sophie mit der Suppenterrine kam, fragte Wagner, wer das gewesen sei.

Es sind die Handwerker, die alle Mauern erhöhen sollen. Aber die Mauern werden fallen. Wollen Sie Tee haben? Ich habe Lindenblütentee, der macht, daß das Herz ruhig wird.

Ja, sagte Wagner.

Das Herz soll ruhig werden. Er aß die Suppe, eine Suppe mit Fleisch, Süßkartoffeln, Kürbisstücken und Wurzeln. Es war eine Suppe wie aus dem Märchen: Sie schmeckte gut, und er fühlte sich sogleich gestärkt. Er ließ sich den Tee ins Schlafzimmer bringen, ging nochmals in den Garten, wo Männer im Scheinwerferlicht damit beschäftigt waren, eine Stacheldrahtrolle auf der Mauerkrone zu befestigen. Warum diese Eile? Warum mußten sie auch noch nachts arbeiten, so als stehe ein Angriff bevor?

Er ging in sein Zimmer, schloß die Zimmertür sorgfältig ab, trank, während er sich auszog, den Lindenblütentee und legte sich ins Bett. Er schlief sofort ein.

23

Wagner fuhr genau in dem Moment auf das Baugelände, als die Sirene heulte. Er sah die Arbeiter zu den Baustellen hinübergehen und war erleichtert.

Im Baubüro kam ihm Steinhorst entgegen und sagte betont munter und als sei nichts gewesen: Alles klar auf der Andrea Doria.

Wagner setzte sich über die Konstruktionszeichnungen des Kellerkastens. Er ließ Hartmann rufen und sprach mit ihm die Statik durch. Dabei spürte er, daß Hartmann seine Antworten strikt auf sachliche Fragen beschränkte.

Wagner fragte ihn nicht, ob er ihm Vorwürfe mache, ob er ihm sagen könne, was er denn nun falsch gemacht habe und was er an seiner Stelle getan hätte. Er kannte die Antwort: Ich bin ja nicht an Ihrer Stelle.

Hätte er nicht die Befürchtung gehabt, daß es nach der Mittagspause nochmals zu einem Streik kommen könnte, hätte es ihn hier nicht länger gehalten, und er wäre gleich in die Stadt, zu Luisa, gefahren. Aber die Arbeiter gingen auch nach der Mittagspause an die Arbeit.

Nachmittags trug er alle Zeichnungen und Berechnungen für den Kellerkasten zusammen, die er für die Genehmigung in der Hauptstadt brauchte. Als die Feierabendsirene heulte, eine Stunde früher als sonst, weil Samstag war, stürmte Wagner aus seinem Zimmer, durch die Kantine, vorbei an dem verdutzten Juan.

Er fuhr in die Stadt.

Die Tür der Parterrewohnung stand, wie gestern, offen. Er sah in das leere Zimmer und durch ein Fenster in den dämmrigen Hof. Er blieb stehen und hörte die Stille des Hauses. Dann knipste er das Licht an, diese an einem Kabel hängende Glühbirne, und stieg die ausgetretene Holztreppe hinauf. Im Hinaufsteigen war er sich schon sicher, daß sie nicht da war. Sein Zettel steckte in der Tür. Er zog ihn heraus, diesen gewellten Fetzen von Renates Telegramm: ICH DENK AN DICH. Er klopfte gar nicht erst, sondern drückte die Türklinke herunter. Die Tür war nicht abgeschlossen. Er ging durch den dunklen Gang, vorsichtig tastend, denn er bildete sich plötzlich ein, etwas könne am Boden liegen. Er kam in die Küche. Die Fensterläden waren halb verschlossen. Durch einen Spalt fiel Licht. Er stieß die Läden auf. Neben der gußeisernen Spüle standen die beiden Gläser, aus denen sie den Orangensaft getrunken hatten. Sie waren flüchtig abgewaschen worden. In der Innenseite klebten noch die ausgetrockneten Fasern des Fruchtfleischs. Sonderbarerweise standen die drei Stühle mit den Lehnen gegen den Tisch gekantet, wie in Kneipen nach der Polizeistunde. Er ging in das Schlafzimmer, die beiden hölzernen Türläden standen offen. Nichts hatte sich verändert. Nur der Koffer, den er halb gepackt auf dem Bett hatte liegen sehen, war verschwunden. In der Nähe der Türen, zur Dachterrasse, waren ein paar weiße Tupfer auf dem Boden, Vogelscheiße.

Das Zimmer sah aus, als sei es schon seit Wochen unbewohnt. Wagner ging zum Bett und deckte es auf. Es war noch bezogen. Auf dem weißen Laken entdeckte er einen gelblichen Fleck – seinen eingetrockneten Samen.

Er ging auf die Dachterrasse hinaus, verwirrt und ratlos. Er stand an der Steinbalustrade und sah in den Hof, in dem sich jetzt die Dunkelheit sammelte. Ihre Zärtlichkeit: die Bewegungen, mit denen sie ihm zu Hilfe gekommen war. Ihre Augen hatten sich, als er über ihr lag, langsam unter den geschlossenen Lidern bewegt. Aus der Ferne hörte er das Reifenkreischen eines anfahrenden Autos. Im Hof pickten ein paar Hühner. In einer erleuchteten Tür, vor der ein paar Plastikstreifen hingen, erschien eine Schüssel, eine Hand, die mit einem kleinen Schwung das Wasser auskippte. Die Hühner stoben auseinander.

Irgend etwas Unvorhergesehenes mußte passiert sein, etwas Überraschendes, denn sonst hätte sie ihm eine Nachricht zukommen lassen. Vielleicht hatte sie so überstürzt abreisen müssen, wie er daran gehindert worden war, gestern zu kommen. Jemand in ihrer Familie konnte krank geworden sein. Andererseits lag der Koffer schon gepackt auf ihrem Bett. Wußte sie schon an dem Abend, daß sie wegfahren mußte? Oder war sie so verletzt und verärgert, daß er gestern nicht gekommen war, oder aber – sie war verhaftet worden.

In den Büschen, die aus der oberen Etage eines gegenüberliegenden Hauses wuchsen, sang ein Nachtvogel, ein feines melodisches Tremolo. Die Fenster in der darunterliegenden Wohnung waren hell erleuchtet, und er sah in dem Zimmer Menschen sitzen, Erwachsene und Kinder, sie saßen um einen langen Tisch und aßen. Er überlegte, wie er die Adresse ihrer Eltern erfragen konnte. Er dachte an Bredow mit seinen guten Beziehungen zu den Behörden, aber dann sagte er sich, daß es nicht ratsam sei, gerade ihn zu fragen, der ihn ja vor dem Mädchen gewarnt hatte.

Er ging aus dem Zimmer, blickte im Vorbeigehen noch mal in die Küche, in der es jetzt schon fast dunkel war. Er war auf dem Weg zur Haustür, als er stehenblieb und abermals zurückging. Ihm war ein Gegenstand am Boden aufgefallen. Er knipste das Licht in der Küche an und entdeckte, daß es der Granatapfel war, der bei seinem Besuch auf dem Tisch gelegen hatte. Als er sich bückte, sah er unter dem Schrank noch einen anderen Granatapfel. Der mußte dort schon länger gelegen haben, denn er war verhutzelt, mit einer holzähnlichen Schale. Er legte ihn auf den Küchentisch, auf die grellgelbe Plastikdecke. Den frischen roten Granatapfel nahm er als Andenken mit. Warum hatte sie ihn aufgehoben? Und warum war er vom Tisch gefallen? Und seit wann lag der andere unter dem Schrank? Er zog die Wohnungstür hinter sich zu. Im Treppenhaus roch es nach Salpeter.

Unten klatschte er in die Hände und rief: Hallo. Ein Ruf, der ihm in dieser Umgebung fremd und darum

unheimlich vorkam. Er lauschte angestrengt. Er hörte
ein eigentümliches Wetzen, wie von kleinen Messern,
und von fern: Radiomusik, ein Auto, Stimmen. Er betrat, durch die offenstehende Wohnungstür, die Parterrewohnung. Sie war leer. Die Zimmer lagen im Dunkeln, nur schwach von einer Lampe im Hof erleuchtet.
Die Tapeten hingen in Fetzen von den Wänden. Es roch
nach Moder und Katzenpisse. Die alte Frau, die er am
ersten Tag vor dem Haus hatte sitzen sehen, konnte hier
nicht gewohnt haben. Er ging langsam durch die dunklen Räume. Dann hörte er wieder dieses Wetzen. Als er
in das große Zimmer kam, das früher wohl der Salon
gewesen war, sah er die Ratten an der Wand entlang-
laufen, ungewöhnlich große Tiere, die, als er einen
Schritt weiterging, sich plötzlich in ein Loch stürzten,
das in den Parkettboden gerissen worden war. Es war
ein ziemlich großes Loch, wie ein Eingang zu einem
unterirdischen Tunnel. Er hörte das Rascheln der Ratten. Im Raum war der Geruch von Aas, ein schwerer
süßlicher Gestank. Er ging schnell hinaus und blieb
draußen einen Moment vor der Haustür stehen. Dann
stieg er in den Wagen, legte den Granatapfel in das
Handschuhfach und fuhr noch einmal um den Häuser-
block, in der ganz unsinnigen Hoffnung, Luisa könne in
diesem Augenblick um die Straßenecke kommen.

Wagner wußte aus den Zeitungen zu Hause, daß in
dem Land seit dem Putsch Menschen verschwanden,
Guerilleros und deren Sympathisanten oder solche, die
dafür gehalten wurden. Nur konnte er sich nicht vorstellen, daß Luisa irgend etwas mit der Guerilla zu tun
haben könnte, wobei er sich andererseits sagen mußte,
daß er gar keine genauen Vorstellungen von einer so
radikalen politischen Gruppe und deren Zielen hatte. In
seinem Bekanntenkreis galt lediglich der Architekt Moll

als radikal, ein ungewöhnlich langer Mann mit semmel-
blondem Haar, der allen ständig mit seiner Forderung
nach Verstaatlichung in den Ohren lag. Wagner hielt vor
dem Appartementhaus, in dem Juan und Hartmann
wohnten, einem Neubau mit postmodernen Erkern.

Wagner fragte den Portier, wo Juan Augitiri wohne.

No está, sagte der Mann.

Wagner war schon im Hinausgehen, als er nochmals
umkehrte und nach Hartmann fragte.

Cinco, sagte der Portier und hob fünf Finger. Wagner
fuhr im Lift hoch. Oben stand Hartmann und wartete.
Der Portier hatte ihn offensichtlich angerufen. Hartmann trug Jeans und ein rotblaukariertes Flanellhemd,
als wolle er eine Bergtour machen. Er ging Wagner
voraus. An den Füßen hatte er Sandalen aus kräftigem
Leder. Die Sohlen waren über die Füße geklappt und
mit Lederriemen festgebunden, Sandalen, wie sie vermutlich von den Indianern angefertigt wurden. Hartmanns Appartement war ein großes fünfeckiges Zimmer, das sich in einen Erker vorschob. Auf dem Schreibtisch stand eine kleine elektrische Schreibmaschine.
Hartmann stellte sie aus, dann zog er mit einem kleinen
Ruck das eingespannte Blatt heraus.

An der Wand hing ein großes schwarzweißes Tuch, in
einem eigentümlich asymmetrischen Muster.

Ich habe die Auraukaner Ponchos gesammelt, sagte
Hartmann, inzwischen werden sie so nicht mehr gewebt. Sie haben noch die Muster, aber die Muster werden jetzt symmetrisch gewebt, und die kann man auf
dem Flughafen kaufen. Die Asymmetrie ist verloren-
gegangen.

Die Tücher sind wunderschön, sagte Wagner und sah
sich im Zimmer um, das mit den gleichen Möbeln vollgestellt war wie sein Bungalow.

Aber dieses Zimmer hatte etwas Anheimelndes, die Tücher an der Wand, auf dem Bord eigentümliche Versteinerungen, in einem verglasten Schrank standen kleine Tonschalen und -vasen mit feinen Ritzzeichnungen, deren Muster eine gewisse Ähnlichkeit mit den großen Tüchern an der Wand aufwiesen.

Ich hätte besser hier ein Appartement nehmen sollen, sagte Wagner, dieser Bungalow, in dem ich jetzt wohne, macht einen mit seinen sechs Zimmern ganz trübsinnig. Man wird immer daran erinnert, daß man allein ist.

Das wäre nicht gegangen, der Bauleiter muß in dem Bungalow wohnen. Der ist ja extra dafür von der Firma gemietet worden. Hier können Sie keine Cocktailpartys geben.

Ich gebe keine Partys.

Das hat Ihr Vorgänger auch gesagt. Mögen Sie etwas trinken? Saft, Whisky, Tee?

Einen Whisky, bitte.

Hartmann ging auf seinen archaischen Sandalen in die Küche und kam mit einer Flasche und Eis zurück. Während er Wagner eingoß, fragte er: Kann ich etwas für Sie tun?

Es war ein kleines Stocken in der Frage, als wollte er eigentlich sagen: Kann ich Ihnen helfen? Wagner hätte dann gesagt: Ja. Bleiben Sie bitte. So aber erzählte er von seiner Spanischlehrerin, die plötzlich weg war.

Ist sie verreist oder verschwunden?

Ich weiß es nicht. Bredow hat mich vor ein paar Tagen gewarnt. Angeblich hatte sie Kontakte zur Guerilla.

Sie wissen ja, wie man hier die Opposition mundtot macht. Die Leute verschwinden. Irgendein Verdacht, das reicht aus. Jemand wird verhaftet, man findet sein Telefonbuch, geht die Namen und Anschriften durch, und alle, die unter dreißig sind, verschwinden. Nachforschungen sind zwecklos. Die Polizei weiß von nichts und will natürlich nichts wissen. Die Leute sind einfach weg, wie vom Boden verschluckt. Es kann jeden treffen, auch Sie und auch mich. Man glaubt immer, man sei als Ausländer sicher. Aber das ist Unsinn. Die Firma schützt uns. Ein wenig. Schließlich hat sie Kontakte zum Militär. Hartmann rieb den Zeigefinger am Daumen. Seien Sie vorsichtig. Mischen Sie sich nicht ein. Es ist lebensgefährlich.

Haben Sie deshalb gekündigt?

Nein. Ich habe mich hier nicht eingemischt. Es geht nicht, auch wenn man es wollte. Der Kampf spielt sich außerhalb unserer klimatisierten Bungalows und Appartements ab.

Und warum gehen Sie?

Hartmann lächelte und zuckte die Schultern.

Aber Sie müssen doch einen benennbaren Grund haben?

Ja. Man kann den Dingen nicht eine ihnen fremde Logik aufzwingen, und erst recht nicht den Menschen. Sonst vergewaltigt man sie. Sie sind dann zerbrochen, auch die Dinge.

Wagner zog eine Zigarette aus der Packung. Er hatte Mühe, seine Aufregung zu verbergen. Beim Anzünden brach er ein Streichholz ab. Aber die Logik setzt sich von ganz allein durch, sagte er, nachdem er die Zigarette angeraucht hatte, und zwar gewaltlos. Es ist der Wunsch nach dem Anderen, nach einem Mehr, der Wunsch nach dem Transistor, nach dem Messer aus rostfreiem Stahl, nach der Coca-Cola, es ist ein universeller Wunsch, der Wunsch des Genießens und der Bequemlichkeit. Niemand will mit der Hacke den Boden bearbeiten, wenn er einmal einen Motorpflug gesehen hat.

Ich weiß, sagte Hartmann, das ist bei uns eine verbreitete Meinung. Das sagen diejenigen, die schon immer wußten, wo es langgeht. Erst wußten sie genau, was den Leuten guttut, nämlich Fortschritt und Zivilisation, und jetzt, was ihnen nicht guttut, nämlich Fortschritt und Zivilisation. Gestern haben sie über die Leute gelacht, weil die keine Corbusier-Hochhäuser wollten, heute lachen sie über die Leute, weil sie solche Häuser haben wollen. Es sind die ewigen Klugscheißer, auch dann, wenn sie sich selbst als Eurozentristen kritisieren.

Wagner überlegte, ob er auch mit diejenigen gemeint war, aber da er die Leute nicht kritisiert hatte, dachte er, konnte ihn Hartmann auch nicht gemeint haben.

Ich bin ja dafür, sagte Wagner, daß hier industrialisiert wird. Wo Menschen verhungern, ist das Entsorgungsproblem beim Atommüll eine recht akademische Frage. Ob der Müll noch hundert oder gar tausend Jahre strahlt, ist für denjenigen, der heute verhungert, ziemlich egal.

Aber Hartmann hatte gar nicht zugehört. Er sagte, die Leute müssen das selber übernehmen. Die wissen weit besser, was sie wollen und was nicht, ich meine diejenigen, die von uns noch nicht bestochen worden sind.

Glauben Sie, daß die sich über eine Fabrik mit Schlagseite freuen werden? Es ist immerhin ein staatlicher Auftrag.

Eben. Die Leute zahlen für alles. Wir geben ihnen die Kredite, bauen ihnen die Fabriken, liefern die Maschinen, holzen den Urwald ab und wischen uns dann mit dem Papier den Arsch ab. Was wir zurücklassen, ist eine rote Wüste, eine nutzlose Papierfabrik und Schulden. Und jetzt sagen Sie mir nicht wie neulich, daß Sie den Mond lieben. Der Mond ist unbewohnt. Hier aber leben

Menschen. Er lächelte Wagner wie um Verzeihung bittend an: Ich bin dafür, daß die Fabrik im Schlamm versinkt, je schneller, desto besser. Und Sie sind der Mann, der hier alles wieder ins Lot bringen will. Und ich glaube auch, daß Sie das schaffen werden.

Hartmann stand auf, ging auf seinen Lederlatschen in die Küche und kam mit einer Flasche Champagner zurück.

Das ist das Einstandsgeschenk der Firma gewesen, vor fast einem Jahr, es wird Zeit, daß er getrunken wird.

Er stellte zwei Wassergläser auf den Tisch, öffnete die Flasche. Es gab einen Knall, und der Korken fuhr gegen die Zimmerdecke.

Wir trinken auf das untergehende Schiff. Prost.

Nein, sagte Wagner, es wird schwimmen.

Wir verstehen uns als Glücksbringer, sagte Hartmann, aber es ist ein Glück, das auf einem weitverbreiteten Elend ruht.

Und Sie meinen, das gilt, wenn Sie zu Hause sind, nicht?

Ja doch, dort erst recht.

Und was wollen Sie tun?

Ich weiß noch nicht.

Wagner ging in den Erker und sah hinaus. Die Straße unten war beleuchtet von großen Peitschenlampen. Vor einer Bar saßen ein paar Männer und Frauen. Gegenüber, an einer Häuserfront, leuchtete ein riesiger roter Neon-Äskulapstab, um den sich eine weiße Neonschlange ringelte. Darunter stand in einer weißen Neonschrift: Farmacia.

Wissen Sie, fragte Hartmann, daß Juan an einer ethnologischen Studie arbeitet?

Nein. Was macht er?

Er studiert uns. Er betreibt Feldforschung auf der

Baustelle. Er beobachtet Sie, mich und Steinhorst. Und hier in der Stadt die Schweizer Agronomen und die Amis, die hier wohnen. Ich verspreche mir viel von dieser Arbeit. Sie wird sicherlich für alle von uns sehr interessant sein.

Wagner setzte sich wieder. Sie tranken auf Juan und seine Arbeit. Dann saßen sie schweigend zusammen.

Als Wagner sich verabschiedete, sagte er: Schade, daß Sie gehen. Ich werde Sie hier vermissen.

24

Wagner fuhr auf der Provinzstraße Richtung Süden. Er war noch am Samstagabend losgefahren und hatte unterwegs in einem Motel geschlafen. Nur hin und wieder begegneten ihm ein paar Lastwagen oder Busse, selten Personenwagen. Dreimal wurde er auf der Strecke von Militärkontrollen gestoppt. Aber man winkte seinen Wagen jedesmal durch, nachdem er seinen Paß und seine Arbeitsbestätigung gezeigt hatte, während man in den wartenden Autos sogar die Sessel ausgebaut hatte. Offensichtlich wurden die Wagen nach Waffen durchsucht. Einmal war Wagner ein Reiter mit einem wehenden schwarzen Mantel entgegengekommen, ein Bild wie aus einem Film.

Er hatte gestern, als er von Hartmann nach Hause kam, gleich Bredow angerufen und ihn gebeten, den Oberst zu fragen, ob der in Erfahrung bringen könne, wo seine Spanischlehrerin sei. Die sei nämlich plötzlich verschwunden. Bredow hatte in einer für ihn ganz ungewöhnlich abweisenden Form geantwortet: Der Intendente sei doch kein Detektiv. Er, Bredow, könne und wolle sich nicht in diese Sache einmischen. Er wolle auch ihm den Rat geben, sich da rauszuhalten.

Erst als Wagner sagte, er werde dann eben selbst nachfragen, versprach Bredow anzurufen.

Eine knappe Stunde später, Wagner hatte für die Fahrt eine Reisetasche gepackt, rief Bredow zurück. Der Oberst wisse lediglich, daß das Mädchen aus dem Schuldienst entlassen worden sei. Angeblich wegen Kontakten zu linken Gruppen. In der Stadt sei sie nicht gemeldet. Das sei aber nicht so ungewöhnlich.

Wenn alles nicht so ungewöhnlich ist, warum dann die ganze Aufregung. Was soll das Gerede von den Kontakten mit den Guerilleros?

Er hat dich ja nur gewarnt. Die sind halt vorsichtig geworden. Und wollen sich nicht nochmals einen Bauleiter entführen lassen.

Na gut, sagte Wagner, ich fahre jedenfalls noch heute in die Hauptstadt. Am Montag werde ich dort bei der Baubehörde die Konstruktion des Kellerkastens prüfen und die Änderung in der Bauplanung genehmigen lassen. Ende nächster Woche werden wir mit dem Bau von Halle B anfangen. Ich fahre zu unserer Firmenvertretung, da soll mich einer zur Baubehörde begleiten.

Mach das, sagte Bredow.

Wagner hatte eigentlich vermutet, Bredow würde fragen, warum denn ausgerechnet er fahren wolle, das sei doch ein Botengang. Allenfalls die Arbeit eines einheimischen Ingenieurs. Und er hatte für den Fall sagen wollen, daß er die Bodengutachten bei der Baubehörde vergleichen wolle.

Genieß die Stadt, geh ins *El Puñal,* da kann man gut essen, er nannte noch den Namen eines Kommissars, falls irgendwelche Probleme auftauchen sollten mit den Behörden, speziell mit der Polizei. Der Mann hat einen

Beratervertrag mit der Firma. Schreib dir den Namen auf: Fabrizi.

Das Land rechts und links von der Straße war flach, und er erinnerte sich, wie enttäuscht er auf der Herfahrt gewesen war, diese Weideflächen hätten auch in Schleswig-Holstein liegen können, nur war das Gras trocken und braun von der Sonne verbrannt. Die Straße verlief über Kilometer schnurgerade. So hatte er Zeit, an Luisa zu denken, und er sah sich dann immer mit ihr zusammen: wie sie in der Küche standen, sie am Herd, das Zischen des Kaffeewassers, wie sie ihm die Hand entgegenstreckte, wie sie im Fahrstuhl zu dem Restaurant hinauffuhren und sich dabei ansahen, wie sie ihm Vokabeln vorsprach und ihn dann mit einem kleinen Kopfschütteln korrigierte, wie sie sich auszog, sachlich und mit gezielten Griffen (kein Zögern, kein Herumfummeln), wie sie sich aufs Bett legte und ihm zusah, wie er versuchte, den verknoteten Schnürsenkel aufzupulen, bis sie lachte und er sich den Schuh von der Hacke trat. Und er dachte an Susann. Er sah Susann in seiner Erinnerung immer getrennt von sich. Er mußte regelrecht nachdenken, bis er eine Situation gefunden hatte, in der sie beide vorhanden waren. Er hatte Susann in einem Freibad kennengelernt. Sie lag auf einem roten Handtuch. Er hatte sich auf den kurzen, nach Chlor riechenden Rasen daneben gelegt, nicht weil sie ihm aufgefallen war, sondern weil dort noch Platz war. Er hatte sich hingelegt und angefangen, für sein Examen zu lernen (Statik), wenn er hochsah, hatte er sie im Blick. Sie lag da, aufgestützt, und las. Er sah den deutlichen Schwung ihres Busens, der ein wenig über das Oberteil des schwarzrot karierten Bikinis quoll. Aber nicht das fesselte seine Aufmerksamkeit, sondern wie sie las, konzentriert, genauer, in sich versunken. Nur hin und wieder tippte sie mit dem Zeigefinger gegen den Bügel ihrer Sonnenbrille, um sie wieder auf die Nase zurückzuschieben.

Er wollte Susann schreiben, gleich nach seiner Ankunft im Hotel. Er war durch die sich weit ins Land hineinziehenden Vororte auf eine Stadtautobahn gekommen, die auf Betonstelzen an zweistöckigen Häusern vorbeiführte. Es roch nach verbranntem Gummi und Auspuffgasen. Er fuhr an den Fenstern und Balkonen der Häuser vorbei, von deren gelbbraun getünchten Fassaden großflächig der Putz abgefallen war. Er hatte sich den Stadtplan genau eingeprägt und zählte, auf die wie irrwitzig fahrenden Autos konzentriert, die einzelnen Abfahrten, bis er auf eine Betonschleife kam, die ihn auf eine breite Straße führte. Die Häuser änderten ihr Aussehen, wurden höher, waren mit Marmor verkleidet, überall öffneten sich die Fenster und Jalousien einem späten, ruhigen Sonntagnachmittag. In den Straßen standen, wie große Blumensträuße, rot und weiß blühende Bäume.

Das Hotel erkannte er schon von weitem an den orangefarbenen Sonnenmarkisen. Er wurde erwartet, Frau Klein hatte das Zimmer bestellt. Er fand eine Nachricht von dem Firmenvertreter, der ihn im Hotel abholen wollte. Ein Boy trug seinen Koffer, und sie fuhren in einem mahagoniverkleideten Lift aufwärts. Der Junge starrte Wagner an. Dann hob er plötzlich Daumen und Zeigefinger und machte ein Zeichen. Wagner schüttelte irritiert den Kopf. Im fünften Stock ging der Junge voraus, öffnete die Tür zu einem kleinen Appartement. Wagner gab ihm eine Banknote. Der Junge nahm sie und machte abermals das Zeichen.

What's the matter?

Der Junge sprach hastig auf spanisch, und als Wagner

anzeigte, daß er nichts verstehe, sagte er etwas auf englisch, das wohl take care heißen sollte. Aber Wagner war sich nicht sicher. Der Boy ging hinaus.

Wagner duschte und zog sich seinen beigen Leinenanzug an, band eine Krawatte um und fuhr hinunter in die Eingangshalle.

Erst als er auf die Straße trat, in diese milde, abendliche Wärme, wurde ihm bewußt, daß das Hotel klimatisiert war. Er folgte der Straße, die in einen breiten Boulevard einmündete. Hier flanierten Menschen. In den Schaufenstern glänzten angestrahlt die Waren. Er hatte noch immer den Motorenlärm seines Wagens als fernes Rauschen im Ohr. Ihn überfiel ein Erlebnishunger, der Wunsch, eine jener luftig gekleideten Frauen kennenzulernen, die alle aussahen, als kämen sie gerade aus einem Kosmetiksalon, so kühl und frisch gingen sie durch den Wärmestau. Alles schien ihm wie zur Schau gestellt, die ihm entgegenkommenden Frauen, aber auch die Männer, die Cafés und Restaurants, die sich ins Freie auf den Bürgersteig erstreckten und dort breitmachten. Er hatte den Wunsch nach körperlicher Nähe, nach ihrer Nähe, sie jetzt zu spüren, ihre Haut, ihr Haar, dieses blauschwarze Haar, ihren Hals, an dem er ihren Herzschlag gespürt hatte. Er lief den schier endlosen Boulevard entlang, bis ihm die Füße weh taten, er ging wieder zurück, und erst jetzt langsam, weil ihn die Schuhe drückten, kam er zu sich. Er kaufte an einem Kiosk eine deutsche Zeitung und setzte sich in ein Straßencafé. Die Zeitung war schon drei Tage alt. Er las alles, die Anzeigen, die Berichte aus der Provinz, den Streit um die Mülldeponien, die Anfragen im Parlament. Er hatte zwei Bier getrunken und Erdnußkerne dazu gegessen und saß in der Wärme der Nacht, beobachtete die Vorbeigehenden und genoß seine beobachtende Teilnahmslosigkeit. Er fragte sich, wie er die letzten Jahre hatte ertragen können, dieses ziellose Gewühle, all die hektischen Tätigkeiten, die ihm doch nur alles und jedes in ein zerstreutes Jetzt verwandelt hatten. Er ging in das Hotel zurück, und seine Müdigkeit und Erschöpfung verwandelten sich in dem intensiven Duft der blühenden Bäume, in der zufälligen Berührung eines nackten Frauenarms, in den hellerleuchteten Schaufenstern, dem Gelächter einiger junger Männer zu einer Euphorie, von der er nicht sagen konnte, woher sie kam, vielleicht einzig und allein daher, daß er all das einige Zeit nicht gesehen hatte, vielleicht aber auch aus der Hoffnung, daß er hier, morgen, vielleicht die Anschrift von Luisa erfragen konnte.

Im Hotelzimmer stellte er die Klimaanlage ab und öffnete die Fenster. Er setzte sich an den Schreibtisch und zog aus der dort liegenden Schreibmappe ein Blatt mit der Hotelaufschrift heraus: *Hotel Cecilia.* Von fern hörte er die Stadt, ein gleichmäßiges Rauschen, und von nahem, hin und wieder, das Vorbeifahren eines Autos. Ein leichter Wind drückte die Wärme ins Zimmer. Er schrieb: Liebe Susann, und hielt inne, da er sie sonst mit Liebes anredete. Liebe Susann, das klang verletzend offiziell, andererseits schien ihm die gewohnte alte Anrede wie eine unerlaubte Vertraulichkeit. Und jetzt wurde ihm bewußt, wie idiotisch diese Anrede war, schon immer war. Er hatte nicht einmal einen Kosenamen in all den Jahren für sie gefunden, mit dem er sie auch jetzt, in dieser Situation, hätte anreden können. Er schrieb ihr, daß er das, was er ihr jetzt sagen wollte, schon längst hätte sagen müssen. Er habe in den letzten beiden Jahren immer häufiger regelrechte Erstickungsanfälle bekommen in dieser Normalität, in die sie beide hineingeraten seien, durch den Überdruß aneinander, eine Spannungslosigkeit, für die sie sich aneinander durch kleine gehässige Streitereien gerächt hätten, ein Warten auf die zu erwartenden Reaktionen, die eigenen und die des anderen. Er schrieb, daß es ihm jetzt nicht darum ginge, einen Schuldigen zu finden oder auch nur Entschuldigungen. Er sei hier zu der Einsicht gekommen, daß dieses stumme, erwartungslose Leben nicht alles sein könne, nicht für sie, nicht für ihn. In der letzten Zeit habe er bei der Vorstellung von seinem weiteren Leben immer das Bild einer Straße vor Augen gehabt, die absolut gradlinig über ein paar Hügelchen durch die Landschaft führte, eine durch und durch bekannte Landschaft. Es müsse aber anders sein, ganz anders, wie, könne er nicht sagen, aber allein das Wissen reiche aus. Es sei das beste, sich zu trennen. Er bot ihr das Haus an, auch würde er selbstverständlich weiter für Sascha sorgen. Sascha. Manchmal kam er und rieb seine Stirn an seinem Bauch, eine kurze vertraute Geste. Von dieser Erinnerung erfüllt, dieser sanften Vertrautheit, bemächtigte sich Wagners eine Unruhe, so schmerzhaft, daß er nicht weiterschreiben konnte, die ihn zwang, aufzustehen und im Zimmer hin- und herzulaufen, bis er wieder ruhiger wurde. Er saß am offenen Fenster und sah hinaus. In einer Wohnung des gegenüberliegenden Hauses war Licht angegangen. Er sah eine Frau in dem Zimmer hin und her gehen, dann einen Mann, zwei Kinder. Er freute sich, daß er nicht in einer dieser Wohnungen sitzen mußte, und zugleich wünschte er sich, mit Luisa zusammenzusein. Allerdings nicht in ein Wohnzimmer eingesperrt, so wie er sich mit Susann eingesperrt hatte. Und seine Trauer war die Trauer darüber, daß es ihm nicht gelungen war, seine Erwartungen an sich groß zu halten. Aber welche Erwartungen waren das gewesen? Diese damals gemeinsamen Erkundungen der eigenen

Nöte, Ängste, aber auch Wünsche und der Versuch, die genau zu formulieren, sich nicht selbst zu belügen. Diese gemeinsame Entdeckungsreise in das Innere des anderen, um so zu sich selbst zu kommen. Aber vielleicht war, von einem bestimmten Zeitpunkt an, nichts mehr zu entdecken, alles war erforscht, jeder ging und machte seine eigenen Erfahrungen, die sich sonderbarerweise nicht mehr mitteilen ließen, warum, fragte Wagner sich, und wann war das gekommen?

Sie hatten, bis zu seinem Examen, fast ein Jahr in einer ausgebauten Dachwohnung gelebt. Sie lagen im Bett und erzählten sich voneinander. Jedesmal wieder hatte ihn ihr unbeherrschtes Schreien erschreckt. Er dachte dann immer, die Leute aus dem Haus müßten zusammenlaufen, weil sie denken mußten, er bringe sie um. Ihr Schreien war über die Jahre leiser geworden, bis sie schließlich – da wohnten sie in ihrem Einzelhaus – leise ächzend ineinander verknotet lagen.

Er zog sich aus und legte sich nackt ins Bett, einen Moment noch lauschte er auf den ungewohnten Straßenlärm, dann versank er in eine schwarze Stille.

25

Die Präfektur lag im Zentrum der Stadt, ein großer, sechsstöckiger Bau, im Stil der Pariser Oper vergleichbar. Über den hohen Fenstern hingen lange, orangefarbene Streifen, Reste der zerfetzten Stoffmarkisen. Vor dem Portal stand ein Schützenpanzer, daneben ein Jeep. Die Parterrefenster, die alle die Größe von Scheunentoren hatten, waren vergittert, dahinter waren zusätzlich Sandsäcke aufgestapelt. Wagner hatte sich von der Baubehörde ein Taxi zur Präfektur genommen. Er war auf der Baubehörde viel früher fertig geworden, als er angenommen hatte. Morgens hatte ihn der Vertreter der Firma, ein Herr Weise, im Hotel abgeholt. Weise lebte und arbeitete schon seit Jahren im Lande, ähnlich wie Bredow, und war ausschließlich für die Kontakte zu den Behörden und Regierungsstellen zuständig. Sie waren zur Baubehörde gefahren, einem dunklen, einsturzgefährdeten Bau aus dem letzten Jahrhundert. Ein Bürogehilfe in einem blauen Kittel führte sie in ein großes Büro. Hinter einem klobigen altertümlichen Schreibtisch saß ein junger Mann, der eine die Augen stark vergrößernde Brille trug. Wagner legte die Baupläne auf den Tisch, und Herr Weise legte einen dicken Briefumschlag daneben. Der Mann, der Wagner mit einer übertriebenen Höflichkeit immer wieder auf spanisch ansprach, obwohl er wissen mußte, daß Wagner nichts verstehen konnte, nahm die Pläne und den Umschlag und ging hinaus. Im Hinausgehen zwinkerte er Wagner wie einem Komplizen zu.

Wagner hatte seine Zigarette noch nicht zu Ende geraucht, als der Mann wieder ins Zimmer kam und die Baugenehmigung mit der Prüfungsurkunde für die Statik mitbrachte. Offensichtlich war der Betrag im Kuvert hoch genug gewesen, um jede Prüfung überflüssig zu machen. Aber der Mann hätte etwas mehr Zeit verstreichen lassen müssen, nicht um vorzutäuschen, daß der Plan tatsächlich geprüft wird (das hätte einen Vormittag beansprucht), sondern um seine eigene Wichtigkeit zu demonstrieren. Wagner ließ sich dann noch die Grundbucheintragung und die genaue Vermessung des Bauplatzes zeigen. Die Bodenuntersuchungen ergaben keine Werte, die auf das hohe Grundwasser hinwiesen. Aber das Baugelände war um 500 Meter verschoben worden.

Warum? Weise übersetzte die Frage. Der Mann zuckte mit den Schultern. Und wer hat das Land an die Papierfabrik verkauft? Das Land, auf dem jetzt gebaut wird, gehöre einem Konsortium, übersetzte Weise, wem, das wisse der Mann nicht, die Interessen würden von einem Notar vertreten.

Wagner hatte sich bei dem Firmenvertreter bedankt und dessen Einladung, die Geschäftsstelle in der Hauptstadt zu besuchen, ausgeschlagen, mit dem Hinweis, er müsse noch etwas bei der Präfektur erledigen.

Vor dem Eingang der Präfektur stand eine lange Schlange. Wagner ging an den Wartenden vorbei zu den beiden Posten vor der Portaltür. Der Soldat blätterte in dem Paß und versuchte, einige der Visa und Stempel zu entziffern. Wagner zeigte ihm die Arbeitsbestätigung seiner Firma. Der Soldat sah den Firmenstempel und rief etwas in den Eingang hinein. Ein Offizier kam heraus. Er musterte Wagner. Unter seinem linken Auge war ein nervöses Zucken. Dann überflog er den Brief und winkte Wagner, ihm zu folgen.

Sie tauchten in eine stickige Hitze, in einen Gestank von Schweiß, Urin, saurer Milch und Naphthalin. Auf den breiten Marmortreppen, die in eine überkuppelte Vorhalle führten, saßen und standen die Wartenden, dichtgedrängt, so wie Wagner es vom letzten Tag vor Anmeldeschluß an der TU her kannte. Sie gingen über einen langen Gang, in dem die Menschen in einer Viererreihe standen, dichtauf, in der ständigen Bewegung fächelnder Zeitungen und Formulare. Das Eigentümliche, ja Unheimliche aber war die Stille, in der diese Menge dastand. Kein Rufen, kein Lachen, nur hin und wieder ein Tuscheln. Irgendwo, aus einem Seitengang, war das leise Wimmern eines Kindes zu hören. In einer Ecke kniete eine Nonne und betete einen Rosenkranz.

Als Wagner über ihre Beine stieg, drehte sie sich um; aus ihrem Mund kam rosig fleischig die Zunge, die sie schnell kreisen ließ. Der Offizier, der vor Wagner herging, schob mit seinen schwarz behandschuhten Händen einen Bettler zur Seite, der seinen Armstumpf zeigte, ein Stück rohes Fleisch, Wagner glaubte entsetzt, sogar weiße Würmer darin gesehen zu haben. Endlich standen sie vor einer hohen Flügeltür. Der Offizier klopfte, auf ein Rufen öffnete er die Tür. Sie betraten ein schmales, aber extrem hohes Zimmer. An der Decke hing ein Ventilator und rührte die stickige Luft langsam um. Am Ende des Zimmers, vor dem hohen Fenster, saß ein älterer Mann hinter einem kleinen Schreibtisch. Er trug das graumelierte Haar wie Bredow straff nach hinten gekämmt. Das hellblaue Hemd hatte unter den Achseln dunkle Schweißflecken. Die Krawatte hatte er wie einen Strick ins Hemd gesteckt. Der Offizier sprach mit dem Mann, der hinter dem Schreibtisch sitzen geblieben war und wie abwesend an dem abgekauten Ende eines Bleistifts roch. Von nebenan hörte Wagner ein eigentümliches Schaben und Wispern. Erst jetzt bemerkte Wagner, daß der Raum abgeteilt war. Wahrscheinlich mündete ein Ende der Schlange in dem Nebenzimmer. Der Mann am Schreibtisch hatte den Bleistift beiseite gelegt und begann in Wagners Paß zu blättern, den ihm der Offizier über den Schreibtisch gereicht hatte. Dann las er das Firmenschreiben und zeigte sogleich auf einen hölzernen Stuhl.

What can I do for you?

Wagner sagte, er suche die Heimatadresse seiner Sprachlehrerin. Die Frau, Luisa Casas, sei überraschend abgereist. Er müsse ihr aber noch das ausstehende Honorar zahlen.

Der Mann verzog sein Gesicht zu einem kleinen

schmutzigen Grinsen. Er sagte: Sorry, I am sorry, but I can't give addresses to foreigners.

Yes, I know, sagte Wagner und zog ein Kuvert aus der Jackentasche. Es enthielt, abgesehen vom Briefkopf der Firma, ein leeres Blatt, in das er eine 100-Dollar-Note gelegt hatte. Der Mann entfaltete das Blatt und tat so, als lese er interessiert in dem Papier, aber nichts verriet, daß er die Banknote entdeckt hatte. Er hielt das Blatt in der Hand, gut sichtbar und offen. Wagner glaubte schon, die 100-Dollar-Note sei unbemerkt herausgefallen. Er überlegte, ob er sagen solle, da habe noch etwas im Blatt gelegen, was natürlich grotesk gewesen wäre: erst zu versuchen, den Mann auf eine dezente Weise zu bestechen und dann mit dem Zeigefinger darauf hinzuweisen. Der Mann sah hoch und schickte den Offizier mit einer kurzen Handbewegung aus dem Zimmer. Er reichte Wagner den Brief mit dem Umschlag über den Schreibtisch. Wagner bemerkte sofort, der Umschlag war leer. Der Mann sagte, die Firma bürge dafür, daß er in diesem Fall eine Ausnahme machen könne. Er stand auf und bat Wagner, ihm zu folgen. Wieder gingen sie durch diese hohen grauverdreckten Korridore und Gänge, in denen sich die Wartenden drängten. Hin und wieder sah Wagner einen Aktenträger, Männer in grauen Kitteln, die dicke Konvolute trugen. In einer Ecke hockte eine Frau und aß einen gelben Brei aus einem Blechnapf. Es roch nach Essen und verbrannter Holzkohle, als habe sie eben den Brei auf einem Feuer gekocht. Eine Familie saß auf dem Boden, Vater, Mutter, einen Säugling an der Brust, daneben drei Kinder. Sie schliefen, die Köpfe nach vorn gesackt. Daneben hing, an einem Fenstergitter, ausgewaschene Wäsche. Auf einer Holzbank saß ein alter Mann, der Kopf hing ihm schwer auf die Brust, an einer Schnur baumelte ein

Zwicker, auf dem Schoß lag ein Strohhut. Das Gesicht war kalkweiß. Der Mann saß da, als sei er vor fünfzig Jahren gestorben und auf geheimnisvolle Weise mumifiziert. Der Bürovorsteher, der Wagner vorausging, stieg eine kleine Treppe hinauf und klopfte an eine mit Eisenplatten beschlagene Tür. Ein kleines eisernes Fenster wurde von innen geöffnet, und schattenhaft sah Wagner ein paar Augen dahinter. Der Bürovorsteher rief eine Parole, die Tür ging auf. Sie betraten einen weiten, fensterlosen Saal, der von einigen Lampen schwach beleuchtet wurde. Der Raum war mit meterhohen Holzregalen vollgestellt. In den schmalen Gängen gingen Aktenträger mit Taschenlampen umher und suchten in den dicken Aktenbündeln, die in den Borden aufgeschichtet lagen. Der Bürovorsteher gab einem der Aktenträger den Zettel, auf dem Luisas Name stand. Wagner stand neben dem Bürovorsteher und wartete. Er mußte immer wieder auf die Ohren des Mannes sehen, zierliche Ohren, aus denen aber dichte, graue Haarbüschel wucherten. Das Gesicht erinnerte ihn an ein exotisches Tier, die vorstehenden Zähne, über die der Mund gestülpt war, die schmale Nase mit den großen Nasenlöchern, das an den Schädel geklebte, graumelierte Haar. Aber ihm wollte der Name des Tiers nicht einfallen. Dann kam der Aktenträger mit einem Konvolut. Der Bürovorsteher blätterte in den Akten, zog ein Formular heraus, schob es in die Aktendeckel zurück, wobei es einriß, und sagte, daß niemand unter diesem Namen gemeldet sei. Die Meldepflicht sei allerdings vor der nationalen Erhebung sehr lasch gehandhabt worden.

Wagner fragte, ob eine Frau gleichen Namens von der Polizei gesucht werde oder schon verhaftet worden sei.

I can't say it.

Wagner zog seine Brieftasche heraus, und zum erstenmal zeigte der Mann ein kleines spontanes Lächeln, ein Lächeln, das ein geheimes Einverständnis andeutete.

Impossible, sagte er, it isn't payable.

Wagner zog den Zettel mit dem Namen des Mannes aus der Tasche, den Bredow ihm genannt hatte, falls er Schwierigkeiten mit Behörden bekommen sollte.

Das Erstaunen des Mannes zeichnete sich in seinem Gesicht ab. Seine bisher joviale Haltung verwandelte sich in eine übertriebene Zuvorkommenheit. Er hielt Wagner die Eisentür auf und ging dann mit einer leichten Verbeugung voran, abermals durch Gänge und Flure, vorbei an all den Wartenden, bis sie zu einem Trakt kamen, der gerade gestrichen wurde. Hier gab es keine Wartenden mehr. Ein mit Panzerglas verkleideter Steg führte zu einem Neubau hinüber. Unter dem Glassteg lagen mehrere tote Vögel. In der Mitte des zubetonierten Hofs stand ein Baum, ein ganz ungewöhnlich hoher, weitausladender Baum. Sie kamen an der anderen Seite des Stegs vor eine Stahltür, die erst nach einem langen Gespräch zwischen dem Bürovorsteher und einer quäkenden Stimme aus der Gegensprechanlage geöffnet wurde. Die Gänge in diesem Gebäude waren hell, die Büros mit neuen Naturholzmöbeln vollgestellt. Ein paar junge Leute standen auf dem Gang und tranken Kaffee, offensichtlich Beamte, Mädchen, die wie Collegegirls aussahen, in Jeans, weißen Socken und Slippern, die Männer in Lacoste-Hemden. Der Bürovorsteher führte Wagner in ein mit Stahlmöbeln eingerichtetes Büro, in dem ein junger Mann in ausgewaschenen Jeans saß. Metallamellen dämpften das Licht. Der Mann zeigte auf einen Ledersessel neben einem Glastisch. Er las den Firmenbrief und schickte den Bürovorsteher mit einem Kopfnicken aus dem Zimmer. Der Mann stand auf, gab Wagner die Hand, Fabrizi, sagte er und setzte sich auf ein leinenbezogenes Sofa.

Wie geht es Bredow?

Gut.

Fabrizi fragte, ob die Bredows im Tennis noch immer ungeschlagen seien. Fabrizi sprach deutsch mit einem schwäbischen Tonfall, manchmal sagte er: gell. Fabrizi hatte auch schon gegen Bredows gespielt und verloren. Dann entschuldigte er sich dafür, daß Wagner diesen fürchterlichen Umweg über die Meldebehörde genommen habe, ein Weg durch die bürokratische Hölle. Fabrizi lachte: Es sei ein weitverbreitetes Vorurteil, daß die Deutschen die größte Bürokratie hätten, tatsächlich gehört die Palme vielen südamerikanischen Ländern, besonders diesem. Jetzt endlich werde das alles auf EDV umgestellt. Sie hätten in diesem Jahr einen Großcomputer zur Verbrechensbekämpfung geliefert bekommen. Man habe sich nach langem Gerangel für einen deutschen Computer entschieden, der würde jetzt auch von deutschen Spezialisten gefüttert.

Nur hin und wieder merkte Wagner an kleinen Grammatikfehlern, daß Fabrizi ein erlerntes Deutsch sprach. Auf die Frage, wo er Deutsch gelernt habe, erzählte Fabrizi, daß er in Stuttgart Informatik studiert habe. Später sei er nochmals in Wiesbaden gewesen. Er habe dort sein Praktikum gemacht, im Bundeskriminalamt. Er lobte dessen Effizienz. Jetzt, endlich, habe man auch hier einen Computer angeschafft. Nun könne man den Terrorismus gezielt bekämpfen. Denn die bisherige Methode der Rasterliquidierung sei durch den peinlichen Stumpfsinn einiger Militärs belastet. Da verschwindet doch jeder, der lange Haare, einen Bart und eine Brille hat, unter dreißig ist, Jeans trägt und ein Buch liest.

Fabrizi lachte. Nach diesen Kriterien müßten wir hier, im Staatsschutz, alle liquidiert werden, gell.

Er bot Wagner einen Kognak an und fragte, was er für ihn tun könne.

Wagner reichte ihm den Zettel mit Luisas Namen und sagte, das sei seine Spanischlehrerin, die plötzlich verschwunden sei.

Fabrizi hatte plötzlich eine kleine Falte zwischen den Augenbrauen. Wir können sehen, sagte er, ob der Name schon erfaßt ist. Kommen Sie.

Sie gingen durch die hellen, mit grauen Spannteppichen ausgelegten Gänge. Wagner fragte, was das für ein Baum im Hof sei.

Ein Schlangenbaum, sagte Fabrizi, jedenfalls wörtlich übersetzt. Er wurde zur Unabhängigkeit des Landes vor über hundertsiebzig Jahren gepflanzt. Hier war früher das Untersuchungsgefängnis, gleich hinter der Präfektur. Und wenn ein Gefangener nicht wieder herauskam, hieß es, eine der Schlangen, die angeblich im Baum lebten, hätte ihn gebissen. Das ist ein Aberglaube, der sich bis heute gehalten hat. Die Militärs wollen den Baum jetzt fällen lassen, angeblich um diesen finsteren Aberglauben zu bekämpfen, tatsächlich aber aus der Angst, der Baum könne zum Sinnbild für die Verschwundenen werden. Er lachte wieder, das alles hat etwas kurios Naives.

Sie waren in einen großen Raum gekommen, der keine Fenster hatte. Hier stand der Großcomputer. Fabrizi sprach mit einem jungen Mann, gab ihm den Zettel. Der Mann speiste den Namen ein.

Hier, sagte Fabrizi, Sie können sich selbst überzeugen.

Wagner sah das Display. Dann flammte auf: Unknown.

Sie sehen, bei uns kommt sie nicht vor. Wissen Sie, ob der Name stimmt?

Ich glaube schon.

Das Geburtsdatum?

Nein, das kenne ich nicht.

Sie ist nicht gespeichert, jedenfalls nicht unter diesem Namen. Aber das sagt ja nichts. Wir haben die sicheren Fälle, soweit man die kennt. Die Provinzbehörden gehen da ja alle ihren eigenen Weg. Und in den Provinzen wieder jeder Standortkommandant und Stadtbevollmächtigte, schließlich jeder Kompaniechef und Patrouillenführer. Es ist ein heilloses Durcheinander. Jeder macht, was er will. Es ist dumm und der Willkür überlassen. Und so kommt es eben ständig zu diesen bedauerlichen Fehlgriffen. Wir arbeiten hier weit exakter und effektiver. Wir könnten schon im Vorfeld den Terrorismus bekämpfen und Maßnahmen auf die wirklich Aktiven beschränken. Das wären saubere operative Eingriffe. So aber werden meist die Informanten, noch bevor wir deren Daten erfassen konnten, beseitigt. Kennen Sie den Geburtsort der Frau?

Wagner konnte abermals nur nein sagen. Er fragte sich, warum er überhaupt gefahren war, denn natürlich war es nicht um die Genehmigung des Kellerkastens gegangen. Sechzehn Stunden Autofahrt, nur um bei der ersten naheliegenden Frage mit Nein antworten zu müssen. Er hatte ein altes verdrecktes Meldeamt und einen Neubau mit einem Fahndungscomputer gesehen. Das war das Ergebnis dieser Reise. Was hatte er hier gesucht? Vielleicht nur diese ganz und gar unbedeutende Gewißheit, daß sie nicht gesucht wurde, weil ja dann – wenn ihr Name richtig war – die Chance bestand, daß sie tatsächlich nur irgendwohin verreist war. Andererseits konnte, wie er ja eben gehört hatte, tatsächlich jeder verschwinden, auf den auch nur der Schatten eines Verdachts gefallen war. Das Verschwinden war dann die Bestätigung des Verdachts.

Fabrizi mußte die Enttäuschung Wagners ganz anders gedeutet haben, nämlich als Mißtrauen gegen die neue Fahndungsabteilung. Er fragte Wagner nach dessen Vornamen. Wagner sah im Display: Friedrich Leopold Wagner (diese altertümlichen Vornamen, die dazu geführt hatten, daß ihn, seit seiner Schulzeit, alle nur Wagner nannten, auch Susann, was ihn, wenn sie ihn rief, immer an die Chemie-Pauker erinnerte: Wagner, gehen Sie mal an die Tafel!), dann erschien seine Paßnummer und der Tag seiner Einreise, der Aufenthaltsort und das Datum seines Geburtstags.

Sie haben ja bald Geburtstag, sagte Fabrizi, gell.

Ja, sagte Wagner, ja, bald.

Kann ich Ihnen sonst noch irgendwie helfen?

Nein, sagte Wagner, nein danke.

Fabrizi begleitete ihn zum Lift, verabschiedete sich und trug ihm Grüße an Bredow auf. Wagner sah nochmals in den Hof, zu diesem großen Baum, dessen Schatten wie eine schwarze Wolke auf dem hellen Betonboden lag, dann stieg er in den Fahrstuhl und fuhr hinunter.

26

Ein Viehtransporter fuhr vor Wagner. Der Anhänger, zwischen dessen Eisengittern verdreht Rinderhörner herausragten, schlingerte hin und her. Die herunterfließende Scheiße spritzte Wagner auf die Windschutzscheibe. Wagner stellte die Scheibenwischer an und überholte den Laster. Er wollte die Nacht durchfahren und hoffte, am nächsten Tag gegen Mittag auf der Baustelle zu sein. Im Norden zog ein Gewitter auf, eine lange, walzenförmige, blauschwarze Wolkenbank. Hemd und Anzugshose klebten ihm am Leib. Er suchte im Radio Musik und fand schließlich einen Sender, in dem die Matthäus-Passion aus München übertragen wurde. So fuhr er durch die Hitze und dachte an Weihnachten.

Einmal hielt er, trank eine Flasche Mineralwasser und einen Espresso, pinkelte und fuhr weiter. In der Ferne lagen die Hitzeschlieren auf der Straße, der Asphalt schien unter Wasser zu liegen. Irgendwann, unspektakulär und ganz still hatte ihn und Susann diese Sprachlosigkeit erfaßt. Im Sommer, sonntagmorgens, frühstückten sie auf der Terrasse. Sascha tröpfelte der Honig auf die Hose, Susann saß da, die Augen trotz der Sonnenbrille verkniffen, als fixiere sie ihn mißmutig. Im Nachbargarten saß der Oberarzt, der sich vor einem halben Jahr von seiner Frau und seinen drei Kindern getrennt hatte. Jetzt saß er mit seiner Freundin am weißgedeckten Tisch, einer Krankengymnastin, 22 Jahre alt, beide durchtrainiert, sie segelten, spielten Tennis, liefen im Winter Ski, morgens joggte er durch das Villenviertel, ein junges, braungebranntes, darunter aber greisenhaftes Gesicht. Er war mindestens zehn, fünfzehn Jahre älter als Wagner. Die Krankengymnastin saß auf der Gartenbank, die braunen Beine wie ein Fakir gekreuzt. Wagner starrte hinüber, wenn sie sich geschmeidig erhob, in ihrer kurzen Hose, deren weitgeschnittene Hosenbeine sie umgekrempelt hatte, so daß man den sanften Schwung ihrer Backen sehen konnte, und ins Haus stöckelte. Sie trug – auch wenn sie sich nackt sonnte – stets Slingpumps. Sie kam zurück, den Gartenschlauch in der Hand, und begann, den Rasen zu sprengen. Sie trug ein weißes Netzhemd, aus dem ihre Brustwarzen neugierig herübersahen, als wollten sie prüfen, ob sie von Wagner bewundert würden. Susann hatte sich inzwischen wieder an einen in den Schatten gestellten Tisch gesetzt, wo sie Aufsätze korrigierte. Sie saß auf dem Gartenstuhl wie auf dem Sprung. An den Beinen hatte sie lange dunkle Haare. Seit dem letzten Winter rasierte sie die Haare nicht mehr ab, obwohl sie wußte, daß er Haare an den Beinen nicht mochte. Er dachte an Herbert, der eines Tages, nachts, bei ihnen erschienen war, betrunken, er hatte sich in einem Taxi herfahren lassen, und erzählte, er habe es zu Hause nicht mehr aushalten können, er sei aus der Wohnung gestürzt, sonst hätte er seine Frau, die stille freundliche, allseits geschätzte Sigrid, mit einem Brotmesser erstochen. Er hatte das Messer schon in der Hand gehabt. Dabei war es nicht einmal zum Streit gekommen. Sie hatte zu ihm nur gesagt: Du machst das schon, nachdem er ihr erklärt hatte, wie sehr, wie unbeschreiblich ihn sein Job ankotze, dieses ewige Reden, Reden, Reden, um den Leuten den ganz bestimmten Computer anzubieten. Du machst das schon, hatte sie in ihrer stillen, allseits geschätzten Art gesagt. Da habe er den Kopf verloren. Seit drei Jahren lägen sie nun schon in ihrem großen, schönen Ehebett, ohne daß sich da noch etwas abspiele, alle zwei Monate ein Versuch, volltrunken, der dann jedesmal in einem schlaffen Gerangel ende. Er lachte: Wir geben uns beide Mühe, die größte nur denkbare Mühe, und das macht alles unmöglich. Und wir hassen uns, weil wir uns Mühe geben müssen. Wagner hatte ihn ins Fremdenzimmer gebracht. Er hatte dann noch die Pisse im Bad aufwischen müssen.

Herbert hatte zu heulen angefangen, er hatte geheult, bis er im Bett lag. So lagen sie in ihren öden Betten, in den öden Zimmern, in den öden Häusern übereinander und nebeneinander, Wand an Wand, Schlafzellen, Eßzellen, Kopulationszellen. Er stand am Sonntagnachmittag im Garten und blickte auf seinen Rasen, diesen wie mit einer Nagelschere geschnittenen Rasen (er selbst mähte ihn jeden Samstag), diese kleinen, sorgfältig gestutzten Hecken, die Birke und die idiotische Blautanne, da spürte er dieses matte graue Ziehen in der Brust.

Warum stand er da und sah das, er hätte genausogut nicht dastehen und es nicht sehen müssen. Da war er zum Haublock gegangen und hatte das Beil genommen, war zur Blautanne gegangen und hatte sie vor den Augen der entsetzten Susann und des heulenden Saschas umgehackt. Er war außer Atem, aber auch erleichtert, auf eine unbeschreibliche Weise erleichtert, als er die Tanne am Boden liegen sah. Es war das einzige Mal in all den Jahren, daß er über sich selbst die Kontrolle verloren hatte.

Warum er die Tanne umgehackt hatte, konnte er weder Susann noch Sascha erklären, den Susann erschreckt an sich gezogen hatte. Sascha glaubte nämlich, daß in der Blautanne der Gummizwerg seine Wohnung habe.

Wie ungerecht, dachte er, bin ich in meiner Erinnerung gegen Susann, gegen unser bisheriges Leben, während jeder Gedanke an Luisa sich sogleich in den Wunsch nach Nähe verwandelt, und er glaubte zu verstehen, warum in dem Devotionalienkitsch die silbernen Herzen in Flammen gezeigt wurden. Aber dieser Wunsch war ja nicht allein auf das Zusammensein mit Luisa gerichtet, sondern es war der Wunsch nach einem anderen Leben, einem Neubeginn, die Sehnsucht, ein anderer zu werden, mit diesem Wunsch war er, ohne sich dessen ganz bewußt zu sein, abgereist.

Dachte er an Susann, war es die Erinnerung an Lähmungserscheinungen, die sich in den letzten Jahren eingestellt hatten. Vor Jahren, sie hatten sich gerade kennengelernt, war er mit Susann in die Hamburger Kunsthalle gegangen, in der er seit seiner Schulzeit nicht mehr war. Sie standen vor einem Bild von Klee: *Die Revolution des Viadukts.* Während Susann das Bild betrachtete, diese aggressive Auflösung der technischen Ordnung, wie sie das nannte, hatte er den Alarmmechanismus am Bild studiert und aus einer unwiderstehlichen Neugier, etwas über dessen Funktion zu erfahren, befingert, woraufhin die Sirene losging, schmerzhaft laut, und zwei Wächter in den Saal gestürzt kamen. Susann hatte, nach dem ersten Schreck, gelacht und den Wächtern gesagt: Mein Freund ist Ingenieur. Drei Monate später, nachdem er sein Examen bestanden hatte, waren sie, das Geld hatte er sich von seinem Vater geliehen, nach Tunesien geflogen. Sie wohnten in einem Hotel am Meer. Davor stand ein Palmenhain. Sie hatten ein paar der Datteln, die heruntergefallen waren, aufgehoben, sonnenwarme süße Früchte. Susann hatte ihm von den Wandalen erzählt, deren Schicksal sie schon als Kind beschäftigt habe, weil sie einfach verschwunden seien. Ein Volk, das durch ganz Europa wandert, nach Afrika übersetzt, ein großes Reich gründet und dann einfach verschwindet, spurlos.

Wagner sagte, er wisse den Grund.

Sie sah ihn gespannt an.

Einst sind die Wandalen weggeschlichen – auf ihren Sandalen.

Sie packte ihn und drehte ihm den Arm um (sie hatte als Schülerin Jiu-Jitsu gelernt), bis er auf den Knien lag und ihr lachend die Badesandalen küßte.

Später, nach dem Schwimmen, lagen sie nebeneinander und aßen Datteln. Er beobachtete, wie die Wassertropfen an ihren Hüften abliefen. Susann steckte ihm, weil er ihr nicht zugehört hatte, einen kleinen Dattelkern ins Ohr. Als sie dann versuchte, den Kern wieder aus dem Gehörgang herauszuziehen, rutschte er noch tiefer hinein. Wagner schüttelte den Kopf, er hüpfte vor der ihn immer ängstlicher anstarrenden Susann auf einem Bein – vergeblich. Wagner hörte plötzlich so, als habe er nach dem Tauchen Wasser im Ohr, alles war dumpf und fern. Susann wollte sofort mit ihm zum Arzt. Aber er sagte, das hat Zeit, bis wir wieder zu Hause sind. Er gewöhnte sich schnell an das wattige Hören und vergaß den Kern schließlich. Bis vor zwei Jahren, als er mit Susann und Sascha Urlaub auf Amrum machte. Er schwamm lange in der Brandung, kam an den Strand, schüttelte den Kopf, da flog ihm der Dattelkern aus dem Ohr. Ein kleiner schwarzer, inzwischen weich gewordener Pfropfen. Er hörte neu, deutlich und hell, ein enthusiastisches Wahrnehmen des Windes, der Brandung, der Stimmen, es war, als sei alles Dumpfe, Stumpfe von ihm abgefallen. Eine Empfindung, die aber nur diesen Tag anhielt. Schon am nächsten Tag hatte er sich so daran gewöhnt, daß ihm nur die Erinnerung sagte, daß es einmal anders gewesen war.

Die Dämmerung war hereingebrochen. Am Horizont lag eine gelberleuchtete Fläche wie ein Stadion oder ein riesiger Rangierbahnhof. Als er näherkam, sah er, daß es eine Kreuzung war, eine Kreuzung von erstaunlichem Ausmaß, mit geschwungenen Zubringern und Unterführungen, so als kreuzten sich hier zwei Autobahnen. Tatsächlich mündete die unter der Brücke liegende, vierspurige Straße in einen Feldweg. Er suchte die Kreuzung auf der Landkarte und stellte fest, daß er sich verfahren hatte. Er mußte eine Abfahrt übersehen haben, oder sie war nicht ausgeschildert gewesen. Die

Straße, auf der er jetzt fuhr, führte nach Norden, zu den Wasserfällen. Er hatte von diesen Wasserfällen schon als Kind gelesen, wie sie entdeckt worden waren, von dem Conquistador Cabeza de Vaca, der den Kontinent bereist hatte, immer auf der Suche nach Gold, und als einer der ersten Europäer sieben Jahre unter Indianern in Nordamerika gelebt hatte, bis er wieder in den Süden ging und nach einem wochenlangen Marsch diesen Wasserfall fand, die Iguazú-Fälle. Cabeza de Vaca war auf die Knie gefallen in seinem verrosteten Eisenkleid: Er hatte den Tag der Schöpfung gesehen. Wagner überlegte, ob er nicht einfach weiter zu den Wasserfällen fahren sollte. Auf der Baustelle würde man ihn am Mittwochmorgen erwarten. Er dachte an das Grundwasser, an den Beton, sagte sich aber, daß er gegen das Grundwasser nichts tun könne, jedenfalls jetzt noch nicht, und der Beton war gut, so entschloß er sich zu fahren. Er wollte diesen Umweg machen. Er hatte in den letzten Jahren immer nur das getan, was zu tun war. Jetzt fuhr er weiter. Je weiter er fuhr, desto mehr verlor er von seinen Zweifeln, ob er diesen Umweg verantworten könne.

Nach einer Stunde kam er an eine Raststätte. Auf dem Parkplatz standen ein paar Lastwagen. Er nahm seine Jacke mit der Brieftasche und ging zu dem offenen Holzkohlenfeuer hinüber, auf dem Fleisch und Würste gegrillt wurden. An einem der langen Holztische saßen die Fahrer der Lastwagen. Er setzte sich zwei Tische entfernt von ihnen auf eine der hölzernen Bänke, streckte die Beine aus und wartete. Als niemand zur Bedienung kam, ging er zu dem Eisenrost hinüber, vor dem ein Mann mit einer blutigen Schürze stand und mit einer gewaltigen eisernen Forke die Fleischstücke und Würste umdrehte. Wagner zeigte auf eines der großen Steaks. Der Mann nahm einen zerkratzten Porzellanteller, legte das Steak darauf und zeigte zu dem Tisch, an dem Wagner gesessen hatte. Ein Kellner deckte den Tisch mit einer weißen Papierbahn, stellte eine offene Flasche Rotwein, Weißbrot und das Steak vor Wagner. Wagner schnitt in das Fleisch, aus dem dunkelrot das Blut quoll. Er trank von dem Wein, ein einfacher Landwein. Er stippte das Weißbrot in den Saft. Plötzlich stand ein Mann neben ihm. Er war vom Tisch der Lastwagenfahrer gekommen. Die Männer blickten herüber und grinsten. Der Mann trug ein schmuddeliges, großkariertes Hemd und redete auf Wagner ein, dabei zeigte er immer wieder auf Wagners Kopf. Er verstand nicht und zuckte die Schultern, eine Geste, die der Mann anders deutete, denn er trat näher an Wagner heran und griff ihm ins Haar, mit einem kleinen Ruck riß er ihm ein paar Haare aus. Wagner sprang überrascht auf und ballte die Fäuste, aber der Mann lachte ihn freundlich an und sagte: Gracias. Dann ging er zu dem Tisch der Lastwagenfahrer zurück. Er zeigte den Männern die Haare und steckte sie vorsichtig in die Brusttasche seines Hemds. Wagner wußte nicht recht, was er tun sollte. Was wollte der Mann mit seinem Haar? Vielleicht war er einfach nur neugierig, weil er noch nie blondes Haar in der Hand gehabt hatte. Vom Tisch lachten sie herüber, es war kein verächtliches, sondern ein freundliches, ja herzliches Lachen. Er setzte sich wieder. Sie prosteten ihm zu. Auch er hob sein Glas und trank. Langsam ließ seine Anspannung nach. Er trank und tauchte in eine sanfte Gleichgültigkeit ein. Er hörte das Rasen der Zikaden, hin und wieder einen Lastwagen auf der Landstraße und das Gelächter vom Nachbartisch. Dann lachte er jedesmal mit, befreit und laut, als nähme er an dem Gespräch teil. Er war so müde, daß ihm der Kopf hin und wieder auf die Brust sackte. Er winkte dem Kellner und zahlte eine Summe, die ihm sehr hoch schien, sagte aber nichts, steckte das Wechselgeld in den Hosensack und ging zu seinem Wagen. Er drehte den Sitz herunter, verriegelte von innen die Türen, stellte die Weckautomatik seiner Armbanduhr und legte sich mit angezogenen Beinen auf die Polster. Er schlief schnell ein.

27

Es war noch dunkel. Als er das Licht an seiner Armbanduhr andrückte, merkte er, daß er nicht von dem Weckton aufgewacht war. Er richtete sich auf. In seinem rechten Arm war ein dumpfer Schmerz. Vor der Windschutzscheibe sah er eine Wand, und erst langsam erkannte er in dem schwachen Schein einer Straßenlampe, daß es die Kühlerhaube war. Er stieg aus. Alles lag still. Das Feuer unter der Parrilla gloste noch. Etwas entfernt saß eine Gestalt zusammengesunken am Tisch und schnarchte. Wagner ging um den Wagen, aber niemand war zu sehen. Er holte die Taschenlampe aus dem Handschuhfach und leuchtete in den Motorraum. Er sah sofort die herumhängenden Zündkabel. Der Verteilerkopf war ausgebaut. Seine Armbanduhr begann zu fiepen. Er überlegte, ob er sich nicht in den Wagen setzen und einschließen sollte, um dort auf den Sonnenaufgang zu warten. Doch dann sagte er sich, daß er nur jetzt noch die Möglichkeit habe, den Dieb zu finden. Vermutlich war er von den Arbeitsgeräuschen aufgewacht. Er ging langsam zu dem Restaurant hinüber und blieb davor stehen. Es war ja möglich, daß der Dieb (oder die Diebe) ihm im Gebäude auflauerte. Allerdings konnte er dort auch eher mit Hilfe rechnen. Er nahm sich vor, falls er bedroht oder angegriffen würde, sofort zu schreien, und zwar aus Leibeskräften.

Es stank nach kaltem Rauch und Fett. Er tastete sich den Gang entlang und öffnete leise eine der Zimmertüren. In dem sachten Licht, das von einer Lampe von außen hereinfiel, sah er einen Mann und eine Frau im Bett liegen. Der Mann war nackt, die Brust schwarz behaart. Die Frau trug einen schwarzen Unterrock, der ihr hochgerutscht war. Sie lag auf dem Bauch, ihr Gesäß leuchtete weiß.

Die beiden lagen da wie tot. Das nächste Zimmer war leer. Im übernächsten lag auf einer Matratze am Boden ein schwerbäuchiger Mann. Er trug eine helle Hose. Die nackten Füße hingen seitlich von der Matratze. Am Boden kroch ein großes Ungeziefer. Von fern hörte Wagner das Röhren eines vorbeifahrenden Lasters. Er tastete sich aus dem dunklen Haus. Um die Lampen schwirrten dicke Insekten. Fledermäuse schossen durch die Luft. Plötzlich sah er in einer der Fahrerkabinen der seitwärts geparkten Lastwagen das Aufflammen eines Streichholzes. Einen Moment zögerte Wagner, aber dann sagte er sich, daß der Mann sowieso schon alles beobachtet haben mußte. Vielleicht wußte er, wer der Dieb war, es sei denn, er war es selbst. Wagner ging zu dem Lastwagen hinüber und stieg auf das Trittbrett. Als er durch das offene Fenster der Fahrerkabine sah, erschrak er, dort saß der Mann, der ihm die Haare ausgerissen hatte. Der Mann sah ihn schweigend an. Er rauchte und blies Wagner langsam, fast zärtlich den Rauch ins Gesicht. Dann grinste er und sagte etwas auf portugiesisch. Wagner fragte auf deutsch und englisch, ob er gesehen habe, wer ihm den Verteiler ausgebaut habe. Aber der Mann zuckte nur mit den Schultern. Er verstand nichts. Dann zeigte er auf Wagners Haar. Wagner winkte ihm, und der Mann stieg aus. Wagner ging zu seinem Wagen hinüber, aber er achtete darauf, daß er nicht vor den Mann zu gehen kam. Er zeigte auf den offenen Motor und auf den fehlenden Verteiler. Der Fahrer beugte sich über den Motor. Er zupfte an den Zündkabeln, als hätten die den Verteilerkopf verschluckt. Dann richtete er sich auf und deutete durch ein Achselzucken an, daß er nicht helfen könne oder aber nicht wisse, wer den Verteiler gestohlen habe. Aber der Fahrer hätte, wenn er zu dem Zeitpunkt schon wach gewesen war, den Dieb sehen müssen. Er redete wieder auf Wagner ein. Er gestikulierte in Richtung der Straße. Wagner überlegte, ob er den Namen des Wasserfalls nennen sollte, aber er sagte sich, es sei vernünftiger, auf dem schnellsten Weg nach Hause zu kommen. Dann konnte sich die Firma um den Wagen kümmern. Er sagte den Namen der Stadt. Der Fahrer grinste, wiederholte den Namen und machte eine einladende Handbewegung, er solle einsteigen. Wagner nahm seine Jacke aus dem Wagen, zog den Autoschlüssel aus der Jackentasche, konnte aber seine Brieftasche nicht finden. Der Brief an Susann war noch da, aber die Brieftasche mit seinen Papieren und dem Firmenbrief, der Arbeitserlaubnis, war verschwunden. Zum Glück hatte er die Banknoten in die Hosentasche gesteckt. Er suchte mit der Taschenlampe die Polster ab. Der Fahrer nahm die Fußmatten hoch. Die Brieftasche war verschwunden. Sollte er ohne Papiere mitfahren? Vielleicht war es nicht ratsam, hier zu bleiben, da der Dieb kein Geld gefunden hatte und wußte, daß er es bei sich trug. Daß auch seine Reisetasche verschwunden war, überraschte ihn nicht. Er war ausgeraubt worden. Er nahm seine Jacke und ging mit dem Fahrer zu dem Sattelschlepper. Es war ein alter Laster, irgendein amerikanisches Modell, grell angemalt. Auf der Heckklappe kämpfte, ein naives Bild, der Erzengel Michael mit dem Drachen. Die Ladefläche war leer, bis auf ein paar Holzsplitter und Borkenstükke. Wagner stieg in die Fahrerkabine. Der Sitz war zerfleddert. Am Boden lagen ein paar Mangofrüchte.

Wagner sah nochmals zu seinem Wagen hinüber, der im Lichtschein einer sacht schaukelnden Lampe stand. Von hier aus war jede Bewegung im und am Wagen genau zu sehen, aber vielleicht hatte der Fahrer geschlafen.

Er prägte sich den Namen der Raststätte ein: *Pantera negra,* der schwarze Panther.

Sie fuhren auf die Landstraße, in Richtung der Wasserfälle. Er sagte sich, daß sie irgendwann eine Straße nach Osten nehmen müßten, wo ein roter Streif zu sehen war. Gleich würde die Sonne aufgehen. Der Fahrer zwinkerte ihm zu, suchte im Radio Musik und sang mit einer sanften dunklen Stimme mit. Er war Anfang Zwanzig, das Gesicht tiefbraun, schwarze Locken, ein Kopf wie ein Marokkaner. Sein kariertes Hemd hatte er ausgezogen und saß jetzt in einem ärmellosen T-Shirt am Steuer. Ein hagerer, behaarter Körper mit muskulösen Armen. Der Ganghebel sprang mehrmals heraus, so daß der Fahrer ihn mit dem rechten Knie festklemmen mußte. Wagner zeigte auf den Gang und hielt ihn fest. Die Sonne schob sich am Horizont über einen langgezogenen Hügel. Er beobachtete, wie die Dinge langsam ihre Konturen bekamen. Die Jacke behielt er auf dem Schoß – darin der Brief an Susann –, in der Linken hielt er den vibrierenden Ganghebel, ein Vibrieren, das von der Hand in den Unterarm und in den Oberarm kroch, durch die Schulter in den Kopf, ein gleichmäßiges Vibrieren, das ihm langsam jeden Gedanken aus dem Kopf rüttelte. In den Trommeln saßen Menschen.

Die Trommeln sahen aus wie Turbinenräder, aber sie waren verglast. Die Trommeln drehten sich. Er saß in einer Trommel und konnte zugleich die anderen Menschen in ihren Fächern in der Trommel sehen. Er war für einen Versuch in die Trommel gestiegen. Es ging darum, eine perspektivische Verzerrung nachzuweisen. Die Dinge sollten beliebig verkleinert oder vergrößert werden. Tatsächlich wurden die Dinge zunächst groß und größer, bis der Taumel in seinem Kopf auf die Dinge überging. Er selbst war ruhig, dafür rotierten jetzt die Dinge in rasender Geschwindigkeit. Sie wurden kleiner und immer kleiner, bis sie plötzlich in einem schwarzen Loch verschwanden.

Als er aufwachte, war heller Tag. Er überlegte noch im Halbschlaf, wohin ihn der Flug der Dinge getragen haben könnte, dann sah er das Grinsen des Fahrers, der den Gangknüppel wieder mit dem Knie festgeklemmt hielt. Sie fuhren jetzt über einen Erdweg. Wagner sah im Seitenspiegel den rötlichen Staub wie eine lange Fahne hinterherwehen. Sie fuhren durch eine leicht hügelige Landschaft, in der Zuckerrohr angebaut wurde. Die Landschaft könnte, dachte er, mit der Umgebung der Stadt übereinstimmen. Was ihn irritierte, war, daß der Mann nicht auf der asphaltierten Provinzstraße fuhr. Vielleicht hatte er aber auch eine Abkürzung gewählt. Er sagte nochmals den Namen der Stadt. Der Fahrer nickte ihm zu. Er lachte. Er zeigte mit der Hand nach vorn, als müsse er Wagner beruhigen. Dennoch begann Wagner in den Ablagefächern neben dem Armaturenbrett nach einer Straßenkarte zu suchen. Er wollte den Ort auf der Straßenkarte zeigen. Der Fahrer beobachtete ihn, dann bot er Wagner eine Zigarette an. Wagner nahm sie. Er zeigte auf den Ganghebel und hielt ihn wieder mit der linken Hand fest.

So fuhren sie bis in den Nachmittag durch eine Landschaft, die er immer wieder mit jener verglich, durch die er auf der Hinfahrt gekommen war. Manchmal fand er sie ganz ähnlich, dann wieder ganz unähnlich. Er war auf der Hinfahrt so in Gedanken versunken gewesen, daß er sich nichts Charakteristisches hatte einprägen können. Auch der Stand der Sonne verwirrte ihn mehr, als daß er daraus eine ungefähre Richtung hätte ableiten können.

Als sie durch eine Bananenplantage fuhren, sahen sie eine Gruppe Menschen auf dem Weg stehen. Am Wegrand waren Bananenkolben aufgestapelt. Die Frauen und Männer riefen ihnen etwas zu und gestikulierten. Wagner glaubte zunächst, die Leute wollten ihnen Bananen verkaufen. Der Fahrer hielt und stieg aus. Wagner folgte ihm in diese staubige rote Hitze. Ein Staub, der ihn an die Gegend um die Stadt und an die Baugrube erinnerte. Vielleicht waren sie doch schon in der Nähe, denn in der Ferne konnte er den grünen Wulst des Regenwaldes sehen. Die Leute redeten auf spanisch auf den Fahrer ein, was der aber offensichtlich nicht verstand. Erst langsam begriff er die Aufregung der Leute. In ihrer Mitte stand ein Mann, der verletzt oder krank zu sein schien, denn er wurde von zwei Männern gestützt. Wagner drängte sich durch die Leute und sah, daß der Mann blutverschmiert war. Mit der rechten Hand hielt er die linke blutüberströmte Hand, an der fehlte der Zeigefinger. Das Blut lief den Arm entlang, aber es floß nur noch langsam, und die Ränder der Blutspur waren schon staubig angetrocknet. Jemand sprach auf Wagner ein. Wagner fragte: Was ist passiert? Man verstand ihn nicht. Eine Frau machte ein Schlangenzeichen in die Luft und dann mit der Handkante einen Schlag gegen den linken Zeigefinger. Wenn Wagner die

Pantomime recht verstand, dann war der Mann von einer Schlange gebissen worden und hatte sich mit der Machete den Finger abgehackt. Der Mann stand ruhig da, fast gelassen. In seinem Gesicht war kein Schmerz, kein Entsetzen. Hin und wieder drehte er ein wenig die Hand und betrachtete die Wunde. Und sonderbarerweise empfand auch Wagner keinen Widerwillen oder Ekel. Dieses irrwitzige Licht, die umstehenden Menschen, die jetzt ruhig geworden waren, die Gefaßtheit des Mannes, die Sachlichkeit, mit der eine Frau ihm etwas zu trinken gab, eine andere ihm das Blut abwischte, nahmen der Szene jeden Schrecken. Der Fahrer stieg ein, dann Wagner und, ohne daß man das hätte besprechen müssen, der Mann. Er wurde von vielen Händen gestützt und hochgeschoben. In der Fahrerkabine war jetzt der Geruch von Blut. Der Fahrer ließ den Motor an, Wagner schaltete und hielt den Ganghebel fest. Er schaltete auf ein Kopfnicken des Fahrers. Sie waren inzwischen gut aufeinander eingespielt. Er spürte den Mann neben sich und seinen Schweiß, der feucht und klebrig durch das Hosenbein drang. Bis er merkte, daß es Blut war, das dem Mann vom Ellenbogen heruntertropfte. Unwillkürlich rückte Wagner ein wenig von dem Mann ab, was der bemerkte und sogleich auch, daß er Wagners Hose mit Blut besudelt hatte. Mit einem raschen Griff zog er sich sein Hemd aus der Hose und riß, ein Ende mit Zähnen festhaltend, ein Stück ab und stopfte es zwischen sich und Wagner, damit der nicht weiter beschmutzt würde. Er sagte etwas, wahrscheinlich eine Entschuldigung, und lächelte Wagner an. Vorn fehlte ihm ein Schneidezahn. Sein Gesicht war fahl geworden, aber noch immer lachte er und nicht einmal gequält. An der rechten Hand trug er einen schmalen goldenen Ring. Wagner hätte ihn gern nach seiner Familie gefragt, ob er

Kinder habe und wie viele. Er wollte ihm ein Foto von Sascha zeigen, aber das war in der Brieftasche geblieben.

Sie fuhren über den rötlichen Erdweg, in dem tiefe, eingetrocknete Fahrrinnen waren, so wurde Wagner immer wieder gegen den Mann gedrückt. Hin und wieder sah er zu ihm hin, weil er glaubte, die Schmerzen müßten sich, zumal bei dem Holpern und Rütteln, im Gesicht des Mannes abzeichnen. Aber er sah darin nur eine konzentrierte Gefaßtheit.

Wagner war vor Jahren einmal mit Susann an die Elbe gefahren. Susann war im sechsten Monat schwanger (und sie war in dieser Zeit wunderschön). Sie gingen am Strand spazieren. In dem Weidengestrüpp hingen Plastiktüten, zerfetzt, Reste der letzten Hochflut. Es war ein warmer, leicht windiger Tag. Die Elbe: kleine kabbelige Wellen, in denen die Sonne aufblitzte, und am Strand die weißen Rüschen jener Wellen, die eine Hafenfähre hinter sich herzog. In einer Sandkuhle lag ein Paar, nackt. Die Frau, eine Blondine, hatte tiefschwarzes Schamhaar.

Die Sonne bringt es an den Tag, hatte Susann gesagt, und sie hatten so laut gelacht, daß das Paar erschrocken auffuhr. Er wünschte sich, daß sie jetzt neben ihm säße, daß er mit ihr reden könnte.

Nach gut einer Stunde Fahrt auf dem Sandweg erreichten sie eine kleine Stadt. Der Mann saß jetzt an Wagner gelehnt, seine Augen lagen tief und schattig in den Höhlen. Die Wunde blutete nicht mehr. Er war einer Ohnmacht nahe, dennoch dirigierte er den Fahrer durch den Ort, bis sie das Krankenhaus erreichten, einen Neubau, weiß gestrichen, mit einem riesigen roten Kreuz an der Fassade. Der Fahrer bremste vor dem Eingang ab und setzte noch etwas zurück. Anerkennend knuffte er Wagner in die Schulter, weil der den Rückwärtsgang eingelegt hatte. Dann half er dem Verletzten aus der Fahrerkabine. Sie faßten den Mann unter den Armen und führten ihn, der schwer an ihnen hing, ins Krankenhaus. Eine Schwester mit einem großen Ordenshut, weiß wie ein Segelschiff, kam gelaufen und brachte ein Rollbett, und noch während sie den Mann aufs Bett hoben, verlor er das Bewußtsein.

Ein Arzt, ein noch junger Mann mit einem schwarzen Vollbart, ließ sich auf englisch erklären, wo sie den Mann gefunden hatten. Wahrscheinlich sei er von einer Schlange in den Finger gebissen worden, den habe er sich vermutlich mit einer Machete selbst abgehackt.

Der Arzt sagte: Wait please. In front of the hospital you will find a bar.

Wagner setzte sich mit dem Fahrer an einen Tisch vor dem Café. Er bestellte sich Wasser. Der Fahrer sprach mit dem Kellner portugiesisch.

Wagner sah über den Platz, der das Stadtzentrum war. Neben einem Denkmal, das einen bärtigen Bronzekopf zeigte, standen zwei Bänke, auf denen ein paar alte Männer saßen. Ein Eismann schob seine Karre über den Platz und läutete eine kleine Bronzeglocke.

Wagner überlegte, ob er nicht einfach einen Mietwagen nehmen und noch heute nacht nach Hause fahren sollte? Aber wo genau waren sie jetzt?

Es gab hier viele Indios und auch Schwarze. Ein paar Kinder hüpften auf in den Sand gezeichneten Feldern, auf einem Bein stehend bückten sie sich, hoben einen Stein auf und hüpften zurück. Wahrscheinlich spielten sie Himmel und Hölle, und Wagner hätte gern gewußt, wie das auf spanisch heißt und wie dieses Spiel hierhergekommen war. Er dachte, daß er mit Luisa hatte zusammenziehen wollen, ein Plan wie aus einem anderen Leben.

Die Dämmerung brach herein. Männer stellten ihre Stühle vor die Haustür und saßen dort redend und rauchend. In der Bar lief das Fernsehen. Der Juntachef redete. Er trug eine engsitzende Uniform, die ihm sonderbarerweise das Aussehen eines Herrenschneiders gab. Vielleicht lag es an dem dichten schwarzen Schnurrbart.

Wagner sah den Arzt über den Platz kommen, der aufgeknöpfte lange Kittel wehte. Er setzte sich zu Wagner und dem Fahrer an den Tisch. He is o. k., and this finger (er hob den Zeigefinger) is only important for soldiers and doctors. Er bestellte ein Bier und fragte Wagner, was er im Lande mache.

Wagner erzählte ihm, daß er in der Hauptstadt gewesen sei und daß man ihm auf der Rückfahrt den Verteiler geklaut habe. Jetzt sei er auf dem Weg zu seiner Baustelle.

Der Arzt ließ sich nochmals den Namen der Stadt nennen. Dann lachte er und sagte: You are totally wrong. Er rief etwas auf spanisch in die Bar.

Der Kellner kam mit einer Straßenkarte. Der Arzt zeigte den Ort, in dem sie jetzt waren, dann tippte er auf einen anderen Ort, der weiter nordwestlich lag. Dort war Wagners Baustelle. Dazwischen lagen schätzungsweise 300 Kilometer. Wagner sah den Fahrer an, der starrte auf die Karte und schüttelte den Kopf. Offenbar konnte er nicht lesen. Der Arzt redete mit ihm auf portugiesisch. Der Fahrer zeigte auf einen Ort, der jenseits der Grenze lag. Barracão. Der Name hörte sich, so wie ihn der Arzt aussprach, nur noch entfernt ähnlich an. Der Fahrer sah Wagner an, und in seinem Gesicht zeigte sich Betrübnis. Er machte eine Handbewegung, die sein Bedauern ausdrückte. Dann stand er ganz unvermittelt auf und ging zu dem Laster hinüber. Wagner wollte erst hinterherlaufen, um ihn zu trösten, aber der

Arzt sagte, der Fahrer wolle nur etwas holen. It is a misunderstanding.

Er hatte Scotch bestellt und stieß mit Wagner an.

Wagner wollte wissen, ob man in dem Ort ein Auto mieten könne. No. Impossible. This is the end of the world. Dann begann er zu erklären, wie Wagner am schnellsten zu seiner Baustelle kommen könne. Es gab eine Busverbindung, aber man mußte zweimal umsteigen und zwischendurch auf einem Esel reiten. Wagner hielt das für einen Witz.

No, it is true, you have to go by donkey.

But why?

Wenn Wagner den Mann recht verstand, führte die Route auf einer Autobahnbrücke über eine tiefe Schlucht, es war aber keine richtige Autobahnbrücke.

I don't understand.

I understand. This country is a miracle. Because it is a continual transformation from rational structures to shit and then from shit to fairy tales und finally to real miracles. You'll see it on the road.

Wagner war von dem Whisky inzwischen benommen, das nahm allen Problemen ihre Ecken und Kanten. Bei dem Gedanken, daß Steinhorst in Gummistiefeln durch die Baugrube watete, um die Begrenzungen festzulegen, mußte er laut lachen. Der Fahrer war in den Laster gestiegen und losgefahren. Er fuhr um den Platz und stoppte dicht vor der Bar. Er kletterte aus der Fahrerkabine und trug etwas, leicht verdeckt, in der Hand. Mit einer schnellen Bewegung legte er Wagner den Verteiler auf den Tisch. Er sagte etwas, ohne Wagner anzusehen, zu dem Arzt. He is sorry. He wishes you good luck.

Wagner starrte das Maschinenteil an, das, wie zum Hohn, auch noch geputzt war.

Der Arzt übersetzte, daß Wagners Brief- und Reisetasche von einem anderen Lastwagenfahrer gestohlen worden seien, als Wagner in das Restaurant gegangen war, um den Verteiler zu suchen. Er habe alles gesehen, aber zu dem Zeitpunkt Wagner leider noch nicht gekannt.

Wagner lachte, er lachte, als müsse er sich von den Anstrengungen der vergangenen Stunden befreien, der Hitze, dem Krach, dem Staub, diesem Gedröhn, das er noch immer in den Ohren hatte. Er hielt den Verteiler in der Hand und lachte. Zuerst sahen die beiden ihn überrascht an, als habe er den Verstand verloren, dann begannen auch sie zu lachen, erst vorsichtig, als könnten sie ihn durch ihr Lachen verletzen, dann immer lauter und unmäßiger. Nachdem sich Wagner wieder gefaßt hatte, gab er dem Fahrer die Hand und sagte: Gracias. Er bat den Arzt, den Fahrer zu fragen, warum er ihm Haare ausgerissen habe. Der Arzt vergewisserte sich, ob er die Frage auch richtig verstanden hatte. Wagner sah ein kleines listiges Grinsen im Gesicht des Fahrers. Er holte die Haare aus der Brusttasche seines Hemdes und zeigte sie dem Arzt, er sagte dazu etwas, über das der in ein lautes Lachen ausbrach. Der Fahrer habe ihm die Haare ausgerissen, um seinem Freund zu beweisen, daß er mit einer schönen blonden Frau zusammengewesen sei.

Der Fahrer umarmte Wagner. Und Wagner tauchte in diesen durchsonnten, dreckigen Geruch seiner Kindheit. Dann stieg der Fahrer in den Laster, ließ den Motor an und fuhr, hupend, eine Runde um den Platz und dann davon.

Falls Wagner noch den Bus heute abend haben wolle, müsse er sich beeilen, sagte der Arzt. Er würde ihn zur Haltestelle begleiten. Wagner wollte zahlen, aber der Arzt bestand darauf, ihn einzuladen. Sie waren schon ein Stück gegangen, als der Kellner hinterherkam und den Verteiler brachte, den Wagner auf dem Cafétisch hatte liegenlassen.

28

Der Bus fuhr langsam, mit dröhnendem Motor, eine Steigung hoch. Er schaukelte mit schlagenden Achsen durch die Löcher. Es war dunkel, nur zwei rote Notleuchten brannten an der Decke. Im Gang standen die Menschen dicht gedrängt. Viele waren Indianer, sie schliefen im Stehen. Die alte Frau, die neben Wagner am Fenster saß, hatte sich in ein weites, schwarzes Tuch eingehüllt und war im Schlaf auf ihn gesunken, ihr Gesicht an seiner Brust. Auf ihrem Schoß lag ein weißes Huhn. Sie hatte das Tier, dessen Beine gefesselt waren, vorsichtig mit dem Rücken auf ihren Schoß gelegt. Dort lag es noch immer wie hypnotisiert. Nur hin und wieder bewegte es die Augen. Hinten weinte ein Kind. Im Gepäcknetz grunzten zwei Ferkel. Ab und zu hielt der Bus, und jedesmal stiegen noch ein paar Menschen ein. Einmal mußten alle im Gang Stehenden aussteigen, weil eine Frau mit einem auf den Rücken gebundenen Säugling hinaus wollte. Sie hockte sich vor den Bus hin, die Röcke hebend, und pinkelte. Dann stieg sie wieder ein und nach ihr die anderen, die draußen gewartet hatten. Der Bus röhrte weiter durch die Nacht. Plötzlich war die Landschaft von Flammen erhellt, gigantische Fackeln, in deren Schein eine baum- und buschlose Ebene zu sehen war, darin bewegten sich schattenhaft wie pikkende stählerne Vögel Erdölpumpen. Die alte Frau neben ihm war aufgewacht. Er sah den gelben Lichtschein auf einem runzligen Gesicht. Die Frau griff in den am

Boden stehenden Korb und zog ein Brot heraus. Sie brach ein Stück ab und reichte es Wagner. Es war Maisbrot. Sie zog eine verbeulte Blechflasche aus dem Korb, schraubte den Verschluß auf und hielt sie Wagner hin. Er zögerte einen Moment. Dann nahm er die Flasche und trank. Es war ein lauwarmer Saft, der aber eigentümlich aromatisch und körnig war und darum kühl schmeckte. Dann trank die Frau. Sie riß Bröckchen aus dem Brotlaib und schob sie in den zahnlosen Mund. Das Huhn lag wie tot in ihrem Schoß, aber seine Augen verfolgten die Brotbröckchen in der Hand. Die Alte hielt Wagner nochmals die Blechflasche hin. Aber so direkt, von Mund zu Mund, mochte er dann doch nicht trinken. Er bedankte sich, wartete, bis die Frau fertiggegessen hatte, zog seine Zigaretten heraus und bot ihr eine an. Sie zog sich vorsichtig eine und noch eine zweite heraus. Eine steckte sie sich hinter das Ohr, die andere in den Mund. Sie saßen schweigend nebeneinander, rauchten und wurden in den Schlaglöchern gegeneinander gedrückt.

Neben dieser alten Frau sitzend, die wie ein Matrose die Zigarette rauchte, sie in der hohlen Hand zwischen Daumen und Mittelfinger hielt, fragte er sich, was ihm eigentlich noch blieb. Was er eigentlich noch wollte. Einmal abgesehen von seinem Beruf, der ihm Spaß machte, aber keine Antwort darauf geben konnte, warum er sich in all den Jahren krummgelegt hatte: Warum ist die Banane krumm? Er lachte kurz auf. Die Alte sah ihn an und nickte ihm zu, als wollte sie sagen: Mach weiter. Wenn er zurückdachte, dann schwammen da ein paar Erinnerungen, die peinlichen, peinigenden sehr nah und deutlich umrissen, die sogenannten schönen vereinzelt, fern und in einem feinen Dunst. Aber Land war nicht in Sicht. Irgendwie, auf eine kaum merkliche Weise, waren ihm die Wünsche abhanden gekommen. Sie waren durch die vielen kleinen Gewohnheiten und die vielen kleinen Notwendigkeiten aufgerieben worden.

Sie fuhren durch Wald, und sogleich dachte er, daß jetzt die Baugrube nicht mehr weit sein könne. Was natürlich unmöglich war. Dann hielt der Bus. Irgend etwas lag auf der Straße. Im Bus entstand eine Bewegung nach vorn. Ein paar Männer stiegen aus, auch der Fahrer. Man hörte sie erregt rufen. Eine hektische Unruhe entstand, alle redeten durcheinander und aufeinander ein. Er dachte, genau dies sei die Stimmung auf einem sinkenden Schiff. Er hörte das Schreien und Kekkern der Tiere im Wald, ein vielstimmiger Beute- und Todesschrei, der sogar das Wummern des Motors übertönte. Dann stiegen alle wieder ein, und der Bus fuhr weiter, ohne daß Wagner gesehen hatte, was auf der Straße passiert war.

Er war eingenickt und von neuer Unruhe im Bus wenig später aufgewacht. Alle drängten hinaus. Wagner ging zum Fahrer und zeigte ihm den Zettel, auf den der Arzt ihm den Namen der Stadt geschrieben hatte. Der Busfahrer zeigte aber nur auf ein Haus und sagte: Fin de viaje.

Wagner drückte dem Fahrer den Verteiler in die Hand und winkte ihm nochmals zu. Der Mann stand da, staunend, als hätte Wagner ihm ein Osterei in die Hand gelegt. Er ging zu dem Hotel hinüber, auf das der Fahrer gezeigt hatte. In der Schankstube hing ein Mann über einem Tisch und schlief. Er hatte das Gesicht auf die Tischplatte gelegt, die Arme weit ausgestreckt, lag er da, als habe ihn der tödliche Schuß beim Biertrinken überrascht. Es war kurz nach zwei, und Wagner wußte nicht, ob er den Mann wecken sollte. Dann entdeckte er einen Klingelknopf über einem Tisch. Er klingelte. Nach einiger Zeit erschien ein mürrischer Mann im Pyjama.

Do you have a room for me?

No, sagte der Mann und schlurfte wieder weg. Wagner überlegte, ob er sich zu dem Mann an den Tisch setzen sollte, dann aber ging er hinaus. Draußen, dicht neben dem Eingang, stand ein Korbsessel. Er setzte sich hinein. Eine Hand ließ er in der Hosentasche, in der das Geld steckte. Mit der Anzugjacke deckte er sich zu. Hinter einem Gebüsch kam ein eigentümliches Schnauben und Ächzen hervor. Aber er konnte weder ein Tier noch einen Menschen entdecken. Gern hätte er jetzt jemandem erklärt, warum er hier saß, verdreckt und unrasiert. Wie alles mit einem verrückten Einfall begonnen hatte, denn natürlich war er aus der blinden Hoffnung heraus gefahren, Luisas Anschrift in der Präfektur zu erfragen (die Hoffnung, Luisa noch in der Stadt zu treffen) – wie er vom rechten Weg abgekommen war, und wie er sich dann immer weiter von dem Ziel entfernt hatte, zu dem er eigentlich wollte. Winzige Zufälle, die sich zu einer unumstößlichen Zwangsläufigkeit auftürmten. Renate hätte das ein Abenteuer genannt. Aber es war nur ein Abenteuer aus der Perspektive eines mit Blautannen bestandenen Vorgartens eines Hamburger Flachdachhauses. Susann hätte es weit nüchterner bezeichnet, als ein kurioses Mißlingen. Schon im Halbschlaf schreckte er vom Knistern des Korbstuhls hoch.

Kindergeschrei weckte ihn. Es war hell. Ein paar Kinder standen hinter einem gelbblühenden Gebüsch und bewarfen ihn mit kleinen roten Beeren. Als Wagner aufstand, liefen sie davon.

Er ging in das Gasthaus und setzte sich. Der Wirt kam. Er hatte noch immer ein mürrisches Gesicht, das Wagner sogleich auf sich bezog, da er den Mann nachts geweckt hatte.

Café y pan, por favor.

Der Wirt sah ihn mißtrauisch an, dann rieb er den Zeigefinger am Daumen, eine Geste, so weit verbreitet, wie wir gekommen sind, dachte Wagner. Er zeigte dem Wirt sein Geld, einen Packen Scheine gleichsam als Rache dafür, daß der Mann ihn für zahlungsunfähig gehalten hatte. Zugleich merkte er, daß es ein Fehler war, soviel Geld zu zeigen.

Der Wirt brachte Kaffee und Brot, etwas Marmelade und ranzige Butter. Wagner sah durch die offenen Fenster die Sonne über dem bewaldeten Höhenzug aufgehen. Er dachte an die Baustelle, an das Grundwasser in der Baugrube von Halle B, aber er dachte daran so, als ginge ihn das nichts mehr an. Ein Stück erlebter Geschichte, fern und sonderbar, seine Sorgen, seine Anstrengungen. Wie hatte Hartmann gesagt: Wagner sei derjenige, der alles wieder ins Lot brächte.

All das war ihm gleichgültig, nur wenn er an den Streik dachte, gab es ihm einen Stich, und die Unruhe war plötzlich wieder da. Nicht, weil er sich bei dem Bauträger – was für ein aberwitzig falscher Begriff – in der Schuld glaubte, sondern es war ein Gefühl der Scham gegenüber den Arbeitern, gegenüber den vier Männern, die seinetwegen entlassen und abgeschoben worden waren. Wie mußten ihn all die anderen Arbeiter sehen: ein täppischer Riese, rotgesichtig vom Sonnenbrand, hellblaue Augen, von denen man ja sagt, sie könnten nichts verbergen.

Der Wirt kam, redete auf Wagner ein und zeigte nach draußen. Dort stand ein Esel, daneben ein Treiber, der einen großen, das Gesicht beschattenden Strohhut trug. Der Wirt bedeutete Wagner, er müsse gehen. Wagner hielt ihm einen Geldschein hin. Der Wirt steckte ihn ein, ohne Wechselgeld herauszugeben. Wagner sagte sich, daß der Ritt mit dem Esel vielleicht in der Summe enthalten sei. Er ging hinaus und stieg auf den Esel, den der Treiber, der trotz der Hitze einen Poncho trug, mit dem Arm um den Hals festhielt. Der Wirt kam und brachte einen Strohhut, für den er Geld verlangte. Einen Schein, den Wagner ihm hinhielt, wies er zurück, er suchte sich aus dem Bündel Geldnoten eine heraus. Es war eine ziemlich große Banknote, und Wagner hätte sich in Deutschland dafür einen Borsalino kaufen können. Er protestierte aber nicht, weil er sich sagte, daß er sich das selbst zuzuschreiben habe, er hätte eben nicht das Geld zeigen dürfen. Zugleich beschlich ihn die Angst, man könne ihn auf dem Esel in einen Hinterhalt führen, ihn berauben, wenn nicht gar umbringen. Der Treiber schnalzte und zog den Esel hinter sich her die Dorfstraße entlang. Neben Wagner rannten die Kinder, die ihn wieder mit diesen kleinen roten Früchten bewarfen. Einer der Jungen machte das Fickzeichen. Wagner wußte nicht, ob das ein Angebot sein sollte oder ob er ihn damit nur ärgern wollte.

Der Eseltreiber zog, ohne sich darum zu kümmern, das Tier an einem Strick hinter sich her. Sie kamen in den Wald, der kurz hinter dem Dorf begann, und tauchten in ein Grün, hinter dem der Himmel nicht mehr zu sehen war. Es war das erste Mal, seit er im Lande war, daß ihm der Wald körperlich so nahe kam. Hin und wieder streifte ihn eine der Lianen, die wie Seile von den Bäumen hingen, Stämme mit einer feingeriffelten Rinde, senffarben und gute zwanzig Meter hoch, daneben Palmen, im Halbschatten Büsche, lanzenförmige Blätter von einem zarten Hellgrün, aber schon der Versuch, die verschiedenen Blattformen und Tönungen des Grüns zu sehen, machte ihn ganz wirr, und er dachte, wie arm die Sprache war, um dieses nach oben drängende, lichtschluckende Grün zu bestimmen, also auch wahrzunehmen. Er hatte einmal von einem Indianerstamm am Amazonas gelesen, der mehr als zweihundert Wörter für die Bestimmung des Grüns hatte. Der Esel ging ruhig auf dem Pfad, einer dicken trockenen Blätterschicht, voran der Treiber, in seinem Poncho, den Strohhut auf dem Kopf, so daß Wagner noch immer nicht sein Gesicht hatte sehen können. Trug nicht auch der Jaguarmann einen solchen Strohhut, ausgefranst und seitlich eingerissen? Ein Zweig streifte Wagner, und wie durch eine kleine Explosion wurde er mit graublauem Blütenstaub überschüttet. Wagner wollte sich gleich, wenn er zurück war, mit Juan treffen, nur der würde ihm die Fragen beantworten können, die ihn bewegten, wie diese riesigen Bäume hießen und über wen er Luisa kennengelernt hatte, denn das zumindest mußte Juan von irgend jemandem erfahren haben, daß sie Spanischstunden geben wollte, also Geld brauchte. Einer der meterdicken Bäume lag umgestürzt da, was erst vor kurzem geschehen sein konnte, und hatte eine Schneise ins Grün geschlagen. Wagner sah den Himmel, überraschend das Blau und darin ein paar Wolkenschlieren. Das ganz und gar Unerwartete für ihn war aber die Stille in dem Wald, kein Tierlaut war zu hören, kein Wasser und kein Wild. Der Führer ging in Sandalen, wie Hartmann sie getragen hatte, und Wagner hörte, obwohl der Mann so zielstrebig bergan ging, kein Keuchen, nicht einmal das Atmen. Nur der Esel schnaufte hin und wieder. Das Fell war schweißnaß. Plötzlich drehte sich der Mann um. Wagner sah in das alte Gesicht eines Indianers. Ein Gesicht, das nicht zu den zähen Bewegungen des Körpers paßte. Der Mann drängte den Esel etwas zurück und zeigte auf einen am Boden liegenden Baumstamm, auf dem eine grüne Schlange lag, von derselben Art, wie Wagner sie am ersten Tag überfahren hatte. Der Mann wartete, bis die Schlange verschwunden war, dann zog er den Esel an dem Stamm vorbei. Wagner saß schweißnaß, aber frierend auf dem Esel. Jetzt, nachdem er das Gesicht seines Führers gesehen hatte, fiel er in eine teilnahmslose Dumpfheit, eine Gleichgültigkeit gegenüber Ort und Zeit. Eine Zeitlang störte es ihn, daß der Esel, bergauf steigend, sich mehrmals vertrat, so daß er sich jedesmal am Sattel festklammern mußte. Dann wurde der Pfad so schmal, daß der Führer sich nicht mehr neben dem Esel halten konnte, sondern vorangehen mußte. Plötzlich brach über ihnen in den Baumkronen ein Geheul wie ein Sturm los. Eine Herde Affen turnte durch die Baumwipfel.

Der Esel war müde und keuchte, immer öfter mußte ihn der Führer mit Stockschlägen gegen die Vorderbeine antreiben. Dann wurde das Grün lichter, und sie traten aus dem Wald – vor Wagner lag eine sechsspurige Autobahnbrücke. Die Brücke spannte sich in einem kühnen Bogen über ein steil abfallendes Tal. Und sie endete an beiden Seiten im Wald, in kleinen Pfaden.

Sie lag vor Wagner, mächtig und auf eine wunderschöne Weise zwecklos und ohne Sinn, es sei denn, sie trug ihren Sinn in sich selbst. Er entdeckte einen Fußgänger auf der Brücke. Wäre er in einem Landrover hierher gekommen, er hätte sie als Kuriosität belächeln können, als ein Denkmal der Fehlplanung und Korruption, wie Hartmann sie ihm beschrieben hatte, so aber, durchgeschwitzt, durstig, mit beulendicken Insektenstichen und einer Zecke von der Größe eines Mistkäfers im Arm, ritt er in einem innigen Staunen über die Brücke. An den Rändern standen verrostete Maschinen, Kompressoren, schmarotzergrün überwuchert, eine Teermaschine, überall lagen verrostete Maschinenteile verstreut, ein Zementmischer, dessen große Trom-

mel einen grünen Bart trug, ein Kran war von Kletter-
pflanzen überzogen, deren weiße Blüten wie Kaskaden
von Verstrebung zu Verstrebung schäumten.

Dann tauchten sie wieder in den Wald ein, und Wagner war, als würde sein Pulsschlag langsamer. Er saß
wieder gleichgültig, dem Dämmern nahe, bis sie, es war
schon später Nachmittag, den Ort erreichten. Man
konnte dem Dorf sogleich ansehen, daß es einmal Zentrum einer großen Baustelle gewesen war. Denn auch
hier standen überall verrostete Lastwagen, Planierraupen, Bulldozer und Zementmischmaschinen herum.
Dazwischen lagen Kies- und Sandhaufen und zwei in
dolomitenhaften Gebirgsformationen erstarrte Zement-
haufen. Dahinter verfallene Nissenhütten – die Wagner
erstmals wieder an seine Baustelle denken ließen – und
ein paar eingefallene Fertighäuser, in denen wahrscheinlich die Ingenieure gewohnt hatten. Es folgten
ein paar alte, im Kolonialstil errichtete Wohnhäuser,
eine weißgetünchte Kirche, der ein gelbbraunes zweistöckiges Haus mit schweren Säulen gegenüberlag. Auf
die Fassade war mit Teerfarbe das Wort *Hotel* gemalt.
Im selben Haus war noch eine chinesische Wäscherei.
Der Treiber hielt den Esel an – es war das erste Mal,
seit sie morgens aufgebrochen waren, daß der Mann
stehenblieb, um sich dann aber auch sogleich auf den
Boden zu setzen.

Wagner ging in das Hotel.

Die auf gußeisernen Säulen ruhende Halle lag in einem schummrigen Licht. Es roch nach einem penetran-
ten Parfum. Die Holzverkleidung an den Wänden wellte
sich. An einem runden Rauchtisch saßen ein Offizier
und eine Frau.

Die Frau musterte ihn genau, insbesondere seine Hose, dann sagte sie: No.

Der Offizier saß im Sessel, die Uniformjacke aufgeknöpft und den Schlips gelockert. Er grinste.

Wagner griff in die Hosentasche und zog die Banknoten heraus. Die Frau starrte auf dieses verschwitzte
und verknautschte Bündel Geld, dann drückte sie die
Zigarette im Aschenbecher aus und stand auf. Sie ging
zum Tresen und holte einen Schlüssel vom Brett. Sie gab
Wagner ein Stück Seife und ein Handtuch. Betont langsam ging sie voran, über einen mit Neonröhren weiß
erleuchteten Gang. Er sah ihren kleinen runden Hintern
in dem engen Rock, ihre schwarzbestrumpften Beine,
ihre hochhackigen Korkschuhe und dachte, daß sie ihn
möglicherweise mißverstanden habe. Er war in einem
Bordell gelandet. Sie schloß eine Zimmertür auf. In dem
kahlen, sehr hohen Zimmer stand ein Metallbett, eine
Kommode, darauf ein Wasserkrug und eine Schüssel.
An der Wand hing ein abgestoßener Spiegel, der genau
auf das Bett zeigte. Die Frau machte mit den Fingern
die Zahlbewegung. Er hielt ihr seine Geldscheine hin.
Sie suchte, zögerte, zog schließlich einen Schein heraus.
Zunächst wollte er protestieren, aber dann sagte er sich,
daß es nicht auf das Geld ankäme, wichtig war, daß er
heute nacht in einem Bett schlafen konnte. Die Frau
ging. Er betrachtete sich in dem Spiegel, unrasiert, verdreckt mit eingetrockneten Blutflecken an der Hose. Er
sah aus wie jemand auf der Flucht. Er war überrascht,
daß die Frau ihm überhaupt ein Zimmer gegeben hatte.

Ich bin ziemlich am Ende, sagte er laut zu sich.

Er wusch sich in der Wasserkumme Gesicht und
Hände. Dann versuchte er, das Blut aus der Hose zu
waschen. Gern hätte er sich rasiert. Er klopfte die ver-
dreckte Jacke aus, nahm sie so über den Arm, daß sie die
nasse Stelle am Bein verdeckte. Er ging in die Hotelhalle, wo die Frau wieder am Tisch des Offiziers saß.

Der Mann musterte ihn mit einer gespannten Neugierde. Wagner reichte der Frau einen Zettel mit Bredows Telefonnummer. Sie wackelte mit dem Zeigefinger, was wohl heißen sollte, daß es nicht ginge. Er zeigte wieder sein Geld. Sie stand auf, ging zum Tresen, wählte die Nummer und hielt Wagner den Telefonhörer hin. Die Leitung war tot. Der Bus?

Mañana. Sie schrieb die Uhrzeit auf. 7.30 Uhr.

Wagner beruhigte sich damit, daß es jetzt auch nicht mehr auf einen Tag mehr oder weniger ankäme, und setzte sich an einen der Tische im menschenleeren Hotelrestaurant. Ein Kellner in einer weißen, sorgfältig gebügelten Jacke stellte Wagner, ohne daß er etwas bestellt hatte, eine Flasche Weißwein und einen gegrillten Fisch auf den Tisch. Er aß von dem Fisch, einem Süßwasserfisch mit zahlreichen Gräten und einem weißen zarten Fleisch. Wagner wollte zahlen, aber der Kellner winkte ab. Wahrscheinlich war das Abendessen im Zimmerpreis inbegriffen. Er ging hinaus, wo der Eselführer noch immer am Boden hockte. Wagner reichte ihm einen Geldschein. Der Mann schüttelte den Kopf und zog eine Münze aus einer kleinen Ledertasche und zeigte sie Wagner, der mußte ihm den Geldschein regelrecht aufdrängen. Der Alte nahm den Schein und hockte sich wieder auf den Boden. Wagner ging über den Platz, in dessen Mitte ein Marmorsockel stand und darauf zwei riesige Bronzestiefel, mit Sporen an den Hacken. Beim Näherkommen entdeckte er, daß der Körper, den diese Stiefel einmal getragen hatten, abgeschlagen worden war. Auf einer ebenfalls zerschlagenen Bronzetafel war noch der Vorname Domingo zu lesen und auf spanisch und englisch, daß der große General und Volksführer, der Erbauer der höchsten Brücke des Landes, in diesem Ort geboren worden sei.

Wagner ging durch die Gassen, vorbei an alten Häusern. Aus den Blumen- und Früchtegirlanden an den Fassaden waren Teile herausgebrochen, überall zeigten sich Risse und Sprünge in den Mauern. Es roch nach Essensdünsten und Naphthalin, mit dem die Einwohner wahrscheinlich die riesigen Motten bekämpften, die in der Luft torkelten und sich immer wieder auf Wagners Anzug setzten. Auf der Straße war niemand zu sehen. Aus den offenen Fenstern drang das Geschrei einer Fußballübertragung. Hunde liefen herum, riesige Köter, von einer nie gesehenen Mischrasse, nackt und rosig wie Schweine. Ungewöhnlich große Hühner waren auf der Straße und sprangen in gewaltigen Sätzen in die Luft, die Klauen wie Adler hochgerissen. Wagner sah, daß sie Heuschrecken fingen, die fast die Größe einer Hand hatten und erst nach einem regelrechten Kampf, wobei die Hühner auch ihre Klauen einsetzten, zerrissen und verschlungen wurden. In diesem Ort schien alles ins Riesige mutiert. Unter einem Pritschenwagen lag ein Mann, wie überfahren, die Beine ragten unter dem Wagen hervor, als habe der Fahrer einfach gebremst und den Überfahrenen liegen lassen. Der Mann rührte sich nicht, und da es inzwischen schon fast dunkel war, konnte Wagner sich auch nicht erklären, was der Mann da unter dem Wagen suchte.

Er kam in eine Gegend, in der selbstgezimmerte Hütten standen, aus Holz und Wellblech, winzige Behausungen, die alle von kleinen Gartenzäunen aus Latten und Kisten umgeben waren. Auch in diesen Hütten liefen die Fernseher. Hinter den Hütten stieg das Gelände leicht an, und oben standen Häuser, die niedersächsischen Bauernhäusern ähnelten, allerdings standen sie auf Pfählen. Sie hatten eine Fachwerkkonstruktion und waren aus Ziegelsteinen gebaut. Wagner betrachtete einen Ziehbrunnen, wie er ihn bisher im Lande noch nicht gesehen hatte, da stürzte plötzlich eine Schar blonder Kinder auf ihn zu und rief: Schnabbolieren, schnabbolieren. Beeten Schleckerkrom. Sie streckten ihm ihre Händchen entgegen, von denen einige, wie er überrascht bemerkte, sechs Finger hatten.

Kiek mol in, riefen die Kinder.

Es waren saubere, blonde Kinder, die Plattdeutsch sprachen wie in irgendeinem Ort in Norddeutschland.

Eine Männerstimme rief, und im Nu waren sie alle verschwunden. Vor der Tür eines der Fachwerkhäuser stand ein alter graubärtiger Mann, ein Hüne, so groß wie Wagner, aber breiter und massiger. In der Hand hielt er eine Laterne, und hinter ihm stand eine junge hellblonde Frau. Der Mann fragte Wagner auf deutsch, woher er komme und wohin er gehe. Es war ein altertümliches Deutsch, und Wagner fiel sogleich Sophie ein.

Wagner sagte, er sei Ingenieur, käme aus Deutschland und sei hier im Land, um eine Papierfabrik zu bauen. Der Alte winkte Wagner ins Haus. Sie betraten eine große Küche, die aber nur von zwei Petroleumlampen erleuchtet wurde. In der Mitte des Raums stand ein langer hölzerner Tisch, um den Tisch standen derbe hölzerne Stühle. An der Wand ein alter gußeiserner Herd, darüber hingen ein paar Schöpfkellen und Messingtöpfe. Der Alte zeigte auf einen der Stühle.

Seid willkommen, sagte der Alte, aber bedenkt, daß alle, die die Herrlichkeit loben und glauben, sie werden das Leid nicht sehen, werden erwachen und schreien. Die Plagen werden kommen, schon bald, Tod, Leid und Hunger. Und alle werden verbrannt werden durch ein großes Feuer, denn stark ist Gott, der Herr, der sie richten wird, die Hure Babylon, der auch Ihr dient.

Geht in Euch, tuet Buße und betet, damit Ihr der ewigen Finsternis entkommt.

Das ist meine Tochter Rebecca, sie soll Euch einen Becher Bier bringen.

Wagner fragte, ob der Mann eine Frau namens Sophie kenne.

Nein, sagte der Alte, ich kenne alle hier, ich bin ihr Prediger, die Frau kenne ich nicht. Aber es sind viele Gemeinden hier. Wir sind vor über hundert Jahren aus Pommern gekommen.

Die Frau brachte einen Krug und einen Becher und schenkte Wagner Bier ein. Wagner sah, daß auch sie sechs Finger hatte, die Hand des Alten war normal. Die junge Frau verbarg die Hände auf dem Rücken und starrte Wagner an. Er trank das Bier, das schwer und etwas bitter war. Der Alte hatte sich Wagner gegenüber an den Tisch gesetzt und trank auch.

Die Schrift sagt: Ein starker Engel hob einen großen Stein auf, groß wie ein Mühlstein, warf ihn ins Meer und sprach: Also wird mit einem Sturm verworfen die große Stadt Babylon und nicht mehr gefunden werden.

Wagner packte plötzlich ein Schwindel, die Anstrengungen der letzten Tage, die Hitze, das Bier, schon wieder dieses Gerede vom Untergang Babylons, das alles machte ihn wirr und auf eine niederdrückende Weise matt. Er wollte sich hinlegen und schlafen.

Er stand auf, bemerkte sein leichtes Schwanken, bedankte sich und ging hinaus und die Treppe hinunter. Der Mond schien hell und stark. Auf der Straße war niemand zu sehen, nur die Hunde liefen durch die Nacht, nackt und riesig.

In der Hotelhalle saß die Frau auf dem Schoß des Offiziers. Das Kleid war bis zu den Strumpfansätzen hochgerutscht, zwischen den Beinen, regelrecht eingeklemmt, steckte die Hand des Offiziers. Wagner trat kräftig auf, damit sie auf ihn aufmerksam würden. Aber die Frau zeigte nur auf das Schlüsselbrett, und der Offizier ließ die Hand, wo sie war.

Wagner ging in sein Zimmer und schloß die Tür ab. Er streifte sich die Schuhe von den Füßen und legte sich, ohne Hemd und Hose auszuziehen, aufs Bett. Vom Gang hörte er Schritte und das Kichern einer Frau, kurz darauf, fern, aber doch gut hörbar, das Quietschen von Sprungfedern, ein Stöhnen, das Stöhnen einer Frau, das Ächzen eines Mannes, eher ein Grunzen, er mußte, obwohl er sich gegen den Gedanken wehrte, an diese Hunde denken, die draußen durch die Nacht liefen.

29

Stimmen. Licht. Er schreckte hoch. Im Zimmer waren Männer. Jemand schrie. Er erkannte Uniformen. Er wurde hochgerissen. Er stand benommen, erst dann spürte er den Schmerz, man hatte ihm die Hände auf dem Rücken in Handschellen gezwängt. Er schrie.

Man stieß ihn durch die Tür, zerrte ihn über den Gang. Vor einem offenen Zimmer stand die Empfangsdame, verstört, im Morgenmantel. Draußen war es noch dunkel. Er wurde in einen Polizeiwagen gestoßen, und er dachte, daß sie genauso Luisa geholt hatten, genauso war es gewesen. Er saß auf einer Holzbank. Dann fuhr der Wagen an, und er wurde zu Boden geschleudert, wo man ihn liegen ließ. Nach einer kurzen Fahrt (sie hatten die Sirene angestellt) bremste der Wagen scharf. Die Tür wurde aufgerissen, man zerrte ihn raus. Er wurde in ein Haus geführt, eine Villa, die Fassade wie aus Holzbausteinen, angestrahlt von zwei Scheinwerfern. Vor dem Portal standen zwei Posten mit Maschinenpistolen, ein großes Vestibül, eine Treppe, Marmor, weißblau geflammt, Sandsäcke, ein Maschinengewehr im Gang, eine eiserne Tür, zwei blinde Spiegel, dann ging es eine Treppe hinunter in den Keller, ein langer, weiß getünchter Gang, ein Heizungskessel (wozu dieser Heizungskeller, so groß, als müßte ein Hochhaus beheizt werden?), eine Stahltür wurde aufgeriegelt, Wagner wurde in einen schmalen Raum geschoben. Die Tür wurde hinter ihm verriegelt. Er stand in einer Zelle, zweimal zwei Meter groß. An der Decke eine mit einem Drahtkorb umkleidete Lampe, ein Eimer für die Fäkalien, eine Pritsche, kein Fenster. Wagner setzte sich auf die Pritsche. Er lauschte. Er hörte das Dröhnen seines Bluts.

Er dachte, das alles würde sich schnell aufklären lassen, seine Firma und seine Nationalität würden ihn schützen, aber dann fiel ihm ein, daß er keinen Paß hatte, und er spürte im Hals seine Angst aufsteigen. In seiner Jackentasche würden sie den Brief an Susann finden, und er war froh, daß er den Brief nicht aufgegeben hatte, denn so würden sie sehen, hoffte er, daß er Ausländer war. Zugleich fiel ihm ein, daß viele Ausländer verschwunden waren, unauffindbar, trotz aller angeblichen Bemühungen der Botschaften. Wagner hatte immer gedacht, daß diese Leute doch irgendeinen Bezug, und seien es nur Sympathien, zur Guerilla gehabt haben müßten. Aber Fabrizi hatte ja gesagt, daß alle Dienststellen selbständig handelten, sogar die untersten. Was für ein Wort, dachte er, die untersten, und doch paßte es zu seiner Situation, er war ganz unten angekommen, heruntergekommen und dreckig, er war der letzte Dreck. Die Vorstellung, man könne die Tür aufreißen, ihn herauszerren und irgendwo erschießen, ließ seine

Zähne aufeinanderschlagen. Er zitterte. Er stand auf, lehnte sich an die Wand und suchte sich, indem er sich auf sein Atmen konzentrierte, wieder zu fassen. Er wollte sich ablenken, indem er sich vorzustellen versuchte, was Susann und Sascha jetzt täten. Schliefen sie noch? Waren sie eben aufgestanden? Frühstückten sie? Man hatte ihm die Uhr abgenommen. Jetzt nicht zu wissen, wie spät es war, brachte ihn in eine neue, schreckhafte Unruhe, als hinge sein Leben davon ab, in diesem Moment die genaue Uhrzeit zu wissen. Wahrscheinlich würden sie beim Frühstück sitzen, wie immer in der Küche, die von Susann gesammelten Messingbackformen an der Wand. Das weißblau karierte Tischtuch. Susann hatte sich schon geschminkt, sorgfältig dieses müde Gesicht, von dem Eyeliner gezeichnet, das seit ein paar Monaten morgens älter aussah als mittags, dieses ihm so vertraute, liebe Gesicht. Und abends der Duft der Bratäpfel. Es war ja Adventszeit – während er in dieser drückenden Hitze auf der Pritsche saß, die nach einem Desinfektionsmittel roch. Susann bestreute die Äpfel mit Zucker, der dann in der Backröhre karamelisierte. Eine durchsichtige braune Glasur. Liebesäpfel.

Ihm fiel der Granatapfel ein, den er in der Küche von Luisa gefunden hatte und der jetzt in seinem Auto lag. Und der andere Granatapfel, der unter dem Küchenschrank gelegen hatte, kleingeschrumpft, regelrecht verholzt. Wie lange mußte der da gelegen haben? Hatte Steinhorst nicht erzählt, daß Ehmke von der Kammer aus, in der seine Entführer ihn versteckt gehalten hatten, ein paar Granatäpfel unter einem Küchenschrank gesehen hatte? Waren es zwei oder drei?

Aber er hatte keine Kammer gesehen, von der aus man in die Küche hätte blicken können. Oder gab es nicht vielleicht doch eine Kammer der Küche gegenüber auf dem Gang? Nein, dachte er, ich mache mich verrückt, und dachte zugleich, sie wollten mich entführen. Sie, wer ist das? Es ist diese Zelle, diese bedrückend enge Zelle, die solche wahnhaften Gedanken aufkommen läßt. Er versuchte, an etwas anderes zu denken, aber er dachte: Hat sie mich in die Wohnung locken wollen? Das ist verrückt, schrie er, verrückt. Er versuchte sich zu fassen, er preßte sich die Fäuste gegen die Schläfen, bis der Schmerz ihn wieder zu sich brachte. Er legte sich auf die Pritsche und drückte den Arm auf die Augen, um so das Licht abzuschirmen. Er hatte ein paarmal tief durchgeatmet, als die Tür aufgerissen wurde. Ein Soldat winkte ihm. Jetzt, dachte er, jetzt.

Er stand ganz mechanisch auf und ging hinaus. Er nahm sich vor zu schreien, er wollte sich nicht einfach abschlachten lassen. Sie führten ihn die Treppe hinauf. Draußen war ein graues, diffuses Licht. Es war also schon Morgen. Man führte ihn über einen Korridor und schob ihn in ein Zimmer, ein großes hohes Zimmer. Durch eine große Flügeltür, die zu einem Balkon mit einem schmiedeeisernen Gitter führte (wahrscheinlich war dies der Salon gewesen), sah man in einen Park. Im Raum ein Schreibtisch, ein massiver Schreibtisch aus der Jahrhundertwende. Daneben ein kleinerer Büroschreibtisch. Hinter dem großen Schreibtisch saß ein Offizier, ein noch junger Mann, neben ihm stand ein Zivilist. Der Zivilist starrte Wagner an, ein aufgedunsenes rotes Gesicht, fett, starre Augen.

Wie entstehen solche Gesichter, dachte Wagner.

Der Zivilist zündete sich eine Zigarette an, und Wagner sah, wie ihm dabei die Hand zitterte. Der Offizier, der drei Sterne auf den Schulterklappen trug, hielt den verknitterten Brief an Susann in der Hand. Wagner begann, noch bevor einer der beiden eine Frage an ihn richten konnte, auf deutsch zu reden, wie zum Beweis, daß er Ausländer sei, daß er nichts mit dem Untergrundkampf zu tun habe. Er nannte den Namen seiner Firma, sagte, daß er als Bauingenieur im Land einen Fabrikneubau betreue, nannte den Ort, nannte auch Bredows Namen, sagte, er sei vom Weg abgekommen.

Der Zivilist begann zu grinsen. Offenbar verstand er Deutsch. Der Offizier faltete den Brief zusammen und zog ein Blatt hervor, auf dem wahrscheinlich die Übersetzung des Briefes stand. Jetzt liest er das, was nur für Susann bestimmt ist, dachte Wagner, und in ihm stieg eine jähe Wut auf, er brüllte: I want to speak to the Intendente, Colonel Kramer. Dann brüllte er den Namen der Firma, dachte aber, daß viele von denen, die hier gestanden hatten, in ihrer Verzweiflung die Namen bekannter ausländischer Firmen genannt hatten. Der Zivilist sagte etwas zu dem Offizier, der dasaß und nachdachte und dabei ganz unbeherrscht am Fingernagel seines Mittelfingers biß, die Angewohnheit eines Schuljungen, der nicht weiterweiß, und doch verriet diese kleine Unart und sein Schweigen, wer hier das Sagen hatte. Abrupt stand der Offizier auf und rief etwas zur Tür. Der Offizier griff sich, während zwei Soldaten Wagner herumrissen, eine Akte. Sie führten ihn durch den Korridor, auf dem zwei Mädchen und ein junger Mann auf einer Bank saßen. Die Soldaten hielten Wagner mit geübten Griffen fest, die, wenn man sich ihnen überließ, nicht schmerzhaft waren. Die drei Wartenden hatten ihn mit einem Ausdruck aus Angst und Mitgefühl angesehen. Er hatte versucht, ihnen zuzulächeln. Die Soldaten führten ihn die Treppe hinunter, und er dachte schon, er werde wieder in seine Zelle eingesperrt, aber sie gingen an der Tür vorbei. Der Gang machte einen Knick. Er war überrascht, wie lang der

Gang sich hinzog, wie weit diese alte Villa unterkellert war. Vor einer schweren Eisentür blieben sie stehen. Es war eine Eisentür, wie sie auch in die Schleusen der Luftschutzbunker eingebaut werden, die nur durch zwei schwere Eisenhebel geöffnet werden konnte.

Wagner wurde in einen hellerleuchteten Raum geschoben, dessen Boden und Wände gekachelt waren. Ein weißemailliertes Bett stand darin, ein Schrank, in dem verchromte medizinische Instrumente lagen, aber in so sonderbaren Formen, wie Wagner sie bislang noch nie gesehen hatte. Auf den Schrank war ein rotes Kreuz gemalt, eine Ambulanz, dachte er, und dann schoß ihm das Wort Folterraum durch den Kopf.

Er drehte sich um, wollte zur Tür raus, fliehen, schrie, schlug um sich, wurde gepackt, man zerrte ihn zu diesem Bett, ein dritter Soldat kam gelaufen, es kam zu einem Handgemenge, dann spürte er einen wilden Schmerz in den Armen, den Schultern, einen Schmerz, der ihn sich nach vorn beugen ließ, sie hatten ihm die Arme verdreht und nach oben gebogen. Er lag jetzt mit dem Oberkörper auf dem Bett, das Gesicht wurde ihm auf den Plastikbezug gedrückt, ein ekelhafter Gestank, der ihn würgen ließ, von hinten wurde ihm die Hose aufgeknöpft und heruntergerissen, er sah die Tür aufgehen, ein Mann kam herein, in Uniform, einen Kittel darübergezogen, eine Mischung aus Arzt und Offizier. Er beobachtete, wie der Mann sich langsam und sorgfältig Gummihandschuhe überzog, wie er, pedantisch genau, mit den Fingerspitzen das Gummi des anderen Handschuhs bis zu den Fingerwurzeln hinunterschob, dann trat er hinter ihn. Er versuchte, in seinem wortlosen Entsetzen, den Kopf umzudrehen nach diesem Mann, der jetzt hinter ihm stand, aber eine Faust drückte seinen Kopf auf den Plastikbezug, die Beine wurden ihm zur Seite gezogen, und mit einem tierischen Schreck spürte er, wie ihm jemand mit dem Finger in den Anus fährt. Dann läßt der Druck im Nacken nach. Er kann sich aufrichten. Er sieht, wie der Arzt eine schmale Taschenlampe weglegt, sich die Handschuhe von den Händen krempelt und sich die Hände wäscht. Einer der Soldaten macht ihm mit einer unwirschen Geste klar, daß er sich die Hosen hochziehen soll. Aber ihm zittern die Beine, die Hände, er zittert am ganzen Körper, ein Zittern, das sogar den Kopf erreicht. Zwei Soldaten packen ihn an den Armen, so wird er, halb gestützt, halb geschoben, in die Zelle zurückgeführt. Er sitzt in der Zelle, in der es noch heißer geworden ist, die nackten Füße auf dem Betonboden. Er erinnert sich, wie er, es war im letzten Herbst, barfuß durch den Sand gelaufen war. Es war ein Samstagnachmittag. Susann war mit Sascha zu einem Kindergeburtstag gegangen. Er hatte in seinem Arbeitszimmer gesessen und versucht, in der Zeitung zu lesen. Aber nichts wollte ihn interessieren. Er saß da und lauschte in die Stille des Hauses, und ihm war plötzlich, als stehe alles still. Er saß da, während draußen die Wolken langsam am Himmel zogen. Er war aufgestanden, nur um die Starre zu durchbrechen. Er war durch das viel zu große Haus mit seinen geraden Linien und rechten Ecken gewandert. Schließlich war er aus dem Haus gegangen. Im Wagen war er an die Elbe gefahren und ein Stück am Uferweg entlanggegangen. Er hatte sich die Schuhe ausgezogen, sie neben ein Weidengebüsch gestellt, um barfuß durch den Sand zu laufen. Er hatte eigentlich nur zum Wasser hinuntergehen wollen, war dann aber immer weitergelaufen, so wie er als Kind hier entlanggelaufen war, den Blick sehnsüchtig auf dem Strom, der schwarz und breit hinausführte, ins offene Meer. Er war fast eine Stunde gegangen, bevor er umkehrte. Die Schuhe waren verschwunden. Susann hatte sich, als er barfuß nach Haus kam, vor Lachen ausschütten wollen. Sie hatte ihm, damit ihm warm wurde, einen Glühwein gekocht.

Er versuchte, an Luisa zu denken. Er wollte sie sich möglichst genau in Erinnerung rufen, wie sie sprach, den Tonfall, ihre Haut, ihr Haar, ihre Bewegungen, wenn sie auf Gegenstände zeigte und sie benannte, er versuchte, sich auch die kleinste Winzigkeit ins Gedächtnis zu rufen. Aber es wollte ihm nicht gelingen. Er mußte sich sagen, daß er kaum etwas von ihr wußte, weder was sie dachte, noch was sie wünschte oder verabscheute. Und ihm fiel wieder der Brief ein, der oben auf dem Schreibtisch des Offiziers lag. Dieser Brief an Susann, der alles klären sollte und der sie wohl nun nie erreichen würde, auch nicht seine Bitte, daß sie sich trennen sollten. Er bedauerte es, den Brief nicht in der Hauptstadt aufgegeben zu haben. So war etwas ausgesprochen, was Susann, durch einen Zufall, nicht erreichte, was aber andere, zumindest der Offizier, schon wußten. Und was er wollte, war doch Klarheit, für sich und Susann. Wenn auch die zähe Hoffnung blieb, daß es für ihn und Susann doch einen neuen Anfang gäbe. Das hatte ihn auch zögern lassen, den Brief abzuschicken. Aber er wollte keine Illusionen, kein Verschweigen, vor allem keine falsche Trauer. Weinte sie, was sie nur selten tat, manchmal, wenn sie sich stritten, und hin und wieder, weil sie nach der Schule einfach fertig war, dann kam sie jedesmal in eine für ihn beängstigende Atemlosigkeit, weil sie immer wieder versuchte, sich zu fassen, das Weinen zu unterdrücken, bis sie schließlich laut schluchzte.

Dieses endlich befreiende Schluchzen.

30

Die Tür wurde aufgerissen. Zwei Soldaten standen in der Tür. Die Soldaten winkten ihm. Er stand auf, schlüpfte in die Schuhe und nahm seine Jacke. Langsam ging er hinaus. Er war über sich selbst überrascht, wie ruhig er war. Jedes Detail sah er genau und scharf umrissen. Die vergitterten Lampen an der Decke des Kellergangs. Den Flicken auf der Uniformjacke des Soldaten, der vor ihm ging. Ein Stück Drillich war auf den Rücken genäht und mehrmals abgesteppt worden. Die Uniform sah mit diesem Flicken auf dem Rücken aus, als sei darin schon einmal jemand erschossen worden. Sie gingen an dem Kessel vorbei, der viel zu groß für dieses Haus war, selbst wenn man Tag und Nacht hätte heizen müssen. Aber man mußte es doch gar nicht heizen. Er dachte an Luisas Körper, den er sich so schwer in der Zelle hatte vorstellen können, hier, als er die Treppe hochstieg und oben die Sonnenstreifen auf dem Korridor sah, hatte er sie vor Augen. Auf dem Gang drängten sich jetzt viele Menschen, Frauen und Männer aller Altersstufen. Und das beruhigte ihn, weil er sich sagte, jetzt sehen mich alle, und je mehr mich sehen, desto besser. Er wurde in den großen, aber heruntergekommenen Salon geschoben. Der Offizier kam ihm sogleich entgegen, zeigte auf einen Stuhl am Schreibtisch und sagte: Sorry. I really am awfully sorry. It was a misunderstanding.

Er führte Wagner zum Schreibtisch und gab ihm den Telefonhörer. Durch die zugezogenen schweren Samtvorhänge fiel ein breiter Sonnenstrahl. Das Licht schmerzte in den Augen. Er hörte Bredows Stimme: Was machst du für Geschichten? Du hast Glück gehabt, mein Lieber, daß die sich die Mühe gemacht haben, hier anzurufen. Gib mir mal den Hauptmann!

Der Hauptmann stand da, nickte und sagte immer: Sí, sí, sí. Er hatte sonst nichts mehr zu sagen. Wagner beobachtete, wie eine fette blauschimmernde Fliege über den Brief an Susann kroch.

Zwei Stunden später saß Wagner in einem Armeehubschrauber. Er hatte in der Villa geduscht. Der Hauptmann wollte ihm sogar seinen Trockenrasierer leihen. Aber Wagner lehnte ab. Der Pilot war ein noch junger Mann (die Armee schien, bis auf die Junta, aus jungen Leuten zu bestehen). Er zwinkerte Wagner unter seinem Pilotenhelm zu. Eine Vertraulichkeit, die, nach dem, was vorgefallen war, etwas Obszönes hatte. I'll take another way. It's a little bit longer but more beautiful. Dann zwinkerte er abermals und drückte den Hubschrauber weiter hinunter zum Urwald, der wie eine grüne Wolkendecke unter ihnen lag. Durch dieses Grün kämpfte sich Cabeza de Vaca. Er dampft in seinem Eisenkleid, von den Stichen riesiger Insekten gepeinigt, die Haut mit Schwären bedeckt. Von den Bäumen rieselt blauschwarz der Blütenstaub. Bleich liegt das Gesicht und eingefallen unter dem Eisenhut. Aus dem rechten Arm eitert ihm eine Pfeilspitze. Der Gestank des Eiters zieht die blauschwarz schillernden Aasfliegen an, die auf dem dreckigen Verband wie eine schwarze Traube sitzen.

Seit Tagen hört er das geheimnisvolle Rauschen, das langsam lauter wird, je weiter sie sich durch diese grüne Nacht vorankämpfen.

Die Pferde versinken in dem Boden, der tausendjährige Feuchtigkeit ausdünstet, bis sich plötzlich der Wald öffnet. Schäumend stürzen die Fluten aus dem Himmel. Sie waschen das Blut und den Schmutz ab, sie tilgen alle Wüsten der Welt. Aus dem Wasser steigen Nebel, Gischt und ein Regenbogen. Cabeza de Vaca fällt auf die Knie.

Diese brüllenden Sturzbäche sind Gottes fruchtbringender Samenerguß, sie sind der ewigwährende erste Schöpfungstag. Um diesen Regen Gottes zu entdecken, ist Cabeza de Vaca um die halbe Welt gewandert und hat die andere umsegelt. Um dies zu schauen, wurde er mit Augen geboren.

Sein restliches Leben ist von nun an ein Geschenk. Sie flogen in die Schlucht des Wasserfalls hinein, und der Pilot legte den Hubschrauber etwas schräg, damit Wagner das stürzende Wasser besser sehen konnte. Eine gute Stunde später landeten sie auf dem grünen Hügel. Bredow stand auf dem Rasen, seine Hosenbeine flatterten in dem Luftwirbel der auslaufenden Rotorblätter. Wagner kletterte aus dem Hubschrauber, ohne sich bei dem Piloten zu bedanken.

Bredow gab Wagner die Hand und sagte: Glück auf!

Bredow hatte seinen Wagen auf dem Rasen geparkt. Wagner stieg ein. In seiner Jackentasche spürte er den Brief an Susann. Der Hauptmann hatte ihm den aufgerissen zurückgegeben, abermals mit einer Entschuldigung. Der Brief, sagte er, habe ihn darauf gebracht, daß Wagner clean sei. Solche Briefe schreibt man nicht als Tarnung. Er habe daraufhin in Wagners Firma anrufen lassen.

Bredow startete den Motor und sagte nach einem kurzen Seitenblick: Du siehst schlecht aus. Hast du Fieber? Es hat hier ein paar Fälle der Legionärskrankheit gegeben. Betroffen sind sonderbarerweise nur Europäer und Amis, darum nennt man sie hier auch Atahualpas Rache. Bredow lachte. Zum ersten Mal lachte er wieder.

Aber im Ernst, sagte er, es ist eine verdammt gefährliche Krankheit. Und oft tödlich.

Ich glaube, ich bekomme eine Erkältung.

Eben, sagte Bredow, so beginnt sie, mit einer harmlosen Erkältung, dann kommt eine Lungenentzündung, und eh man sich umsieht, ist man über den Jordan.

Ich bin o. k.

Sei vorsichtig, geh zum Arzt.

Sie schwiegen. Wagner dachte, daß Bredow ihm wohl eine Brücke bauen wolle. Er hätte sich jetzt krankschreiben lassen und nach Deutschland zurückkehren können.

Sie hielten vor Wagners Bungalow. Der Nachbarbungalow, in dem der Agronom aus Texas gewohnt hatte, war verschwunden. Das Haus war abgerissen worden. Dort, wo früher ein nur kniehoher Maschendraht die Grundstücke trennte, verlief jetzt eine mannshohe Betonmauer mit einer Stacheldrahtrolle auf der Brüstung.

Du wirst ausziehen müssen, sagte Bredow. Wir haben schon einen neuen Bungalow für dich gemietet, weiter oben auf dem Berg.

Und warum?

Frontbegradigung, sagte Bredow und lachte wieder, obwohl er sich, wie Wagner glaubte, vorgenommen hatte, ernst zu bleiben. Aber er konnte diese sprudelnde Fröhlichkeit einfach nicht unterdrücken. Wagner sagte, er wolle in dem Haus wohnen bleiben, er fühle sich nicht gefährdet.

Wart mal. Schlaf dich erst mal aus. Morgen siehst du weiter. Auf die Dauer ist das Wohnen hier an der Grenze ziemlich ungemütlich. Komm morgen abend zu uns, zum Essen. Heute abend bringen sie dir einen Mietwagen. Der wird dir einfach vor die Tür gestellt. Die Haustür öffnete sich, und Sophie erschien, in ihrem weißen Kittel. Sie hatte den Zopf ihres grauen Haares hochgesteckt.

Ich habe Ihnen das Essen schon hingestellt. Sie müssen jetzt warm essen. Die Wärme nimmt den Schreck.

Ja, sagte er, vielleicht.

Sophie hatte Kohlrouladen gekocht. Einen Moment beobachtete sie ihn, wie er die um die Roulade gewikkelten Fäden abzog.

Gleich wird sie sagen, daß sich die Sonne verfinstern wird, und ich werde ihr antworten: Ja, sie hat sich verfinstert.

Essen Sie langsam und kauen Sie gut. Soll ich Ihnen ein Bier bringen?

Danke, Sophie.

Sie ging auf ihren großen Plastiklatschen raus, und Wagner nahm sich vor, ihr ein Paar dieser dunkelblauen Leinenschuhe zu kaufen, die man in der Stadt überall sah.

Er zog den Brief aus der Jackentasche und legte ihn, während er aß, auf den Tisch. Er überlegte, ob er ihn noch einmal schreiben sollte, aber dann dachte er, daß sein Aussehen, zerknautscht und aufgerissen, ein Stück seiner Geschichte sei und er ihn nur in einen anderen Briefumschlag stecken sollte. Wenn er ihn überhaupt noch abschicken wollte. Er müßte jetzt einen anderen Brief schreiben. Er nahm sich vor, den Brief erst einmal liegen zu lassen.

31

Am Morgen verschlief er, was ihm noch nie passiert war. Er wachte vom Klopfen Sophies auf. Der Wecker fiepte, wie Wagner sah, schon seit zehn Minuten. Er erinnerte sich eines Traums, der dieses Fiepen als eine Einschlafmaschine zeigte, die er kontrollieren mußte, indem er mitzählte. Er glaubte, davon aufgewacht zu sein, daß er sich in ein monströses Zahlenungetüm verheddert hatte. Als Sophie ihm den Kaffee brachte, fragte er sie, aus welcher Gemeinde sie käme.

Ihre Leute seien Rußlanddeutsche, sagte sie, die 1930 hier ins Land gekommen seien. Sie gehöre der Gemeinde des Jüngsten Tages an. Und der Tag sei nicht mehr fern. Und das Tier mit sieben Häuptern wird aus dem Meer steigen. Sie starrte Wagner aus ihren blauen Augen mit den immer gleichen, kleinen Pupillen an. Die Stadt wird sein ein Rauch und Feuer. Selig sind allein die Toten, die im Herren sterben. Sie schlurfte auf ihren rosa Plastikschlappen ins Haus und kam kurz darauf mit einer Broschüre zurück, die sie Wagner gab. Die möge er doch mal lesen. Es bliebe nicht mehr viel Zeit.

Das Titelbild zeigte in einer naiven Zeichnung den Erdglobus, der auseinanderbricht. Darüber schwebte eine Wolke, aus der eine Hand, so groß wie der Erdball, herauskam, so als habe sie die Erde eben angestoßen und damit zerbrochen. Das Wölkchen, das aus dem Spalt hervorpuffte, sah aus wie ein kleiner Atompilz.

Darunter stand: Und der Engel, den ich sehe stehen auf dem Meer und auf der Erde, hob seine Hand auf gen Himmel, und schwor bei dem Lebendigen von Ewigkeit zu Ewigkeit, der den Himmel geschaffen hat, und was darinnen ist, und die Erde, und was darinnen ist, und das Meer, und was darinnen ist, daß hinfort keine Zeit mehr sein soll.

Auf dem Weg zur Baustelle ließ er sich Zeit. Der Mietwagen war ein ziemlich klappriger Chevrolet. Erstmals betrachtete Wagner die Gegend genauer, dieses versteppte rotbraune Land mit den tiefausgewaschenen Wasserläufen, in denen – es mußte in der Zwischenzeit geregnet haben – noch Wasser stand. Nur ganz beiläufig dachte er an die Baugrube der Halle B, denn ihn bedrängten die Bilder der letzten Tage. Er würde sein Leben ändern müssen. Ihm war, als sei er aus dem Tritt geraten, wie es ihm früher zuweilen passiert war, daß er, wenn er ging, plötzlich das Gefühl hatte, falsch zu gehen, es war ein ungewohnter Schritt, und je schärfer er sich dessen bewußt wurde, desto unmöglicher war es, in den richtigen Schritt zurückzufallen. So ging er verkrampft und glaubte, alle Leute müßten stehenbleiben, weil sie ihm diese ulkige Anstrengung ansahen. Wieder richtig zu gehen, gelang ihm aber nur dann, wenn er sich schnell ein Ziel suchte, erst das brachte die Einfachheit des richtigen Gehens zurück. Aber welches Ziel sollte er jetzt ins Auge fassen? Er hatte sich immer in der Lokomotive des Fortschritts sitzen sehen, vielleicht galt es jetzt, in das Bremserhäuschen umzusteigen. Aber wie? Immerhin hatte der Zug schon eine rasante Fahrt erreicht. Wenn es denn überhaupt noch ein Bremserhäuschen gab. Die waren doch längst durch Magnetbremsen ersetzt worden. Er lachte vor sich hin. Der Nacken war ihm so schwer wie immer, wenn sich eine Grippe ankündigte. Er nahm sich vor, Susann den Brief mit einer kurzen Erklärung, warum er aufgerissen war, zuzuschicken. Er wollte keinen Kompromiß, nicht aus irgendeiner vagen Hoffnung, einer ängstlichen Sentimentalität, weder sich noch Susann gegenüber. Er wollte Klarheit, es sollte ein Abschied von allem Halben, gemütlich Verschwiemelten, ängstlich Vertrauten sein. Erwarten würden ihn Unsicherheiten, Zweifel, Scheitern, also Leiden, aber das war der Preis, daß er an sich selbst reicher würde.

Er dachte an die Zeitschrift, die Sophie ihm gegeben hatte, mit dieser naiv dargestellten Weltkugel, die zerbricht, und das Wort des Engels: Hinfort soll keine Zeit mehr sein. Das war doch das ganz und gar Undenkbare, daß es keine Zeit mehr gibt, weil kein Mensch mehr da ist. Das war vorstellbar, daß es einen selbst nicht mehr

gibt, denn in der Vorstellung lag immer auch ein Trost –
der zugleich aber auch etwas Empörendes hatte –, daß
alles andere weiterging. Aber das war das Unvorstell-
bare: Hinfort soll keine Zeit mehr sein.

Er kam fast eine Stunde zu spät auf das Baugelände.
Überall wurde schon gearbeitet. Im Baubüro, dessen
Schiefe er deutlich im Tritt spüren konnte, begrüßten sie
ihn, als sei er von einer wochenlangen Reise zurückgekehrt. Als er die Treppe hinaufgegangen war, hatte er
gedacht, die einheimischen Techniker und Ingenieure
würden grinsen, denn die Reise hatte, von außen be-
trachtet, doch wohl etwas Lächerliches: vom Weg abzu-
kommen, zu den Wasserfällen fahren zu wollen, sich
den Verteiler klauen zu lassen, auf einem Esel über das
achte Weltwunder zu reiten, um schließlich verhaftet zu
werden. Das wußte keiner von ihnen. Und es würde
auch nie einer erfahren, daß man seine Würde verletzt
hatte, man hatte ihn angetastet.

Die Ingenieure und Techniker aus dem Baubüro kamen ihm entgegen. Sie lachten, sie klopften ihm auf die
Schulter und knufften ihn in die Seite. Juan war nicht
da. Juan fehlte seit Tagen.

Juan ist verschwunden, sagte Steinhorst. Steinhorst
hatte getrunken. Aber in seinem Auftreten war diesmal
nichts Aggressives, eher etwas freundlich Besorgtes.

Wo ist Juan?

Verschwunden, wiederholte Steinhorst. Niemand
weiß, wo er geblieben ist. Auch die Polizei nicht, was
nicht überrascht. Der Bauleiter und sein Übersetzer auf
einmal weg, das wäre happig, was.

Ist es denn sicher, daß Juan nicht abgereist ist?

Ziemlich. An dem Tag, als Sie bei Hartmann waren
und auch nach Juan gefragt haben, ist er verschwunden.
Er war runtergegangen, um sich Zigaretten zu holen. In

seinem Zimmer brannte das Licht, und das Radio spielte noch.

Wagner ging in sein Zimmer. Dort lagen noch die Skizzen und Berechnungen für den Kellerkasten. Er war überzeugt, daß es zwischen dem Verschwinden von Luisa und Juan einen Zusammenhang gab. Er dachte an den vertrockneten Granatapfel unter dem Küchenschrank. War das Zufall? Hatten die beiden vielleicht doch Kontakte zu den Guerilleros? Oder waren sie Opfer eines Verdachts geworden?

Er ging in die Kantine, wo Steinhorst an einem Tisch saß, die Beine auf einen Stuhl gelegt, und rauchte.

Können Sie sich erinnern, was Ehmke erzählt hat, was hat er aus seinem Versteck gesehen?

Ehmke? Ja. Sie meinen die beiden Granatäpfel.

Waren es zwei? Sind Sie sicher?

Ich glaub ja.

Und wo lagen die?

Auf dem Boden. Er sah in eine Küche. Er konnte durch den Türspalt am Boden etwas von einem Küchenboden sehen. Und zwei Granatäpfel. Warum?

Ich habe auch welche am Boden gesehen. In einer Küche.

Ja, ja, das ist hier keine Seltenheit. Was glauben Sie, in wieviel deutschen Küchen Äpfel am Boden liegen im Oktober.

Vielleicht. Wo ist Hartmann?

Bredow hat ihm vor zwei Tagen freigegeben, damit er seine Sachen erledigen kann. Wir sind der Rest vom Schützenfest, du und ich.

Wir sollten beim Sie bleiben.

Auch gut. Aber wir können doch auf die Rückkehr des verlorenen Sohnes trinken. Wir müssen anstoßen, alle. Du hast ein ganz unglaubliches Schwein gehabt.

Bredow hat schon erzählt. Er rief Pedro etwas zu. Der kam mit Gläsern und Pappbechern gelaufen und verteilte sie an die Ingenieure und Techniker.

Wagner sah den Riß in einer Ecke der Kantine, einen ziemlich dicken Riß, der sich durch die Decke und die beiden Wände zog.

Steinhorst grinste. Es hat geregnet. Einen Tag. Nicht einmal stark. Wir sind hier ganz andere Regenfälle gewöhnt. Wir haben auch Kies geladen, aber du siehst, es gibt Spannungen, die der Beton nicht aushält. Wenn ich dir, oder Ihnen, einen Rat geben darf. Ich würde den Kies wieder rausschaufeln lassen. Dann bricht uns das Haus nicht so schnell über dem Kopf zusammen. Wir müssen uns nur an die Schieflage gewöhnen. Daran wird sich auch die Firmenleitung der Papierfabrik gewöhnen müssen. Ich seh schon diese ganzen süßen Pflaumen, wie sie mit Schräglage durch die Gegend stöckeln werden.

Wagner stieß mit allen an.

Und der Kellerkasten?

Wir haben schon angefangen. Bredow meinte, daß die Baugenehmigung nur eine Formalie sei.

Wagner rauchte und trank langsam den Scotch. Formalie, dachte er, heißt natürlich auch, daß ich gar nicht hätte fahren müssen. Was ja stimmte. Er ließ sich ein zweites Glas einschenken. Vor einer Woche war er noch wie ein Wachhund herumgelaufen, die Ohren aufgestellt, mit aufmerksamem Blick. Aber das war lange her. Die tatsächliche Zahl der Tage sagte nichts. Draußen war ein feiner Dunst in der Luft. Die Sonne wie hinter Milchglas. Langsam schwenkten die Kräne durch sein Blickfeld. Sie bewegten sich noch langsamer als sonst, aber vielleicht lag das an dem Whisky. Er ging zu dem Fenster, von dem aus er das Lager im Blick hatte. Es lag da, menschenleer. Nur ein Hund scharrte wie wild in der Erde. Wahrscheinlich grub er nach einem jener kleinen Tiere, die Meerschweinchen ähnlich sahen und ein seltsames Tocken ausstießen. Er sah die Betonlaster kommen und langsam zur Baugrube B hinüberfahren.

Haben Sie etwas von dem Jaguarmann gehört?

Steinhorst zuckte mit den Achseln.

Er dachte daran, wie er den Arbeitern ins Essen gelangt und damit einen Streik ausgelöst hatte. Aber der Gedanke hatte nichts Peinigendes mehr. Es blieb seine Schuld an dem Schicksal dieser vier Männer, die abgeschoben worden waren. Wie täppisch, wie berserkerhaft dumm hatte er sich benommen. Von Nordwesten zog eine schwarzblaue Wolkenbank herauf. Juan würde ihm fehlen. Er hatte immer mit ihm reden wollen, statt dessen hatte er sich in einen Kampf um guten Zement verwickeln lassen. Und er hatte mit Durell und Bredow Tennis gespielt.

Steinhorst war aufgestanden. Er war so betrunken, daß er sich an der Fensterbank festhalten mußte.

Da kommt der große Regen. Da müssen wir uns die Schwimmwesten anziehen. Er salutierte und brüllte: Aye, aye, Sir, mit Ihnen ins kühle Seemannsgrab.

Es fehlt nur noch, daß er heult, dachte Wagner. Tatsächlich begann Steinhorst, sich die Augen zu wischen.

Was ist, fragte Wagner.

Dieses arme Schwein, schluchzte Steinhorst, Juan, ein feiner Kerl, aber ein armes Schwein.

Die meisten der einheimischen Ingenieure standen noch immer in der Kantine herum. Sie starrten den schluchzenden Steinhorst an. Wagner fand heulende Männer widerlich, er hätte Steinhorst am liebsten mit Backpfeifen zur Ruhe gebracht. Er nahm den Plastikhelm und sagte: Steinhorst, los, wir gehen zur Halle B.

Die Betonlaster standen an der Baugrube. Über Metallrutschen wurde Beton nach unten geschüttet. Unten standen die Arbeiter mit Schaufeln und Rüttlern. Einige zogen, als Wagner am Rand der Baugrube auftauchte, die Hüte. Wie lächerlich, dachte er, ich stehe hier oben wie ein Feldherr. Aber dann dachte er mit Schrecken, daß sie wahrscheinlich Angst vor ihm hatten.

Esposito, der junge Ingenieur, sprach ihn an, redete auf Wagner ein.

Was will er?

Steinhorst übersetzte, daß sich der Mann über die Qualität des Betons beschwere. Der Beton sei schlecht. Wagner ging zu einer der Schütten und griff in den Beton. Der Beton war, das spürte er sofort, miserabel. Dabei hätte er einen besonders großen Dichtigkeitsgrad haben müssen. Die Arbeiter hatten aufgehört zu arbeiten. Sie sahen zu ihm hoch. Wenn er denen damit einen Gefallen tun könnte, würde er sagen: Es ist Dreck. Zurück damit! Aber denen da unten war es egal. Die wollten in Ruhe arbeiten und ihr Geld haben.

Soll ich das Ausbreitmaß bringen lassen, fragte Steinhorst und setzte sich auf einen Kübel.

Nein, nicht nötig, sagte Wagner, der Beton ist o. k.

Steinhorst grinste: Das müssen wir begießen. Kommst du mit?

Wir duzen uns nicht.

Er klopfte sich die Hände ab und gab den Arbeitern ein Zeichen weiterzuarbeiten. Der Beton rutschte in die Baugrube, unten wurde er mit den Schaufeln verteilt und eingerüttelt. Nur der junge Ingenieur, der sich über die Qualität des Betons beschwert hatte, starrte ihn an, und Wagner sah in diesem Gesicht erst Enttäuschung, dann Verachtung, schließlich so etwas wie Haß. Er drehte sich um und ging zum Baubüro hinüber. Die Wolkenbank schob sich langsam unter die Sonne, ein kühler dunkler Schleier zog über die Lichtung. Wagner hätte dem Mann erklären müssen, daß er nicht aus Angst den Befehl zur Weiterarbeit gegeben hatte, auch nicht, weil er bestochen worden war, nein, es war auch nicht seine Furcht vor der Unordnung, denn Unordnung brachte erst eine ordentliche Arbeit hervor, es war vielmehr seine Neugier auf das, was kommen würde, eine geheime Lust an dem Zerfall, einem Zerfall, der alles und jedes erfaßt hatte, ja, der sogar schon im Aufbau steckte. Er sah die Dinge wie aus einer großen Distanz und mit den Augen eines Reisenden: gespannt darauf, was kommt. Er wollte tun, was zu tun war, aber er wollte nicht mehr eingreifen. Er wollte den Dingen ihren Lauf lassen, in der Hoffnung, daß nicht er sie, sondern sie ihn weiterbrächten und er so seinen Schritt fände für ein Ziel, das er noch nicht sah, es sei denn, diese Unordnung, dieser Verfall, wäre das Ziel.

Er war schon fast auf dem Gelände des Baubüros, als aus der schwarzen Wolkenbank die ersten Wassertropfen fielen, Tropfen von einer nie gesehenen Größe. Wie kleine Granaten schlugen sie in die rötliche Erde, die jedesmal ein wenig aufstäubte.

Die Sintflut, schrie Steinhorst hinter Wagner her. Wagner drehte sich um. Steinhorst hatte sich auf den Boden gelegt. Er hielt den Mund aufgesperrt. Er lag da wie ein an Land geworfener, riesiger Fisch.

32

Es war, obwohl früher Nachmittag, schon dunkel. Die Scheibenwischer peitschten das Wasser hoch. Die rotbraune Ebene hatte sich in ein Wattenmeer verwandelt, überall flossen Rinnsale, kleine Priele zu breiten Strömen zusammen, die sich an der Straße stauten, deren Damm hier gute zwei Meter hoch aufgeschüttet worden war. Wagner sah in dem dichtfallenden Regen etwas Schwarzes, Massiges, einen Lastwagen, der die Fahrbahn versperrte. Er war mit den Hinterrädern in die Asphaltdecke eingebrochen. Wagner fuhr vorsichtig auf der Gegenfahrbahn an dem Laster vorbei und sah, daß das Wasser den Fahrdamm an dieser Stelle unterspült hatte. Die Asphaltdecke knackte wie dünnes Eis. Wagner hielt hinter dem Einbruch, dort, wo ihm die Straße sicher schien, an. Er ging zu dem Laster zurück. Der Regen war wie eine warme Brause. Die Hinterräder des Lasters waren eingebrochen. Neben dem Laster stand der Fahrer. Er sah Wagner nicht an, sondern starrte in das Wasser, das unter der Fahrbahn hindurchschoß und immer mehr Erdreich wegspülte. Der Asphalt riß über die ganze Fahrbahn und brach schollenweise ab. Der Laster sackte noch tiefer in den Einbruch. Er hing jetzt wie ein massiges, ins Eis eingebrochenes Tier an der Asphaltdecke. Plötzlich ging die Tür auf, und ein Mädchen sprang aus der Fahrerkabine. Sie stand im Regen, in einem dünnen Kleid. Luisa, durchzuckte es ihn. Er lief auf sie zu. Sie drehte sich in dem Augenblick, als er sie berühren wollte, um. Es war ein fremdes, übermäßig stark geschminktes Gesicht. Vermutlich war es eine Straßennutte. Sie wischte sich das Haar aus dem Gesicht, und Wagner war nicht sicher, ob sie weinte. Er zeigte auf seinen Wagen, sie könne einsteigen, aber sie schüttelte nur den Kopf. Aus der anderen Richtung kam ein Jeep aus dem Regen. Er stoppte. Die Soldaten, die sich Regenplanen über den Kopf gehängt hatten, stiegen aus und gingen zu der Abbruchkante. Sie standen da wie fremde, kopflose Wesen von einem anderen Stern, und Wagner war regelrecht froh, daß er durch den immer breiter werdenden Durchbruch von ihnen getrennt war. Ein trübbraunes Wasser rauschte durch die Lücke. Die Stadt konnte von Norden nicht mehr erreicht werden. Morgen würde also auch kein Betonlaster mehr zur Baustelle durchkommen.

Plötzlich rutschte der Laster krachend von der Straßenkante in den jetzt schon gut sechs Meter breiten Durchbruch. Einen Moment staute er die Wassermassen, dann wurde er langsam gekantet und zur Seite geschoben. Das Wasser riß immer größere Erdbrocken aus dem Fahrdamm. Die Asphaltdecke brach jetzt flächig ab. Die Soldaten mußten ihren Jeep zurückfahren. Der Lastwagenfahrer hatte den Einbruch seines Lasters ohne jede Erregung verfolgt, als ginge ihn das alles nichts an. Die Frau sagte etwas zu dem Fahrer, dann ging sie zu Wagner und zeigte auf seinen Chevrolet. Der Regen hatte inzwischen die Schminke aus ihrem Gesicht gewaschen. Sie sah jetzt weit jünger aus und ähnelte tatsächlich Luisa, die langen dichten Wimpern, das nasse schwarze Haar, die braunen Arme, das Kleid, das naß an ihrem kindlichen Körper klebte. Er schätzte sie auf höchstens achtzehn. Beim Einsteigen zögerte sie einen Moment, dann zog sie schnell das nasse Kleid hoch, wrang es aus und legte es sich auf die Schenkel. Sie hatte schmale braune Schenkel. Sie fuhren durch den Regen, der in nichts vergleichbar war mit den Regenfällen, die Wagner aus Deutschland kannte, das Wasser fiel wie in breiten Fetzen vom Himmel.

Seine Fragen, auch die, die er auf spanisch zu stellen versuchte, beantwortete sie alle nur mit einem kurzen Kopfschütteln. In der Stadt angekommen, zeigte sie auf eine Straßenecke, wo er halten sollte.

Sie sagte: Gracias, und stieg aus.

Er sah, wie sie barfuß, die hochhackigen Schuhe in der Hand, durch die Pfützen lief. Er fuhr weiter. Die Straßen waren leer. Niemand war in den Hauseingängen zu sehen. Sonderbarerweise waren auch alle Türen und Fensterläden geschlossen, die eisernen Rollos vor den kleinen Läden heruntergelassen. Er fuhr zu Luisas Haus. Er parkte den Wagen auf dem Bürgersteig, direkt vor dem Eingang. Er lief durch den Regen ins Haus. Im Hausflur tastete er nach dem Lichtschalter. Die Tür in der Parterrewohnung stand noch immer offen. Er sah einen Lichtreflex auf dem unter Wasser stehenden Boden. Er stieg die Treppe hoch. Oben klopfte er an die Tür, öffnete sie aber sogleich. Er suchte den Lichtschalter im Flur. Auch hier funktionierte noch das Licht.

In diesem Land gibt es Strom in Hülle und Fülle, dachte er. In der Küche hatte sich nichts verändert. Der vertrocknete Granatapfel lag noch auf dem Tisch. Ins Zimmer hatte es reingeregnet, weil die Türen zur Dachterrasse offenstanden. Der Regen prasselte auf die Terrasse. Er schloß sorgfältig die beiden Türen. Er ging nochmals den Flur ab, aber es gab kein anderes Zimmer und keine Kammer. Und auch in der Küche konnte er keine andere Tür entdecken. Er legte den Granatapfel wieder unter den Schrank, dort, wo er ihn gefunden hatte, ging auf den Gang und schloß die Küchentür, kniete auf dem Boden. Unter dem Türspalt hindurch konnte er tatsächlich den Granatapfel auf dem Boden liegen sehen. Nur gab es keinen Sinn, denn im Flur hätte man niemanden gefangenhalten können. Er schloß die Fenster in der Küche, drehte den tropfenden Wasserhahn zu und machte das Licht aus. Er würde nie mehr in diese Wohnung zurückkommen. Aus der Parterrewohnung hörte er ein Platschen, er wollte schon hineingehen, um nachzusehen, aber dann hörte er ein Glucksen. Es waren wohl irgendwelche Frösche oder Kröten. Aus dem Wagen sah er nochmals zu dem Haus hinüber, in das nun bald der Wald zurückkehren würde.

Auf dem Weg zur Plaza kam er an eine Straßensperre. Ein Militärlaster war auf der Straße quergestellt worden, dahinter stand ein Jeep. Soldaten standen im Regen, sie hatten sich Planen über die Stahlhelme gezogen. Zwei Soldaten kamen an Wagners Wagen, der eine hielt seine entsicherte Maschinenpistole auf ihn, der andere prüfte die Kennkarte, die Bredow ihm besorgt hatte. Den Firmenbrief hatte er, zu Wagners Überraschung, sofort wie einen belanglosen Wisch zurückgegeben. Jetzt schaute er immer wieder zwischen Wagner und dem Foto auf der Kennkarte hin und her. Offensichtlich war ihm das Bild nicht ähnlich genug. Er deutete Wagner zu warten. Er spürte eine langsam aufsteigende Unruhe als Druck im Magen. Der Soldat war zu dem Jeep hinübergegangen, in dem, unter dem heruntergeklappten Verdeck, irgendein Vorgesetzter saß. Wagner suchte nach seinen Zigaretten, bot dem Soldaten, der noch immer die Maschinenpistole auf ihn gerichtet hielt, eine Zigarette an. Der schüttelte aber nur mit dem Kopf und kaute seinen Kaugummi, so war in dem Gesicht eine gleichbleibende stumpfe Bewegung. Als Wagner sich die Zigarette ansteckte, zitterten ihm die Hände. Der Soldat hatte es bemerkt; er grinste. Wagner war sicher, daß der Mann auf einen Wink aus dem Jeep einfach abdrücken würde. Wahrscheinlich würde er nur für eine Sekunde sein Kauen unterbrechen, solange er den Rückstoß der Maschinenpistole auffangen mußte. Der andere Soldat kam mit Wagners Paß zurück. Er konnte durchfahren. Auf der Plaza standen drei Panzer. Ihre Geschütze zeigten in die auf die Plaza zulaufenden Straßen. Er fuhr zum Hügel hinüber und wurde nochmals kontrolliert. Er hatte noch nie so viel Militär auf den Straßen gesehen. Auch die Einfahrt am Fuß des Hügels war durch drei versetzte Sandsackwälle gesperrt. Er mußte sie wie bei einer Hindernisfahrt langsam umkurven. Der Unteroffizier, der ihm sonst immer freundlich zuwinkte, stoppte ihn diesmal, grüßte förmlich und doch verlegen und verlangte die Wagenpapiere und den Paß. In dem ebenfalls durch Sandsäcke gesicherten Wachhäuschen stand ein Offizier und beobachtete die Kontrolle.

What happened, fragte Wagner.

I don't know, sagte der Posten. Dann winkte er Wagner durch. Als Wagner vor seinem Bungalow hielt, kam Sophie heraus. Sie trug ein Kostüm und hielt einen Regenschirm in der Hand. Offensichtlich hatte sie auf ihn gewartet.

Was ist los, fragte er, überall Soldaten.

Heute ist der Tag des Zorns und der Rache, sagte sie, ich habe Ihnen das Essen hingestellt.

Aber wo wollen Sie hin, alles ist abgesperrt.

Wir beten. Sie sollten zu uns kommen. Denn der Herr spricht: Komm! Und wen dürstet, der komme; und wer da will, der nehme das Wasser des Lebens umsonst.

Aber Sie kommen nicht mehr in die Stadt.

Sie hatte den Regenschirm aufgespannt und war losgelaufen, und Wagner sagte sich, daß sie sich vielleicht in irgendeinem Haus hier auf dem Hügel mit ihren Leuten zum Beten traf.

33

Als er Bredows Haus betrat, saßen dort schon der Oberst und, in einem tiefen Sessel versunken, die schwarzhaarige Schönheit aus Bredows Vorzimmer. Auch der Direktor der Betonfabrik war da, mit ihm seine Frau, klein, rundlich, hochschwanger und immer lächelnd. Christi hatte sich sogleich bei Wagner untergehakt und gesagt, er sehe schlecht aus. Man solle eben nie mit fremden Leuten gehen. Was sie damit sagen wollte, war ihm nicht klar, er vermutete, daß es ein falsch übersetztes dänisches Sprichwort war.

Der Oberst drückte Wagner die Hand (ein feuchtwarmer Händedruck von Mann zu Mann) und sagte, er freue sich, daß Wagner mit einem blauen Auge davongekommen sei. Wagner sagte: Ja, ja.

Wie lächerlich diese Versuche waren, seine Erlebnisse in umgangssprachliche Wendungen zu bringen. Er bekam von Christi einen Platz der schwarzhaarigen Schönen gegenüber zugewiesen, die ihm, als sei sie dazu angehalten worden, tief in die Augen sah. Das sollte wohl ein Versprechen sein. Christi setzte sich neben Wagner, und alle stießen auf ihn an, darauf, daß er heil zurückgekommen sei, aber auch darauf, daß es mit dem Projekt so gut vorangehe. Die Anfangsschwierigkeiten seien inzwischen überwunden.

Ein Mädchen in weißer Schürze trug eine Suppenterrine herein. Christi schenkte die Suppe mit einer silbernen Schöpfkelle aus. Wagner müsse wieder zu Kräften kommen, sagte sie. Bredow fügte sogleich hinzu, er wolle dafür sorgen, daß Wagner eine Gefahrenzulage bekomme. Wie man gesehen habe, sei der Job unter diesen Bedingungen ja nicht ohne. Die schwangere Frau legte eine Hand auf den Bauch, in dem sich sichtbar der Fötus bewegte. Man muß, fuhr Bredow fort, die Gelder nicht deklarieren. Die Finanzämter wüßten eh viel zuviel. Wagner bekomme das Geld in bar.

Langsam dämmerte Wagner, daß hier nicht seine

Rückkehr gefeiert wurde, sondern die Tatsache, daß er den schlechten Beton akzeptiert hatte. Man glaubte, in ihm einen Komplizen gefunden zu haben. Das hier war also die Initiationsfeier.

Ich nehme grundsätzlich keine Sonderhonorare an, sagte Wagner.

Der Oberst hatte sein Gespräch mit dem Direktor unterbrochen und sah zu Bredow hinüber. In Bredows Gesicht zeigte sich eine Ratlosigkeit, die ihm, weil sie so ganz unverdeckt war, einen blöden Zug gab.

Wie meinst du das, fragte Bredow.

Ganz einfach, ich bin Überzeugungstäter.

Da lachten sie alle laut und spürbar erleichtert, der Oberst, Christi, Bredow und, nachdem Bredow es ihnen übersetzt hatte, auch der Betonfabrikant mit seinem schiefen Maul, seine schwangere Frau und die schwarzhaarige Schönheit. Inzwischen war das Hauptgericht serviert worden, ein Rinderbraten. Wagner aß nur wenig. Sonderbarerweise taten ihm die Zähne weh. Er hatte auch keinen Appetit. Er fragte den Oberst, was die Truppen in der Stadt zu bedeuten hätten. Überall die Posten und Straßensperren.

Bei diesem Regen kommen immer die Ratten aus ihren Löchern, sagte der Oberst. Heute morgen sei ein Polizeiposten erschossen worden. Mittags habe es in der Zuckerraffinerie einen Streik gegeben. Der Streik sei noch nicht beendet. Auch in dem Zementwerk ist es zu einem Streik gekommen. Der Administrator sprach den Direktor auf spanisch an, der bei seiner Antwort ein bekümmertes Gesicht machte. Dann verzog er sein schiefes Maul zu einem Grinsen. Auch Bredow lächelte. Einen Moment war Wagner versucht zu fragen, was es denn zu grinsen gäbe, aber er ließ es.

Vorbeugen ist besser als Nachbohren, sagte der Oberst

zu Wagner, das habe sein Zahnarzt in Blankenese immer zu ihm gesagt. Er wollte mit Wagner auf Hamburg anstoßen, aber Wagner sagte, er könne nichts mehr trinken. Der Offizier zögerte ein wenig, aber dann nahm er es nicht als Affront und erzählte von seiner Ausbildung in Deutschland. Wie er sich einmal während eines Manövers in der Lüneburger Heide verlaufen und schließlich einen Schäfer gefunden habe, der, als sei er vom russischen Geheimdienst, alle Truppenbewegungen der beiden Parteien kannte und ihn sofort zu seiner Einheit einweisen konnte. Und dann, kurz nach seiner Ankunft in Deutschland, hatte ihn ein Hamburger Kaufmann zu einem Hausball eingeladen und gefragt, ob er denn schon mal mit seiner Tochter getanzt habe, woraufhin er, der damals sehr stolz auf seinen idiomatischen deutschen Wortschatz war, geantwortet habe: Nein, das Schwein habe ich noch nicht gehabt.

Wagner mußte gegen seinen Willen lachen, vermutlich, weil er den Witz schon kannte. Der Oberst tupfte sich mit seiner Serviette das Avocadomus von der weißen Uniformjacke, die er sich beim Lachen bekleckert hatte. Wagner ärgerte sich dann doch darüber, daß er mitgelacht und damit zu diesem Einvernehmen beigetragen hatte. Als sich das Gespräch dem Wetter zuwandte und der Oberst meinte, der Regen könne in dieser Stärke noch zwei oder drei Tage andauern, sagte Wagner, dann werde wahrscheinlich das Bürogebäude der Papierfabrik wie ein Korken wegschwimmen. Christi lachte auf, aber sie lachte viel zu laut und grell wie über einen schmutzigen Witz.

Das ist kein Witz, sagte Wagner. Von einer bestimmten Höhe des Grundwasserspiegels an könne man Gebäude durchaus mit Schiffen vergleichen, entweder sie schwimmen, aber sind gut verankert, oder sie kentern und gehen unter. Christi lachte wieder und legte Wagner die Hand auf den Oberschenkel.

Das kommt nicht häufig, aber doch immer wieder vor, sagte er, der Grund ist dann immer: Schlamperei oder Korruption. Bredow sah Wagner an, in seinem Gesicht war ein angespannter Zug. Die Gabel hielt er zwischen Teller und Mund, als sei er unentschieden, ob er den Happen noch essen oder ihn wieder zurücklegen sollte.

Beispielsweise habe man in Bremen ein fünfzehnstökkiges Bürohochhaus nie beziehen können, weil der Lastfall für das Eigengewicht und nicht für die Verkehrslast berechnet worden war, das heißt, das Hochhaus wäre, volleingerichtet und mit Publikumsverkehr, langsam versunken, wahrscheinlich hätte es zunächst Schlagseite bekommen und wäre dann zusammengestürzt. Nun wäre das kein großer Verlust gewesen, da das Gebäude von einer ausgesuchten Häßlichkeit sei. Darüber hinaus hatte man, genauer, hatte der Architekt, ein wahres Genie, vergessen, sanitäre Anlagen in dem Haus einzubauen. Man hätte in diesem Bürohochhaus nur in irgendwelchen Ecken bestimmte Bedürfnisse befriedigen können.

Christi lachte und lachte und sah dabei zu Bredow hinüber, der noch immer finster dasaß, die Gabel in der Hand. Der Direktor, seine Frau und die schwarzhaarige Schöne starrten Wagner an, stumm und verständnislos, da ihnen niemand etwas übersetzte. Wagner sprach aber zu dem Betondirektor hin, als gelte sein Bericht ihm und nur ihm. Nun hatte, sagte Wagner, sich aber keineswegs der Architekt sonderlich gegrämt, der diesen Auftrag aufgrund seiner guten Beziehungen bekommen hatte, sondern der Statiker, der den Bauplan hatte prüfen müssen. Der Mann grämte sich so sehr, daß er eines Tages auf das nutzlos dastehende Gebäude hinaufstieg und sich hinunterstürzte. Wissen Sie, sagte Wagner zu dem Direktor, der sein Maul wieder zu einem verständnislos verlegenen Grinsen verzog, daß mir dieser Mann mit seiner geradezu japanischen Berufsehre immer sehr imponiert hat, auch wenn es heute etwas lächerlich wirken mag.

Und der Architekt, fragte Christi.

Der Architekt lebt weiter und in Freuden in seinem die Landschaft verschandelnden Bungalow, und wenn er nicht gestorben ist, dann baut er noch heute.

Und das Bürohaus, was wurde aus dem Bürohaus?

Es steht da: grau, dunkel und leer. Kommt man in Bremen aus dem Bahnhof, sieht man diesen Klotz, der lange nur für eine Reklame genutzt wurde. Am obersten Stockwerk stand in einer riesigen Neonschrift: Kaffee Hag. Fürs Herz, und daneben war ein rotes Neonherz.

Christi begann, dem Direktor die Geschichte zu übersetzen. Sie hatte viel getrunken, und ihr Gesicht war rot und fleckig. Wagner erlitt plötzlich einen Anfall von Schüttelfrost. Bredow, der die Gabel mit dem Happen auf den Teller zurückgelegt und zu essen aufgehört hatte, sagte: Du bist krank. Du mußt unbedingt zum Arzt. Soll ich einen Arzt kommen lassen?

Nein, sagte Wagner, es ist gut.

Da ging plötzlich das Licht aus. Die Frau des Betondirektors schrie auf, alle redeten erregt durcheinander. Christi zündete zwei Kerzen an.

Vielleicht ist es die Hauptsicherung, sagte Bredow und ging in den Garten.

Man weiß hier nie, ob es nur ein Kurzschluß ist oder ob das Licht für immer ausgegangen ist, sagte Christi.

Bredow kam zurück und sagte: Der ganze Hügel liegt im Dunkeln. Vielleicht sind ein paar Überlandleitungen durch den Regen umgestürzt.

Oder der Staudamm ist gebrochen, sagte Christi, und die fünfzig Meter hohe Flutwelle hat uns nur noch nicht erreicht. Aber wir sitzen ja auf dem Hügel. Sie lachte. Wir hätten sowieso das Licht ausschalten müssen. Es gibt nämlich flambiertes Kirscheis.

Christi stand auf, und Wagner sah, daß sie leicht schwankte.

In dem Moment ging das Licht wieder an, und alle riefen: Bravo und Ah. Christi setzte sich wieder neben Wagner und fragte, warum er so finster dreinschaue.

Nicht finster, sagte er, nur gespannt.

Wieso gespannt?

Gespannt auf das, was noch kommt.

Das Hausmädchen trug auf einer großen Schale das Eis herein, auf dem tiefrote Kirschen lagen. Christi schaltete das Licht aus. Man sah die lange bläuliche Flamme auf der Schale.

Das Eis tat ihm gut, für einen Moment war sein Mund kühl und feucht. Das Telefon klingelte. Bredow ging hinaus. Das Klingeln hatte Wagner erschreckt, er war zusammengefahren, ohne jeden Grund, wie er fand. Bredow kam sofort zurück und sagte etwas. Der Oberst warf die Serviette auf den Tisch und ging hinaus.

Was ist, fragte Christi.

Der Oberst muß sofort in die Stadt. Es geht los. Laß ihm einen Kaffee machen.

Was geht los, fragte Wagner.

Aber Bredow hörte nicht hin, Bredow redete auf den Betondirektor ein, dessen Frau sich immer wieder nervös über den Bauch strich, als müsse sie sich dessen Größe versichern. Christi hatte wieder die Hand auf Wagners Oberschenkel gelegt. Sie war jetzt betrunken. Ihr Gesicht glühte, und die Knöpfe an ihrem weißen Seidenkleid waren irgendwie aufgegangen. Er sah eine braungebrannte Brust und dachte, daß sie sich irgendwo nackt sonnen müsse.

Was ist los, fragte er sie, warum diese Aufregung?

Christi trank das vollgeschenkte Glas Wein wie Wasser aus. Sie hatte jetzt Mühe, deutsch zu sprechen. Immer wieder kamen ihr dänische Worte in die Sätze. Wenn Wagner sie recht verstand, hatte es in der Hauptstadt einen Putsch gegeben oder es war zu Demonstrationen gekommen oder beides zusammen, angeblich spielte die PIR eine Rolle. Die Guerilla soll eine Rundfunkanstalt besetzt haben, sagte sie, vielleicht ist Revolution, vielleicht ist der Traum von uns hier aus, sie lachte, vielleicht geht auch einfach nur die Welt unter.

Wagner stand auf, und im Aufstehen zog er Christi, die an seiner Schulter hing, mit hoch. Ihm war das peinlich, wie sie sich an ihm festhielt.

Bleib hier, sagte sie. Du kannst bei uns schlafen. Dein Haus liegt unten an der Mauer. Das ist gefährlich.

Ja, sagte Bredow, es ist wirklich besser, wenn du heute nacht bei uns bleibst.

Wagner bedankte sich und sagte, er wolle lieber gehen, ja, er müsse sogar gehen.

Wieso müsse?

Aber dann lauschten alle, weil von draußen die Stimme des Obersten zu hören war. Er rief etwas. Alle starrten auf die Tür, ein angsterfülltes Starren.

Wagner ging einfach hinaus, ohne sich zu verabschieden. Im Entree stand der Oberst und telefonierte. Er hatte sich die weiße Uniformjacke aufgeknöpft und die Krawatte aufgezogen. Er rief irgendwelche Befehle ins Telefon und wiederholte mehrmals: Adelantarse hasta la fábrica.

Währenddessen brannte seine Zigarette eine schwarze Spur in den kleinen Lacktisch am Telefon.

Draußen regnete es unvermindert. Wagner lief zum Wagen hinüber. Der Regen kühlte ihm Stirn und Wangen. Er setzte sich in den Wagen. Das Dach dröhnte unter dem Regen. Er steckte sich eine Zigarette an.

Drüben ging die Tür auf und der Oberst kam aus dem Haus. Er ging, trotz des Regens, langsam durch den Vorgarten, blieb plötzlich auf der Straße stehen, als genieße er es, wie unter einer Brause zu stehen. Wagner sah, daß er ein wenig schwankte, dann aber knöpfte er sich die Hose auf und begann zu pissen. Wagner sah diesen Pißstrahl trotz des Regens deutlich im Licht eines der Hausscheinwerfer. Wagner ließ den Motor an. Er wollte in diesen Pisser hineinfahren. Der Oberst drehte sich zu ihm um, keineswegs erschrocken. Er nickte sogar mit dem Kopf. Da ging ein Scheinwerfer an einem Auto auf der anderen Straßenseite an. Der Wagen wendete und hielt neben dem Oberst, der sich mit einer schlenkernden Bewegung den Schwanz wieder in die Hose gezogen hatte. Er kam zu Wagner an den Wagen.

Passen Sie auf, in Ihrem Haus, da unten, an der Demarkationslinie. Besser, Sie bleiben hier. Hier haben Sie doch alles, auch was fürs Herz.

Wagner sah ihn an und dachte, ich hätte ihn umfahren sollen.

Da Wagner schwieg, sagte der Oberst: Gut, dann wollen wir mal, die Pflicht ruft.

Er ging zu seinem Wagen. Der Fahrer, ein Soldat, war ausgestiegen, hielt den Wagenschlag auf und schlug ihn hinter ihm zu, stieg ein und fuhr los. Ein anderer Wagen fuhr eine kreischende Kurve über die Straße und folgte dem Mercedes. Im Fond saßen vier Männer, die Leibwache.

Er spürte keine Genugtuung darüber, daß er nicht

den Oberst umgefahren hatte. Was jetzt passiert wäre mit ihm, war eine Mutmaßung, die ihn weder in Schrekken versetzte, noch eine händereibende Befriedigung darüber auslöste, daß er noch mal davongekommen war.

Es wäre danach, dessen war er sicher, alles anders gewesen. Er spürte sein Fieber, ein wohliges Frösteln, eine Erinnerung an seine Kindheit, wenn er im Bett liegen bleiben durfte und jeden Wunsch erfüllt bekam. Die Mutter brachte Mandelmilch. Er fuhr langsam die Straße hinunter. Überall brannte Licht, in den Häusern, auf den Straßen, sogar Bäume, Büsche und Rabatten wurden angestrahlt, als könne man sich nur seines Daseins vergewissern, solange es sichtbar war – als könne alles von der Dunkelheit verschluckt werden. So lag der Hügel grellerleuchtet da und doch wie tot. Weiter unten kam Wagner eine Ambulanz mit kreisendem Blaulicht entgegen. Die Sirene war, vermutlich weil man durch ein Villenviertel fuhr, abgestellt. Der Wagen raste vorbei, und Wagner war sicher, daß sie ihre Opfer in den Ambulanzwagen abtransportierten.

Als Wagner an der Ausfahrt zur Stadt vorbeikam, sah er, daß dort inzwischen zwei Panzer in Stellung gegangen waren, irgendein Schrott vergangener Kriege. An beiden Seiten der Straße wurden Schützengräben ausgehoben. Der Motor des einen Panzers dröhnte auf. Der Panzer drehte sich langsam auf seinen Ketten und walzte über den Rasen. Wie groß muß die Angst sein oder die tatsächliche Gefahr, dachte Wagner, wenn sie über diesen gepflegten Rasen walzen. Langsam schwenkte die Kuppel des Panzers mit dem Geschützrohr in Richtung der Straße, die von der Stadt herüberführte.

Die Stadt lag im Dunkeln.

Wagner fuhr langsam auf die Sandsackbarrikade zu. Ein Militärpolizist stoppte ihn.

What happened?

I don't know. You better return home quickly.

Die Straße lag wie ausgestorben. Er hatte Mühe, sich auf das Fahren zu konzentrieren. Auch an seinem Bungalow brannten alle Lampen, die Eingangstür war erleuchtet, die Fassade angestrahlt, Lichtkegel auf dem Rasen. Er lief zur Haustür. Als er sie aufschloß, erschrak er über den grellen Heulton der Alarmanlage. Er tastete nach dem Schalter, und als er ihn nicht gleich fand, geriet er in Panik vor diesem sägenden Ton. Endlich war es still. Er ging zu Sophies Zimmer. Er lauschte an der Tür. Nichts war zu hören. Er sah durchs Schlüsselloch. Im Zimmer war es dunkel. Vermutlich war sie bei ihren Leuten geblieben.

Er ging ins Badezimmer, um Wasser für ein Bad einlaufen zu lassen. Aber aus dem Wasserhahn schoß ein rotbrauner Strahl, der bald mit einem schlürfenden Geräusch versiegte. Von irgendwo aus der Leitung kam ein geheimnisvolles Rülpsen und Klopfen. Er hörte das leise gleichmäßige Rauschen der Klimaanlage, sonst war alles still. Er ging zur Verandatür, zog die Jalousien hoch, entriegelte die Tür und trat hinaus. Erstmals, seit seiner Rückkehr, ging er wieder in den Garten. Rechts und links, wo früher ein kniehoher Maschendraht die Begrenzung zum Nachbargrundstück auf der einen und zu einer öffentlichen Rasenfläche auf der anderen Seite gebildet hatte, stand die Betonmauer, auf deren Brüstung eiserne Galgen einbetoniert waren. An den Galgen hing Stacheldraht. Der Garten schob sich jetzt wie eine Bastion in die Ebene vor, zumal das Erdreich im Nachbargrundstück, auf dem der Bungalow des amerikanischen Agronomen gestanden hatte, vom Regen weggeschwemmt worden war. Wagner sah, als er auf einem Gartenstuhl stehend über die Mauer blickte, nur noch die Mauerreste des Fundaments. Es roch nach nassem Schutt und Mörtel. Die Blumen, der Rasen, die Rabatten waren verschwunden.

Oben auf dem Hügel begannen Hunde zu bellen, wahrscheinlich die Schäferhunde von Klages in ihrem Laufzwinger. Ein rasendes Gebell, das sich noch steigerte und regelrecht außer sich geriet, als nähere sich den Hunden etwas nie Gesehenes, Entsetzliches. Dann verstummte es jäh. Wagner ging zur Vorderseite der Mauer, über die er so oft auf die Ebene gesehen hatte, stieg auf den Mauerabsatz und erschrak: Die Hütten standen direkt unten an der Mauer. Aber niemand war zu sehen. Die ganze Ebene stand unter Wasser, ein dunkles weites Meer, aus dem der Hügel wie eine hellerleuchtete Insel herausragte. Er starrte in die durchregnete Dunkelheit, konnte aber nichts erkennen. Aus der Ferne – er konnte die Richtung nicht gleich orten – fiel ein Schuß, dann noch einer, ein, zwei Maschinengewehrgarben, eine Detonation, noch eine, da ging das Licht aus. Auch der Hügel lag jetzt im Dunkeln. Das Schießen hatte aufgehört, nur das Rauschen des Regens war zu hören. Jetzt kommen sie, dachte er. Er lauschte. Vereinzelt, zögernd, dann immer lauter setzte ein Glucksen, Piepsen und Schnalzen ein, die Stimmen der Nacht. Wagner hörte ein Geräusch hinter sich. Als er herumfuhr, sah er eine Gestalt, die sich an einen der Eisengalgen der Mauer festklammerte, die das frühere Grundstück des Amerikaners begrenzte. Die Gestalt blieb einen Moment länger sichtbar, als es sich ein eben Ertappter erlaubt hätte. Ganz langsam ließ sie sich an der Mauer hinuntergleiten. Also war es vor der Mauer nicht so menschenleer, wie es schien. Wagner ging vorsichtig durch den Garten zum Haus zurück. Im Swimmingpool schwammen eine dicke Kröte und ein unförmiges Paket. Er wollte mit einer Stange danach stoßen. Aber dann dachte er, in dem Paket könne die Leiche eines Menschen sein, eine in einen Plastiksack verschnürte Leiche. Er ging schnell ins Haus und verschloß die Verandatür. Es war, obwohl die Klimaanlage doch erst vor ein paar Minuten ausgefallen war, stickig heiß. Er tastete sich in die Küche, wo auf dem Bord zwei Taschenlampen lagen. Auf dem Parkett im Flur hörte er ein eigentümliches Wetzen, das er irgendwo schon einmal gehört hat, er weiß nur nicht, wo. Er nimmt die größere der beiden Taschenlampen, geht auf den Flur. Im Lichtschein der Taschenlampe sieht er zwei Ratten über den Flur laufen. Wahrscheinlich sind sie ins Haus gekommen, als er im Garten war und die Tür offenstand. Er geht – im Lichtschein sieht er einen dicken Käfer über das Parkett kriechen – zu Sophies Zimmer. Er klopft. Er ruft: Sophie. Nichts rührt sich. Er drückt die Türklinke herunter und leuchtet ins Zimmer. Es ist leer. Er geht zum Schrank und öffnet ihn vorsichtig, weil er sich plötzlich einbildet, sie könne darin stehen, tot. Im Schrank hängen aber nur ein paar Kleider und Blusen. Er geht in die Vorhalle und nimmt den Telefonhörer ab. Die Leitung ist, was ihn nicht überrascht, tot. Er geht in die Küche zurück und holt sich eine Flasche Bier aus dem Kühlschrank. Einen Moment spürt er flüchtig die Kühle an der Hand. Im Dunkeln trinkt er das Bier. Es ist, denkt er, möglicherweise für lange Zeit die letzte Flasche kühlen Biers. Dann hört er wieder dieses Wetzen wie von kleinen Messern, diesmal schon in der Küche. Er stampft mit dem Fuß auf: ein Huschen, das verschwindet. Aus einem anderen Zimmer hört er ein seltsames Geräusch, ein Geräusch, wie es beim Entkorken einer Flasche entsteht. Das Geräusch kehrt in regelmäßigen Abständen wieder. Er hat das Bier ohne Hast getrunken und stellt die Flasche tastend auf dem Kühlschrank ab. Sie fällt, als er sich umdreht und die Taschenlampe anknipst, zu Boden und zersplittert. Er kümmert sich nicht um die Scherben, sondern geht dem Geräusch nach, das ihn in das Badezimmer führt, zur Badewanne. Es kommt von dem Wasserhahn, den er vorhin aufgedreht hatte. Durch den Wasserhahn zwängen sich ungewöhnlich große und dicke Kakerlaken, und dabei entsteht jedesmal dieses Floff. Er leuchtet in die Badewanne. Der Boden ist bedeckt von einem schwarzglänzenden Gewimmel. Deutlich ist das Kratzen der Chitinpanzer der übereinanderkriechenden Tiere zu hören.

Aus seinem Schlafzimmer hört Wagner ein tiefes, sattes Schmatzen, wie von einem großen Tier. Er geht schnell hinüber, leuchtet Boden und Wände ab, kann aber nichts entdecken. Das Schmatzen ist mit seinem Eintreten verstummt. Er steht da, von einem Fieberstoß geschüttelt, und sagt sich das laut vor: Ich muß meine Gedanken ordnen. Er legt sich aufs Bett, durchnäßt vom Regen und dem Schweiß, der ihm jetzt kalt aus den Poren dringt. Ihm ist, als schwitze auch die Zimmerdekke, jedenfalls spürt er kühle große Tropfen, die ihm ins Gesicht fallen. Er versucht, an Luisa zu denken, aber er sieht Susann und Sascha durch den Schnee gehen, einen knöcheltiefen, unberührten Neuschnee, der alle Geräusche dämpft. Er hatte sich im letzten Winter einmal mit Susann in den Schnee gelegt, still lagen sie nebeneinander, ohne sich zu berühren. Er steht auf, weil er glaubt, es sei besser, draußen zu warten. Wenn sie nicht schon über die Mauer gestiegen waren, wenn sie nicht schon vor der Tür stehen. Eine Masse krummgearbeiteter, hungriger, verwurmter Gestalten, und immer wieder sieht er seine Arbeiter darunter, auch die Verhafteten.

Dann hört er wieder dieses Geräusch aus dem Bad, dieses Floff, floff, macht es, floff. Er läuft ins Bad. Die Kakerlaken kriechen über den Rand der Badewanne. Schnell schlägt er die Tür zu, weiß aber, daß die Tiere ihren Weg in die Wohnung finden werden. Küche und Bad haben den gleichen Luftschacht. Er läuft zur Haustür, um in irgendein anderes Haus zu fliehen, aber noch bevor er die Tür öffnet, weiß er, daß niemand ihn hereinlassen wird. Sie alle sitzen starr vor Schreck hinter ihren verriegelten Türen. Er überlegt, ob er zu Bredow hinauffahren soll, aber dann sieht er die Leute vor sich, den fischmäuligen Direktor der Betonfabrik, dessen Frau, schwanger, mit dem fassungslos dümmlichen Gesicht, die lackierte Schönheit, die betrunkene Christi, Bredow durchgeschwitzt und Angst im Gesicht. Und Wagner denkt, wenn jetzt das Licht auf dem Hügel wieder aufflammte, dann geht alles einfach weiter, ein Stromausfall, aber es soll dunkel bleiben, er hofft auf eine anhaltende Finsternis, in der die Kakerlaken in all die Häuser und Bungalows eindringen sollen und die Ratten, hier auf dem Hügel und in Hamburg, auch dort, um den Unrat zu fressen, diesen auf Unglück und Leid aufgetürmten Reichtum, nein, die anderen würden kommen, aus dem Wald, aus den Hütten, aus den schäbigen Häusern der Stadt, und unter ihnen wäre auch der Landarbeiter mit dem abgehackten Finger und der Mann mit dem zerstörten Gesicht. Ihnen könnte er die Hand reichen. Ihnen könnte er über die Mauer helfen. Er friert und schwitzt. Er hat das Gefühl, innerlich zu verglühen, und darum geht er hinaus, in den Garten, um sich im Regen zu kühlen. Einen Moment zögert er, ob er nicht die Tür schließen soll, sagt sich aber, daß die Ratten auch so eindringen werden, und sei es durch die Toilette oder durch die Wände. Um ihn herum ist ein ungewohntes Flattern und Kriechen und Huschen. Der Swimmingpool ist voller Kröten, aber auch Fische scheinen darin zu schwimmen, und manchmal buckelt sich das Wasser dunkel auf.

In der Ferne, dort, wo die Stadt liegt, sieht er den Widerschein eines großen Feuers. Die Stacheldrahtrollen auf der Mauer sind herausgerissen worden, die eisernen Galgen ragen nackt aus dem Beton.

Da, unvermutet, geht das Licht wieder an. Für einen Augenblick sieht Wagner ein Gewimmel im Garten, das schnell verschwindet. Den Hügel hinauf liegen die Häuser, die Gärten, die Straße wieder im vollen Licht, das sich an der Dunkelheit mästet.

Wagner hört sich schreien, vor Wut und Enttäuschung, und denkt zugleich, ich sollte froh sein. Er versucht, über die Mauer zu blicken, wird aber von einem Scheinwerfer geblendet, der vom Hügel oben die Mauer anstrahlt. Langsam wandert der Lichtkegel die Mauer entlang, nach unten auf das vom Regen aufgerauhte Wasser. Ein Schauder packt ihn. Er hat das Gefühl, seine Zunge sei geschwollen. Nicht weit entfernt hämmert ein Maschinengewehr, und hin und wieder ist der trockene Knall eines Granatwerfers zu hören. Der Regen fällt dicht und gleichmäßig. Er ist auf dem Weg ins Haus, als das Licht abermals erlischt, und der Hügel liegt in einer um so größeren Finsternis. Er steht und lauscht. Es ist still, eine abgrundtiefe Stille. Keine Schüsse, kein Schrei, auch die Tiere sind verstummt, als hielte die Welt den Atem an.

Die Geschichte von Cabeza de Vaca und die Beschreibung der Entdeckung der Iguazú-Fälle ist Eduardo Galeanos Buch *Geburten, Erinnerung an das Feuer 1* entnommen.

Uwe Timm
Herrsching

Uwe Timm im dtv

Heißer Sommer
Roman
ISBN 978-3-423-12547-5

Johannisnacht
Roman
ISBN 978-3-423-12592-5

Der Schlangenbaum
Roman
ISBN 978-3-423-12643-4

Morenga
Roman
ISBN 978-3-423-12725-7

Kerbels Flucht
Roman
ISBN 978-3-423-12765-3

Römische Aufzeichnungen
ISBN 978-3-423-12766-0

**Die Entdeckung der
Currywurst**
Novelle
ISBN 978-3-423-12839-1
und dtv AutorenBibliothek
ISBN 978-3-423-19127-2

Nicht morgen, nicht gestern
Erzählungen
ISBN 978-3-423-12891-9

Kopfjäger
Roman
ISBN 978-3-423-12937-4

Der Mann auf dem Hochrad
Roman
ISBN 978-3-423-12965-7

Rot
Roman
ISBN 978-3-423-13125-4

Am Beispiel meines Bruders
ISBN 978-3-423-13316-6

Uwe Timm Lesebuch
Die Stimme beim Schreiben
Hg. v. Martin Hielscher
ISBN 978-3-423-13317-3

Der Freund und der Fremde
ISBN 978-3-423-13557-3

Halbschatten
Roman
ISBN 978-3-423-13848-2

Von Anfang und Ende
Über die Lesbarkeit der Welt
ISBN 978-3-423-14036-2

Freitisch
Novelle
ISBN 978-3-423-14152-9

Vogelweide
Roman
ISBN 978-3-423-14379-0

Bitte besuchen Sie uns im Internet: www.dtv.de

Ernst Augustin im dtv

»Seine Romane sind keine Parabeln,
sondern intellektueller Extremtourismus.«
Jan Bürger in ›Die Zeit‹

Die Schule der Nackten
Roman
ISBN 978-3-423-**13344**-9

Ein Jahrhundertsommer in
München. Im FKK-Gelände
eines Freibades erfüllt sich das
Geschick eines älteren Herrn,
dessen erstes zaghaftes Betreten
der weißen Flecke einer Stadt-
landschaft in einem erbitterten
Existenzkampf und einem auf-
regenden Beziehungsdrama
mündet …

Mahmud der Bastard
Roman
ISBN 978-3-423-**13590**-0

Afghanistan im Jahr 1000.
Mahmud, illegitimer Sohn
eines Dorffürsten, zieht mit
einer Handvoll Männer über
den Khyber-Pass, um ein
großes Reich zu zerstören
und neu zu errichten.

Eastend
Roman
ISBN 978-3-423-**13653**-2

Der Schriftsteller Almund lässt
sich von seiner Frau dazu überreden, mit ihr »in die Gruppe«

zu gehen, nicht ahnend, dass
solche Gruppenerfahrungen
bisweilen Ausmaße griechi-
scher Tragödien annehmen …

**Raumlicht: Der Fall der
Evelyne B.**
Roman
ISBN 978-3-423-**13741**-6

»Ich werde immerfort angeleuchtet, kann man das nicht
sehen, ganz deutlich mit
Raumlicht.« Evelyne B., eine
an Schizophrenie leidende
Patientin, weckt in ihrem jungen Arzt eine Faszination für
diese Krankheit. Eine Reise
ins Innere der Seele.

Der amerikanische Traum
Roman
ISBN 978-3-423-**13802**-4

Privatermittler Steen wird
zum Rächer eines kleinen
Jungen. Dieser liegt auf einer
mecklenburgischen Chaussee
im Sterben, getroffen von den
Schüssen eines gelangweilten
amerikanischen Bomberpilo-
ten am Ende des Zweiten
Weltkriegs …

Ernst Augustin im dtv

*»Ernst Augustin entwöhnt uns angenehm
des Alltags.«*
Frankfurter Rundschau

Badehaus Zwei
Roman

ISBN 978-3-423-**13864**-2

Als fantasievolles Gauner-
stück erzählt Augustin in drei
Varianten die Geschichte vom
verlorenen Sohn.

Schönes Abendland
Roman

ISBN 978-3-423-**13973**-1

Ein ausgekochter Händler, ein
sich bis in den Offiziersrang
hochbuckelnder Soldat und
ein autodidaktischer Chirurg:
Jeder von Mamas Drillingen
hat eine so skurrile wie erfolg-
reiche Biographie vorzuwei-
sen, die den Leser quer durch
die abendländische Kultur-
und Sittengeschichte führt.
»Ein so frech wie stilistisch
perfekt konstruiertes
Märchen.« (NZZ)

Der Künzler am Werk
Eine Menagerie

ISBN 978-3-423-**14092**-8

Die SZ hätte dieser Sammlung
von Kurztexten gern die Auszeichnung »bestgelauntes Buch
des Jahres« verliehen. Dabei
ist Augustins »poetischer
Journalismus« mehr als nur
unterhaltsam: Ganz beiläufig
erfährt man Essenzielles über
Angela Merkels Gesicht, den
Kursverfall des Dollar und die
Herstellung von Falschgeld.

Robinsons blaues Haus
Roman

ISBN 978-3-423-**14410**-0

Ein sympathischer Sonderling
ist auf einer abenteuerlichen
Flucht durch Raum und Zeit
unter dem Pseudonym
Robinsonsuchtfreitag im welt-
weiten Netz unterwegs – und
auf der ganzen Welt.

Alex Capus im dtv

»Alex Capus ist ein wunderbarer Erzähler, für den alles eine Geschichte hat, für den die Welt lesbar ist.«
Süddeutsche Zeitung

Eigermönchundjungfrau
ISBN 978-3-423-**13227**-5

»Erzählungen, in denen die Schweizer Kleinstadt Olten zum Schauplatz einer brillant erzählten Comédie humaine wird. Große Literatur in der Tradition Tschechows.« (Daniel Kehlmann)

Munzinger Pascha
Roman
ISBN 978-3-423-**13076**-9

Die wahre Geschichte von Werner Munzinger, der 1852 auszieht, um die Sklaverei in Afrika abzuschaffen, während sein Vater im heimatlichen Olten vom bürgerlichen Revolutionär zum Finanzminister avanciert.

Mein Studium ferner Welten
ISBN 978-3-423-**13065**-3

Über die »Verheißungen des Lebens und die Hindernisse des Glücks« (FAZ) in einer ganz normalen Kleinstadt. Eine präzis gezeichnete *Comédie humaine* unserer Zeit, ein Roman in 14 Geschichten.

Fast ein bißchen Frühling
Roman
ISBN 978-3-423-**13167**-4

Die Geschichte zweier Bankräuber, die 1933 aus Wuppertal nach Indien fliehen wollten, der Liebe wegen aber nur bis Basel kamen. Als »zauberhafte Mischung aus Dokumentation und Fantasie« (Elke Heidenreich) gefeiert.

Glaubst du, daß es Liebe war?
Roman
ISBN 978-3-423-**13295**-4

Die unvergesslich komische Geschichte eines geläuterten Sünders und Kleinstadt-Casanovas, der sein vom Vater geerbtes Fahrradgeschäft aufgibt und vor seinen Gläubigern und der schwangeren Geliebten nach Mexiko flieht.

13 wahre Geschichten
ISBN 978-3-423-**13470**-5

Im Stil alter Chroniken erzählt Capus, distanziert und leicht belustigt, von skurrilen Helden und abenteuerlichen Wechselfällen eidgenössischer Geschichte.

Arno Geiger im dtv

Schöne Freunde
Roman
ISBN 978-3-423-**13504**-7

Die phantasiereiche Geschichte
eines Kindes, das auszieht,
erwachsen zu werden. Ein
Roman, der die Untiefen der
menschlichen Seele berührt
und doch durch und durch
komisch ist.

**Kleine Schule des
Karussellfahrens**
Roman
ISBN 978-3-423-**13505**-4

Ein moderner Schelmenroman
von einem, der nichts vom
Leben erwartet und doch alles
will.

Es geht uns gut
Roman
ISBN 978-3-423-**13562**-7

Philipp hat das Haus seiner
Großmutter geerbt, und die
Familiengeschichte, von der er
definitiv nichts wissen will,
sitzt ihm nun im Nacken.

Irrlichterloh
Roman
ISBN 978-3-423-**13697**-6

Fünf Menschen auf der Suche
nach der Liebe und sich selbst –

ein abgedrehter Liebesroman
voll Witz und lodernder
Phantasie.

Anna nicht vergessen
ISBN 978-3-423-**13785**-0

Über Liebesdesaster und
Lebensträume, über
Menschen, die nicht vergessen
werden wollen: Arno Geigers
brillante Erzählungen.

Alles über Sally
Roman
ISBN 978-3-423-**14018**-8

Alfred und Sally sind schon
lange verheiratet. Das Leben
geht seinen Gang, allzu ruhig,
findet Sally. In einem Anfall
von Lebenshunger beginnt sie
ein Verhältnis mit Alfreds
bestem Freund …

Der alte König in seinem Exil
ISBN 978-3-423-**14154**-3
ISBN 978-3-423-**25350**-5
(dtv großdruck)

»Ein Buch der Suche nach
einer verlorenen Welt, einer
verlorenen Heimat, einem
verloren geglaubten Charakter
und einer wiedergefundenen
Beziehung.« (Welt am
Sonntag)

Norbert Gstrein im dtv

»Einer der allerersten Erzähler nicht nur der deutschen,
sondern der europäischen Literatur.«
Richard Kämmerlings in der ›FAZ‹

Die englischen Jahre
Roman

ISBN 978-3-423-**13714**-0

Die Arandora Star wird 1940
torpediert und versenkt. An
Bord auch ein Gefangener,
dessen Identität unklar ist. Die
Aufklärung des Geheimnisses
dahinter bringt das Emigran-
tenschicksal eines österreichischen Juden während des
Zweiten Weltkriegs zutage.

Das Handwerk des Tötens
Roman

ISBN 978-3-423-**13849**-9

Die Geschichte des Journalis-
ten Christian Allmayer, der
als Kriegsberichterstatter im
Kosovo bei einem Hinterhalt
ums Leben kam.

Die Winter im Süden
Roman

ISBN 978-3-423-**13921**-2

Ein Vater und seine Tochter.
Er hat sie nach dem Krieg als
Kind in Wien verlassen und ist
nach Argentinien gegangen.
Fast ein halbes Jahrhundert
später kommen beide in ihre
jugoslawische Heimat zurück
und finden dort ihre Vergangenheit wieder – und die eines
ganzen Landes.

In der Luft
Drei lange Erzählungen

ISBN 978-3-423-**13956**-4

Norbert Gstrein beleuchtet
das Leben von drei Einzel-
gängern, die gegen die Wirklichkeit anrennen oder sich
auf ihre Weise, und sei es
buchstäblich in der Luft, ihre
eigene Wirklichkeit schaffen.

Die ganze Wahrheit
Roman

ISBN 978-3-423-**14132**-1

»Eine Satire auf den Literatur-
betrieb, ein echter Gstrein.«
(Richard Kämmerlings in der
›FAZ‹)

Eine Ahnung vom Anfang
Roman

ISBN 978-3-423-**14404**-9

Auf dem Bahnhof einer Pro-
vinzstadt wird eine Bombe
gefunden. Ein Lehrer glaubt
auf einem Fahndungsfoto
seinen Lieblingsschüler zu
erkennen, der sich in religiöse
Phantastereien verrannt hat.

Bitte besuchen Sie uns im Internet: www.dtv.de

Gerhard Henschel im dtv

»Henschel ist der satirischste Realist unter
den deutschsprachigen Autoren.«
Thomas Andre im ›Hamburger Abendblatt‹

Kindheitsroman
ISBN 978-3-423-**13444**-6

Zwischen Sandkasten und
Carrerabahn – Eine tief
berührende Chronik deut-
schen Familienalltags in der
alten Bundesrepublik. Ein
literarisches Fotoalbum,
schöner als jede Zeitreise.

Der dreizehnte Beatle
Roman
ISBN 978-3-423-**13977**-9

Er hat die besten Absichten:
Billy Shears, Zeitreisender aus
dem 21. Jahrhundert, will die
Trennung der Beatles verhindern. Doch sein Eingreifen in
die Ereignisse der Swinging
Sixties droht mehr zu verändern, als ihm lieb ist.

Jugendroman
ISBN 978-3-423-**14079**-8

Eine Jugend in den siebziger
Jahren auf dem platten Land
zwischen Schule, Fußball und
erster Liebe. »Mehr als einmal

schlägt man sich beim Lesen
die Hände vors Gesicht und
denkt sich: O Gott, genau so
schrecklich war das…«
(Matthias Wulff in der ›Welt
am Sonntag‹)

Liebesroman
ISBN 978-3-423-**14124**-6

1978 – die Zeit scheint stillzu-
stehen in der emsländischen
Kleinstadt Meppen. Doch die
Ruhe trügt, denn in Martin
Schlosser brodelt es: Morgen
wird er seiner Mitschülerin
Michaela Vogt endlich offenba-
ren, was er für sie empfindet…

Abenteuerroman
ISBN 978-3-423-**14424**-7

Endlich hat Martin Schlosser
eine Freundin gefunden, und
schon beginnen zermürbende
Beziehungsdiskussionen. Es
sind die frühen 80er und
Martin möchte nichts drin-
gender, als der Kleinstadt
Meppen entfliehen.

Bitte besuchen Sie uns im Internet: www.dtv.de